KB197829

# 열차 안의 낯선 자들

STRANGERS ON A TRAIN

by Patricia Highsmith

# 열차 안의 낯선 자들

STRANGERS ON A TRAIN

퍼트리샤 하이스미스 지음
홍성영 옮김

오픈하우스

일러두기

1. 본문의 아래 첨자는 모두 역자 주이다.
2. 외국 인명·지명은 외래어표기법을 따르되 일부는 관용적인 표기를 따랐다.
3. 책·신문·잡지명은 『 』, 영화·연극·TV·라디오 프로그램명은 「 」, 시·곡명은 〈 〉, 음반·오페라·뮤지컬명은 《 》로 묶어 표기했다.

# 1

기차는 성이라도 난 듯 불규칙하게 덜컹거리며 내달렸다. 연이어 나오는 작은 역에 멈춰 서서 잠시 초조하게 승객들을 기다렸다가 다시 황량한 대초원을 향해 달려 나갔다. 하지만 기차가 앞으로 내달리는 느낌은 거의 없었다. 대초원은 황갈색이 감도는 거대한 분홍색 담요처럼 이따금 일렁거렸다. 기차가 빨리 달릴수록 일렁거림은 더 높게 솟아올랐다.

가이는 창밖으로 향하던 시선을 거두고 다시 좌석에 앉아 등을 기댔다.

그는 미리엄이 기껏해야 이혼을 늦출 뿐일 거라는 생각이 들었다. 이혼은 하지 않고 돈만 바랄지도 몰랐다. 그녀와 정말 이혼할 수 있긴 한 걸까?

뉴욕에 있을 때는 머릿속이 온통 증오심으로 가득 찬 탓에 더 이상 이성적으로 생각할 수 없었다. 마치 미리엄이 바로 눈앞에 있는 듯했다. 황갈색 주근깨가 잔뜩 난 얼굴에서 창밖의 대초원처럼 불쾌한 열기가 뿜어져 나오는 듯했고, 뿌루퉁하고 고약한 표정이었다.

자기도 모르게 담배를 찾던 가이는 풀먼 열차 안에서는 금연이라는 사실이 떠올랐다. 그는 벌써 열 번째 담배를 만지작거리고 있었는데, 이번에는 한 개비를 꺼내 들었다. 손목시계 유리에 담배를 두어 번 톡톡 두드리고는 시간을 확인했다. 5시 12분이었다. 그 시간이 오늘따라 어떤 의미라도 있는 듯, 그는 입가에 담배를 물고 찻종 모양의 성냥을 그었다. 성냥을 잡고 있던 손으로 담배를 다시 쥐고는 느긋하게 담배 연기를 들이마셨다. 그의 갈색 눈동자는 척박하지만 매혹적으로 보이는 창밖 풍경으로 줄곧 향해 있었다.

끝부분이 살짝 말려 올라간 흰색 셔츠 깃이 어둑해지는 차창에 반사되어 비쳤다. 턱선을 따라 내려오는 셔츠 깃은 유행이 한참 지난 구식이었고, 윗부분은 덥수룩하게 자라고 뒷부분은 짤막하게 자른 헤어스타일 역시 촌스러웠다. 빳빳하게 선 검은 머리칼과 길게 이어진 코의 능선이 강한 집념과 추진력을 가진 듯한 인상을 주었지만, 숱이 많고 곧은 눈썹과 꼭 다문 입술에서는 내성적인 분위기가 풍겼다. 그는 다소 야윈 몸에 구겨진 플란넬 바지와 짙은 색의 헐렁한 재킷 차림이었다. 재킷에 햇빛이 비치자 자줏빛이 은은하게 감돌았고, 토마토 색깔의 모직 넥타이는 무심하게 맸다.

가이는 미리엄이 원치 않았다면 다른 남자의 아이를 가지지도 않았을 거라는 생각이 들었다. 그런 정황으로 보아 미리엄의 애인은 그녀와 결혼할 작정임이 분명했다. 그런데 도대체 그녀는 왜 가이에게 와달라고 한 걸까? 그녀가 이혼하는 데에는 굳이 그가 필요하지 않았다. 도대체 그는 왜 나흘 전 그녀의 편지를 받고 나서 머릿속에 떠올렸던 빤한 생각을 되풀이하는 걸까? 미리엄이 둥근 글씨체로 쓴 대여섯 줄의 편지에는 임신한 아이를 낳을 것이고 가이를 만나고 싶다는 내용뿐이었다. 그녀는 임신 사실을 알고 이혼을 결심한 것 같았는데, 그는 왜 그렇게 안절부절못하는 걸까? 그녀가 그의 아이는 인공유산한 반면 다른 남자의 아이는 낳을 거라는 사실에 마음 깊숙한 곳에서 질투하는 건지도 모른다는 의구심이 들자 고통이 밀려왔다. 아니다, 한때나마 미리엄 같은 여자를 사랑했다는 사실에 수치심이 드는 것뿐이라고 가이는 마음속으로 혼잣말을 했다. 그는 뜨거워진 히터 덮개에 담배를 짓이겨 껐다. 담배꽁초가 발치에 떨어지자 히터 밑으로 차 넣었다.

기대했던 많은 일이 이제 곧 성사될 것이다. 이혼과 플로리다 팜비치에서의 건설 프로젝트, 그리고 앤. 플로리다에서 진행할 프로젝트의 설계도가 이사회에서 통과될 것은 거의 확실했는데, 이번 주말이면 결과가 나올 것이다. 그러면 그는 앤과 함께 미래를 설계할 수 있을 것이다. 1년이 넘도록 조바심 내며 기다려왔던 일이었고, 그는 곧 자유의 몸이 될 것이다. 가이에게 기분 좋은 행복감이 밀려왔다. 그는 플러시 천으로 마감한 좌석 한 구석으로 편안하게 몸을 기댔다. 사실, 3년 동안이나 기다려온 일이었다. 물론 돈으로 이혼 문제를 해결할 수도 있었지만, 그렇게 많은 여유 자금을 모은 적이 없었다. 회사에 소속되지 않고 건축가로 경력을 시작하는 건 쉽지 않았고, 어느 정도 경력을 쌓은 지금도 마찬가지였다. 미리엄은 그에게 생활비를 달라고 한 적은 없었지만, 다른 문제로 성가시게 했다. 메트캐프에서 지내는 그녀는 남편과 사이가 무척 좋은 것처럼 떠벌렸고, 남편이 뉴욕에서 자리를 잡으면 결국 자신을 데리러 올 거라는 둥 실없는 소리를 하고 다녔다. 미리엄은 이따금 돈을 보내달라는 편지를 보내왔고, 가이는 적은 금액을 보내면서도 짜증스러웠다. 미리엄이 자기 편할 대로 가이에 관한 얘기를 떠벌리고 다닐 게 뻔했고, 가이의 어머니가 한 도시에 살고 있었기 때문이다.

적갈색 양복 차림에 키가 큰 금발의 청년이 희미한 미소를 지으며 맞은편 구석 자리에 앉았다. 가이는 몸집에 비해 다소 작고 창백한 청년의 얼굴을 슬쩍 쳐다보았다. 이마 정중앙에 커다란 여드름이 나 있었다. 가이는 다시 창밖으로 시선을 옮겼다.

맞은편 자리에 앉은 청년은 가이에게 말을 걸지 혹은 눈을 붙이고 잠을 청할지 망설이는 것 같았다. 창틀에 댄 청년의 팔꿈치가 계속 미끄러져 흘러내렸다. 짙은 속눈썹을 올리고 충혈된 회색 눈동자를 가이의 눈길과 마주할 때면, 청년은 부드러운 미소를 짓곤 했다. 술기운이 약간 있는 것 같았다.

가이는 책을 펼쳤지만 반 페이지도 읽기 전에 딴생각이 떠올랐다. 열차 천장에 죽 이어진 흰 형광등이 깜박거리며 켜졌고, 좌석 너머 어느 승객이 불을 붙이지 않은 시가를 앙상한 손가락으로 스스럼없이 빙그르르 돌리는 모습이 언뜻 보이기도 했다. 이윽고 가이의 시선은 맞은편에 앉은 청년의 넥타이에 매달린 채 가볍게 흔들리는, 얇은 골드 체인에 새겨진 'C. A. B'라는 이니셜로 옮아갔다. 초록색 실크 소재의 넥타이에는 지나치게 밝은 오렌지 색깔의 야자수가 핸드 페인팅으로 그려져 있었다. 적갈색 양복 차림의 청년은 이제 조심스럽게 손발을 뻗은 채 앉아 있었다. 고개를 젖히고 있어서 이마 한가운데에 난 커다란 여드름이 화산 분화구처럼 도드라져 보였다. 딱히 왜 그런지는 알 수 없었지만 관심이 가는 얼굴이었다. 젊지도 늙지도, 똑똑하지도 아둔해 보이지도 않는 얼굴이었다. 좁은 이마는 볼록하게 튀어나왔고, 홀쭉한 턱선은 길게 내려왔으며, 입술 선은 섬세했고, 자그마한 조가비 같은 눈꺼풀은 움푹 들어가 푸른 음영을 드리웠다. 피부는 아가씨처럼 보드라웠지만, 여드름을 통해 모든 불순물을 분출시킨 것처럼 핏기 없이 창백해 보였다.

가이는 잠시 다시 책을 읽었다. 내용이 머릿속에 들어오기 시작했고 불안한 마음이 누그러들었다. 하지만 플라톤을 읽는 게 미리엄과의 문제에 무슨 도움이 될지 의구심이 들었다. 뉴욕에서도 그런 의구심이 들었지만 아무튼 책을 챙겨왔다. 고등학교 철학 교재였던 그 오래된 책이 미리엄을 만나러 가는 길에 읽기에 알맞을 것 같았다.

창밖을 내다보던 가이는 차창에 비친 자기 모습을 보고는 살짝 말려 올라간 셔츠 깃을 똑바로 폈다. 앤이 늘 해주던 일이라는 생각이 들었고, 그녀가 곁에 없으니 갑자기 무기력해진 것 같은 느낌이었다. 앉은 자세를 바꾸던 그는 다리를 쭉 뻗은 채 잠든 청년의 다리를 살짝 건드리고 말았다. 청년의 속눈썹이 살짝 떨리다가 눈이 떠지는 모습을 그는 무언가에 홀린 듯 가만히 바라보았다. 청년은 충혈된 눈으로 그를 똑바로 쳐다보는 것 같았다.

"미안합니다." 가이가 나지막이 말했다.

"괜찮습니다." 청년은 고개를 힘껏 가로저으며 말하고는 상체를 세워 똑바로 앉았다. "여기가 어디죠?"

"이제 곧 텍사스 주예요."

금발 청년은 안주머니에서 황금색 휴대용 술병을 꺼내더니 그에게 다정하게 내밀며 권했다.

"난 괜찮습니다."

청년이 술병을 기울여 술을 마시자, 세인트루이스에서부터 줄곧 통로 건너편에 앉아 뜨개질을 하던 여자가 슬쩍 그들을 쳐다보았다.

"어디까지 가세요?" 청년이 미소 짓자 입술 선이 가느다란 초승달 모양을 그렸다.

"메트캐프요." 가이가 말했다.

"아, 멋진 곳이죠. 일 때문에 가는 건가요?" 그는 피곤해 보이는 눈을 조심스럽게 깜박거렸다.

"네."

"무슨 일을 하나요?"

가이는 마지못해 책에서 눈을 떼고 고개를 들었다.

"건축가입니다."

"아, 집이나 건물을 짓는?" 청년은 흥미롭다는 듯 관심을 보이며 물었다.

"네."

"내 소개를 하지 않은 것 같네요. 찰스 앤서니 브루노라고 합니다." 그러면서 그는 상체를 가볍게 일으켜 세웠다.

가이는 그와 짧게 악수를 나누었다.

"가이 헤인스입니다."

"만나서 반갑습니다. 뉴욕에 사나요?" 청년은 졸음을 쫓으려고 얘기하는 듯, 목쉰 바리톤처럼 저음으로 말했다.

"네."

"난 롱아일랜드에 사는데 잠시 휴가를 보내러 샌타페이에 가는 길입니다. 혹시 가본 적 있어요?"

가이는 고개를 가로저었다.

"푹 쉬며 휴가를 보내기 좋은 곳이죠." 그가 웃자 볼품없는 치아가 드러났다. "거기에는 대개 원주민 건축물들이 있는 것 같더군요."

바로 그때 열차 차장이 통로에 멈춰 서서 표를 확인하고 있었다. "손님 자리입니까?" 차장이 브루노에게 물었다.

브루노는 자신의 자리를 지키듯이 구석에 몸을 기댔다. "다음 칸 특별 전용실개인 침대와 화장실이 딸린 칸막이 방이요."

"3호차요?"

"네."

차장은 통로를 지나갔다.

"하여튼 차장들이란!" 브루노는 나지막이 중얼거리고는 상체를 숙이며 재미있다는 듯이 창밖을 내다보았다.

가이는 다시 책을 내려다보았지만, 쓸데없이 남의 일에 참견하기 좋아하는 청년이 언제든 다시 말을 걸어올지도 모른다는 생각에 집중할 수가 없었다. 저녁을 먹으러 갈까 생각도 했지만 그냥 자리에 앉아 있는 게 나을 것 같았다. 열차 속도가 다시 느려지고 있었다. 브루노가 다시 말을 걸 것 같다는 생각이 들자, 가이는 얼른 일어나 다음 칸으로 건너가서는 열차가 완전히 멈춰 서기도 전에 뛰어내렸다. 플랫폼에는 푸석한 흙먼지가 날렸다.

어둠이 밀려오면서 한층 더 무겁게 내려앉은 듯한 공기가 마치 거대한 베개처럼 가이의 숨통을 짓누르는 것 같았다. 햇빛에 달궈진 자갈에서 나는 메마른 먼지 냄새, 기름 냄새, 뜨거워진 쇳내가 코끝을 자극했다. 배가 고팠던 그는 주머니에 양손을 찔러 넣은 채 식당차 근처를 어슬렁거리면서 마음에 들지 않는 불쾌한 공기를 깊숙이 들이마셨다. 남쪽 하늘에는 붉은색과 초록색, 흰색 불빛이 한데 어우러져 어른거렸다. 어제 앤이 멕시코로 가는 길에 이곳을 지나갔을지도 모른다는 생각이 들었다. 앤과 함께 올 수도 있었다. 그녀는 메트캐프까지만 함께 가자고 했었다. 미리엄만 아니었다면 그는 앤에게 어머니도 만나고 하룻밤 묵고 가라고 했을 것이다. 그가 다른 성격이었다면, 그냥 무심하게 넘기는 성격이었다면 그럴 수 있었을 것이다. 가이는 앤에게 미리엄 얘기뿐만 아니라 거의 모든 얘기를 다 했지만, 앤과 미리엄이 만나는 건 생각조차 하고 싶지 않았다. 그가 혼자 열차를 타기로 결정한 건 곰곰이 생각하기 위해서였다. 그런데 지금까지 무슨 생각을 했던가? 미리엄에 관한 일에서 논리적인 사고나 생각이 무슨 소용이 있었던가?

열차가 곧 출발할 거라고 차장이 외쳤지만, 가이는 마지막 순간까지 플랫폼에서 어물거리다가 식당차 뒤쪽으로 뛰어올랐다.

그가 웨이터에게 주문을 하는데, 금발 청년이 짤막한 담배를 입에 물고 몸을 건들거리며 다소 거만한 표정으로 식당차 입구에 나타났다. 청년의 존재를 까맣게 잊어버렸던 가이는 황갈색 양복 차림의 청년을 보자 어렴풋이 불쾌한 기억이 떠오르는 듯했다. 청년은 가이를 보자 미소 지었다.

"당신이 기차를 놓친 줄 알았어요." 브루노가 의자를 꺼내어 앉으며 유쾌하게 말했다.

"브루노 씨, 괜찮으면 혼자 있고 싶습니다. 생각해야 할 게 있어서요."

브루노는 피우던 담배를 비벼 끄고는 그를 멍하니 쳐다보았다. 아까보다 더 취한 것 같았다. 술기운이 올라 표정이 흐리멍덩했다.

"내 특별 전용실에서 혼자 조용히 있을 수 있어요. 식사도 할 수 있고요. 어때요?"

"고맙습니다만 그냥 여기에 있고 싶군요."

"그러지 말고 내 말대로 해요. 웨이터!" 브루노는 손뼉을 치며 웨이터를 불렀다. "이분이 주문한 음식은 3호차 특별 전용실로 가져다줘요. 난 미디엄 레어로 구운 스테이크와 감자튀김, 애플파이 주문할게요. 소다수를 넣은 위스키 두 잔은 곧바로 가져다주고요." 브루노는 가이를 쳐다보며 씩 웃었다. "괜찮죠?"

가이는 잠시 생각하다가 브루노를 따라갔다. 전혀 문제될 게 없었고, 게다가 자기 자신에게 신물이 나지 않았던가?

유리잔과 얼음만 아니었다면 굳이 위스키를 주문할 필요도 없었다. 자그마한 특별 전용실 안에 놓인 악어가죽 소재의 여행가방 위에 노란색 상표가 붙은 위스키 네 병이 가지런히 줄지어 있었다. 바닥 한가운데의 좁은 미로 같은 공간을 제외하고 여행가방이 여기저기 길을 막으며 놓여 있었고, 가방 위에는 운동복과 운동 기구, 테니스 라켓, 골프채 가방, 카메라 두어 대, 고리버들 세공의 과일 바구니와 종이에 싼 와인 등이 흩어져 있었다. 창가 좌석에는 최근에 나온 잡지, 만화책, 소설책 등이 잔뜩 있었고, 빨간색 리본이 달린 사탕 상자도 있었다.

"운동선수처럼 보이겠군요." 브루노는 약간 멋쩍어하며 말했다.

"멋진걸요." 가이가 천천히 웃어 보였다. 객실 분위기가 흥미로웠고 따로 떨어져 있는 공간이 마음에 들었다. 그가 미소 짓자 짙은 갈색 눈썹이 느긋하게 펴지면서 표정이 완전히 달라졌다. 가이는 잠시 창밖을 내다보고는, 호기심 많은 고양이처럼 주변을 살피며 여행가방 사이에 난 좁은 길을 따라 조심스럽게 발걸음을 옮겼다.

"신상품인데 아직 쳐본 적은 없어요." 브루노가 가이에게 테니스 라켓을 만져보라는 듯 건네주었다. "어머니는 내가 술집에 가지 않길 바라며 이런 물건들을 사주죠. 아무튼 돈이 바닥났을 때 저당 잡히기에는 괜찮은 것들이에요. 난 어디론가 갈 때면 술 마시는 걸 좋아합니다. 그러면 기분이 한껏 고양되죠, 안 그래요?" 얼음과 소다수를 탄 위스키가 도착하자, 브루노는 갖고 있던 위스키를 부어 알코올 도수를 높였다. "자리에 앉으시죠. 코트도 벗고."

하지만 그들 둘은 자리에 앉지도, 코트를 벗지도 않았다. 아무 말도 하지 않은 채 어색하게 몇 분이 흘렀다. 가이는 위스키만 잔뜩 부은 것 같은 술을 한 모금 마시고는 지저분한 바닥을 내려다보았다. 브루노의 발이 이상해 보였는데, 신발 때문인지도 모른다는 생각이 들었다. 자그마한 황갈색 구두의 앞코가 브루노의 길쭉한 턱선처럼 길고 미끈했다. 아무튼 유행이 지난 신발 같았다. 체격은 가이가 생각했던 것만큼 마르지 않았다. 길쭉한 다리와 몸에 살집이 다소 붙어 있는 것 같았다.

"식당차에서 괜히 여기로 오자고 해서 번거롭게 한 건 아닌가요?" 브루노가 조심스럽게 말했다.

"아, 아닙니다."

"혼자 있기 싫어서요."

특별 전용실에서 혼자 여행하는 얘기를 하던 가이는 무언가에 걸려 넘어질 뻔했다. 롤라이플렉스 카메라 끈이었다. 카메라의 가죽 케이스 측면에는 최근에 생긴 듯한 자국이 깊게 패어 있었다. 브루노가 난처한 표정으로 쳐다보는 게 느껴졌다. 가이는 이내 무료해질 거라는 생각이 들었다. 도대체 그는 왜 브루노를 따라왔던가? 지금이라도 식당차로 되돌아가고 싶은 충동이 언뜻 들었다. 바로 그때, 웨이터가 둥근 주석 뚜껑을 덮은 쟁반을 테이블에 내려놓았다. 숯불에 구운 고기 냄새를 맡자 가이는 기분이 좋아졌다. 브루노가 자신이 계산하겠다며 완강하게 우기는 바람에 가이는 그러라고 할 수밖에 없었다. 브루노는 버섯을 얹은 스테이크를 먹었고 가이는 햄버거를 먹었다.

"메트캐프에서는 어떤 건물을 짓고 있나요?"

"아무것도 안 지어요. 어머니가 그곳에 살고 있어요."

"그럼 어머니를 뵈러 가는 건가요?" 브루노는 관심을 내보이며 말했다. "그곳 출신인가요?"

"네, 거기서 태어났습니다."

"텍사스 사람처럼 보이지 않는데요." 브루노는 스테이크와 감자튀김에 케첩을 잔뜩 뿌리고는 파슬리를 조심스럽게 집어 움직이지 않도록 고정했다. "집에는 얼마 만에 가는 건가요?"

"거의 2년 만이에요."

"아버지도 계신가요?"

"돌아가셨습니다."

"오, 그렇군요. 어머니와는 사이가 좋은가 보죠?"

가이는 그렇다고 했다. 위스키 맛은 별로였지만 앤 생각이 떠올라 기분이 좋았다. 그녀는 술을 마실 때면 늘 위스키를 마셨다. 그녀와 위스키 사이에는 공통점이 있었는데, 황금빛으로 환하게 빛나고 섬세한 솜씨로 만들어진 점이 그랬다.

"롱아일랜드 어디에 삽니까?"

"그레이트 넥이요."

앤은 롱아일랜드보다 훨씬 더 먼 곳에 살고 있었다.

"나는 우리 집을 개집doghouse이라고 부르지요." 브루노가 말을 이었다. "집 주변에 말채나무dogwood가 빼곡히 둘러서 있거든요. 집안사람들 모두, 그러니까 운전사 아저씨까지도 개집에 살고 있는 셈이죠." 브루노는 정말 재미있다는 듯이 갑자기 웃음을 터뜨리고는 다시 음식을 먹기 시작했다.

브루노가 고개를 숙이자 얇은 머리칼이 난 좁다란 정수리와 튀어나온 여드름만 눈에 들어왔다. 브루노가 잠든 이후로 거의 신경 쓰지 않았던 여드름이 다시 눈에 거슬리기 시작했다. 가만히 쳐다보자 정말 흉물스러웠다.

"왜 그런 거죠?" 가이가 물었다.

"고약한 우리 아버지 때문에요. 나도 어머니와는 사이가 좋아요. 이틀 뒤에 어머니도 샌타페이로 오실 거예요."

"좋겠네요."

"맞아요." 브루노는 가이의 말에 동의하며 말했다. "어머니와는 함께 얘기도 나누고 골프도 치면서 즐겁게 지내요. 함께 파티를 가기도 할 정도니까요." 그가 쑥스럽기도 하고 자신이 대견하다는 듯 웃어 보이자, 갑자기 그의 모습이 변덕스러운 어린아이처럼 보였다. "내 얘기가 웃겨요?"

"아니요." 가이가 말했다.

"내 돈이 있었으면 좋겠어요. 올해부터 내 수입이 들어오기로 되어 있었는데, 아버지가 그 돈을 빼돌려 자기 손아귀에 넣었어요. 믿기지 않겠지만, 부모님이 모든 경비를 대주었던 대학 시절보다 돈이 더 없어요. 가끔 어머니한테 100달러만 달라고 부탁해야 하는 처지라니까요." 브루노는 거리낌 없이 웃었다.

"식사비는 내가 낼 걸 그랬습니다."

"아, 아닙니다." 브루노는 그렇지 않다며 단언했다. "아버지한테 돈을 뺏기는 게 얼마나 고약한 일인지 말하려 했던 것뿐이니까요. 심지어 아버지가 번 돈도 아니고 우리 외가 돈이거든요."

말을 마친 브루노는 가이가 뭐라 대꾸해주기를 기다렸다.

"어머니는 뭐라고 하지 않으세요?"

"내가 어렸을 때 아버지가 그 돈을 자기 명의로 만들어버렸거든요!" 브루노는 거친 목소리로 말했다.

"저런, 왜 그랬을까요?" 가이는 브루노가 얼마나 많은 사람들을 만나 저녁을 사주고 아버지에 관해 똑같은 얘기를 했을지 궁금했다.

브루노는 무기력한 표정으로 두 손을 들어 올리며 어깨를 으쓱하고는 곧바로 주머니에 손을 집어넣었다. "아버지가 정말 고약한 사람이라는 건 아까 얘기했었죠? 아버지는 할 수 있는 한 모든 사람들의 돈을 빼앗아가요. 지금은 내가 직업이 없기 때문에 돈을 줄 수 없다고 하지만, 그건 거짓말입니다. 어머니와 내가 늘 사이가 좋다고 생각하는 아버지는 틈만 나면 우리 두 사람 사이에 끼어들 궁리를 하죠."

가이는 브루노의 어머니의 모습을 그려볼 수 있었다. 마스카라를 진하게 칠하고 자기 아들이 그렇듯이 이따금 거친 사람들과 어울리기 좋아하는, 젊어 보이는 사교계 여성일 것이다. "대학교는 어딜 다녔어요?"

"하버드를 다녔는데, 음주와 도박 문제로 2학년 때 쫓겨났어요." 그러면서 그는 좁은 어깨를 으쓱했다. "당신과는 다르죠? 맞아요, 부랑자처럼 지내지만 그래서 뭐 어떻단 말입니까?" 그는 두 사람 잔에 위스키를 더 부었다.

"누가 당신더러 부랑자라고 해요?"

"우리 아버지요. 아버지에게 당신처럼 얌전하고 착한 아들이 있었으면 좋았을 텐데. 그러면 모두들 아무 문제 없었을 테니까요."

"내가 왜 얌전하고 착할 거라고 생각하죠?"

"당신은 진지해 보이고 건축가라는 전문직에 종사하고 있으니까요. 난 도무지 일을 하고 싶지 않아요. 일을 할 필요도 없고요. 작가나 화가 혹은 음악가도 아니고요. 일할 필요가 없는데 굳이 일해야 하는 이유라도 있나요? 난 이런 한심한 생각을 바꾸지 않을 겁니다. 아버지도 한심한 양반이에요. 아직도 내가 자기 회사에 들어와 일하길 바라거든요. 난 아버지에게 이렇게 말했어요. 결혼이 합법화된 간음이듯, 아버지의 사업을 포함해 모든 사업은 합법화된 착취라고. 사실, 그렇지 않습니까?"

가이는 찌푸린 얼굴로 브루노를 쳐다보고는, 포크로 찍은 감자튀김에 소금을 뿌렸다. 그는 멀리 떨어진 무대에서 펼쳐지는 희극을 바라보듯이 브루노를 지그시 바라보며 느긋하게 저녁식사를 음미했다. 사실, 가이는 앤 생각을 하고 있었다. 머릿속에 희미하게 계속 떠오르는 그녀에 대한 생각이, 이따금 단편적으로 눈에 들어오는 주변의 실제 모습보다 더 현실적인 듯한 느낌이 들었다. 예컨대 롤라이플렉스 카메라 케이스, 브루노가 버터 덩어리에 꽂아둔 긴 담배, 그가 복도에 내동댕이쳐서 깨뜨렸다는 아버지의 사진이 든 액자보다 더 현실적이었다.

미리엄을 만나고 나서 플로리다로 향하기 전에, 비행기를 타고 멕시코로 가서 앤을 만날 시간이 될지도 모른다는 생각이 문득 들었다. 미리엄과의 문제를 빨리 해결한다면 앤이 있는 멕시코에 들렀다가 플로리다의 팜비치로 갈 수 있을 것이다. 예전에는 그런 생각조차 하지 못했는데, 그럴 만한 경제적 여력이 없었기 때문이다. 팜비치 프로젝트의 계약만 성사되면 가능한 일이었다.

"내 차가 있는 차고 문을 자물쇠로 잠가버리다니, 이보다 더 모욕적인 일이 또 있을까요?" 브루노의 목소리가 갈라지더니 날카롭게 울렸다.

"왜 그랬나요?" 가이가 물었다.

"그날 밤에 내가 그 차를 꼭 필요로 한다는 걸 알았기 때문이죠. 결국 친구 차를 얻어 타고 갔는데, 아버지는 대체 무슨 생각으로 그러는 걸까요?"

가이는 뭐라고 말해야 할지 몰랐다. "차고 열쇠를 아버지가 갖고 있나요?"

"내 방에 있던 열쇠를 가져가버린 거예요! 그러고는 내가 너무 무서웠는지 그날 밤 집을 나가버렸어요." 브루노는 숨을 거칠게 내쉬고 손톱을 물어뜯으며 자세를 바꾸었다. 땀에 젖어 짙은 갈색으로 보이는 머리칼이 이마 위로 안테나처럼 깐닥깐닥 움직였다. "어머니는 집에 없었어요. 그랬다면 물론 그런 일은 일어나지도 않았을 테지만요."

"물론이라고요?" 가이는 거의 무의식적으로 따라했다. 지금껏 브루노와 나눈 대화는 이 이야기로 귀결되고 있었고, 이제 이야기를 겨우 절반 정도 들었을 뿐이다. 풀먼 열차에 앉아 충혈된 눈으로 가이를 바라보는 브루노의 눈빛과 미소 너머에는 증오와 불의로 가득 찬 또 다른 이야기가 있었다.

"그래서 아버지의 사진을 복도에 내던졌나요?" 가이는 아무렇지 않은 듯 물었다.

"복도가 아니라 어머니 방에서요." 브루노는 힘주어 말했다. "아버지가 어머니 방에 두었거든요. 어머니도 나만큼이나 우리 집 캡틴을 좋아하지 않아요. 아버지를 캡틴 이상으로 부르고 싶지 않아요."

"그런데 아버지가 당신한테 뭘 잘못했습니까?"

"내게도 어머니에게도 잘못했어요. 아버지는 우리와는 다른 사람, 아니 세상 어느 누구와도 다른 사람이에요. 아버지는 좋아하는 사람이 아무도 없고, 좋아하는 거라곤 돈뿐이죠. 많은 돈을 벌려고 다른 사람들을 배반하는 것도 서슴지 않죠. 아버지가 수완이 좋다는 건 인정하지만 이젠 양심마저 저버리고 있어요. 나를 자기 사업에 끌어들이고 싶어 하는 것도 그 때문이죠. 나도 그처럼 뻔뻔해지고 사람들을 배반하도록 말입니다." 브루노는 뻣뻣해진 손을 모아 주먹을 쥐고는 입을 다물고 눈을 감았다.

가이는 브루노가 금방이라도 울 것 같다는 생각이 들었다. 하지만 브루노는 눈을 뜨고 다시 미소를 지었다.

"재미없죠? 어머니보다 일찍 길을 나선 사연을 설명하다 보니 이야기가 길어졌습니다. 알고 보면 난 무척 유쾌하고 솔직한 청년이랍니다."

"원할 때 집을 마음대로 나올 수 없단 말인가요?"

브루노는 처음에는 가이의 질문을 잘 알아듣지 못한 것 같더니 이윽고 차분하게 대답했다. "그렇진 않고 어머니와 함께 있고 싶은 것뿐입니다."

그리고 그의 어머니는 돈 때문에 집에 머물러 있는 것이라고 가이는 짐작했다.

"담배 줄까요?"

그러자 브루노가 미소 지으며 받았다. "아버지가 집을 나간 건 10년 만에 처음이었어요. 아버지가 어디로 갔는지 도무지 모르겠더군요. 그날 밤 난 화가 머리끝까지 나서 살인도 불사할 것 같았고, 아버지도 그걸 안 거죠. 혹시 누군가를 죽이고 싶었던 적 있어요?"

"아니요."

"난 있어요. 아버지를 죽이고 싶다는 생각이 간혹 들거든요." 그는 멍하니 생각에 잠긴 듯 웃으며 접시를 내려다보았다. "아버지 취미가 뭔지 알아요? 한번 알아맞혀볼래요?"

가이는 알아맞히고 싶지 않았다. 갑자기 따분해졌고 혼자 있고 싶었다.

"쿠키 커터 수집이었다니까요!" 브루노는 킬킬거리며 웃어젖혔다. "쿠키 커터요. 독일, 바바리아, 영국, 프랑스산 쿠키 커터와 헝가리산 쿠키 커터 여러 개가 방 안 가득 진열되어 있었어요. 책상 위에는 동물 모양의 쿠키 커터가 죽 놓여 있었고요. 어린아이들이 먹는, 상자에 포장된 그 쿠키 말입니다. 아버지가 그 쿠키 커터 회사에 편지를 보내자 거기서 동물 모양 한

세트를 보내왔다니까요!" 브루노는 소리 내어 웃고는 고개를 푹 숙였다.

가이는 브루노를 가만히 쳐다보았다. 브루노가 하는 이야기보다 브루노 자체가 더 웃겼다.

"아버지가 직접 그걸 사용하나요?"

"네?"

"손수 쿠키를 만드느냐고요."

브루노는 탄성을 내질렀다. 그러고는 몸을 뒤틀어 재킷을 벗어 여행가방 위에 휙 던졌다. 잠시 너무 흥분한 탓에 말문이 막힌 듯한 그는 이윽고 평정을 되찾았다. "어머니는 아버지에게 쿠키 커터에게나 가버리라고 말하곤 했죠." 그의 매끈한 얼굴에 난 땀이 얇은 기름 막을 씌운 듯 번들거렸다. 그는 테이블 너머로 애써 미소를 지으며 말했다. "식사는 먹을 만했어요?"

"네, 맛있었습니다." 가이는 진심으로 말했다.

"롱아일랜드에 있는 '브루노 변압회사'라고, 들어본 적 있어요? 전류의 직류 및 교류 방식을 바꾸는 장치를 만드는 회사죠."

"글쎄요."

"그렇겠죠. 아무튼 많은 돈을 벌어들이는 회사예요. 혹시 돈 버는 일에 관심 있어요?"

"그다지 많지는 않습니다만."

"실례지만 나이가?"

"스물아홉입니다."

"그래요? 난 더 되는 줄 알았는데. 난 몇 살로 보이나요?"

가이는 예의를 지키며 그를 자세히 쳐다보았다. "스물넷이나 다섯 정도." 더 어려 보였지만 그를 기분 좋게 해주려고 그렇게 대답했다.

"맞아요, 스물다섯입니다. 이마 한가운데에 난 이것 때문에 그렇게 보였단 말이죠?" 브루노는 아랫입술을 깨물었다. 경계하는 눈빛이 언뜻 스치더니, 그는 갑작스레 몹시 창피해하듯이 손으로 이마를 가렸다. 그러고는 자리에서 벌떡 일어나 거울 쪽으로 갔다. "이 위에 무언가를 덮을 작정이었어요."

가이는 괜찮다고 말했지만, 브루노는 자학하는 괴로운 표정으로 거울 속 자신의 모습을 이리저리 바라보았다. "여드름이 아니라 종기예요." 브루노가 콧소리를 내며 말했다. "내가 증오하는 모든 게 쌓여 종기가 생긴 거죠. 그 일 때문에 생긴 게 분명해요."

"저런." 가이는 애써 웃음을 지었다.

"아버지와 싸웠던 월요일 밤에 나기 시작해서 점점 더 악화되고 있어요. 자국이 남을 게 분명해요."

"그렇지 않을 겁니다."

"아니요, 그럴 겁니다. 이걸 훈장처럼 달고 샌타페이에 가는 거죠." 주먹을 불끈 쥐고 튼튼한 다리를 끄는 브루노의 모습이 곰곰이 생각에 잠긴 비극의 주인공 같았다.

가이는 발걸음을 옮겨 창가 자리에 놓인 책 하나를 집어 펼쳤다. 추리소설이었는데, 좌석에 놓인 책들이 모두 같은 분야였다. 몇 줄 읽자 글자가 빙글빙글 도는 것 같아 곧바로 덮어버렸다. 많이 취한 것 같았지만, 오늘 밤엔 괜찮다고 생각했다.

"샌타페이에 있는 모든 걸 갖고 싶어요. 술, 여자, 노래 모두." 브루노가 웃음을 터뜨리며 말했다.

"뭘 갖고 싶은 거죠?"

"무언가." 브루노가 무심한 듯 입을 비쭉거리자 입술 선이 흉하게 일그러졌다. "아니, 모든 거요. 내겐 한 가지 철학이 있는데, 사람은 죽기 전에 가능한 한 모든 걸 해 봐야 하고, 정말 불가능한 걸 하려고 애쓰다가 죽어야 한다는 거죠."

가이는 곧바로 반론을 제기하려 했지만 조심스럽게 마음을 가라앉히며 나지막이 말했다. "예를 들자면요?"

"로켓을 타고 달에 가는 거요. 혹은 눈가리개를 하고 차를 운전해서 최고 기록을 세우는 건데, 한 번 시도해본 적 있어요. 기록을 세우지는 못했지만, 시속 250킬로미터까지는 갔죠."

"눈가리개를 하고요?"

"도둑질도 해 봤어요." 브루노는 뚫어질 듯이 가이를 쳐다보았다. "아파트를 털었는데 괜찮은 경험이었어요."

가이는 브루노의 말을 믿었지만 이상하게도 입가에 미소가 번졌다. 브루노는 폭력적이거나 제정신이 아닌 사람일 수도 있었다. 제정신이 아니라기보다는 구제불능인지도 몰랐다. 가이가 앤에게 가끔 말하던, 부유한 자들을 몸부림치게 하는 권태인지도 몰랐다. 권태는 무언가 창조하기보다는 파괴하는 쪽으로 이어지는 경우가 많았고, 가난만큼이나 쉽게 범죄를 저지르도록 부추겼다.

"필요한 게 있었던 건 아니에요. 필요 없는 걸 가져왔는데, 특히 아예 필요 없는 걸 훔쳤죠."

"뭘 훔쳤나요?"

브루노는 어깨를 으쓱했다. "라이터, 테이블 모형, 벽난로 위에 있던 작은 조각상, 채색 유리잔 같은 거요." 그는 다시 어깨를 으쓱하고는 말을 이었다. "지금 처음으로 말한 겁니다. 난 과묵한 편입니다. 당신은 그렇지 않다고 생각하겠지만요."

가이는 담배를 한 개비 꺼내며 물었다. "어떻게 해냈나요?"

"적당한 시기가 올 때까지 아스토리아에 있는 아파트 한 곳을 지켜보다가 창문으로 침입했습니다. 나올 때는 비상계단으로 내려왔고 별 어려움도 없었어요. 하고 싶었던 일 가운데 하나를 무사히 해냈으니 하느님께 감사할 따름이죠."

"왜 하느님께 감사하죠?"

브루노는 쑥스러운 듯 미소 지었다. "왜 그런 말을 했는지 모르겠네요." 그는 자기 잔을 채우고 가이의 잔도 채워주었다.

가이는 도둑질을 한 적이 있는 브루노의 손을 쳐다보았다. 뻣뻣해 보이는 손은 가볍게 떨렸고, 손톱 밑 생살 아래로 손톱자국이 보였다. 성냥을 쥐고 있던 손이 어색하게 움직이더니, 마치 갓난아이처럼 힘없이 성냥을 떨어뜨렸다. 성냥은 이미 담뱃재로 덮인 스테이크에 툭 떨어졌다. 가이는 범죄가 얼마나 따분한 것인지, 때로는 아무런 동기도 없다는 생각이 들었다. 그런 따분한 상황이 범죄로 이어지기도 했다. 브루노의 손, 그의 특별전용실, 혹은 흉하게 일그러진 얼굴을 보고 그가 도둑질한 적이 있다는 걸 누가 알겠는가? 가이는 다시 자리에 앉았다.

"당신 얘기 좀 들려줘요." 브루노가 유쾌하게 말했다.

"이야기할 게 없어요." 가이는 재킷 주머니에서 파이프를 꺼내어 구두 뒤축에 대고 털었다. 파이프에 든 재가 카펫 바닥에 떨어졌지만 신경 쓰지 않았다. 술기운이 몸 깊숙한 곳까지 퍼졌다. 팜비치 프로젝트의 계약이 성사된다면, 일을 시작하기 전 2주는 금방 지나갈 것이다. 이혼을 하는 데는 오랜 시간이 걸리지 않는다. 완성된 설계도에 따라 지어진, 초록 잔디밭에 서 있는 나지막한 흰색 건물들의 모양이 애써 떠올리지 않아도 머릿속에 자세히 펼쳐졌다. 그러자 그는 왠지 어깨가 으쓱했고 갑자기 축복이라도 받은 양 마음이 평온해졌다.

"어떤 종류의 건물을 짓습니까?" 브루노가 물었다.

"음, 현대적인 건물들이요. 상점 두어 개와 작은 규모의 사무실 건물을 설계했습니다." 가이는 가벼운 웃음을 지으며 대답했다. 사람들이 그의 직업을 물어볼 때면 귀찮고 짜증스러웠는데 어쩐지 이번에는 그렇지 않았다.

"기혼인가요?"

"아니요. 아, 별거 중이니 기혼이라 해야겠군요."

"별거는 왜?"

"서로 맞지 않아서요." 가이가 대답했다.

"얼마나 오랫동안이요?"

"3년이요."

"이혼하고 싶지 않은가 보죠?"

가이는 머뭇거리며 얼굴을 찌푸렸다.

"아내도 텍사스 주에 사나요?"

"네."

"아내를 만나러 가는 길인가 보죠?"

"네. 이제 이혼 문제를 마무리 지으려고요." 가이는 입을 꾹 다물었다. 그런 말은 도대체 왜 했을까?

브루노가 놀리는 듯한 표정으로 물었다. "텍사스 주 여자들은 어때요?"

"아주 예쁘죠. 몇몇 여자들은 말입니다." 가이가 대답했다.

"하지만 대개 멍청하죠?"

"그럴지도." 가이는 속으로 씩 웃었다. 미리엄은 브루노가 말하는 전형적인 남부 여자였다.

"아내는 어떤 여자예요?"

"꽤 예뻐요." 가이는 조심스럽게 말했다. "빨강머리에 약간 통통해요."

"이름은?"

"미리엄. 미리엄 조이스예요."

"똑똑한가요 아니면 좀 둔한 편인가요?"

"똑똑한 편은 아니에요. 똑똑한 여자와 결혼하고 싶지 않았거든요."

"뜨겁게 사랑했군요, 그렇죠?"

브루노가 왜 그렇게 말했을까? 혹시 그가 티를 냈던가? 브루노는 하나도 놓치지 않겠다는 듯 눈을 깜박이지도 않고 그를 빤히 쳐다보았다. 이젠 피곤도 졸음도 달아난 것 같았다. 가이는 브루노의 회색 눈동자가 자신을 아주 오래전부터 관찰해왔다는 느낌이 들었다. "왜 그런 말을 하는 거죠?"

"당신은 좋은 사람이고 모든 걸 진지하게 받아들이죠. 여자도 힘든 방식으로 대할 것 같은데, 안 그래요?"

"힘든 방식이라면 어떤 거죠?" 가이는 반박했지만 브루노에게 호감이 갔다. 브루노는 가이에 대한 생각을 있는 그대로 솔직하게 말했기 때문이다. 대부분의 사람들은 그렇지 않은데 말이다.

브루노는 양손으로 부채꼴 모양을 만들고는 한숨을 내쉬었다.

"힘든 방식이 어떤 거죠?" 가이가 재차 물었다.

"원대한 희망을 품고 시작했다가 된통 상처받는 거죠."

"꼭 그런 건 아닙니다." 하지만 가이는 자기 연민으로 마음 한구석이 아팠다. 그는 잔을 들고 자리에서 일어났다. 전용실 안에는 움직일 틈도 없었고, 열차가 흔들리는 바람에 똑바로 서 있기조차 힘들었다.

브루노는 꼬고 앉은 다리를 흔들거리며 그를 빤히 쳐다보았고, 접시에 걸쳐둔 담배에 손을 갖다 대며 계속 깐닥거렸다. 검은 석쇠 자국이 있고 설구워 분홍색이 도는 스테이크는 이제 서서히 재로 덮여가고 있었다. 가이는 자신이 기혼이라는 사실을 말하고 난 이후부터 브루노가 덜 다정해진 것 같다는 생각이 들었다.

"아내가 잘못이라도 했나요? 다른 남자와 잠자리를 한다든가."

브루노의 예리한 지적에 가이는 짜증이 났다. "아니요. 아무튼 모두 지난 일입니다."

"하지만 아직 기혼 상태잖아요. 진작 이혼할 수도 있었을 텐데요."

가이는 순간 수치심이 느껴졌다. "이혼 문제에 그다지 신경을 쓰지 않았어요."

"그런데 뭐가 바뀐 거죠?"

"아내가 이혼하기로 마음을 굳혔어요. 아이를 낳을 생각인 것 같아요."

"결심하기에 좋은 시기군요. 3년 동안 이 남자 저 남자 만나면서 마침내 한 사람에게 정착했나 보죠?"

물론 그랬고, 미리엄은 아이 때문에 그렇게 마음먹었을 것이다. 그런데 브루노는 어떻게 알았을까? 가이는 브루노가 주변 사람들에 대한 증오를 미리엄에게 겹쳐 생각하고 있는 듯한 느낌이 들었다. 가이는 창밖으로 시선을 돌렸지만, 창에 비치는 건 자신의 모습뿐이었다. 심장박동 소리가 열차의 진동 소리보다 더 크게 온몸에 울리는 것 같았다. 미리엄에 관해 그렇게 많은 얘기를 다른 사람한테 한 적이 한 번도 없었기 때문인 듯했다.

앤에게도 방금 브루노에게 말한 걸 애기한 적이 없었고, 미리엄이 한때는 달랐다고만 애기했다. 다정하고, 충실하고, 함께 있고 싶어 하고, 그를 무척 필요로 하고, 친정 가족들로부터 자유로웠다고. 내일이면 미리엄을 만날 것이고, 손을 뻗어 악수를 나눌 수도 있을 것이다. 한때 사랑했던 미리엄의 보드라운 살결을 만진다는 생각만으로도 참을 수 없었다. 느닷없이 그는 패배감에 젖어들었다.

"어떤 문제가 있었나요?" 바로 뒤편에서 브루노의 나지막한 목소리가 들렸다. "친구로서 궁금해서요. 결혼할 때 아내는 몇 살이었어요?"

"열여덟이요."

"곧바로 다른 남자들을 만나기 시작했나요?"

가이는 미리엄의 죄를 대신 떠맡기라도 하듯 조심스럽게 몸을 돌렸다. "여자들이라고 모두 그런 건 아니죠."

"하지만 아내는 그랬잖아요, 안 그래요?"

가이는 짜증스러우면서도 한편으로는 무언가에 마음이 홀린 듯 시선을 돌렸다. "네." 그의 귀를 뚫고 들어오는 그 짧은 말이 얼마나 욕되게 들렸는지!

"빨강머리의 남부 여자들이 어떤지 잘 알거든요." 브루노는 포크로 애플파이를 찍으며 말했다.

그러자 이번에도 쓸데없이 고약한 수치심이 가이의 마음을 파고들었다. 그럴 필요가 없었다. 미리엄이 지금껏 한 행동이나 말 때문에 브루노가 당혹스러워하거나 놀랄 일은 없었기 때문이다. 브루노는 남의 일에 관심만 보일 뿐 웬만한 일에는 놀라지도 않을 것 같았다.

브루노는 은근히 재미있다는 듯이 접시를 내려다보았다. 눈은 동그랗게 떴고 충혈된 청회색 눈동자는 어느 때보다 밝게 빛났다. "결혼이란 게 그런 거죠." 그는 한숨을 내쉬었다.

결혼이라는 단어가 가이의 귀에 맴돌았다. 그에게는 신성한 단어였다. 성스러움, 사랑, 죄와 같은 근본적인 신성함이 있었다. 그것은 미리엄이 적갈색 입술을 벌리며 '내가 왜 당신 때문에 난처해야 하지?'라고 묻는 것이었고, 앤이 크로커스를 심은 집 정원에서 머리칼을 젖히며 그를 올려다보는 눈빛이기도 했다. 시카고에 살 당시 미리엄이 거짓말을 할 때 늘 그랬듯이, 좁은 창문을 내다보다가 주근깨투성이 얼굴을 홱 돌리며 그를 노려보던 모습이기도 했다. 그리고 거만한 미소를 짓는 스티브의 길쭉하고 까무잡잡한 얼굴이기도 했다.

여러 기억들이 한꺼번에 밀려들자 그는 두 손을 들어 그 기억들을 밀어내고 싶은 심정이었다. 모든 일이 일어났던 시카고의 그 방…… 그 방의 냄새가 또렷이 떠올랐다. 미리엄이 뿌린 향수와 페인트를 칠한 라디에이터에서 나오는 열기가 뒤섞인 냄새. 그는 몇 년 만에 처음으로 미리엄의 얼굴을 곧바로 머릿속에서 지우지 않고 또렷이 떠올리며 멍하니 서 있었다. 지금 모든 기억이 한꺼번에 밀려온다 해서 무슨 상관이란 말인가? 그녀에 맞서 그를 막아준단 말인가 아니면 그를 숨겨주기라도 한단 말인가?

"말 그대로 어떤 문제가 생겼느냐는 말입니다. 듣고 싶은데, 말하기 곤란한 건 아니죠?"

문제는 바로 스티브였다. 가이는 술잔을 집어 들었다. 시카고에서의 그날 오후가 떠올랐다. 그 방 방문 너머 어두운 풍경이 사진처럼 선명하게 보이는 듯했다. 방에 있는 두 사람을 봤던 그날 오후는 여느 날과 달리 그날만의 색깔과 맛, 소리와 세계가 있는 것 같았다. 마치 끔찍한 예술 작품처럼, 오랜 세월이 지나 특정한 날짜로 정해진 날처럼 말이다. 혹은 그 반대로 늘 그와 함께 하는 걸까? 늘 그랬듯이 지금도 그때 모습이 선명하게 떠올랐기 때문이다. 무엇보다 브루노에게 모든 걸 말해버리고 싶다는 충동이 들었다. 낯선 승객인 브루노는 그의 이야기를 귀 기울여 듣고, 동정을 표하고, 곧 잊어버릴 것이다. 브루노에게 터놓을 생각을 하자 마음이 편안해졌다. 브루노는 기차에서 만날 법한 평범한 사람이 결코 아니었다. 가이의 불행했던 첫사랑 얘기를 아무렇지 않게 들을 만큼 사악하고 음흉한 사람이었다. 그리고 스티브는 나머지 이야기가 귀결되는 깜짝 엔딩에 지나지 않았다. 스티브가 첫 상대도 아니었다. 그날 오후, 그가 26년 동안 지켜온 자존심이 무참히 무너졌다. 그는 스스로에게 그 이야기를 수백 번 넘게 되뇌었다. 전형적인 이야기가 그의 어리석음 때문에 드라마틱해졌다. 어리석었던 탓에 우스꽝스러워졌던 것이다.

"난 그녀에게 너무 많은 걸 기대했어요." 가이가 아무렇지 않은 듯 말했다. "그럴 권리가 없는데도 말이죠. 사람들의 관심을 끄는 걸 좋아하는 그녀는 누구와 함께 살든 평생 남자들에게 꼬리 치며 살 겁니다."

"평생 철들지 않는 유형이군요." 브루노는 손을 내저었다. "한 남자에게 충실한 척조차 할 수 없죠."

가이는 브루노를 쳐다보았다. 미리엄은 꼭 한 번 그런 적이 있었다.

가이는 브루노에게 모든 걸 털어놓겠다는 생각을 떨쳐냈고, 그럴 뻔했다는 게 창피했다. 사실, 그가 얘기를 하든 말든 브루노는 관심조차 없어 보였다. 브루노는 의자에 몸을 깊숙이 묻은 채 스며나온 육즙에 성냥을 대고 선을 긋고 있었다. 입 아랫부분이 코와 턱 사이에 움푹 들어가 있어서 옆모습이 마치 노인 같았다. 그 입은 어떤 이야기도 듣고 싶지 않다고 말하는 것 같았다.

"그런 여자에겐 남자들이 꼬이는 법이죠. 쓰레기 주변에 파리가 꼬이듯이."

# 2

브루노의 충격적인 말에 가이는 정신이 번쩍 들었다. "당신도 그런 불쾌한 경험을 한 적이 있군요." 가이는 그렇게 말하면서도 브루노가 여자 문제로 괴로워하는 모습은 상상하기 힘들었다.

"아버지에게 그런 여자가 하나 있었죠. 역시 빨강머리에 카를로타라는 여자였어요." 브루노의 시선이 위로 향했고, 아버지에 대한 증오심이 가시처럼 그의 의식을 찌르는 듯했다. "뭐라고 비난할 수도 없어요. 그들을 끌어들이는 건 우리 아버지 같은 남자들이니까요."

카를로타. 가이는 브루노가 미리엄을 왜 그렇게 싫어하는지 알 것 같았다. 그의 성격, 아버지를 향한 증오, 뒤늦게 찾아온 반항심도 그 때문인 것 같았다.

"세상에는 두 가지 유형의 남자들이 있지요." 브루노는 목청을 높여 말하고는 곧장 입을 다물어버렸다.

가이는 틀이 좁은 벽걸이 거울에 비친 자신의 모습을 흘끗 쳐다보았다. 겁에 질린 눈빛과 완강해 보이는 입을 보고는 애써 마음을 가라앉히려 했다. 뒤에 있던 골프채가 그의 몸에 닿았다. 짙은 목재로 감싼 금속 소재를 보자 앤의 요트에 있는 나침반이 떠올랐다.

"그리고 본질적으로 여자는 한 유형뿐입니다." 브루노가 말을 이었다.

"배신자들이죠. 배신자이면서 창녀. 그중에서 고르는 거죠."

"그럼 당신 어머니 같은 여자들은요?"

"우리 어머니 같은 여자는 이제껏 본 적이 없어요." 브루노가 단언했다. "그렇게 많은 걸 가진 여자는 본 적이 없어요. 게다가 미인이고, 이성 친구들이 많지만 그들과 어리석은 짓은 하지 않죠."

잠시 침묵이 흘렀다.

가이는 새 담배를 꺼내어 손목시계에 톡톡 두드렸다. 시계는 10시 반을 가리키고 있었다. 이제 곧 자기 자리로 되돌아가야 했다.

"아내에 관해 어떻게 알게 되었나요?" 브루노가 그를 올려다보며 물었다.

가이는 담배를 피우며 시간을 끌었다.

"남자들이 몇이나 되었나요?"

"내가 알아내기 전에도 몇 명 있었어요." 그 사실을 인정해도 이제 아무렇지 않다는 확신이 들자, 마음속에 작은 소용돌이가 일며 혼란스러워지기 시작했다. 작은 소용돌이였지만, 입 밖으로 말해버렸기 때문에 머릿속 기억보다 더 현실적인 느낌이 들었다. 자존심일까? 증오일까? 아니면 지금껏 가져온 감정이 모두 부질없다는 생각에 조바심이 난 걸까? 가이는 화제를 바꾸었다. "죽기 전에 또 뭘 하고 싶은지 말해줘요."

"죽는다고요? 누가 죽음에 관해 얘기했었나요? 절대 풀 수 없는 계략을 몇 개 구상해뒀어요. 언젠가 시카고나 뉴욕에서 시작할 수도 있을 거고 내 아이디어를 돈 받고 팔 수도 있겠죠. 완전범죄에 대한 아이디어도 많이 갖고 있고요." 브루노는 도전하는 듯한 눈빛으로 가이를 빤히 올려다보았다.

"날 이곳으로 데려온 건 그런 계획 때문이 아니길 바랍니다." 가이가 자리에 앉으며 말했다.

"그럴 리가요. 난 그저 당신이 마음에 들었어요. 정말이에요."

브루노는 가이 역시 자기를 좋아한다고 말해주길 고대하는 표정이었다. 고통스러워 보이는 자그마한 두 눈동자에 느껴지는 그 고독함이란! 당혹스러워진 가이는 고개를 숙여 자신의 손을 내려다보았다. "당신이 하는 생각은 모두 범죄로 이어지나요?"

"물론 그렇진 않아요. 어떨 때는 누군가에게 천 달러를 주고 싶기도 해요. 거지한테요. 돈이 생기면 제일 먼저 하고 싶은 일 중 하나죠. 그런데 당신은 무언가를 훔치거나 누군가를 죽이고 싶다고 생각한 적이 한 번도 없어요? 분명히 있었을 겁니다. 사람이라면 누구나 그런 생각이 드는 법이니까요. 어떤 사람들은 전쟁터에서 사람을 죽이며 통쾌해할 거라고 생각하지 않아요?"

"그렇지 않을 겁니다." 가이가 말했다.

브루노는 머뭇거렸다. "물론 그걸 인정하는 사람은 아무도 없을 겁니다. 두려우니까요. 하지만 당신도 살아오면서 죽이고 싶었던 사람이 있었을 텐데요, 안 그래요?"

"그렇지 않습니다." 갑자기 스티브가 떠올랐다. 그를 죽여버리고 싶다고 생각한 적이 있었다.

브루노는 고개를 삐딱하게 기울였다. "분명히 있을 텐데, 왜 인정하지 않는 거죠?"

"그런 생각이 언뜻 떠오른 적은 있지만 더 이상 나아간 적은 없어요. 난 그런 사람이 아닙니다."

"바로 그 점이 당신이 잘못 생각하는 거예요. 사람이라면 누구든 살인을 저지를 수 있어요. 순전히 상황 때문인데, 그 사람의 기질과는 아무 상관이 없지요. 극한 상황에 처하면, 아주 사소한 것으로도 그 경계를 넘어서버리니까요. 누구든 마찬가지예요. 물론 당신 할머니도 그럴 거고요."

"난 동의할 수 없군요." 가이가 짤막하게 말했다.

"솔직하게 말하자면, 난 아버지를 죽이고 싶다는 생각을 수도 없이 했어요. 당신은 누구를 죽이고 싶다는 생각이 들었나요? 아내와 놀아난 놈들?"

"그놈들 중 하나요." 가이가 나지막이 중얼거렸다.

"어디까지 갔었나요?"

"그냥 생각만 했을 뿐입니다." 가이는 몇 달 동안 잠 못 이루던 밤이 떠올랐고, 앙갚음을 하지 않으면 마음이 평온해지지 않을 것 같던 기억이 떠올랐다. 혹시 어떤 이유로든 그 또한 경계를 넘어서버릴 수 있지 않았을까? 바로 그때, 브루노가 나지막이 중얼거리는 소리가 들렸다.

"당신이 생각한 것보다 훨씬 더 멀리 갔을 겁니다. 그게 내가 말할 수 있는 전부죠."

가이는 어리둥절해서 브루노를 바라보았다. 고개를 푹 숙인 채 셔츠 바람의 팔을 테이블에 올리고 있는 그의 모습은 밤새워 일하는 노름판의 조수 같았다.

"추리소설을 너무 많이 읽은 것 같군요." 그렇게 말하고 나서 가이는 왜 느닷없이 그런 생각이 떠올랐는지 알 수 없었다.

"추리소설은 훌륭합니다. 사람이라면 누구나 살인을 저지를 수 있다는 걸 보여주니까요."

"난 바로 그 점 때문에 좋지 않다고 생각합니다만."

"그 생각도 잘못되었어요." 브루노는 화난 듯 말했다. "살인사건 가운데 몇 퍼센트가 신문에 나는 줄 알아요?"

"모릅니다. 상관하지도 않고요."

"12분의 1입니다. 12분의 1이라니 상상이나 가요? 나머지 11은 누구라고 생각해요? 수면 위로 떠오르지 않는 사람들이 엄청나게 많아요. 경찰도 모든 범인을 잡을 순 없다는 사실을 알죠."

위스키를 더 따르던 브루노는 병이 빈 걸 알고 자리에서 일어섰다. 그의 바지 주머니에서 황금색 주머니칼이 실처럼 가느다란 골드체인에 매달려 반짝이는 게 언뜻 보였다. 가이는 아름다운 보석을 본 것처럼 만족스러운 심미안을 느꼈다. 위스키 병마개를 돌리는 브루노의 모습을 바라보자, 그가 언젠가 저 주머니칼로 사람을 죽일 수도 있을 것이고, 경찰에게 잡히든 말든 별로 신경 쓰지 않고 홀가분하게 지낼 거라는 생각이 문득 들었다.

브루노는 새 위스키 병을 든 채 고개를 돌리더니 소리 없이 씩 웃었다.
"나와 함께 샌타페이로 갈래요? 이틀 정도 푹 쉴 겸."

"고맙지만 사정이 여의치 않아서요."

"돈은 내게 충분히 있으니 부담 갖지 않아도 돼요." 그렇게 말하면서 그는 위스키를 테이블에 엎질렀다.

"호의는 고맙습니다." 가이가 말했다. 브루노는 가이의 옷차림을 보고 돈이 별로 없을 거라고 짐작한 것 같았다. 가이가 입고 있는 회색 플란넬 바지는 그가 평소 가장 즐겨 입는 옷이었다. 메트캐프에서도, 날씨가 너무 덥지 않다면 팜비치에서도 그 바지를 입을 참이었다. 가이가 뒤로 기대어 앉으며 바지 주머니에 손을 넣자, 오른쪽 아랫부분에 구멍이 만져졌다.

"왜 안 되는 거죠?" 브루노는 술잔을 건네며 말했다. "난 당신이 무척 마음에 들어요."

"왜요?"

"친절하고 점잖은 사람이니까요. 많은 사람들을 만나봤지만 당신 같은 사람은 많지 않더군요. 당신이 존경스러워요." 브루노는 그렇게 불쑥 말하고는 술잔을 입에 갖다 댔다.

"나도 당신이 마음에 듭니다." 가이가 말했다.

"나와 함께 가요. 네? 어머니가 올 때까지 이틀 동안은 딱히 할 일이 없거든요. 멋진 시간을 보낼 수 있을 거예요."

"다른 사람을 골라봐요."

"맙소사, 열차 안을 두리번거리며 승객을 골라보란 말인가요? 난 당신이 마음에 들어서 함께 가자고 한 겁니다. 하루라도 괜찮아요. 엘파소로 가지 않고 메트캐프에서 내릴 수도 있어요. 그랜드 캐니언을 보러 갈 예정이었거든요."

"고맙지만 메트캐프에서 일을 마치자마자 해야 할 일이 있어서요."

"그래요? 건물을 짓는 일 말인가요?" 브루노의 얼굴에 존경하는 듯한 미소가 다시 떠올랐다.

"네, 골프장이요." 가이에게는 그 말이 아직도 어색하게 들렸다. 두 달 전만 하더라도 자신이 골프장을 지을 거라고는 생각조차 하지 않았기 때문이다. "팜비치에 있는 팔미라 골프장이요."

"뭐라고요?"

팔미라 골프장이라면 브루노도 물론 들어본 적이 있었다. 팜비치에 있는 가장 큰 규모의 골프장이었던 것이다. 2년 전쯤 가본 적도 있었고, 신축한다는 소식도 들어서 알고 있었다.

“당신이 직접 설계했다고요?” 브루노는 영웅을 우러러보는 어린아이처럼 가이를 쳐다보았다. “스케치 그려줄 수 있어요?”

가이는 브루노의 수첩 뒤에다 건물 스케치를 대충 그리고는, 브루노의 바람대로 서명을 해주었다. 벽을 터서 아래층이 테라스까지 이어지는 넓은 무도회장을 만들려는 계획과, 에어컨을 설치하지 않고 지붕창을 내려면 허가를 받아야 한다는 사실도 설명해주었다. 이야기를 늘어놓자 행복이 밀려왔고, 나지막이 말했지만 가슴이 벅차올라 눈물이 고였다. 브루노에게 어쩜 그렇게 친밀하게 마음속 깊은 이야기를 할 수 있었는지 의아했다. 브루노보다 이해하기 힘든 사람이 또 있을까?

“굉장하네요. 골프장 외관을 어떻게 할지 정해주는 건가요?”

“아뇨, 여러 사람들을 만족시켜야 하는 일이지요.” 가이는 고개를 젖히며 웃었다.

“곧 유명해지겠네요. 지금도 유명할지 모르지만.”

잡지에 사진이 실리고 뉴스에 보도될 수도 있을 것이다. 설계도가 소개된 적은 없었지만 앞으로 그럴 거라는 확신이 들었다. 뉴욕 사무실 동료인 마이어스가 그렇게 말했고, 앤도 그럴 거라고 했다. 브릴하트 씨도 마찬가지였다. 이번 설계는 가이의 인생에서 가장 큰 임무가 될 것이다. “이번 일을 마치면 유명해질 수도 있을 겁니다. 관계자들이 홍보를 많이 하는 유형이니까요.”

대학 시절에 관한 이야기를 장황하게 늘어놓던 브루노는 아버지와 그 일이 없었더라면 사진작가가 되었을 거라고 말했다. 가이는 귀 기울여 듣지 않았다. 멍하니 술을 한 모금 마시며 팜비치 프로젝트 이후에 어떤 설계를 할지 생각해보았다. 곧 뉴욕에서 사무실 건물을 설계할 거라는 생각이 들었다. 뉴욕 사무실에 관한 아이디어도 있었고, 그 아이디어를 구현해 내고 싶은 마음이 간절했다. 가이 대니얼 헤인스는 유명한 이름이 될 것이다. 그는 앤보다 돈이 적다는 생각을 도무지 떨치지 못하는 고루한 남자가 더 이상 아닐 것이다.

"그렇지 않을까요?" 브루노가 다시 이야기를 꺼냈다.

"뭐가요?"

브루노는 숨을 깊게 내쉬었다. "당신 아내가 이혼 문제로 말썽을 부린다고 생각해봐요. 당신이 팜비치에 있는 동안 그녀가 문제를 일으켜 당신이 그 일을 맡지 못하게 한다면, 살인을 저지를 만한 동기가 되지 않을까요?"

"아내를 죽인다고요?"

"물론이죠."

"말도 안 돼." 가이는 그렇게 말하면서도 그 질문을 떠올리자 마음이 불편했다. 미리엄이 시어머니를 통해 팔미라 골프장 얘기를 듣고서는, 그를 골탕 먹이겠다는 알량한 쾌감을 맛보려고 심술을 부리지 않을까 두려웠다.

"아내한테 배신당했을 때, 그녀를 죽여버리고 싶지 않았어요?"

"그렇지 않았어요. 이제 그 얘기 좀 그만하면 안 될까요?" 그러자 가이는 지금껏 한 번도 동일선상에 두고 바라본 적 없는, 인생의 두 축인 결혼과 일이 문득 한눈에 들어오는 것 같았다. 결혼 생활은 그렇게 어리석고 무력하게 해왔으면서 일은 어떻게 그렇게 유능하게 해왔는지 도무지 이해가 되지 않아, 머리가 빙글빙글 도는 것 같았다. 브루노를 슬쩍 쳐다보자 여전히 그를 주시하고 있었다. 술기운이 약간 올라오자 가이는 술잔을 테이블 위에 내려놓고 약간 앞으로 밀었다.

"한 번쯤은 그러고 싶었던 게 분명해요." 술을 마신 브루노는 고집을 부리며 나지막이 말했다.

"아닙니다." 가이는 열차에서 내려 걷고 싶었지만, 열차는 절대 멈추지 않을 것처럼 계속 앞으로 나아갔다. 미리엄 때문에 팜비치 프로젝트를 그르치게 된다면 어떻게 될까? 그는 그곳에서 몇 달 동안 담당자들과 함께 어울리며 지내야 할 것이다. 그런 일이라면 브루노가 무척 잘 이해했다. 가이는 이마에 난 땀을 손으로 닦아냈다. 문제는, 미리엄을 만날 때까지 그녀가 무슨 생각을 하는지 알 수 없다는 것이었다. 그는 지쳐 있었고, 그런 틈을 타서 미리엄이 군대처럼 치고 들어올 수도 있을 것이다. 지난 2년 동안 그런 일이 자주 일어나자 그녀에 대한 사랑은 메말라버렸다. 그리고 지금도 마찬가지였다. 가이는 브루노가 지겨워졌다. 브루노는 미소 짓고 있었다.

"아버지를 죽일 계획 가운데 하나를 말해줄까요?"

"아니요." 가이가 말했다. 브루노가 잔을 채우려 하자 가이는 손으로 유리잔을 막았다.

"욕조에 부서진 전구 소켓을 집어넣거나 차고에 일산화탄소를 채우는 것 중에 어느 게 나을까요?"

"마음대로 하고 그 얘기라면 이제 그만둬요!"

"할 겁니다. 하고야 말 겁니다. 언젠가 하게 될 또 다른 일이 뭔지 알아요? 자살하고 싶을 때 내가 가장 싫어하는 사람에게 살해당한 것처럼 꾸미고 나서 자살하는 겁니다."

가이는 구역질이 나서 브루노를 쳐다보았다. 브루노의 모습이 마치 서서히 녹아내리는 듯 윤곽이 희미해지는 것 같았다. 육체는 사라지고 목소리와 악의가 가득 찬 영혼만 남은 것 같았다. 가이가 경멸하는 모든 것이 브루노의 모습을 통해 나타나는 것 같았다. 그가 절대 되고 싶지 않은 모습이 바로 브루노 자체였다.

"당신을 위해 당신 아내를 완전범죄로 처리해줄까요? 언젠가 써먹고 싶을지도 몰라요." 브루노는 가이의 시선을 의식하며 몸을 움츠렸다.

가이가 자리에서 일어서며 말했다. "좀 걷고 싶군요."

그러자 브루노는 손뼉을 탁 쳤다. "굉장한 아이디어가 떠올랐어요. 우리 둘이 서로를 위해 살인을 하는 겁니다. 난 당신의 아내를, 당신은 우리 아버지를 죽이는 거죠. 우린 기차에서 우연히 만났으니 우리가 아는 사이라는 사실은 아무도 몰라요. 완벽한 알리바이라고요!"

가이는 눈앞에 있는 벽이 금방이라도 무너질 듯이 흔들리는 것 같았다. 살인이라는 단어만으로도 넌더리가 나고 겁이 덜컥 났다. 브루노로부터 벗어나고 그 공간에서 나가고 싶었지만, 악몽 같은 무거운 것에 짓눌린 것 같았다. 가이는 눈앞에서 무너지려는 벽을 똑바로 세우려고, 브루노의 말을 알아들으려고 애쓰며 마음을 가라앉히려 했다. 어딘가 논리적이고 해결해야 할 문제나 수수께끼 같은 게 있다는 느낌이 들어서였다.

브루노는 담배 얼룩이 묻은 손을 번쩍 들어 올리더니 떨리는 손을 무릎에 내렸다. "빈틈없는 알리바이라고요!" 그가 소리쳤다. "평생 떠올린 아이디어 가운데 최고예요! 안 그래요? 당신이 도시를 떠난 사이 내가 일을 저지르고, 내가 다른 곳에 가 있는 사이 당신이 일을 저지르는 거죠."

가이는 무슨 말인지 알아들었다. 결코 아무도 알아낼 수 없을 것이다.

"미리엄 같은 여자를 끝장내고 당신의 경력을 계속 쌓아가게 하면 내게도 큰 기쁨일 겁니다." 브루노는 키득거리며 말을 이었다. "그녀가 다른 사람들의 인생을 망치기 전에 끝장내버려야 하지 않을까요? 자, 자리에 앉아요."

가이는 미리엄 때문에 자신의 인생이 망가진 건 아니라고 말하고 싶었지만, 브루노는 그럴 틈을 주지 않았다.

"그러니까, 한번 계획이나 짜보자는 겁니다. 당신은 그녀가 어디에 사는지 내게 자세히 알려줄 수 있고, 나도 당신이 우리 집에 사는 것만큼이나 자세히 얘기해줄 수 있어요. 우린 집 안 여기저기에 지문을 잔뜩 남겨 경찰을 미치게 만들 수도 있을 거예요." 그는 킬킬거리며 말을 이었다. "물론 몇 달 동안 서로 떨어져 일절 연락을 하지 말아야 할 겁니다. 이건 식은 죽 먹기라고요." 자리에서 일어나 술잔을 잡으려던 그는 하마터면 넘어질 뻔했다. 그러고는 곧바로 자신감으로 숨이 막힐 듯한 표정으로 가이의 얼굴에 대고 말했다. "당신이라면 할 수 있을 거예요. 장애물도 없을 거고, 장담하는데 내가 모두 알아서 할게요."

가이는 브루노를 밀쳐냈는데, 생각보다 더 힘껏 밀어버렸다. 창가 자리에 주저앉은 브루노는 반동을 받은 듯이 곧바로 다시 일어났다. 가이는 숨이 막힐 것 같았지만, 눈앞에 있는 벽은 무너지지 않고 그대로 서 있었다. 좁은 그 공간이 지옥 같았다. 도대체 그는 그곳에서 뭘 하고 있는 걸까? 언제 그리고 어쩌다가 그렇게 취해버린 걸까?

"난 당신이 할 수 있을 거라 생각해요." 브루노가 찌푸린 얼굴로 말했다.

가이는 헛소리는 그만 집어치우라고 소리치고 싶었지만, 나지막한 목소리가 새어 나왔을 뿐이다. "넌더리가 나요."

브루노의 좁다란 얼굴이 이상하게 뒤틀리는 것 같았다. 깜짝 놀라 움찔하는 표정은 이상할 정도로 불길하고 음흉했다. 그러더니 곧 사근사근한 태도로 어깨를 으쓱했다.

"알았어요. 좋은 아이디어가 떠올랐고 완벽한 계획이라고 말하는 것뿐입니다. 언젠가는 써먹을 아이디어인데, 물론 다른 사람과 해야겠죠. 어디 가는 거예요?"

가이는 마침내 특별 전용실 출입문을 나가서 플랫폼으로 이어지는 문을 열었다. 한층 차가워진 바람이 매서운 회초리처럼 그를 때렸고, 덜컹거리는 열차 소리는 그를 힐난하는 것 같았다. 차가운 바람이 몰아치고, 열차 소리가 울리는 데다 욕까지 내뱉으니 금방이라도 토할 것 같았다.

"괜찮아요?"

뒤돌아보자 브루노가 육중한 문을 지나 그에게 다가오고 있었다.

"미안해요."

"괜찮아요." 가이는 곧장 대답했다. 자기 비하에 빠져 개처럼 변해버린 브루노의 얼굴을 보고 충격을 받았기 때문이다.

"고마워요." 브루노가 고개를 숙이자, 덜컹거리는 열차 소리가 점점 잦아들기 시작했다. 가이는 브루노가 넘어지지 않도록 부축해주었다.

기차가 멈춰 있어서 천만다행이었다. 가이는 브루노의 어깨를 가볍게 쳤다. "자, 내려서 바람이나 쐬도록 해요."

그들은 고요하고 칠흑처럼 검은 플랫폼에 발을 내디뎠다.

"미친 생각이었죠?" 브루노가 말했다. "불빛이 하나도 없군요."

가이는 하늘을 올려다보았다. 달도 보이지 않았다. 차가워진 공기에 몸이 뻣뻣해지고 정신이 번쩍 들었다. 어디선가 목제 문을 닫는 소리가 들렸다. 자그마한 불빛이 점점 더 커져 등불로 변하더니, 등불을 든 남자가 불빛이 새어나오는 화물칸 뒤편으로 뛰어갔다. 가이는 그 불빛을 향해 천천히 걸어갔고 브루노도 뒤따라갔다.

칠흑 같은 대초원 저 멀리서 열차 소리가 구슬프게 울리더니 다시 서서히 잦아들었다. 어린 시절에 들었던 아름답고 순수하고 고적한 소리였다. 흰 야생마가 갈기를 흔들며 울부짖는 소리 같기도 했다. 누군가 곁에 있다는 생각이 들자 가이는 브루노의 팔짱을 꼈다.

"난 걷고 싶지 않아요." 브루노가 팔을 빼내며 큰 소리로 말하고는 발걸음을 멈췄다. 차가운 공기를 마시자 몸이 움츠러드는 것 같았다.

기차가 다시 출발하고 있었다. 가이는 축 늘어진 브루노를 열차에 태웠다.

"자기 전에 한잔할래요?" 브루노는 금방이라도 쓰러질 것 같은 피곤한 표정으로 문에 서서 말했다.

"고맙지만 사양할게요."

출입문에 녹색 커튼이 쳐져 있어서 둘의 나지막한 목소리는 잘 들리지 않았다.

"아침에 와줘요. 문은 잠그지 않을 테니까요. 대답 없으면 그냥 들어오고요."

가이는 초록색 커튼 사이를 비틀거리며 지나 자신의 침대칸으로 갔다.

자리에 눕자 습관적으로 책이 생각났다. 플라톤 책을 브루노의 특별 전용실에 두고 왔다. 그 책이 하룻밤 동안 브루노의 방에 있을 것이고, 브루노가 책을 만지거나 펼칠 생각을 하자 불쾌했다.

# 3

가이는 곧바로 미리엄에게 연락했고, 그녀는 서로의 집 사이에 있는 고등학교에서 만나자고 했다.

그는 아스팔트 운동장 모퉁이에 서서 그녀를 기다리고 있었다. 물론 그녀는 늦을 것이다. 그녀가 왜 고등학교에서 만나자고 했는지 의아했다. 그녀가 다녔던 학교이기 때문일까? 그곳에서 그녀를 기다리곤 했던 당시에는 그녀를 사랑했었다.

하늘은 구름 한 점 없이 맑았다. 뜨겁게 내리쬐는 태양은 스스로의 열로 하얗게 변한 물체처럼 노란색이 아니라 무색에 가까웠다. 나무 너머로 불그스름하고 좁다란 건물 꼭대기가 보였는데, 2년 전 메트캐프에 왔을 때만 해도 보지 못했던 것이다. 가이는 주변을 둘러보았다. 더위 탓에 모두들 학교, 심지어 근처의 집을 두고 떠나버린 것처럼 눈에 띄는 사람이 단 한 명도 없었다. 아치 모양의 어두운 학교 현관문에서 내려오는 널찍한 회색 계단이 눈에 들어왔다. 잉크 자국이 묻어 있고 모서리가 약간 닳은, 미리엄의 대수 교과서에서 나던 땀 냄새가 코끝에 와 닿는 듯했다. 그가 문제를 풀어주려고 책을 펼쳤을 때, 페이지 귀퉁이에 연필로 쓴 '미리엄'이라는 글자와 책 뒷면 백지에 그린 곱슬곱슬한 파마머리 소녀의 모습도 떠올랐다. 그는 도대체 왜 미리엄이 다른 여자아이들과 다르다고 생각했었던 걸까?

가이는 십자가 모양의 철제 담장 사이로 난 교문을 지나 다시 칼리지 대로를 쳐다보았다. 그러자 보도 가장자리 연둣빛 가로수 아래에 그녀가 보였다. 심장박동이 빨라지기 시작하자 그는 애써 괜찮은 척 눈을 깜박였다. 미리엄은 평소처럼 다소 느릿하게 걸으며 다가오고 있었다. 이윽고 챙이 넓은 밝은색 모자가 눈에 들어왔다. 그녀에게 비치는 햇살과 그림자가 마치 어지러운 작은 점처럼 어른거렸다. 미리엄이 편안한 표정으로 손을 흔들자, 가이도 주머니에서 손을 꺼내어 흔들어 보이고는 마치 수줍음 타는 소년처럼 긴장해서 학교 운동장으로 되돌아갔다. 나무 아래 서 있던 낯선 소녀 같던 그녀는 팜비치 프로젝트에 관해 알고 있었다. 30분 전에 그가 어머니에게 전화하자, 최근에 미리엄과 통화했을 때 말해주었다고 했다.

"안녕." 미리엄은 큰 입을 벌려 잠시 미소 짓더니, 오렌지색이 감도는 분홍빛 입술을 곧바로 다물어버렸다. 앞니 사이의 벌어진 틈을 보여주기 싫어서라는 걸 가이는 기억하고 있었다.

"잘 지냈어, 미리엄?" 무의식적으로 그녀를 흘깃 쳐다보았다. 통통했지만 임신한 티가 나지는 않았다. 그러자 그녀가 거짓말을 했을지도 모른다는 생각이 문득 들었다. 그녀는 밝은 꽃무늬 스커트에 짧은 소매의 흰색 블라우스 차림이었다. 그리고 광택감이 있는 가죽 소재의 커다란 흰색 핸드백을 들고 있었다.

그늘진 석조 벤치에 새침 떨듯이 얌전하게 앉은 미리엄은 가이에게 열차를 타고 오느라 피곤하지 않았느냐는 등 따분한 질문을 했다. 늘 통통하던 양쪽 뺨이 더 통통해져서 턱선이 더 뾰족해 보였다. 눈 밑에는 잔주름이 있었다. 그녀도 이제 22년이라는 짧지 않은 세월을 산 것이다.

"1월 예정이야." 미리엄이 단조로운 목소리로 말했다. "1월에 아이가 태어날 거야."

그렇다면 임신한 지 두 달인 셈이었다. "그와 결혼하고 싶은가 보네."

미리엄은 고개를 약간 돌리더니 아래를 내려다보았다. 그녀의 좁은 뺨에 햇빛이 비치자 선명한 주근깨 자국이 가이의 눈에 들어왔다. 그는 주근깨의 일정한 모양이 기억났지만, 결혼한 이후에는 생각해본 적이 없는 것 같았다. 한때는 그녀가 자신의 것이라고, 그녀가 떠올리는 아무리 사소한 생각들도 모두 자신의 것이라고 확신하지 않았던가! 그러자 모든 사랑은 사람을 애태우고, 지식 다음으로 끔찍하다는 생각이 문득 들었다. 이제 가이는 미리엄의 머릿속에 있는 아주 사소한 생각조차 알지 못했다. 앤과도 그렇게 될까?

"그렇지 않아, 미리엄?" 가이는 다그치듯 물었다.

"지금 당장은 아니야. 복잡한 문제가 있어서."

"어떤 문제?"

"음, 우리가 원하는 만큼 빨리 결혼할 수는 없을 것 같아."

가이는 '우리'라는 말에 신경이 곤두섰다. 이번에도 어떤 남자일지 짐작이 갔다. 스티브처럼 키가 크고 피부색이 까무잡잡하고, 얼굴이 길쭉한 남자일 것이다. 미리엄은 늘 그런 유형의 남자들에게 끌렸다. 아이를 낳고 싶은 것도 그런 유형의 남자들뿐인 것 같았다. 그리고 결국 그녀는 지금 뱃속에 든 아이를 낳고 싶어 하는 게 분명했다. 어떤 일이 일어났을 것이다. 그 남자와는 상관없지만 그녀가 아이를 원하도록 만든 일이었을 것이다. 새침 떨 듯 꼼짝도 하지 않은 채 벤치에 앉아 있는 미리엄의 모습은 가이가 임신부들에게서 늘 봐왔거나 상상했던 자포자기에 빠진 멍한 표정이었다.

"그렇다고 우리 이혼을 늦출 필요는 없을 것 같은데."

"이틀 전까지만 하더라도 나도 그렇게 생각했어. 오언이 이번 달에 자유의 몸이 되어 결혼할 수 있을 거라고 생각했으니까."

"유부남이란 말이야?"

"응, 유부남이야." 미리엄은 한숨을 가볍게 내쉬고 희미한 미소를 지었다.

약간 당황한 가이는 고개를 숙이고 아스팔트 바닥에서 천천히 두어 걸음을 옮겼다. 그는 미리엄이 그 남자와 결혼할 거라고 알고 있었고, 그 남자는 어쩔 수 없어서 미리엄과 결혼할 거라고 생각했었다.

"남자는 어디에 있어? 여기에 살아?"

"휴스턴에 살아." 미리엄이 대답했다. "자리에 앉지 않을래?"

"아니."

"당신은 자리에 앉는 법이 없지."

가이는 아무 대꾸도 하지 않았다.

"아직도 반지 끼고 다녀?"

"응." 시카고대학교 졸업 동기생 반지였다. 미리엄은 가이가 대학교 졸업생임을 알려주는 증표인 그 반지를 볼 때마다 감탄하곤 했다. 그녀가 수줍은 웃음을 띠며 반지를 빤히 쳐다보자 그는 손을 주머니에 넣어버렸다. "내가 여기 있는 동안 마무리 짓고 싶어. 이번 주 내로 할 수 있겠지?"

"나, 멀리 가버리고 싶어."

"이혼 수속 때문에 그래?"

애매한 제스처를 취하는 미리엄의 뭉툭한 손을 보자 가이는 갑자기 브루노의 손이 떠올랐다. 오늘 아침에 가이는 브루노를 까맣게 잊어버린 채 기차에서 내렸다. 두고 온 책도 잊어버렸다.

"여기서 사는 데 질린 것 같아." 미리엄이 말했다.

"원하면 댈러스에 가서 이혼 수속을 밟을 수도 있어." 가이는 메트캐프에 사는 그녀의 친구들이 모두 알고 있기 때문이라는 생각이 들었다.

"난 시간을 갖고 좀 기다리고 싶어. 당신이 잠시 기다려주면 안 돼?"

"난 네가 곧장 이혼하고 싶어 하는 줄 알았어. 그 남자는 너와 결혼할 생각인 거야?"

"오언은 9월이 되어야 결혼할 수 있어. 그때나 되어야 자유의 몸이 되는데……."

"그런데?"

미리엄이 말없이 혀끝을 윗입술에 갖다 대는 모습을 보자, 가이는 그녀가 난처한 상황에 처했음을 알았다. 그녀는 뱃속에 든 아이를 간절히 원했으므로 아이를 낳기 넉 달 전에 아이 아빠와 결혼하려고 메트캐프에서 기다릴 작정인 것이다. 가이는 자기도 모르게 미리엄이 딱하다는 생각이 들었다.

"당신과 함께 멀리 가버리고 싶어."

진지해지려고 애써 노력하는 미리엄의 표정을 보자 가이는 그녀가 무슨 말을 하는지, 왜 그러는지 잊어버릴 뻔했다. "미리엄, 원하는 게 뭐야? 멀리 가는 데 돈이 필요하다는 거야?"

회색빛이 감도는 미리엄의 초록 눈동자에서 빛나던 몽롱한 눈빛이 안개처럼 흩어졌다. "어머님 말로는 당신이 팜비치에 갈 거라고 했어."

"일 때문에 가는 거야." 팔미라 골프장을 떠올리던 가이는 자신이 위험에 빠질 것 같았다. 아니, 벌써 위험에 빠져든 것 같았다.

"날 데려가줘. 당신한테 하는 마지막 부탁이야. 당신과 12월까지 함께 있을 수 있다면 그때 이혼할 수 있을 거고……."

가이는 아무 말도 할 수 없었지만 심장마비가 올 것처럼 가슴이 조여왔다. 갑자기 미리엄과 그녀 주변에 꾀는 모든 남자들이 역겹다는 생각이 들었다. 다른 남자의 아이를 뱃속에 밴 채 팜비치에 가서는 남편으로서 곁에 있어달라니!

"당신이 데려가지 않아도 난 어떻게든 갈 거야."

"미리엄, 난 지금 당장에라도 이혼할 수 있어. 아이를 낳을 때까지 기다려줄 필요도 없어. 법적으로도 그렇고." 가이의 목소리가 약간 떨렸다.

"당신은 나한테 그럴 수 없을 거야." 미리엄이 협박하는 듯 애원하며 말했다. 가이는 그가 예전에 그녀를 사랑했을 때는 그런 말을 들었을 때 화가 나기도 하고 애정을 느끼기도 해서 당혹스러웠었다.

그리고 지금 이 순간도 당혹스러웠다. 미리엄의 말이 옳았다. 가이는 지금 당장 그녀와 이혼하지 않을 것이다. 아직 그녀를 사랑해서도, 아내를 보호해야 한다는 의무감에서도 아니었다. 그녀가 딱해 보였고 한때 그녀를 사랑했다는 기억 때문이었다. 가이는 뉴욕에 있을 때에도, 심지어 미리엄으로부터 돈을 보내달라는 편지를 받았을 때조차 그녀가 딱하다는 생각이 들었다.

"네가 함께 가면 난 그 일을 맡지 않을 거야. 그럴 필요가 없을 테니까." 가이는 무미건조하게 말했지만, 이미 지난 일인데 다시 왈가불가해서 무슨 소용이 있겠느냐고 스스로를 다독였다.

"당신이 그런 일을 포기하지는 않을 텐데." 미리엄이 도전적으로 말했다.

승리감에 가득 차서 기묘한 웃음을 짓는 미리엄의 모습을 보고 가이는 고개를 돌려버렸다. 그녀가 잘못 생각하고 있었지만, 그는 아무 말도 하지 않았다. 가이는 모래투성이 아스팔트 바닥 위로 두어 걸음을 옮기다가 고개를 들고 뒤돌아보았다. 그는 침착해야 한다고, 화를 낸다고 될 일은 아무것도 없다며 마음속으로 중얼거렸다. 그가 그런 반응을 보일 때면 미리엄은 몹시 싫어했다. 그녀는 큰 소리를 내며 싸워야 직성이 풀렸기 때문이다. 미리엄은 가이가 그런 반응을 보이는 걸 싫어했지만, 결국 그가 더 마음 아파할 때 그런 모습을 보인다는 걸 알게 되었다. 가이도 자신이 그녀의 손아귀 안에 놀아난다는 걸 알았지만, 그렇다고 다른 반응을 보일 수도 없었다.

"아직 최종적으로 결정된 건 아니야. 일을 하고 싶지 않다고 전보만 보내면 그만이야." 나무 꼭대기 너머로, 미리엄이 오기 전에 보았던 불그스름한 신축 건물이 다시 눈에 들어왔다.

"그러고 나서는?"

"많은 일이 있겠지. 넌 모를 테지만."

"도망치려고? 그게 가장 손쉽게 빠져나가는 방법이니까." 미리엄이 조롱하듯 말했다.

가이는 다시 몸을 돌려 걸음을 옮겼다. 앤이 떠올랐다. 그녀와 함께라면 이 일도, 다른 어떤 일도 견딜 수 있을 것이다. 사실, 이상하게도 체념이 되었다. 실패한 청춘의 상징인 미리엄과 함께 있었기 때문일까? 가이는 혀끝을 깨물었다. 그의 마음속에는 두려움과 실패할 거라는 조바심이, 마치 보석의 겉면에는 보이지 않지만 절대 지워낼 수 없는 흠집처럼 도사리고 있었다. 때로는 그런 패배감을 즐기기도 했는데, 고등학교와 대학교에 다니던 시절에는 통과할 수 있었던 시험에 일부러 낙제를 하기도 했다. 양가 가족들과 친구들의 반대를 무릅쓰고 미리엄과 결혼했을 때도 마찬가지였다. 그는 잘 해낼 수 없을 거라는 걸 정말 몰랐던 걸까? 그리고 그는 이제 지금껏 맡은 가장 큰 일을 일언반구도 없이 포기해버렸다. 그는 멕시코로 가서 며칠 동안 앤과 함께 보낼 것이다. 그러면 남은 돈을 모두 써버릴 텐데, 그러면 안 될 이유도 없지 않은가? 앤을 만나지 않고 곧장 뉴욕으로 돌아가서 일할 수는 없었다.

"더 할 말 있어?" 가이가 물었다.

"이미 다 했어." 미리엄이 말하자 앞니의 벌어진 틈이 언뜻 보였다.

# 4

가이는 어둑하고 조용한 트래비스 거리를 지나 예전에 살았던 앰브로즈 거리를 향해 터벅터벅 발걸음을 옮겼다. 트래비스 거리와 딜랜시 거리가 만나는 길모퉁이에는 가정집 정원에 차린 장난감 가게 같은 작은 과일 가게가 있었다. 앰브로즈 거리 서쪽 끝에 있는 커다란 빨래방 건물에서 흰색 유니폼을 입은 젊은 아가씨들과 여자들이 수다를 떨며 나와 이른 점심을 먹으러 가고 있었다. 가이는 길거리에서 아는 체하며 인사를 해야 하는 사람을 아무도 만나지 않아 다행이었다. 마음을 편안하게 먹고 체념하자 심지어 행복하다는 느낌마저 들었다. 미리엄과 얘기한 지 5분이 지났을 뿐인데, 그녀는 중요치 않고 심지어 중요한 건 아무것도 없다는 생각이 들자 이상하고 낯설었다. 기차에서 괜히 불안해했다는 생각마저 들었다.

"그렇게 나쁘진 않았어요, 엄마." 그는 집에 도착해서 웃음 띤 얼굴로 말했다.

"다행이구나." 가이의 어머니는 걱정스러운 듯 눈썹을 올려 보이며 말하고는 흔들의자를 당겨 앉아 아들의 이야기에 귀를 기울였다. 연갈색 머리에 몸집이 작은 그녀는 옆모습으로 보는 콧날이 아직도 오뚝했고, 듬성듬성 난 백발에서 에너지가 빛나는 것 같았다. 그녀는 늘 쾌활했다. 가이는 자신과 어머니의 차이가 바로 그 점인 것 같았다. 미리엄과의 문제로 힘들어할 때부터 어머니와 다소 거리감이 들었던 것도 그 때문이었다. 어머니는 그에게 잊어버리라고 조언해준 반면, 그는 아픔을 달랠 수 있는 모든 방법을 알아내려고 했었다.

“미리엄이 뭐라고 해? 둘이 오래 있지 않았구나. 함께 점심이라도 먹을 줄 알았더니.”

“네, 엄마.” 그는 한숨을 내쉬며 무늬를 넣어 짠 천 소파에 털썩 주저앉았다. “아무 문제 없지만, 팔미라 골프장 일은 맡지 않을 것 같아요.”

“왜 맡지 않는다는 거니? 혹시 미리엄이…… 미리엄이 아이를 낳을 거라는 게 사실이야?”

어머니는 실망하는 것 같았지만, 그 일이 어떤 일인지 알게 된다면 실망 정도가 아닐 것이다. 가이는 어머니가 그 일의 진가를 몰라 다행이라고 생각했다.

“사실이에요.” 그렇게 말하고 고개를 젖히자 소파의 차가운 목제 테두리가 그의 목덜미에 닿았다. 그는 자신의 삶과 어머니의 삶을 분리하는 만灣 같은 게 있다는 생각이 떠올랐다. 가이는 미리엄과의 관계에 대해서는 어머니에게 별다른 얘기를 하지 않았다. 어머니는 미시시피 주의 단란하고 행복한 가정에서 자랐고, 노년에는 메트캐프에 있는 커다란 집과 정원을 가꾸며 오래되고 다정한 친구들과 즐겁게 지내고 있었다. 그런 어머니가 악의로 가득 찬 미리엄을 이해할 수 있을까? 그리고 업무에 관련된 한두 가지 아이디어를 얻기 위해 뉴욕에서 불안정하게 살아가는 아들을 이해할 수 있을까?

“그런데 팜비치 일이 미리엄과 무슨 상관인 거니?” 그의 어머니가 마침내 그에게 물었다.

“미리엄이 함께 그곳에 가고 싶다고, 나더러 곁에 있어달라고 해요. 난 도저히 견딜 수 없을 것 같고요." 가이는 주먹을 움켜쥐었다. 미리엄이 팜비치에 가서 팔미라 골프장의 관리 담당자인 클래런스 브릴하트 씨와 만나는 모습이 갑자기 떠올랐다. 브릴하트 씨가 속으로는 깜짝 놀라면서도 겉으로는 아무렇지 않은 듯 예의를 차릴 모습이 염려되어서가 아니라, 가이 자신이 싫어서였다. 그런 대단한 일을 맡는 동안 미리엄이 곁에 있다는 생각만으로도 견디기 힘들었다.

"도저히 견딜 수 없을 것 같아요." 가이는 재차 말했다.

어머니는 아무 대꾸도 하지 않았지만 침묵하는 건 알아들었다는 뜻이었다. 무언가 대꾸한다면, 예전에 결혼을 반대했다는 얘기를 다시 꺼낼 것이다. 하지만 이번에는 그러지 않았다.

"너로서는 견딜 수 없겠구나."

"네, 견딜 수 없어요." 가이는 소파에서 일어나 어머니의 부드러운 얼굴을 양손으로 감싸고 이마에 입을 맞추었다. "엄마, 난 괜찮아요. 정말 괜찮아요."

"그래, 그래야지."

가이는 거실을 가로질러 업라이트 피아노가 놓인 곳으로 갔다. "앤을 만나러 멕시코로 갈 생각이에요."

"어머, 그러니? 일 없이 돌아다니는 팔자 좋은 사람이구나." 그녀가 미소 짓자 가이는 그날 처음으로 유쾌한 기분이 들었다.

"멕시코에 같이 가고 싶어요?" 가이는 어릴 적에 배웠던 〈사라방드〉를 연주하면서 어깨 너머로 어머니를 쳐다보며 물었다.

"멕시코라!" 어머니는 짐짓 겁에 질린 척하며 말했다. "야생마들도 날 멕시코에 데려가진 못할 거야. 돌아오는 길에 앤을 데려와도 좋아."

"그럴지도 모르죠."

그녀는 가이에게 가까이 다가가 조심스럽게 어깨에 손을 올리며 말했다. "가이, 네가 다시 행복해진 것 같은 느낌이 종종 든단다. 이렇게 즐거워할 때 말이야."

# 5

무슨 일 있어? 얼른 편지 보내줘. 전화해주면 더 좋고. 우린 리츠 호텔에 2주 동안 더 머무를 거야. 여행 중에도 당신이 보고 싶어. 여기 함께 오지 못해 아쉽지만 이해해. 매일 매 순간 잘 지내길 바랄게. 그 일은 곧 마무리될 거고 우린 해낼 수 있을 거야. 무슨 일이 있든 나한테 말해주고, 함께 부딪쳐보도록 하자. 이따금 당신이 상황에 직접 부딪쳐보지 않는다는 느낌이 들 때가 있거든.

무척 가까이 있으면서도 하루 이틀 동안도 올 수 없다는 게 속상해. 당신이 오고 싶어 하고, 그럴 시간이 있었으면 좋겠어. 난 당신이 여기 왔으면 좋겠고, 우리 가족들도 같은 마음이야. 당신이 그린 설계도는 정말 멋져. 난 당신이 자랑스러워. 앞으로 그 건물을 짓느라 몇 달 동안 떨어져 있을 생각을 하니 견딜 수 없어. 우리 아버지도 당신이 대단하다고 해. 우리 가족들은 모두 당신 얘기뿐이야.

나의 모든 사랑을 전하며,

즐겁게 지내.

A.

가이는 팔미라 골프장의 관리 담당자인 클래런스 브릴하트에게 전보를 쳤다.

주변 사정으로 인해 이번 일을 맡을 수 없게 되었습니다. 제 설계도를 당선시켜주시고 계속 지원해주신 점 감사드리며 깊은 유감을 표합니다. 곧 편지 드리겠습니다.

그러자 그들이 그의 설계도 대신 채택할, 프랭크 로이드 라이트뉴욕의 구겐하임 미술관을 설계한 근대 미국 건축을 대표하는 건축가를 모방한 '윌리엄 하크니스 건축사무소'의 설계도가 갑자기 떠올랐다. 수화기에 대고 전보 내용을 전하던 도중 더 고약한 생각이 떠올랐다. 골프장 이사회가 하크니스에게 그의 아이디어를 베껴달라고 요청할 것이라는 생각이었다. 물론 하크니스는 그렇게 해줄 것이다.

가이는 월요일에 비행기로 가서 며칠 동안 있을 거라고 앤에게 전보를 보냈다. 그리고 앤이 곁에 있으니 앞으로 팔미라 골프장 같은 대형 프로젝트를 다시 맡는 데 몇 개월, 아니 몇 년이 걸릴지 같은 것은 상관하지 않았다.

# 6

그날 저녁, 찰스 앤서니 브루노는 엘파소에 있는 호텔 침대에 누워 섬세하고 움푹 들어간 코 위에 황금색 만년필을 걸친 채 균형을 잡으려 하고 있었다. 마음이 뒤숭숭해서 잠이 오지도 않았고, 기운이 없어서 근처 술집을 돌아다니고 싶지도 않았다. 오후 내내 엘파소를 돌아다녔지만 그다지 마음에 들지 않았다. 그랜드 캐니언에 가고 싶다는 생각도 별로 없었다. 전날 밤 기차에서 떠올랐던 아이디어만 자꾸 생각났다. 그날 아침에 가이가 그를 깨워주지 않아 유감이었다. 가이가 함께 살인을 저지를 계획을 모의할 사람이어서가 아니라, 그가 인간적으로 마음에 들어서였다. 가이는 알아두면 좋을 것 같은 유형이었다. 게다가 그가 책을 두고 갔으니 그 책을 돌려줄 핑계도 있었다.

천장에 달린 선풍기 날개 네 개 가운데 하나가 없어서 윙윙, 이상한 소리가 났다. 날개가 빠지지 않았다면 좀 더 시원할 것이다. 화장실 세면대의 양쪽 수도꼭지 가운데 하나는 물이 샜고, 침대 위의 독서등은 나사가 망가져 대롱대롱 매달려 있었고, 옷장 문에는 지문이 잔뜩 묻어 있었다. 엘파소에서 가장 좋은 호텔이라는 곳이 이 모양이라니! 지금껏 브루노가 묵었던 호텔에서는 늘 무언가 한 가지는 문제가 있었는데, 도대체 왜 그런 걸까? 언젠가 아무런 문제도 없는 완벽한 호텔 객실을 찾게 되면 돈을 주고 사버릴 것이다. 남아프리카공화국에 있는 호텔이라 해도 말이다.

브루노는 상체를 세운 채 침대 모서리에 앉아서 수화기를 집어 들었다. "장거리 전화 연결해주세요." 그는 신발에 묻은 붉은 흙 자국이 흰색 이불에 묻은 걸 멍하니 바라보았다. "그레이트 넥 166J…… 네, 그레이트 넥이요." 그러고는 잠시 기다렸다. "뉴욕 주 롱아일랜드에 있는데, 들어본 적 없어요?"

1분도 지나지 않아 그의 어머니가 전화를 받았다.

"네, 여기 도착했어요. 일요일에 올 거죠? 노새 등을 타고 오는 것처럼 불편했으니까 엄마는 차라리…… 네, 좀 지쳤어요…… 그랜드 캐니언은 봤어요…… 하지만 색깔이 우중충했어요…… 그런데 엄마는 어때요?"

브루노는 갑자기 웃음을 터뜨렸다. 수화기를 든 채 웃음을 참지 못하고 신발을 벗고 침대에서 뒹굴었다. 어머니는 집에 돌아와 보니 캡틴이 친구 둘과 함께 있었다고 했다. 그녀를 처음 본 캡틴의 친구들은 그녀를 캡틴의 딸인 줄 알고 엉터리 얘기를 지껄였다고 했다.

# 7

가이는 침대에 누워 턱을 괸 채 연필로 쓴 편지를 가만히 바라보았다.

"한 번만 더 널 깨우면 앞으로 꽤 오랫동안 그럴 기회가 없겠구나." 그의 어머니가 말했다.

가이는 팜비치에서 온 편지를 집었다. "그렇게 오랫동안은 아닐 거예요, 엄마."

"내일 몇 시 비행기로 떠나니?"

"오후 1시 20분이요."

그녀는 상체를 숙이더니 침대 발치에 걸터앉았다. "에셀을 만날 시간은 없겠구나."

"꼭 만나볼게요, 엄마." 에셀은 어머니의 오랜 친구 가운데 한 분이었고, 그에게 처음 피아노 레슨을 해주기도 했다.

팜비치에서 온 편지는 브릴하트 씨가 보낸 것이었다. 그는 총책임자였고 이사회에 지붕창을 내자고 설득한 사람도 그였다.

"오늘 아침엔 커피를 진하게 끓였단다. 침대에 앉아서 아침 먹을래?" 가이의 어머니가 문간에서 말했다.

"네, 그러고 싶어요." 가이가 미소 지으며 대답했다.

그는 브릴하트가 보낸 편지를 천천히 다시 읽고는 봉투에 넣어 천천히 찢었다. 그러고 나서 다른 편지를 열었다. 연필로 휘갈겨 쓴 한 페이지짜리 편지였다. 편지 아래에 화려한 장식체로 한 서명을 보자 그의 입가에 다시 웃음이 번졌다. 다름 아닌 찰스 A. 브루노의 서명이었다.

가이에게,

열차에서 만났던 친구예요. 기억하죠? 그날 밤 당신이 두고 간 책을 찾았는데, 책 속에 적힌 텍사스 주소가 당신 주소임이 분명하다고 믿었지요. 그 책은 곧 부쳐드리겠습니다. 나도 약간 읽어보았는데, 플라톤의 책에 그렇게 많은 대화가 있는 줄 몰랐습니다.

그날 밤 함께 저녁식사를 해서 무척 즐거웠고 앞으로도 친구로 지내고 싶습니다. 샌타페이에서 만나도 좋을 것이고, 혹시 마음이 바뀌어 여기로 오고 싶다면 주소는 '뉴멕시코 주, 샌타페이, 라폰다 호텔'입니다. 앞으로 적어도 2주 동안은 여기 있을 겁니다.

우리가 두 사람을 살해하는 아이디어에 관해 지금도 계속 생각 중입니다. 충분히 가능한 일일 겁니다. 얼마나 자신 있는지 말로는 표현하지 못할 정도니까요. 하지만 당신은 관심 없을 거라는 거 압니다.

당신의 관심사인 아내와의 일은 어떻게 되었는지요? 곧 답장 보내주세요. 난 엘파소의 술집 앞에서 지갑을 도난당한 것 말고는 별일 없습니다. 예전에도 엘파소가 마음에 들지 않았어요. 그럼 당신에게 사과의 말을 전하며 조만간 소식 기다리겠습니다.

당신의 친구, 찰스 A. 브루노

P. S. 그날 아침 늦잠을 자느라 당신을 보지 못해 정말 안타까웠습니다.

C. A. B.

편지를 읽자 가이는 기분이 좋아졌다. 자유분방한 브루노의 모습을 떠올리자 유쾌했다.

"오트밀 죽이네요." 그가 기분 좋게 어머니에게 말했다. "북쪽에서는 오트밀 죽을 계란 프라이와 함께 먹지 않거든요."

가이는 약간 더울 듯한 오래된 실내 가운을 걸치고는 지역신문과 아침식사가 놓인 트레이를 든 채 침대에 앉았다.

식사를 마치고 마치 볼일이 있는 것처럼 샤워를 하고 옷을 입었지만, 실제로는 할 일이 없었다. 카트라이트 부부는 어제 찾아갔었다. 어린 시절 친구인 피터 리그스를 찾아갈 수도 있었지만, 그는 지금 뉴올리언스에서 회사를 다니고 있었다. 미리엄이 뭘 하고 있을지 궁금했다. 뒤쪽 현관에서 매니큐어를 칠하고 있거나, 그녀를 따르고 그녀처럼 되고 싶어 하는 이웃집 여자애들과 체커 게임을 하고 있을 것이다. 미리엄은 일이 계획대로 되지 않을 때 곰곰이 생각하는 유형은 절대 아니었다. 가이는 담뱃불을 붙였다.

아래층에서 달그락거리는 소리가 이따금 들려왔다. 어머니 아니면 요리사 어슬린이 은그릇을 닦아 차곡차곡 쌓는 소리였다.

오늘 그는 왜 멕시코로 떠나지 않았을까? 앞으로 24시간 동안 빈둥거릴 생각을 하자 끔찍했다. 오늘 저녁엔 외삼촌이 다시 올 것이고, 어머니의 친구 몇몇 분이 들를 것이다. 그들은 모두 가이를 만나고 싶어 했다. 그가 지난번에 다녀간 이후로 지역신문인 『메트캐프 스타』에 그와 그가 하는 일에 관한 기사가 실렸다. 대학 시절 로마 대상 젊은 예술가들이 로마에서 공부할 수 있도록 프랑스 정부에서 주는 장학금을 받았지만 전쟁 때문에 그 기회를 활용할 수 없었다는 사연이 실렸으며, 그가 설계한 피츠버그의 상점과 시카고의 병원에 딸린 작은 부속 건물에 관해서도 나와 있었다. 정말 인상적인 기사였다. 뉴욕에서 외롭게 지내던 때에 어머니가 편지와 함께 오려서 보낸 그 기사를 읽던 그는 자신이 중요한 인물이 된 것 같은 느낌이 들었었다.

가이는 브루노에게 답장을 써야겠다는 갑작스러운 충동에 사로잡혀 책상에 앉았지만, 막상 펜을 집어 들자 할 말이 아무것도 없음을 깨달았다. 브루노가 적갈색 양복 차림에 카메라 끈을 어깨에 메고 샌타페이의 메마른 언덕을 터벅터벅 걷다가 어떤 풍경을 보고 볼품없는 치아를 드러내며 씩 웃고는 카메라를 눈에 갖다 대고 사진을 찍을 모습이 눈앞에 떠올랐다. 주머니에 늘 천 달러쯤은 넣고 다니며 술집에 앉아서 어머니를 기다리고 있을 모습도 떠올랐다. 도대체 브루노에게 무슨 말을 한단 말인가? 가이는 만년필 뚜껑을 다시 닫아 책상에 내려놓았다.

"엄마?" 그는 아래층으로 내려가며 소리쳤다. "오후에 영화 보러 갈래요?"

"이번 주에 벌써 두 번이나 다녀왔단다. 게다가 넌 영화관 가는 걸 좋아하지도 않잖니." 어머니가 그를 나무라듯 말했다.

"엄마, 정말 가고 싶단 말이에요." 가이는 웃음을 지으며 고집을 부렸다.

# 8

그날 밤 11시쯤 전화벨이 울렸다. 가이의 어머니가 전화를 받았고 거실에 있는 가이를 불러냈다. 그는 외삼촌과 숙모, 그리고 사촌인 리치, 티와 함께 거실에 있었다.

"장거리 전화야." 가이의 어머니가 말했다.

가이는 고개를 끄덕였다. 브릴하트 씨가 자세한 설명을 해주려고 전화한 것 같았다. 가이는 그날 브릴하트에게 편지를 써 보냈었다.

"안녕하세요, 가이. 찰스예요." 수화기 너머로 남자의 목소리가 들렸다.

"찰스라면 누구?"

"찰스 브루노요."

"아, 안녕하세요. 책 챙겨줘서 고마워요."

"아직 부치지 않았는데 곧 부칠게요." 브루노는 열차에서처럼 술에 취해 유쾌하게 말했다. "샌타페이로 올래요?"

"아쉽지만 그럴 수 없을 것 같습니다."

"그럼 팜비치에서 볼까요? 2주 후쯤 그곳에 가서 건물이 어떻게 생겼는지 둘러보고 싶어요."

"아쉽게도 그 일은 이미 끝났습니다."

"끝나다니, 왜요?"

“설명하자면 복잡한데 마음을 바꿨어요.”

“아내 때문인가요?”

“아, 아닙니다.” 가이는 약간 짜증이 올라왔다.

“아내가 함께 있어달라고 하나요?”

“네, 그런 셈이죠.”

“미리엄이 팜비치로 가고 싶어 해요?”

브루노가 그녀의 이름을 기억하고 있다니, 가이는 깜짝 놀랐다.

“이혼도 마무리 짓지 못했죠?”

“마무리 짓고 있는 중입니다.” 가이는 쌀쌀맞게 말했다.

“전화비 낼 테니 걱정 말아요!” 브루노가 누군가에게 소리치더니 불쾌하게 욕을 내뱉는 소리가 들렸다. “아내 때문에 일을 포기한 거죠?”

“꼭 그런 건 아니에요. 이미 끝난 일이니 상관없습니다.”

“이혼하려면 아이가 태어날 때까지 기다려야 하는 건가요?”

가이는 아무 대꾸도 하지 않았다.

“그 남자가 결혼하려고 하지 않는 거죠, 그렇죠?”

“아, 아닙니다. 남자는…….”

하지만 브루노는 냉소적으로 가이의 말을 막았다.

“그만 끊어야겠습니다. 저녁에 손님이 올 거라서요. 여행 즐겁게 하길 바랄게요, 찰스.”

“언제 통화할 수 있어요? 내일?”

“내일은 여기 없을 겁니다.”

브루노는 어쩔 줄 모르는 것 같았고, 가이는 그러기를 바랐다. 잠시 후 시무룩하면서도 다정한 목소리가 수화기에서 들렸다. “당신이 원하면 내게 신호만 보내면 됩니다."

가이는 얼굴을 찡그렸다. 머릿속에 한 가지 질문이 떠올랐고 그 답을 이미 알고 있었다. 그는 브루노의 살인 계획을 기억하고 있었다.

"당신이 원하는 게 뭐죠?" 브루노가 물었다.

"아무것도 원하지 않아요. 난 괜찮아요." 가이가 말했다. 브루노는 술에 취해 허세를 부리고 있는데, 그걸 왜 심각하게 받아들여야 한단 말인가?

"난 진심이에요." 브루노의 목소리는 술기운이 아까보다 더 올라온 것처럼 흐릿했다.

"잘 있어요, 찰스." 가이는 그렇게 말하고는 브루노가 전화를 끊기를 기다렸다.

"괜찮은 목소리가 아닌데요." 브루노가 도전적으로 말했다.

"당신이 상관할 일이 아닐 텐데요."

"가이!" 브루노는 금방이라도 울음을 터뜨릴 것 같았다.

가이는 무언가 말하려 했지만 전화가 툭 끊기더니 신호음이 더 이상 들리지 않았다. 교환원에게 방금 걸려온 전화번호를 물어보고 싶은 충동이 들었지만, 브루노가 술에 취해 허세를 부리거나 무료해하는 거라고 생각했다. 브루노가 그의 주소를 알아낸 게 짜증스러웠다. 가이는 머리를 거칠게 쓸어 넘기고는 아래층 거실로 향했다.

# 9

가이는 미리엄에 관해 앤에게 말해준 모든 이야기들이 그리 중요하지 않다는 생각이 들었다. 그가 앤과 함께 자갈길을 걷고 있다는 사실이 더 중요했다. 가이는 앤의 손을 잡고 길을 걸으며, 모든 것이 낯선 주변 풍경을 둘러보았다. 파리의 샹젤리제 거리처럼 커다란 가로수가 늘어선 대로가 보였고, 주춧대 위에 군인들의 동상이 서 있었고, 그 너머로는 낯선 건물들이 죽 늘어서 있었다. 바로 멕시코시티 중심가를 가로지르는 레포르마 대로였다.

앤은 아까부터 고개를 숙인 채 그의 느린 걸음에 보폭을 맞추어 걷고 있었다. 그녀와 어깨가 맞부딪치자 가이는 그녀가 무슨 말을 하려는 건 아닌지, 그의 결정이 옳았다고 말하려는 건 아닌지 그녀를 슬쩍 쳐다보았다. 하지만 앤의 입술은 여전히 꼭 다물어져 있었다. 길쭉한 은색 핀으로 목덜미에서 한 갈래로 고정한 연한 금발 머리가 바람에 흔들려 가볍게 움직이곤 했다. 그녀와 여름을 함께 보내는 건 올해가 두 번째였다. 여름이 되면 그녀의 얼굴은 햇볕에 그을려 머리칼 색깔과 비슷해지곤 했다. 얼마 지나지 않아 그녀의 얼굴빛이 머리칼 색깔보다 더 진해지겠지만, 가이는 백금처럼 환하게 빛나는 지금 그녀의 피부색이 더 좋았다.

자신을 바라보는 가이의 시선을 의식한 앤은 애써 미소를 지으며 그를 쳐다보았다. "참을 수 없었던 거지, 그렇지?"

"응, 참을 수 없었어. 이유는 묻지 말아줘." 가이는 앤의 미소에 당혹스러움과 짜증이 묻어 있음을 알 수 있었다.

"포기하기엔 너무 아까운 기회야."

가이는 이제 슬슬 짜증이 나기 시작했다. 이미 끝난 일이었기 때문이다. "미리엄에게 넌더리가 날 뿐이야." 그는 나지막이 말했다.

"넌더리 난다는 말 하지 마."

그는 신경질적인 제스처를 취했다. "여기까지 걸어오면서 계속 그 여자 얘기를 했는데, 넌더리가 나는 것도 당연하잖아."

"가이, 그러지 마."

"미리엄을 보면 넌더리가 나지 않을 수 없어." 가이는 앞만 쳐다보며 말을 이었다. "때로는 세상 모든 게 싫다는 생각이 들기도 해. 예의도 양심도 없는 사람들로 넘쳐나. 미국이라는 나라가 나아질 가능성은 전혀 없고 부패한 자들이 떵떵거리며 잘사는 곳이라면, 미리엄은 꼭 그런 유형이야. 저질 영화를 보고, 실제로 그렇게 행동하고, 연애 잡지나 읽고, 방갈로에서 살면서 남편에게 내년에는 집을 옮겨야 하니 돈을 더 많이 벌어오라고 재촉하고, 이웃의 결혼 생활에 훼방이나 놓고……."

"그만해, 가이. 어린애처럼 말하고 있잖아." 앤은 그에게 끼고 있던 팔짱을 풀었다.

"한때 그런 여자를 사랑했고, 그 여자의 모든 걸 사랑했다는 생각을 하면 구역질이 나."

그들은 발걸음을 멈추고 서로를 쳐다보았다. 가이는 그런 고약한 말을 지금 그 순간 입 밖으로 내뱉지 않을 수 없었다. 앤이 그를 비난하며 가벼리면 혼자 되돌아가야 할 텐데, 차라리 그러는 편이 나을 것 같았다. 예전에도 가이가 억지를 부리면 앤이 그를 두고 가버린 적이 두어 번 있었다.

"가끔은 당신이 아직도 그녀를 사랑하는 것 같아." 멀리서 무미건조한 앤의 목소리가 들리자 가이는 겁에 질렸다. 그녀가 자신을 버리고 다시는 되돌아오지 않을 것 같았기 때문이다.

"미안해." 가이가 웃으며 말하자 앤은 다소 누그러졌다.

그녀가 미안하다고 말하듯 손을 내밀자 그는 손을 잡았다. "철 좀 들어야겠어."

"어디에선가 읽었는데, 인간은 감정적으로는 철들지 않는대."

"상관없어. 사람은 철이 들고, 그렇다는 걸 내가 증명해 보일게."

가이는 갑자기 마음이 편안해졌다. "지금 내가 무슨 다른 생각을 할 수 있겠어?" 그는 목소리를 낮추며 고집스럽게 말했다.

"지금처럼 그녀한테서 자유로웠던 적은 없었잖아. 그 점에 대해서는 어떻게 생각해?"

가이는 고개를 높이 들었다. 건물 꼭대기에 '톱 20'이라는 커다란 분홍색 표시가 보이자 그게 무슨 뜻인지 궁금해졌고 앤에게 물어보고 싶었다. 그녀와 함께 있을 때면 왜 모든 게 더 수월하고 단순하게 느껴지는지 물어보고도 싶었지만, 자존심이 허락하지 않아 당장 물어보지는 않았다. 게다가 수사학적인 질문이라 앤도 구체적으로 답할 수 없을 것이다. 질문에 대한 답은 그저 앤일 뿐이니까.

뉴욕에 있는 미술협회의 음침한 지하 주차장에서 그녀를 처음 만났던 이후로 늘 그랬다. 비가 오던 그날, 무거운 발걸음을 옮기던 가이는 그곳에서 보이는 유일한 사람, 후드가 달린 주홍색 레인코트를 입은 앤에게 말을 걸었다. 레인코트 차림의 그녀는 뒤돌아보며 이렇게 말했다. "1층에서 9A로 왔군요. 여기까지 내려올 필요 없는데 말이죠." 그러면서 앤은 재미있다는 듯 웃음을 터뜨렸고, 이상하게도 가이는 화가 치밀었다. 그녀가 약간 두렵기도 했고, 그녀의 진녹색 컨버터블을 보며 짜증도 약간 났던 그는 애써 어색한 웃음을 지었다. "롱아일랜드에서 살려면 차가 있는 편이 낫죠." 당시는 그가 모든 걸 경멸하던 때였고 여기저기서 받는 강의 또한, 그가 그 내용을 모두 알고 있고 얼마나 빨리 습득하는지 보여주는 것에 지나지 않는다고 생각하던 시기였다. "연줄이 없는데 어떻게 편입할 수 있겠어요? 저들 마음에 들지 않으면 언제든 쫓겨날 수 있는 거죠." 가이는 그것이 앤이 살아가는 방식이고 옳은 방식임을 마침내 알게 되었다. 그녀는 아버지가 아는 브루클린의 딤즈 건축 아카데미의 이사를 연줄로 해서 1년 동안 다니고 있었던 것이다.

앤은 오랫동안 아무 말 없이 있다가 불쑥 말했다. "가이, 난 당신이 무척 행복해질 수 있는 능력이 있다고 생각해."

앤은 그를 쳐다보지 않았지만 가이는 고개를 끄덕였다. 왠지 창피한 마음이 들었다. 앤에게는 행복해질 수 있는 능력이 있었다. 그녀는 행복해 보였고, 그를 만나기 전에도 행복했을 것이다. 잠시 그녀의 행복을 앗아간 것은 그였고, 그의 문제였다. 그는 앤과 함께 산다면 행복해질 것이다. 그는 예전에도 그런 말을 한 적이 있었지만 지금 다시 그 말을 꺼낼 수는 없었다.

"저건 뭐야?" 그가 물었다.

차풀테펙 공원의 나무 아래 유리로 만든 커다란 돔 모양의 건물이 눈에 들어왔다.

"식물원." 앤이 대답했다.

식물원 안에는 아무도 없었고 심지어 관리인조차 보이지 않았다. 따뜻하고 상쾌한 흙냄새가 났다. 그들은 마치 다른 행성에서 온 것 같은 읽기 힘든 식물 이름을 읽으며 식물원을 걸어 다녔다. 앤이 특별히 좋아하는 식물도 있었다. 그녀는 지난 3년 동안 매해 여름마다 아버지와 함께 찾아와서 그 식물이 자라는 걸 지켜봐왔다고 했다.

"이 이름들은 기억조차 할 수 없어." 앤이 말했다.

"굳이 기억해야 할까?" 가이가 대꾸했다.

그들은 앤의 어머니인 포크너 부인과 함께 샌본이라는 이름의 레스토랑에서 점심식사를 하고, 어머니가 낮잠을 자는 시간 전까지 함께 상점을 둘러보았다. 앤의 어머니는 마른 몸매에 에너지가 넘치고 앤만큼 키가 컸으며, 나이치고 꽤 매력적이었다. 그녀가 잘해주었기 때문에 가이도 그녀에게 잘해주었다. 처음에는 앤의 부유한 부모님을 보며 열등감이 점점 더 커졌지만 점차 사라지게 되었다. 그날 저녁에 가이와 앤은 앤의 부모님과 함께 발라스 아르테스 극장에서 음악회를 보고 나서, 리츠 호텔 맞은편에 있는 레이디 볼티모어 레스토랑에서 늦은 저녁식사를 했다.

앤의 부모님은 그가 아카풀코에서 함께 여름휴가를 보내지 못하는 걸 아쉬워했다. 수입업자인 앤의 아버지는 그곳 부두에 창고를 지을 거라고 했다.

"가이는 골프장 전체를 설계할 텐데 창고 짓는 일에는 관심이 없을 거예요." 앤의 어머니가 말했다.

가이는 아무 말도 하지 않았고 앤을 쳐다볼 수도 없었다. 자기가 떠날 때까지 팜비치 프로젝트가 취소된 일은 부모님께 말하지 말아달라고 앤에게 부탁했던 것이다. 다음 주에 어디로 갈까? 시카고로 가서 두어 달 동안 공부를 할 수도 있을 것이다. 뉴욕에 있는 자기 물건은 다른 데 옮겨두었고, 아파트 임대를 연장할지 말지를 집주인에게 통보해야 했다. 시카고에 가면 에번스턴에 사는 위대한 건축가 사리넨자유분방하고 실험적인 설계로 유명한 미국 건축가로 시카고대학교의 법과대학을 설계했다을 만날 수 있을 것이고, 아직 무명이지만 곧 유명해질 젊은 건축가 팀 오플래허티도 만날 수 있을 것이다. 그곳에서라면 일거리도 찾을 수 있을 것이다. 하지만 앤이 없는 뉴욕은 너무 쓸쓸할 것이다.

앤의 어머니가 그의 팔에 손을 올리며 웃었다. "네 남편은 뉴욕 전체에 건물을 짓고 나서도 웃지 않을 거야. 그렇지 않아요?"

가이는 귀 기울여 듣고 있지 않았다. 그는 조금 이따 앤과 함께 산책을 하고 싶었지만, 그녀는 투숙 중인 리츠 호텔에 올라가서 사촌 테디에게 선물로 보낼 실크 실내복을 봐달라며 고집을 부렸다. 그러고 나면 물론 산책하기에는 너무 늦을 것이다.

가이는 몬테카를로 호텔에 묵고 있었다. 리츠 호텔에서 열 블록 떨어진 초라한 그곳은 예전에 육군 대장이 살던 주택처럼 보였다. 호텔 입구에는 널찍한 마찻길이 깔려 있었는데, 욕실 바닥처럼 흰색과 검정색 타일로 포장되어 있었다. 그 길을 지나면 역시 타일 바닥인 어두컴컴한 로비가 나왔다. 그리고 동굴 같은 바와 늘 텅 비어 있는 레스토랑이 있었다. 호텔 안뜰에는 얼룩진 대리석 계단이 위층으로 이어져 있었다. 어제 벨보이를 따라 계단을 오르던 가이는 열린 출입문과 창문 너머로 사람들을 보았다. 카드 게임을 하는 일본인 부부, 무릎을 꿇고 기도하는 여자, 책상에 앉아 편지를 쓰는 사람들, 무언가에 사로잡힌 것처럼 멍하니 서 있는 사람들도 있었다. 전체적으로 남성적인 음울함과 알 수 없는 초자연적인 느낌이 들어서 가이는 그곳을 보자마자 마음에 들었지만, 앤을 포함한 그녀의 가족들은 왜 그런 호텔을 골랐느냐면서 안달을 냈다.

호텔 뒤편에 있는 그의 싸구려 방에는 분홍색과 갈색 페인트를 칠한 가구들이 가득 들어차 있었다. 가구는 바닥에 떨어진 케이크처럼 볼품없었고 복도 아래쪽에 있는 욕실은 공용이었다. 안뜰 아래쪽 어딘가에서 계속 물이 떨어지는 소리가 났고, 이따금 들리는 변기 물 내리는 소리는 급류가 쏟아지는 것 같았다.

리츠 호텔에서 돌아온 가이는 앤에게 선물로 받은 손목시계를 침대 옆 분홍색 테이블에 두고, 집에서 늘 그렇게 하듯이 지갑과 열쇠는 긁힌 자국이 난 갈색 책상에 두었다. 그날 오후 알라메다 서점에서 구입한 멕시코 신문과 영국 건축에 관한 책을 들고 침대에 눕자 무척 만족스러웠다. 스페인어 신문을 읽으려고 두어 번 시도하다가 머리를 베개에 기대고 조야한 객실을 바라보던 그는 건물 여기저기서 사람들이 움직이며 내는 소리, 쥐가 움직이듯 희미하게 바스락거리는 소리에 귀를 기울였다. 그는 그곳의 어디가 마음에 들었던 걸까? 볼품없고 조야하고 불편한 곳에서 지내다 보면 다시 일을 할 힘이 생길까? 아니면 미리엄이 자기를 찾아낼까 봐 두려워서일까? 리츠 호텔보다는 그곳에 있는 게 더 찾기 힘들 것이다.

다음 날 아침, 앤이 전화를 걸어 그에게 전보가 왔다고 전해주었다. "방금 받았어. 저들도 포기하려나 봐."

"앤, 지금 개봉해서 읽어줄래?"

앤이 전보 문구를 읽었다.

미리엄이 어제 유산했어. 불안해서 널 만나고 싶어 해.

집으로 와줄 수 있겠니?

엄마

앤은 깜짝 놀라 말을 잇지 못했다.

가이는 그 모든 게 신물이 났다. "일부러 유산한 거야." 그가 혼잣말처럼 중얼거렸다.

"그걸 어떻게 알아?"

"난 알아."

"그녀를 만나보는 게 좋지 않을까?"

수화기를 잡은 그의 손에 힘이 들어갔다. "팔미라 골프장 일을 다시 맡아야겠어. 전보 언제 보냈었지?"

"9일 화요일 오후 4시에."

가이는 브릴하트 씨에게 지난번 일을 재고해달라고 부탁하는 전보를 보냈다. 일은 물론 다시 맡게 되겠지만, 그는 정말이지 바보가 된 것 같았다. 모든 게 미리엄 때문이었다. 그는 미리엄에게 편지를 보냈다.

그 일로 우리 두 사람의 계획이 모두 바뀌겠지. 너와는 상관없이 난 당장 이혼할 작정이야. 며칠 뒤 텍사스에 도착할 거야. 그때까지 회복하길 바라고, 그러지 않을 경우 필요한 게 뭐든지 나 혼자 해낼 거야.

다시 한번 말하지만 빠른 시일 내에 회복하길 바랄게.

가이

P. S. 이곳 주소지에는 일요일까지 있을 거야.

가이는 편지를 속달로 보냈다.

그러고 나서 앤에게 전화를 걸었다. 그날 밤 정말 멋진 레스토랑에 그녀를 데려가고 싶었다. 그리고 무엇보다 식사 전에 리츠 호텔의 바에서 이국적인 칵테일을 마시고 싶었다.

"정말 기분 좋은 거야?" 앤은 그의 말이 믿기지 않는 듯 웃으며 물었다.

"기분이 좋으면서도 이상해. 정말이지 이상해."

"왜?"

"운명이라고 생각하지 않았으니까. 내가 팔미라 골프장 설계 같은 대형 프로젝트를 맡을 운명이라고는 생각하지 않았어."

"난 그렇게 생각했어."

"그랬어?"

"내가 어제 왜 그렇게 화를 냈다고 생각해?"

가이는 미리엄이 답장을 보내올 거라고 생각지 않았다. 하지만 앤과 함께 소치밀코에 있던 금요일 아침, 메시지가 있는지 호텔에 전화해서 확인해야겠다는 조바심이 문득 들었다. 전보가 한 통 와 있다고 했다. 나중에 확인하겠다고 말했지만 도저히 기다릴 수가 없었다. 그는 멕시코시티에 돌아오자마자 소칼로 광장에 있는 약국에 들어가 호텔에 전화를 걸었다. 호텔 직원이 전보를 그에게 읽어주었다.

먼저 당신과 얘기해야겠어. 얼른 와줘.

미리엄

"난리를 피울 작정이군." 가이는 전보 내용을 앤에게 전해주고서 말했다. "남자가 미리엄과 결혼하고 싶어 하지 않는 게 분명해. 유부남이거든."

앤은 약간 놀라는 표정을 지을 뿐 아무 대꾸도 하지 않았다.

가이는 앤과 함께 걸으며 그녀를 흘끗 쳐다보았다. 그에 대해서, 미리엄에 대해서, 모든 걸 모른 척 참아주는 앤에게 무언가 말을 하고 싶었다. "그냥 못 들은 걸로 해." 그는 미소를 짓고 걸음을 재촉했다.

"지금 돌아가고 싶어?"

"아니, 전혀. 월요일이나 화요일에 갈게. 앞으로 며칠 동안 당신과 함께 있고 싶어. 원래 일정대로라면 앞으로 일주일 동안은 플로리다에 가지 않아도 되니까."

"미리엄은 지금 당신 말을 듣지 않을 거야, 그렇지?"

"일주일만 지나도 미리엄은 내게 이래라저래라 말할 처지가 아닐 거야." 가이가 말했다.

# 10

엘시 브루노는 샌타페이의 라폰다 호텔 화장대에 앉아 얼굴에 바른 건성용 나이트크림을 클렌징 티슈로 닦아내고 있었다. 이따금 커다란 푸른 눈동자를 멍하니 뜨고서 거울 가까이에 몸을 기울여 눈 아래 잔주름과 웃을 때 생기는 표정 주름을 자세히 들여다보았다. 턱 중앙은 약간 들어갔지만 양쪽 턱선이 선명하고 입술이 도톰해서 브루노와는 꽤 달라 보였다. 그녀가 화장대에 앉아 거울을 바라보며 웃을 때 생기는 주름이 보이는 건 그곳 샌타페이뿐이라는 생각이 들었다.

"이곳 조명은 엑스레이 같구나." 그녀가 아들에게 말했다.

생가죽으로 만든 의자에 잠옷 바람으로 푹 눌러앉은 브루노는 부어오른 눈으로 창문을 바라보았다. 너무 피곤해서 창가로 가서 차양을 내리기도 귀찮았다.

"예뻐 보여요, 엄마." 그는 갈라진 목소리로 말했다. 그러고는 털 없는 가슴에 갖다 댔던 물잔을 들어 입술을 대고는 생각에 잠긴 듯 얼굴을 찡그렸다.

지금껏 떠올린 어떤 생각보다 더 대단하고 구체적인 생각이, 불안하고 여린 다람쥐의 손 안에서 쉼 없이 빙그르르 돌아가는 커다란 호두알처럼 지난 며칠 동안 그의 머릿속에서 맴도는 것 같았다. 어머니가 떠나면 그 생각을 깨뜨려 진지하게 생각해볼 요량이었다. 그가 떠올린 생각은 미리엄을 찾아가서 처치하는 것이었다. 시간이 무르익어 최적의 타이밍이었다. 가이에게도 지금 당장 필요한 일이었다. 며칠 혹은 일주일이 지나면 너무 늦어서 가이가 팜비치 프로젝트를 진행할 수 없을지도, 그가 하지 않으려 할지도 몰랐다.

브루노의 어머니는 샌타페이에서 지낸 며칠 동안 얼굴에 살이 찐 것 같았다. 오뚝하게 솟은 자그마한 코에 비해 뺨이 통통해진 걸 보니 그랬다. 그녀는 웃을 때 생기는 주름을 미소 지으며 감추고는 곱슬곱슬한 금발머리를 갸우뚱거리며 눈을 깜박였다.

"찰스, 오늘은 저 은 벨트를 매볼까?" 그녀는 혼잣말처럼 무심하게 말했다. 벨트는 250달러가 넘는 비싼 것이었지만, 캡틴은 천 달러가 넘는 벨트를 캘리포니아로 보내올 것이다. 뉴욕에서는 볼 수 없는 멋진 벨트였다. 다른 건 몰라도 샌타페이는 은 벨트를 하기에는 멋진 곳이 아닐까?

"캡틴은 그것 말고 뭘 하기에 멋지죠?" 브루노가 중얼거렸다.

브루노의 어머니는 샤워 캡을 쓰고는 그를 쳐다보며 평소처럼 환한 미소를 지으며 그를 달래듯 이름을 불렀다.

"찰스."

"네?"

"내가 없는 동안 네가 하지 말아야 할 일을 하지는 않겠지?"

"안 해요, 엄마."

그녀는 샤워 캡을 정수리에 올려놓은 채 빨간색 매니큐어를 칠한 길고 좁다란 손톱을 내려다보고는 손톱 손질용 사포를 집었다. 물론 프레드 윌리가 기분이 좋아서 벨트를 선물해준 것일 수도 있었다. 프레드가 조악하지만 두 배는 비싼 선물을 사서 역까지 따라왔을 수 있었겠지만 그녀는 그가 캘리포니아까지 뒤따라오는 걸 원치 않았다. 그는 여차하면 그녀를 따라 캘리포니아로 올 기세였을 것이다. 그는 기차역에서 영원한 사랑을 맹세하며 약간 눈물을 흘리고는 마누라가 있는 집으로 가는 편이 나을 것이다.

"그래도 어젯밤은 즐거웠단다. 프레드가 그걸 처음 봤거든." 브루노의 어머니는 웃음을 터뜨렸고, 손톱 손질용 사포 막대가 흐릿하게 보일 정도로 손을 재빠르게 움직였다.

"난 아무 상관없었어요." 브루노가 냉정하게 말했다.

"그래, 넌 아무 상관없었지."

브루노는 입을 비쭉거렸다. 전날 새벽 4시에 그의 어머니는 히스테리를 부리며 그를 깨우고는, 플라자에 죽은 황소가 있다고 말했었다. 모자를 쓰고 코트를 입은 황소가 벤치에 앉아 신문을 읽는 자세로 죽어 있었다고 했다. 윌슨이 대학생 같은 고약한 장난을 친 것이었다. 브루노는 윌슨이 더 고약한 장난이 떠오르기 전까지는 오늘 내내 그 얘기만 늘어놓을 것임을 알았다. 어젯밤 브루노가 호텔 바인 라 플라시타에서 살인을 저지를 계획을 세우는 동안, 윌슨은 죽은 황소에 옷을 입혔다. 윌슨은 군복무 시절에 관해 터무니없는 얘기를 늘어놓을 때도 사람을 죽였다는 얘기는 한 적 없었고, 적군인 일본인조차도 죽인 적이 없다고 했다.

브루노는 눈을 감고서 어젯밤 일을 떠올리자 만족스러웠다. 프레드 윌리와 다른 대머리 신사들이 여성 파트너가 없는 남자들 무리처럼 라 플라시타로 쳐들어와서 어머니를 파티에 데려갔다. 그도 파티에 초대받았지만, 생각할 시간이 필요했으므로 윌슨과 약속이 있다며 어머니에게 둘러댔다. 어젯밤에 그는 결심을 했다. 가이와 이야기를 나누었던 토요일 이후로 그는 줄곧 그 생각을 했고, 이제 일주일이 지나 다시 토요일이 되었다. 어머니가 캘리포니아로 떠나는 내일 처리하지 않으면 앞으로 영원히 못할 것 같았다. 그는 자신이 그 일을 해낼 수 있을지 자문하는 데 질렸다. 그 질문을 벌써 언제부터 했단 말인가? 언제부터인지 기억조차 할 수 없었다. 그는 자신이 해낼 수 있으리라는 느낌이 들었다. 시간과 상황, 명분이 이보다 더 좋을 수는 없을 거라고 무언가가 계속 그에게 속삭이는 것 같았다. 개인적인 동기가 없는 순전한 살인! 가이가 어떤 동기를 가지고 그의 아버지를 죽일 가능성은 전혀 없었다. 그에게도 동기가 없었기 때문이다. 가이를 설득할 수도 혹은 설득하지 못할 수도 있을 것이다. 문제는 바로 지금이 행동으로 옮길 적기라는 점이었다. 상황이 완벽했기 때문이다. 어젯밤 가이의 집에 전화를 걸어 그가 아직 멕시코에서 돌아오지 않았다는 사실을 확인했다. 가이의 어머니는 그가 일요일부터 멕시코에 머물고 있다고 말했다.

누군가 엄지손가락으로 그의 목 아랫부분을 누르는 듯한 느낌이 들어 브루노는 옷깃을 홱 잡아당겼지만, 잠옷 윗도리 앞섶은 이미 벌어져 있었다. 브루노는 꿈꾸듯이 단추를 잠그기 시작했다.

"마음 바꿔서 나와 함께 가지 않을래?" 그의 어머니가 자리에서 일어서면서 물었다. "그러면 리노로 가자. 지금 거기엔 헬렌과 조지 케네디가 와 있거든."

"엄마, 내가 리노에서 엄마를 보고 싶은 이유는 오직 하나뿐이에요."

"찰스……." 그녀는 고개를 한쪽으로 숙이더니 다시 똑바로 했다. "인내심을 가지렴. 만약 캡틴이 없었다면 우린 여기에도 오지 못했을 거야. 그렇지 않니?"

"물론이죠."

그녀는 한숨을 내쉬며 재차 물었다. "마음 바꾸지 않을래?"

"난 여기서 즐겁게 지낼게요." 브루노는 신음소리를 내듯 나지막이 말했다.

그녀는 다시 손톱을 내려다보았다. "무척 지루하다는 얘기밖에 하지 않았잖니."

"윌슨과 있어서 그래요. 이제 다시는 그와 만나지 않으면 돼요."

"뉴욕으로는 돌아가지 않을 거야?"

"뉴욕에서 뭘 하게요?"

"네가 올해에도 기대에 어긋나면 외할머니가 무척 실망하실 거야."

"내가 언제 기대에 어긋났다고 그래요?" 브루노는 농담하듯 받아넘겼지만, 갑자기 넌더리가 나서 죽을 것 같았고 신물이 나서 토할 것 같았다. 그런 감정은 금방 없어지겠지만, 기차가 떠나기 전에 아침식사를 할 시간이 없기를, 어머니가 아침식사라는 단어를 꺼내지 않기를 간절히 바랐다. 몸이 뻣뻣해졌고, 근육 하나 움직이지 않으면서 입을 벌리고 있는데도 숨조차 쉴 수 없을 것 같았다. 그는 한쪽 눈을 감은 채 어머니가 다가오는 모습을 바라보았다. 파란색 실크 가운을 입은 그녀는 한 손을 허리에 올리고 서는, 동그란 모양이어서 전혀 매섭지 않은 눈빛을 애써 매섭게 보이려 하면서 미소 지었다.

"윌슨과는 무엇 때문에 소매를 걷어붙이고 싸운 거니?"

"그 썩어빠진 놈 말이에요?"

그녀는 의자 팔걸이에 걸터앉아 그의 어깨를 가볍게 만져주었다. "네 생각을 가로챘기 때문이야? 너무 끔찍한 짓은 저지르지 마. 네 뒤치다꺼리를 해줄 돈이 이제는 남아 있지 않으니까."

"캡틴한테 더 받아내요. 나한테도 천 달러 주고요."

"찰스, 보고 싶을 거야." 그녀는 차가운 손등을 아들의 이마에 갖다 댔다.

"난 모레쯤 도착할 거예요."

"캘리포니아에서 만나 즐거운 시간 보내자꾸나."

"네."

"오늘 아침은 왜 그렇게 표정이 심각하니?"

"아니에요, 엄마."

그녀는 아들의 이마 아래로 흘러내리는 얇은 머리칼을 가볍게 잡아당기고는 욕실로 갔다.

브루노는 벌떡 일어서서 욕조에 물 받는 소리가 요란하게 울리는 욕실에 대고 말했다. "엄마, 여기 호텔비 낼 돈은 있어요!"

"뭐라고, 찰스?"

그는 욕실에 더 가까이 가서 다시 외치고는 지쳐서 의자에 털썩 주저앉았다. 메트캐프에 장거리 전화를 했다는 사실을 어머니가 알게 되는 건 바라지 않았다. 어머니만 모른다면 아무 문제 없이 잘 돌아갈 것이다. 어머니는 지금껏 그가 한곳에 계속 머무르지 않아도 신경 쓴 적이 전혀 없었다. 어머니는 얼간이 같은 프레드 월리를 열차 같은 데서 만날까? 자리에서 일어서자 프레드 월리에 대한 반감이 서서히 올라왔다. 브루노는 평생 최고의 경험을 위해 샌타페이에 계속 머물 거라고 어머니에게 말하고 싶었다. 그 경험이 어떤 것인지 조금이라도 알게 된다면 그녀는 아들에게 아무 신경도 쓰지 않은 채 한가로이 목욕물을 받고 있지는 않을 것이다. 그는 어머니에게 당장이라도 말하고 싶었다. 캡틴을 없앨 작정이니 어머니와 나의 삶은 훨씬 더 좋아질 거라고.

가이가 자신의 역할을 하든 말든 일단 브루노가 미리엄을 해치우는 데 성공한다면, 그것만으로도 완전범죄가 될 수 있을 것이다. 그리고 언젠가 또 다른 낯선 사람이 나타나 다시 거래가 이루어질 수도 있을 것이다. 갑작스러운 고통이 밀려와 그는 고개를 숙여 턱 끝을 가슴에 갖다 댔다. 도대체 어머니한테 어떻게 말할 수 있겠는가? 살인은 어머니에게 어울리지 않는 일이었다. 어머니는 소름 끼친다고 할 것이다. 그는 안타깝고 멍한 표정으로 욕실 문을 바라보았다. 가이 말고는 어느 누구에게도 말할 수 없다는 사실을 문득 깨달았다. 브루노는 다시 의자에 털썩 앉았다.

"잠꾸러기구나." 어머니가 그의 손을 가볍게 치며 말했다.

브루노는 눈을 껌벅거리며 잠에서 깨어나 웃어 보였다. 어머니가 다리를 구부려 스타킹을 신는 모습을 보던 브루노는 그 모습을 다시 보기 전에 많은 일이 일어날 거라는 사실을 문득 깨달았다. 어머니의 가녀린 다리 선을 볼 때마다 그는 늘 기분이 좋았고 으쓱했다. 어머니는 나이가 든 지금도 그가 여태껏 봐온 누구보다도 멋진 각선미를 갖고 있었다. 지그펠드 1930년대에 연극과 영화로 제작된 「위대한 지그펠드」의 주인공이자 전설적인 흥행 주역으로, 외도 문제로 첫 번째 부인과 이혼하는 등 결혼 생활이 순탄치 못했다 같은 캡틴은 그녀를 신붓감으로 골랐는데, 능수능란하지 못했던 걸까? 그녀는 자신이 속한 세상에서 도망치려고 결혼했지만 결국 같은 세상으로 되돌아간 셈이 되고 말았다. 브루노는 이제 곧 어머니를 자유롭게 해줄 것이고, 그녀는 아직 그걸 모르고 있었다.

"저거 우편으로 부치는 거 잊지 말고." 그의 어머니가 말했다.

브루노는 방울뱀 두 마리가 고개를 쳐들고 쏘아보는 모습에 움찔했다.

캡틴에게 줄 선물로 산 넥타이걸이였는데, 서로 맞물린 소뿔로 만든 넥타이걸이의 윗부분에는 박제된 어린 방울뱀 두 마리가 서로를 향해 혀를 날름거렸고, 아랫부분에는 거울이 달려 있었다. 캡틴은 넥타이걸이를 싫어했고, 뱀과 개, 고양이, 새도 싫어했다. 그가 싫어하지 않는 게 뭘까? 그는 촌스러운 넥타이걸이도 싫어할 것이다. 브루노가 어머니에게 넥타이걸이를 캡틴에게 선물로 사주라고 한 것도 그 때문이었다. 넥타이걸이를 쳐다보자 브루노의 입가에 만족스러운 웃음이 번졌다. 전혀 힘들이지 않고 어머니를 설득해서 그 넥타이걸이를 사게 할 수 있었던 것이다.

# 11

자갈에 걸려 넘어질 뻔했던 브루노는 다시 몸을 꼿꼿이 세우고 바지 안에 넣은 셔츠 매무새를 고쳤다. 큰길이 아닌 골목길을 지나온 게 다행이었다. 그러지 않았다면 경찰의 눈에 띄었을 것이고 기차도 놓쳤을 것이다. 그는 발걸음을 멈추고 아까보다 더 거친 손길로 주머니를 더듬으며 지갑이 그대로 있는지 확인했다. 손이 떨려서 열차 티켓에 적힌 10시 20분이라는 시간도 제대로 보이지 않았다. 근처에 있는 시계를 둘러보자 8시 10분이었다. 일요일임이 분명했고, 원주민들은 모두 깨끗한 셔츠 차림이었다. 브루노는 윌슨이 보이는지 주시했지만, 윌슨은 어제 내내 코빼기도 보이지 않았고 지금도 마찬가지일 것 같았다. 브루노는 자신이 떠나는 걸 윌슨에게 알리고 싶지 않았다.

갑자기 그의 앞에 광장이 나타났다. 아침식사로 잣을 먹는 노인들과 어린아이들이 광장을 가득 메우고 있었다. 브루노는 가만히 서서 숫자를 셀 수 있는지 확인하려고 주지사 관저의 기둥을 세어보았는데, 열일곱까지 셀 수 있었다. 기둥은 그럴듯한 판단 기준이 아닌 것 같았다. 술이 취한 데다 자갈길에 누워 잠을 잔 탓에 온몸이 욱신거렸다. 왜 그렇게 눈물이 날 만큼 많이 마셨는지 알 수 없었다. 어젠 혼자 술을 마셨고, 혼자일 때면 늘 평소보다 과음을 하곤 했다. 정말 그런 걸까? 그렇다고 해도 무슨 상관이겠는가?

어젯밤 TV로 셔플보드 게임을 볼 때 떠올랐던 기막힌 생각이 다시 떠올랐다. '세상을 올바르게 보려면 술에 취한 채 보라'는 생각이었다. 이 세상 모든 건 술에 취한 채 보라고 만들어졌다. 하지만 시선을 옮길 때마다 머리가 깨질 듯 아픈 상태로 세상을 보는 건 좋은 방법이 아닐 것이다. 어젯밤 그는 샌타페이에서의 마지막 밤을 즐기고 싶었다. 오늘 그는 메트캐프에 도착할 것이고 날을 세우고 긴장해야 했다. 하지만 술을 몇 잔 마셨다고 해서 안 될 이유가 있을까? 오히려 술에 취한 게 도움이 될 수 있을 거라는 생각이 들었다. 그는 술을 마시면 평소보다 더 느릿하고 조심스럽게 행동하는 버릇이 있었다. 게다가 그는 아직 아무 계획도 세우지 않았다. 계획은 기차에 올라타서 세우면 될 것이다.

"우편물 있나요?" 브루노가 호텔 프런트에 가서 기계적으로 묻자 없다고 했다.

의식을 치르듯 목욕을 마친 브루노는 숙취에 먹는 뜨거운 차와 날달걀을 주문하고 옷장 앞에 꽤 오랫동안 서서 뭘 입을지 고민했다. 가이를 떠올리며 적갈색 양복을 입기로 했다. 사람들 눈에 잘 띄지 않는 옷이었다. 옷을 차려입고 보니 그런 이유 때문에 무의식적으로 그 옷을 골랐을 거라는 생각에 내심 흐뭇했다. 날달걀을 깨뜨려 넣은 뜨거운 차를 삼키자 목구멍을 타고 아래로 내려가는 게 느껴졌다. 그런데 갑자기 호텔 객실의 인디언 장식과 조잡한 주석 램프, 벽에 내려온 끈 장식이 견디기 힘들 만큼 역겨워 보였다. 그는 서둘러 방 안을 왔다 갔다 하며 짐을 챙겨 밖으로 나갔다. 무슨 짐이 필요할까? 사실 그에게는 아무것도 필요 없었다. 미리엄에 관한 모든 걸 적어둔 종이 한 장이면 그만이었다. 그는 여행가방 뒤쪽 주머니에 든 그 종이를 꺼내어 재킷 안주머니에 넣었다. 그런 동작을 하니 마치 사업가라도 된 것 같았다. 그는 양복 윗주머니에 흰색 행커치프를 꽂고 방을 나가서 열쇠로 문을 잠갔다. 내일 밤이면 돌아올 수 있을 것이고, 오늘 밤 일을 해치우면 침대칸을 타고 더 일찍 돌아올 수도 있을 것이다.

오늘 밤이라!

버스 정류장으로 걸어가면서도 브루노는 실감이 나지 않았다. 그는 거기서 열차의 종착역인 라미로 가는 버스를 잡아탔다. 그는 자신이 무척 유쾌하고 즐겁거나 혹은 차분하고 냉혹한 기분이 들 거라고 짐작했었다. 하지만 실제로는 전혀 그렇지 않았다. 브루노는 갑자기 얼굴을 찌푸렸다. 아련한 눈빛과 창백한 얼굴 때문에 그는 실제 나이보다 훨씬 더 어려 보였다. 무언가 때문에 결국 재미있게 될까? 무엇 때문에 재미있어질까? 그는 지금껏 어떤 일을 하든 항상 재미를 느꼈었다. 이번에는 그렇게 하지 않을 작정이었다. 브루노는 억지웃음을 지었다. 의구심이 든 건 술기운 탓인 것 같았다. 그는 술집에 들어가 안면이 있는 바텐더에게 750밀리리터짜리 술을 구입해서 휴대용 술병에 채우고는 나머지를 채울 470밀리리터짜리 빈 술병이 있는지 찾아봐 달라고 부탁했다. 바텐더는 찾아봤지만 없다고 했다.

라미에 있는 역에 도착한 브루노는 반쯤 남은 술병이 든 종이봉투만 든 채 흉기도 소지하지 않고 열차에 올라탔다. 아직 계획을 세우지 않았지만, 계획을 많이 세운다고 해서 반드시 성공하는 건 아니라는 사실을 계속 떠올렸다.

"찰스! 어디 가는 길이야?"

윌슨이었다. 그는 한 무리의 친구들과 함께 있었다. 브루노는 곤란한 표정으로 고개를 가로저으며 마지못해 그들에게 다가갔다. 피곤하고 후줄근해 보이는 것으로 보아 윌슨은 방금 열차에서 내린 게 분명했다.

"이틀 동안 어디 있었어?" 브루노가 윌슨에게 물었다.

"라스베이거스에. 문득 정신을 차려 보니 거기 있지 뭐야. 그렇지 않았다면 너도 데려갔을 텐데. 여긴 조 하노버. 저번에 얘기했던 친구."

브루노는 조와 가볍게 인사를 나누었다.

"뭣 때문에 그렇게 시무룩한 거야?" 윌슨이 다정하게 어깨를 치며 물었다.

"찰스는 술고래야!" 여자들 무리에서 새된 목소리가 들렸는데, 브루노에게는 자전거 벨 소리처럼 들렸다.

"술고래 찰스, 난 조 하노버라고 해." 조가 수선을 떨었다.

브루노는 목에 화환을 건 여자에게서 팔을 슬그머니 빼며 말했다. "미안하지만 이 기차를 타야 해." 그가 탈 열차가 정차 중이었다.

"어디로 가?" 윌슨이 검은 눈썹이 맞닿을 만큼 이마를 찌푸리며 물었다.

"털사에 만날 사람이 있어서." 브루노는 얼버무리며 당장 가야겠다고 생각했다. 당혹스러워 울고 싶었고, 더러워진 윌슨의 빨간 셔츠 깃을 움켜쥐고 멱살을 잡고 싶었다.

윌슨은 분필떨이로 분필 자국을 지워내는 것처럼 브루노를 밀쳐내는 듯한 동작을 했다. "털사라!"

브루노는 애써 웃음을 짓고는 뒤돌아섰다. 발걸음을 옮기던 그는 그들이 뒤따라올 줄 알았지만 실제로는 그러지 않았다. 열차 앞에 멈춰 서서 뒤돌아보자 그들 무리는 밝은 햇빛 속에서 어두운 기차역 지붕 아래로 일순간에 빨려 들어가듯 사라졌다. 저렇게 붙어 다니는 걸 보니 무언가 음모를 꾸밀지도 모른다는 느낌이 들어 브루노는 얼굴을 찌푸렸다. 저들은 뭔가를 의심할까? 지금 그에 관해 수군대고 있을까? 그는 열차에 올라탔고,

자리를 찾아 앉기도 전에 열차가 움직이기 시작했다.

잠깐 자다가 깨어나자 바깥 풍경이 완전히 바뀌었다. 열차는 푸릇푸릇한 산악 지대를 미끄러지듯 달리고 있었다. 짙은 초록색의 계곡마다 그림자가 드리워져 있었고 하늘은 잿빛이었다. 에어컨이 나오는 열차 안에서 시원한 바깥 풍경을 보자 얼음주머니를 댄 것처럼 상쾌한 느낌이었다. 그리고 배가 고팠다. 식당차에 가서 양고기 구이, 감자튀김과 샐러드, 신선한 복숭아로 만든 파이를 맛있게 먹고 나서 소다수를 넣은 위스키 두 잔을 마시고 자리로 되돌아오니 세상 부러울 게 없었다.

이상하면서도 왠지 기분 좋은 목적의식이 브루노의 머릿속을 계속 맴돌았다. 창밖을 내다보기만 해도 마음과 눈이 새로운 조화를 이루는 듯했다. 그는 자신이 하려는 일이 어떤 것인지 서서히 체감했다. 그는 오랜 시간 동안 바라던 일을 이룰 뿐 아니라 친구에게도 도움이 되는 살인을 하러 가는 길이었다. 친구를 위해 하는 일이었으므로 몹시 기뻤다. 그리고 그에게 희생될 그녀는 죽어 마땅했다. 그는 앞으로 그녀를 만나게 될 많은 남자들을 구제해주는 셈이었다! 브루노는 자신이 중요한 사람이라는 생각에 현혹되었고, 아주 오랫동안 기분 좋게 술에 취해 있었다. 오래전에 사라져버렸던 에너지가 지금 그가 지나고 있는 래노에스터카도 평원처럼 풍요롭게 흘러넘쳐, 맹렬하게 내달리는 열차처럼 메트캐프를 향해 가는 소용돌이를 이루는 것 같았다.

좌석 끝에 걸터앉은 브루노는 가이가 앞에 앉아 있으면 좋겠다는 생각이 들었다. 하지만 가이가 앞에 있다면 그를 말릴 것이다. 가이는 그가 그 일을 얼마나 간절히 바라는지, 그 일이 얼마나 쉬운지 이해하려 하지 않았다. 하지만 얼마나 유용한 일인지 알아야만 했다. 고무처럼 부드러우면서도 단단한 손바닥을 움켜쥐던 브루노는 기차가 좀 더 빨리 달렸으면 좋겠다는 생각이 들었다. 온몸의 잔근육이 움찔거리면서 미세하게 떨리는 듯했다.

브루노는 미리엄에 관해 적어둔 종이를 꺼내어 맞은편 자리에 내려놓고서 찬찬히 들여다보았다. '미리엄 조이스 헤인스, 22세.' 만년필로 또박또박 정확한 필체로 적혀 있었는데, 세 번째로 옮겨 적은 것이기 때문이다. '꽤 예쁘게 생김. 빨강머리. 약간 통통함. 키는 별로 크지 않음. 임신했으므로 한 달 전부터 티가 났을 것임. 말이 많고 사교적인 유형. 야한 옷차림을 하고 있을 것임. 짧거나 긴 파마머리일 것임.' 많은 내용은 아니었지만 그가 알아낼 수 있는 최선이었다. 적어도 그녀가 빨강머리인 점은 다행이었다. 정말 오늘 밤에 해치울 수 있을지 의구심이 들었다. 당장 그녀를 찾아낼 수 있을지 여부에 달려 있었다. 그녀가 처녀 때 쓰던 조이스라는 성과 헤인스라는 성을 가진 사람들의 목록을 죄다 훑어봐야 할지도 몰랐다. 그녀가 친정 식구들과 함께 살고 있을지도 모른다는 생각이 들었다. 그녀를 보는 순간 곧바로 알아볼 거라는 확신이 들었다. 암캐 같으니라고! 그는 생각만으로도 벌써 그녀가 싫었다. 그녀를 보자마자 알아볼 순간을 떠올리며 그는 두 발을 바닥에 힘껏 내리치며 굴렀다. 사람들이 복도를 오갔지만 그는 그 종이에서 눈을 떼지 않았다.

'그녀는 아이를 낳을 겁니다.' 가이의 목소리가 들리는 듯했다. 방탕한 여자 같으니라고! 여러 남자들과 잠자리를 하는 여자들을 보면 그는 화가 치밀었고 신물이 났다. 아버지의 곁에 있던 정부들 때문에 그는 학창시절 방학 때마다 악몽에 시달렸는데, 어머니가 다 알면서도 겉으로는 괜찮은 척하는 것인지 아니면 아무것도 모르는 것인지 알 수 없었기 때문이다. 그는 가이와 열차에서 나누었던 대화의 한마디 한마디를 떠올려보았다. 그러자 가이가 곁에 있는 것 같았다. 가이는 지금껏 그가 만난 사람들 가운데 가장 존경할 만한 사람이었다. 팜비치 프로젝트를 성사시켰고 그 일을 계속해야 하는 사람이었다. 가이에게 그렇게 말해줄 수 있으면 좋으련만.

브루노는 마침내 그 종이를 주머니 안에 넣고는 편안하게 다리를 꼬고 양손을 무릎에 올린 채 등을 기댔다. 그 모습을 보면 누구라도 그가 책임감 있고 품성이 좋고 전도유망한 젊은이라고 여길 것이다. 물론 아주 건강해 보이지는 않았지만, 사람들에게서 흔히 볼 수 없고 지금껏 그의 얼굴에서 한 번도 볼 수 없었던 고요함과 마음속에서 우러나오는 행복감이 엿보였다. 지금까지 그의 삶에서는 길을 찾을 수 없었고, 찾았다고 해도 방향을 알 수 없었고, 알아냈다고 해도 아무 의미가 없었다. 위기는 늘 있었다. 브루노는 위기를 좋아했고, 때로는 친구들 사이에서 혹은 부모님과도 일부러 위기를 만들었다. 하지만 막상 위기가 닥치면 발을 빼고서 위기를 모면하곤 했다. 그건 동정심을 보여줄 수 없었기 때문인데, 어머니가 아버지 때문에 상처받을 때조차 그랬다. 그래서인지 어머니는 그에게 잔인한 면이 있다고 했고, 아버지와 다른 사람들은 그를 냉혈한이라고 여겼다. 그럼에도 그는 어스름이 내리는 외로운 저녁 무렵 친구에게 전화를 걸었는데 친구가 나올 수 없거나 그러고 싶지 않다고 대답할 거라는 상상을 하는 것만으로도 실쭉해져서 마음을 앓곤 했다. 그걸 아는 건 어머니뿐이었다.

브루노가 위기에서 발을 빼는 또 다른 이유는 흥분이 사라지는 것에서 즐거움을 느끼기 때문이었다. 삶의 의미에 늘 굶주리고 의미 있는 일을 하고 싶다는 바람을 가지고 살아온 그는 늘 상대방에게 거부당하는 연인처럼 차라리 좌절하는 편이 낫다는 걸 알게 되었다. 무언가를 해냈다는 만족스러운 성취감은 절대 알 수 없을 것 같았다. 처음에는 목적과 희망을 갖고 무언가를 찾고 싶었지만 너무 낙담해서 시도조차 할 수 없었다. 그럼에도 하루를 더 살고자 하는 기운은 늘 솟아올랐다. 하지만 죽음은 전혀 두렵지 않았다.

브루노에게 죽음은 시도해보지 않은 또 다른 모험에 지나지 않았다. 어떤 위험한 일을 벌이다가 죽음을 맞는 편이 훨씬 더 나을 것이다. 죽음에 가장 가까이 갔던 때는, 눈가리개를 한 채 경주용 차량을 타고 엑셀을 마구 밟으며 직선으로 뻗은 도로를 달리던 때였다. 친구가 차를 멈추라며 쏜 총소리도 들리지 않았는데, 엉덩이를 다친 채 도랑에 빠져 의식을 잃었기 때문이다. 때로는 너무 무료해서 자살이라는 극적인 결말에 대해 곰곰이 생각하기도 했다. 브루노는 두려움 없이 죽음을 맞는 건 용감하다거나, 자신이 인도의 수도승만큼이나 체념하고 있다거나, 혹은 자살하려면 의기소침한 마음이 필요하다는 생각도 해 본 적이 없었다. 그는 의기소침한 마음이라면 언제든 갖고 있었다. 그는 자살 생각을 해 본 적 있다는 사실이 부끄러웠다. 무척이나 불분명하고 멍한 생각이었기 때문이다.

메트캐프로 향하는 열차 안에서 브루노는 이미 방향을 정했다. 그는 어릴 적 부모님과 캐나다에 간 이후로 그렇게 현실감이 들고, 살아 있다는 느낌이 들고, 자신이 여느 사람들과 비슷하다는 생각을 해 본 게 처음이었다. 캐나다에 갈 때도 열차를 타고 갔었다. 퀘벡에는 그가 탐험할 수 있는 성城이 많았지만, 한 곳도 둘러볼 시간이 없었다. 위독하신 친할머니를 뵈러 가는 게 유일한 목적이었기 때문이다. 그 이후로 그는 분명한 목적을 가지고 여행한 적이 한 번도 없었다. 그런데 이번에는 그랬다.

메트캐프에 도착한 브루노는 곧장 전화번호부를 찾아 헤인스라는 성을 가진 번호를 모두 확인했다. 그는 가이의 주소를 모른 채 찡그린 표정으로 목록을 훑어 내려갔다. 기대도 하지 않았지만 미리엄 헤인스라는 이름은 없었다. 조이스라는 성을 가진 사람은 일곱 명 있었다. 그는 그들 일곱 명의 주소를 종이에다 휘갈겨 베껴 적었다. 세 명이 '매그놀리아 거리 1235번지'라는 같은 주소였고, 그 가운데 한 명이 M. J. 조이스 부인이었다. 브루노는 깊은 생각에 잠긴 듯이 혀를 말아 올려 윗입술에 댔다. 그녀일 가능성이 높았다. 그녀의 어머니 이름 역시 미리엄일 수도 있었다. 이웃에게 물어보면 많을 것을 알아낼 수 있을 것이다. 미리엄이 부자 동네에 살고 있을 것 같지는 않았다. 그는 차도에 서 있는 노란 택시를 향해 발걸음을 서둘렀다.

# 12

9시가 가까운 시각이었고 땅거미가 길게 내려오고 있었다. 보잘것없는 목조 주택들이 늘어선 주거 지역은 어둑어둑했고, 사람들이 그네를 타거나 계단에 앉아 있는 현관 여기저기에 불이 켜져 있었다.

"여기서 세워주세요." 브루노가 택시 운전사에게 말했다. 매그놀리아 거리와 칼리지 대로가 보였고, 번지수는 1000번대였다. 그는 발걸음을 옮겼다.

어린 여자아이가 보도에 서서 빤히 쳐다보자, 브루노는 아이에게 길을 비켜달라는 듯이 신경질적으로 대했다.

브루노는 불 켜진 현관에 있는 사람들을 흘끗 쳐다보았다. 통통한 남자가 부채질을 하고 있었고, 여자 둘은 그네를 타고 있었다. 그가 생각보다 철두철미했거나 운이 따른 것 같았는데, 주소가 1235번지 근처였다. 그는 미리엄이 어떤 동네에 살고 있을지 상상조차 할 수 없었다. 그가 잘못 생각한 거라면 나머지 주소를 찾아가보면 될 것이다. 주소 목록은 주머니에 들어 있었다. 현관에 켜진 선풍기를 보자 날씨가 덥다는 생각이 다시금 들었다. 그렇지 않아도 늦은 오후부터 열병을 앓는 듯 체온이 올라가서 짜증이 났다. 발걸음을 멈추고 담뱃불을 붙이자, 손이 전혀 떨리지 않아 다행이라는 생각이 들었다. 점심식사를 하고 나서 술을 반 병 정도 마신 탓에 술기운이 천천히 퍼져 계속 남아 있었다. 사방에서 귀뚜라미 울음소리가 났다. 무척이나 조용해서 두 블록 떨어진 곳에서 자동차 기어를 조작하는 소리도 들릴 정도였다. 젊은이들 몇몇이 모퉁이를 돌아서 오자 그는 가이가 있을지도 모른다는 생각에 가슴이 쿵쾅거렸다. 하지만 가이는 없었다.

"못된 놈!" 젊은이들 가운데 한 명이 말했다.

"그녀에게 말했지. 난 누구와도 장난치지 않으니 걔 남동생에게 기회조차 주지 말라고……."

브루노는 그들이 지나가는 모습을 거만하게 바라보았다. 그들이 지껄이는 말은 완전히 다른 세계의 언어 같았다. 가이의 말투와는 완전히 달랐다.

몇몇 집에는 번지수도 적혀 있지 않았다. 혹시 1235번지를 찾지 못한다면 어떻게 될까? 하지만 어느 집에 이르자 주석에 새겨진 1235가 현관 너머로 분명하게 보였다. 그 집을 바라보자 기분 좋은 전율이 온몸에 서서히 퍼졌다. 가이가 저 계단을 꽤 자주 오르내렸을 거라는 생각이 들었고, 그 생각만으로도 다른 집과는 달라 보였다. 주변에 있는 다른 집들과 마찬가지로 크기가 자그마했고, 나무판자에 칠한 노란색 페인트가 다른 집들보다 더 벗겨져 있었다. 한쪽에는 차고로 이어지는 길이 있었고, 잔디가 삐죽삐죽 자라 있었다. 보도 쪽에는 오래된 쉐보레 승용차가 세워져 있었다. 아래층 창문에서 불빛이 새어 나왔고, 미리엄의 방일 것 같은 위층 뒤쪽 창문에도 불이 켜져 있었다. 하지만 그녀의 방이라고 확신할 수는 없었다. 가이에게 들은 내용이 많지 않았기 때문이다.

브루노는 조바심을 내며 길을 가로질러서 왔던 길로 몇 걸음 되돌아갔다. 그러고는 발걸음을 멈추고 뒤돌아서서 그 집을 바라보며 입술을 깨물었다. 주변에는 한 사람도 보이지 않았고, 모퉁이 집 말고는 현관에 불이 켜진 곳이 없었다. 희미하게 들리는 라디오 소리가 미리엄의 집에서 나오는지, 옆집에서 나오는지도 알 수 없었다. 옆집은 아래층 창문 두 곳에 불이 켜져 있었다. 차고로 이어지는 길을 걸어가면 1235번지의 뒤쪽 모습을 볼 수 있을 것 같기도 했다.

바로 옆집 현관에 불이 켜지자 브루노의 시선은 곧장 그곳으로 향했다. 남녀가 현관에서 나왔는데, 여자는 그네에 앉고 남자는 보도를 따라 걸어왔다. 브루노는 튀어나온 차고 앞쪽의 움푹 들어간 공간으로 몸을 숨겼다.

"돈, 복숭아 없으면 피스타치오로 사 와!" 여자가 남자에게 소리치는 소리가 들렸다.

"나라면 바닐라 맛을 살 텐데." 브루노는 나지막이 중얼거리며 술병에 든 술을 조금 마셨다.

브루노는 노란색 페인트를 칠한 집을 야릇한 표정으로 바라보고는 한 발을 벽에 대고 기댔다. 그러자 허벅지에 무언가 단단한 게 만져졌다. 빅스프링스 역에서 구입한 사냥용 칼로, 15센티미터 길이의 칼날이 칼집에 들어 있었다. 피치 못할 경우가 아니라면 칼은 사용하고 싶지 않았다. 이상하게도 칼은 생각만으로도 싫었다. 하지만 총은 쐈을 때 소리가 나는 문제점이 있었다. 그는 어떻게 하게 될까? 그녀를 보면 방법이 떠오를 것이다. 정말 그럴까? 브루노는 미리엄의 집을 보면 무언가 생각이 떠오를 줄 알았지만, 막상 집을 찾은 것 같았는데도 아무 생각도 떠오르지 않았다. 그렇다면 이 집이 아닌 걸까? 집을 찾아내기 전에 여기저기 기웃거리며 배회한 탓일까? 가이가 그에게 해준 이야기가 정말이지 너무 부족했다. 하지만 미리 걱정해서는 안 되었다. 그러면 모든 일을 그르칠 것이기 때문이다.

브루노는 무릎을 구부렸다. 땀이 난 손바닥을 허벅지에 닦고서 떨리는 혀를 입술에 갖다 댔다. 조이스라는 이름의 주소가 적힌 종이를 재킷 안주머니에서 꺼내어 가로등 불빛에 비춰보았지만 잘 보이지 않았다. 다른 주소로 가보고 나서 이곳으로 되돌아와야 할까?

그는 15분 혹은 30분 정도 기다릴 참이었다.

집 밖에서 그녀를 덮치는 편이 나을 거라고 이미 열차에서 마음먹었던 터라, 우선 그녀와 맞닥뜨리는 게 최우선이었다. 길거리는 어두웠고, 가로수 아래는 더 어두컴컴했다. 맨손을 쓰거나 무언가로 머리를 내리치는 게 좋을 것 같았다. 그녀를 덮치고 나서 오른쪽이나 왼쪽으로 뛰어들어야겠다고 생각하자 그는 온몸이 떨렸고, 그제야 자신이 얼마나 흥분하고 있는지 깨달았다. 일이 마무리되면 가이가 무척 좋아할 거라는 생각도 문득 들었다. 미리엄은 어느새 자그마하고 단단한 물체 같은 대상이 되어버렸다.

바로 그때 남자의 목소리가 들리더니 이내 웃음소리가 이어졌다. 1235번지 위층의 불 켜진 방에서 나는 소리가 분명했다. 잠시 후 웃으며 말하는 여자 목소리가 들렸다. "그만해, 제발. 제발 부탁이야." 미리엄의 목소리인지도 몰랐다. 어린아이처럼 가는 목소리였지만 어딘가 강인함이 느껴졌다.

불이 꺼졌고 브루노는 불 꺼진 창을 가만히 올려다보았다. 잠시 후 현관 불이 켜졌고 남자 둘과 여자 한 명이 나왔다. 여자는 미리엄인지도 몰랐다. 브루노는 숨을 멈추고 꼼짝도 하지 않았다. 여자는 빨강머리였다. 키 큰 남자 역시 빨강머리였는데, 미리엄의 남동생일 수도 있을 것이다. 브루노는 단번에 많은 걸 파악했다. 그녀는 키가 작고 통통한 체격이었고, 납작한 신발을 신고, 편안하게 몸을 흔들며 남자 한 명을 올려다보았다.

"딕, 그녀에게 전화해야 할까? 꽤 늦은 시간이잖아." 그녀는 아까처럼 가는 목소리로 말했다.

앞쪽 창문에 달린 차양 한쪽이 올라갔고 창밖으로 목소리가 들렸다. "얘야, 너무 늦게 돌아다니지 마."

"알았어, 엄마."

그들은 보도에 세워져 있는 차로 갔다.

브루노는 택시를 잡으러 길모퉁이로 향했다. 이런 초라한 동네에서 일생일대의 기회를 잡다니! 그는 내달렸다. 몇 달 만에 달리는 것이었지만 육상선수라도 된 것 같았다.

"택시!" 한 대도 보이지 않던 택시가 갑자기 오자 그는 서둘러 달려갔다.

브루노는 택시 운전사에게 한 바퀴 빙 돌아, 방금 쉐보레 자동차가 향했던 매그놀리아 거리로 가달라고 했다. 쉐보레 자동차는 이미 가버리고 없었다. 주변은 온통 어두워졌다. 멀리 가로수 아래에서 빨간 후미등이 깜박이는 게 보였다.

"계속 가주세요!"

정지신호에 그 후미등이 멈춰 서고 택시가 가까이 다가가자, 브루노는 그 차가 쉐보레임을 확인하고 안도하며 등을 기댔다.

"어디로 갑니까?" 택시 운전사가 물었다.

"계속 직진." 바로 그때 쉐보레가 대로로 접어들었다. "우회전 하세요." 택시에 앉아 보도를 흘긋 보던 브루노는 '크로킷 대로' 표시를 보며 미소 지었다. 메트캐프에서 가장 긴 거리가 크로킷 대로라고 들은 기억이 났다.

"뒤따라가는 사람들 이름이 뭐죠? 아는 사람들 같아서요." 택시 운전사가 말했다.

"잠시만요." 브루노는 무의식적으로 다른 사람인 척하며 안주머니에서 종이를 꺼내어 확인하는 척 가장했다. 그중에는 미리엄에 관해 적은 종이도 있었다. 그는 갑자기 킬킬거리며 웃었다. 무척 우습고 안전하다는 생각이 들었다. 그는 다른 도시에서 온 멍청이 흉내를 냈는데, 찾아온 사람의 주소도 어디에 뒀는지 모르는 멍청이였다. 웃는 모습을 택시 운전사에게 들키지 않도록 고개를 숙이고는 자동적으로 술병을 더듬어 찾았다.

"불 켜줄까요?"

"아니요, 괜찮아요." 브루노는 술을 한 모금 들이켰다. 쉐보레가 대로로 들어가자 그는 택시 운전사에게 계속 직진하라고 말했다.

"어디로요?"

"계속 직진하고 더 이상 묻지 말아요!" 브루노가 소리쳤다. 불안한 탓에 목소리가 가성으로 나왔다.

택시 운전사는 고개를 가로젓고는 혀를 끌끌 찼다. 브루노는 씨근거렸지만 쉐보레가 여전히 앞에 보였다. 쉐보레는 절대 멈추지 않을 것처럼 계속 달렸고, 크로킷 대로는 텍사스 주 전체를 가로지르듯 끝없이 이어진 것 같았다. 브루노는 쉐보레 차량을 두 번이나 놓쳤다가 다시 찾았다. 간이음식점과 자동차 영화관을 지나자 길 양쪽에 어둠이 담처럼 에워싸고 있는 것 같았다. 브루노는 슬슬 걱정이 되기 시작했다. 그들이 시내를 벗어나거나 시골길로 들어서면 미행할 수 없을 것이다. 바로 그때, 전구를 이어 아치 모양으로 만든 조명등이 길 위에 걸려 있었다. 거기에는 '즐거운 메트캐프 호수에 오신 걸 환영합니다'라고 적혀 있었다. 쉐보레는 그 조명등 아래를 지나 주차장으로 들어갔다. 바로 앞 숲속에는 온갖 종류의 조명이 켜져 있었고, 회전목마 음악이 흘러나오고 있었다. 놀이공원이라는 생각에 브루노는 기분이 좋아졌다.

"4달러요." 택시 운전사가 심술궂게 말하자 브루노는 5달러 지폐를 건네주었다.

미리엄과 남자 둘 그리고 중간에 태우고 온 여자가 십자형 회전문을 통과할 때까지 브루노는 잠자코 기다렸다가 곧 그들을 뒤따라갔다. 그는 불빛 아래에 있는 미리엄을 잘 보려고 눈을 크게 떴다. 귀엽고 통통한 여대생 같았지만, 그가 보기엔 분명히 이류였다. 빨간색 신발에 빨간색 양말을 신은 모습을 보자 그는 화가 치밀었다. 가이는 어떻게 저런 여자와 결혼할 수 있었을까? 그런데 바로 그 순간, 그는 발걸음을 옮기다 말고 멈춰 섰다. 그녀는 임신한 게 아니었다! 무척 당혹스러워진 그는 눈을 가늘게 떴다. 왜 처음부터 알아차리지 못했던 걸까? 아니다, 아직 겉으로 티가 나지 않을 수도 있었다. 그는 아랫입술을 지그시 깨물었다. 미리엄은 통통한 체격에 비해 허리가 특이할 만큼 잘록해 보였다. 미리엄의 언니나 여동생일 수도 있었다. 혹시 낙태를 한 걸까? 아니면 자연유산을 한 걸까? 그녀는 몸에 꽉 끼는 회색 스커트를 입었고, 엉덩이는 자그마하고 통통했다. 그는 자석에 끌리듯이 일정한 간격을 유지하며 그들을 뒤따라갔다.

가이가 미리엄이 임신했다고 거짓말을 했을까? 아니다, 가이가 거짓말을 할 리가 없었다. 머릿속에 이런저런 생각이 복잡하게 떠올랐다. 브루노는 고개를 삐딱하게 기울인 채 미리엄을 바라보았다. 그러자 미처 의식하기도 전에 머릿속에 어떤 생각이 떠올랐다. 뱃속의 아이가 잘못되었다면 그녀를 처치해야 하는 이유가 더 분명해졌다는 생각이었다. 그렇지 않으면 가이는 그녀와 이혼할 수 없을 것이다. 혹시 미리엄이 아이를 유산했다해도 지금쯤은 외출을 할 수 있을 것이다.

미리엄은 집시 여자가 커다란 어항에 무언가를 빠뜨리는 서커스를 구경하고 있었다. 함께 온 다른 여자는 빨강머리 남자에게 머리를 기댄 채 웃음을 터뜨렸다.

"미리엄!"

그녀의 이름을 듣자 브루노는 깜짝 놀랐다.

"응, 알았어." 미리엄은 그렇게 대답하고는 얼린 커스터드를 파는 곳으로 갔다.

그들 모두 얼린 커스터드를 샀다. 지루하게 기다리던 브루노는, 거대한 호를 그리며 조명등이 켜진 대회전식 관람차와 캄캄한 하늘을 배경으로 관람차 의자에 앉아 흔들거리는 사람들을 올려다보며 미소 지었다. 멀리 나무 너머로 보이는 호수 수면에 불빛이 반짝이는 게 보였다. 마치 넓은 공원 같았다. 그는 대회전식 관람차를 타고 싶었고 왠지 마음이 들떴다. 마음을 편안히 먹었고 너무 흥분하지 않기로 했다. 회전목마에서 노래가 흘러나왔다. 케이시는 분홍빛이 감도는 금발의 남자와 왈츠를 추고…….

씩 웃으며 미리엄의 빨강머리를 바라보던 브루노는 그녀와 눈이 마주쳤다. 그녀가 곧바로 시선을 돌리는 바람에 그를 보지 못한 것 같았지만, 다시는 그런 일이 없도록 해야 했다. 갑자기 불안한 마음이 들자 그는 키득키득 웃음이 났다. 미리엄은 전혀 똑똑해 보이지 않았고, 그래서 다행이라는 생각이 들었다. 가이가 그녀를 왜 그렇게 싫어하는지도 알 것 같았다. 브루노도 그녀가 정말이지 싫었다. 그녀는 아이를 가졌다고 가이에게 거짓말을 하는 것인지도 몰랐다. 그리고 순진한 가이는 그녀의 말을 곧이곧대로 믿은 것이다. 못된 암캐 같으니라고!

그들이 얼린 커스터드를 들고 돌아다니는 동안, 브루노는 풍선가게에서 제비꼬리 모양의 밝은 노란색 풍선을 고르고는 반대 방향으로 가서 하나 섰다. 풍선 막대를 흔들어 꼬리가 쉬익 거리는 소리를 듣자 마치 어린 아이가 된 것 같은 기분이었다.

어린 남자아이가 부모님과 함께 다가와 풍선을 달라고 손을 내밀었다. 브루노는 풍선을 아이에게 주고 싶은 충동이 들었지만 그렇게 하지 않았다.

미리엄과 친구들은 여러 서커스 쇼가 벌어지고 불이 환하게 켜진, 대회전식 관람차 아래쪽으로 들어갔다. 머리 위로는 롤러코스터가 탕탕탕탕 기관총 소리를 내며 지나갔다. 누군가 끝부분에 쇠망치가 달린 빨간 화살을 쏘자 쨍그렁 소리가 요란하게 울렸다. 브루노는 쇠망치로 미리엄을 죽여도 아무도 개의치 않을 거라는 생각이 들었다. 미리엄이나 다른 세 명이 혹시 그를 알아차리지 않는지 자세히 살폈지만, 전혀 알아보지 못하는 게 분명했다. 오늘 밤 일을 해치우지 못한다면 그들의 눈에 띄어서는 안 되었다. 하지만 오늘 밤 어떻게든 일을 해치울 거라는 확신이 들었다. 브루노가 할 수 있는 일이 벌어질 것이다. 오늘 밤은 그를 위한 밤이었다. 아까보다 시원해진 바람이 불어오자 브루노는 그를 들뜨게 하는 술에 흠뻑 취한 것 같았다. 그는 풍선을 커다란 원을 그리며 빙글빙글 돌렸다. 그는 가이의 고향인 텍사스 주가 마음에 들었다. 모두들 행복하고 기운이 넘치는 것 같았다. 미리엄 일행이 군중 속으로 들어가자, 그는 술병을 꺼내어 한 모금 마시고는 곧 뒤따라갔다.

미리엄과 친구들은 대회전식 관람차를 보고 있었고, 브루노는 그들이 관람차를 타기로 결정하기를 바랐다. 관람차를 올려다보며 감탄하던 그는 텍사스에서는 뭐든지 큼지막하다는 생각이 들었다. 그렇게 큰 대회전식 관람차는 처음이었다. 안에는 별 모양의 푸른색 조명이 켜져 있었다.

“랠프, 저거 탈까?” 미리엄이 얼린 커스터드의 마지막 조각을 입에 쑤셔 넣으며 소리쳤다.

"아니, 재미없어. 회전목마 탈까?"

그들은 모두 회전목마로 갔다. 회전목마는 어두운 숲속에 환하게 불을 밝힌 도시 같았다. 니켈로 도금한 막대가 빼곡하게 서 있는 숲속에 말, 얼룩말, 기린, 황소, 낙타가 모두 함께 오르락내리락했다. 어떤 것은 탈 사람을 간절히 기다리는 것처럼 목을 길게 빼고 뛰어오른 채 멈춰 서 있는 것 같았다. 브루노는 금방이라도 동물들을 움직이게 할 것 같은 음악에 들떠 회전목마에서 눈을 떼지 못한 채, 심지어 미리엄을 쳐다보지도 않고 멍하니 서 있었다. 오래전 어린 시절의 기억이 떠올랐다. 증기가 텅 빈 파이프를 타고 울려 퍼지던 오르간 소리, 손잡이를 돌려 연주하는 오르간 소리, 드럼과 심벌즈 소리가 떠올라 넋이 나갈 것 같았다.

사람들은 어느 회전목마를 탈지 고르고 있었다. 미리엄과 친구들은 다시 먹어대기 시작했다. 미리엄은 딕이 들어주는 팝콘 봉지에 코를 박고 있었다. 돼지들! 브루노도 배가 고팠다. 소시지를 사고 나서 다시 쳐다보자, 그들은 회전목마에 올라타고 있었다. 그는 동전을 찾으려고 주머니를 뒤지며 뛰어갔고, 원하던 말에 올라탔다. 입을 벌리고 머리를 젖힌 파란색 말이었다. 운이 따랐는지, 미리엄과 그녀의 친구들이 막대 사이로 오르내리며 뒤따라왔다. 미리엄과 딕은 브루노 바로 앞에 있는 기린과 말을 타고 있었다. 오늘 밤 그에게 운이 따르고 있었다. 오늘 밤 도박을 해야 했다!

머릿속에 계속 맴도는 노래의 후렴처럼.

**그녀는 네 머릿속에서 마라톤을 시작할 거야—!** 1946년에 발표된 어빙 벌린의 자작곡 <예쁜 여자는 멜로디 같아*A pretty girl is like a melody*>의 후렴 부분

브루노는 그 노래를 좋아했고, 그의 어머니도 좋아하는 노래였다. 노래

를 듣자 기분이 좋았고 목마에 앉아 상체를 꼿꼿이 폈다. 그는 신나게 발을 구르며 장단을 맞추었다. 무언가 뒤통수에 부딪치는 것 같아 잔뜩 긴장해서 뒤돌아보았지만, 사람들끼리 서로 거칠게 싸우는 중이었다.

회전목마들이 〈워싱턴 포스트 행진곡〉에 맞추어 천천히 그리고 일사불란하게 움직이기 시작했다. 브루노는 계속 위로 올라갔고 기린을 탄 미리엄은 계속 아래로 내려갔다. 회전목마 너머의 세상은 불빛이 어린 희미한 풍경으로 사라져갔다. 브루노는 폴로 수업을 받던 때처럼 한 손에는 고삐를 쥐고 다른 한 손으로는 소시지를 먹었다.

"야호!" 빨강머리 남자가 소리쳤다.

"야호! 난 텍사스 사람이다!" 브루노도 소리쳤다.

"케이티, 저기 체크무늬 셔츠 입은 남자 좀 봐." 미리엄이 말했다. 기린의 목을 잡고 몸을 앞으로 숙이자, 입고 있던 회색 치마가 올라가 몸에 더 달라붙었다.

브루노도 체크무늬 남자를 쳐다보았다. 가이와 비슷하게 생겼다는 생각이 들었는데, 그런 생각을 하는 바람에 미리엄이 그 남자에 대해 뭐라고 말하는지 놓쳐버렸다. 밝은 불빛 아래에서 보니 미리엄의 얼굴에 주근깨가 잔뜩 나 있었다. 그녀의 모습이 점점 더 지긋지긋해 보여서 그녀의 부드럽고 끈적거리는 살에 손을 대고 싶지 않다는 생각이 들었다. 아무튼 그에게는 칼이 있었다. 손을 대지 않고 해치울 수 있는 깨끗한 도구였다.

"깨끗한 도구!" 아무에게도 들리지 않았으므로 브루노는 환호하며 소리쳤다. 그가 탄 말은 회전목마 바깥쪽이었고, 옆에 있는 백조 모양의 2인승 회전목마에는 아무도 타지 않았다. 그는 거기에 침을 뱉고는 먹다 남은 소시지를 던져버리고 손에 묻은 겨자 소스를 말 갈기에 닦았다.

"케이시는 분홍빛이 감도는 금발 남자와 왈츠를 추고, 밴드는— 음악을 연주했—지!" 미리엄의 데이트 상대가 힘껏 노래를 불렀다.

그들 모두 함께 불렀고 브루노도 따라 불렀다. 회전목마를 탄 모든 사람들이 노래하고 있었다. 모두들 술을 마셨더라면! 모두들 한잔했다면 좋을 텐데!

"그는 머리가 너무 무거워서 폭발할 것 같았지!" 브루노는 목소리가 갈라질 만큼 목청껏 노래를 불렀다. "그 불쌍한 여자는 깜짝 놀라 몸을 떨었—지!"

"안녕, 케이시!" 미리엄은 딕에게 정답게 말했고, 그가 던져주는 팝콘을 받아먹으려고 입을 벌렸다.

"얼간이들!" 브루노가 소리쳤다.

입을 쩍 벌린 미리엄은 목 졸려 얼굴이 벌겋게 달아오른 것처럼 추하고 멍청해 보였다. 그녀의 꼴을 참고 볼 수 없었던 브루노는 여전히 씩 웃으며 고개를 돌렸다. 회전목마의 속도가 느려지고 있었다. 브루노는 그들이 한 번 더 타기를 바랐지만, 그들은 회전목마에서 내려 팔짱을 끼고 호수 위로 반짝이는 불빛을 향해 걸어갔다.

브루노는 얼마 남지 않은 술을 꺼내 한 모금 마시려고 나무 아래에 멈춰 섰다.

그들은 노 젓는 보트에 타고 있었다. 노를 젓는 멋진 풍경을 바라보자 브루노는 기분이 좋았다. 그도 보트에 탔다. 커다란 호수는 어른거리는 희미한 불빛만 보일 뿐 어두컴컴했고, 서로 애무하는 남녀를 태운 보트가 여기저기 떠 있었다. 브루노가 미리엄이 탄 보트에 가까이 다가가자, 빨강머리 남자는 노를 젓고 있었고 미리엄과 딕은 뒷자리에 앉아 서로 꼭 껴안은 채 키득거리고 있었다. 브루노는 노를 깊숙이 저어 그들이 탄 보트를 지나가고 나서 노를 가만히 두었다.

"섬으로 갈까 아니면 그냥 호수에 있을까?" 빨강머리 남자가 물었다.

브루노는 짜증이 나서 자리에 비스듬히 털썩 주저앉아 그들이 결정하기를 기다렸다. 호숫가 외진 곳에서는 마치 어두컴컴한 작은 방에서 나는 듯한 속삭이는 소리, 나지막한 라디오 소리, 웃음소리가 들렸다. 그는 술병 마개를 열어 남은 술을 마저 마셨다. 브루노가 가이의 이름을 외쳐 부르면 어떻게 될까? 지금 가이와 마주친다면 그는 어떻게 생각할까? 가이와 미리엄은 이 호수에서 데이트를 했을지도, 지금 브루노가 앉아 있는 바로 이 보트를 탔을지도 몰랐다. 술기운으로 손과 다리가 약간 얼얼한 느낌이었다. 지금 미리엄과 함께 보트에 탔다면, 기꺼이 그녀의 머리를 물속에 처박았을 것이다. 호수는 칠흑처럼 어두웠고 달빛도 비치지 않았다. 그가 탄 보트에 물결이 가볍게 다가와 부딪는 소리가 났다. 브루노는 느닷없이 조바심이 났다. 미리엄이 탄 보트에서 끈적끈적하게 키스하는 소리가 나자, 브루노도 그들에게 들리도록 기분 좋은 신음소리를 내며 입술을 쪽쪽 맞대는 소리를 냈다. 그 소리가 그들에게 들린 게 분명했다. 그들이 웃음을 터뜨렸기 때문이다.

브루노는 그들이 탄 보트가 지나가기를 기다렸다가 느긋하게 뒤따라갔다. 커다란 검은 덩어리가 가까이 다가왔고, 여기저기서 성냥 긋는 소리가 났다. 섬이었다. 연인들이 비밀스럽게 애무하기에는 더할 나위 없이 좋은 곳 같았다. 미리엄은 오늘 밤이 처음이 아닐 거라는 생각이 들자 브루노는 웃음이 났다.

미리엄의 보트가 멈춰 서자, 브루노는 노를 저어 옆으로 몇 미터 더 가서 보트에서 내렸다. 다른 보트들과 쉽게 구분할 수 있도록 보트 앞부분을 자그마한 통나무 위에 올려두었다. 목적의식이 다시 한번 떠올랐는데, 열차에서보다 더 강렬하고 절박한 마음이었다. 그는 메트캐프에 도착한 지 채 두 시간도 지나지 않아 섬에 그녀와 함께 있는 것이다! 브루노는 바지 주머니에 든 칼을 만져보았다. 미리엄과 단둘이 있게 된다면 그녀의 입을 막아버릴 수 있을 것이다. 혹시 그녀가 그의 손을 깨물까? 미리엄이 축축한 입으로 손을 깨문다는 상상을 하자 브루노는 진저리를 치며 움찔했다.

천천히 걷는 그들을 뒤따라가던 브루노는 나무가 가까이 서 있는 거친 언덕으로 올라갔다.

"여긴 앉을 수 없어. 바닥이 젖었잖아." 케이티라는 여자가 투덜대며 말했다.

"그럼 내 윗도리를 깔고 앉아." 남자가 촌스러운 남부 사투리로 말했다.

"내 사랑하는 그대와 신혼여행을 가서 오솔길을 걸을 때……." 관목 숲에서 노랫소리가 들려왔다.

밤이 나지막이 속삭이는 소리. 곤충들과 귀뚜라미 울음소리. 그리고 귓가에서 앵앵거리는 모기 소리. 브루노는 자기 귀를 내리쳤다. 귓속이 윙윙거리더니 사람들 노랫소리가 잘 들리지 않았다.

"……떠나버렸다네."

"왜 우린 좋은 장소를 찾을 수 없는 거야?" 미리엄이 투덜거렸다.

"그러게. 그리고 발 조심해."

"여성분들, 발 조심해!" 빨강머리 남자는 그렇게 말하고는 웃음을 터뜨렸다.

도대체 저들은 어쩌려는 걸까? 브루노는 지겨웠다. 회전목마에서 흘러

나오는 음악소리가 멀리서 들렸고, 딸랑거리는 방울소리가 이따금씩 들렸다. 바로 그때, 그들이 불쑥 앞에 나타나자 브루노는 다른 곳으로 가려는 듯 방향을 바꾸었다. 그가 가시덤불에 걸려 빠져나오느라 애쓰는 동안 그들이 곁을 지나갔다. 브루노는 곧 그들을 따라 아래로 내려갔다. 미리엄이 뿌린 것 같은 향수 냄새가 났는데, 김이 자욱한 욕실에서 나는 듯한 달콤한 냄새에 불쾌감이 들었다.

"……자, 이제," 라디오 방송이 흘러나왔다. "리언이 아주 조심스럽게 다가가…… 리언이 베이브의 얼굴에 힘껏 한 방 날립니다. 사람들이 외치는 소리를 들어보세요!" 그리고 고함 소리가 들렸다.

남녀가 마치 싸움을 하듯 관목에서 뒹구는 모습이 보였다.

미리엄은 브루노에게서 3미터도 떨어지지 않은 약간 더 높은 지점에서 있었고, 나머지 친구들은 둑을 내려가 호수로 향하고 있었다. 브루노는 더 가까이 다가갔다. 수면에 비친 불빛에 미리엄의 머리와 어깨가 희미하게 보였다. 그녀를 그렇게 가까이에서 본 것은 그때가 처음이었다.

"혹시," 브루노가 나지막이 말하자 그녀가 뒤돌아보았다. "혹시 이름이 미리엄이에요?"

미리엄은 그를 쳐다보았지만 형체를 거의 알아볼 수 없었다. "네. 그런데 누구세요?"

브루노는 한 걸음 더 가까이 다가가 냉소적으로 물었다. "우리 어디에선가 만난 적 없나요?" 향수 냄새가 다시 훅 끼쳤고, 미리엄의 형체는 어둠에 가려 흐릿했다. 브루노는 온 정신을 집중하고 손을 쫙 펴서 그녀에게 달려들었다.

"글쎄요, 혹시……."

미리엄이 말을 마치기도 전에 브루노는 그녀의 목을 잡고 졸랐다. 깜짝 놀란 미리엄은 그의 손을 밀쳐내려 했지만 소용없었다. 브루노는 그녀의 목을 잡고 흔들었다. 그의 몸은 바위처럼 단단했다. 그는 이를 악물었다. 미리엄의 목구멍에서 쉰 목소리가 났지만, 브루노가 너무 힘껏 누르고 있어서 고함을 지를 수 없었다. 그는 한쪽 다리를 그녀의 몸 뒤로 가져가 고정시키고 그녀를 넘어뜨렸다. 둘이 함께 넘어지자 나뭇잎이 부스럭거리는 소리 외엔 아무 소리도 나지 않았다. 브루노는 미리엄의 목을 더 힘껏 졸랐고, 그녀가 몸부림치며 일어나지 못하도록 밑에 깔린 채 버둥거리는 불쾌한 몸짓을 참았다. 미리엄의 목이 점점 더 뜨거워졌고 맥박은 빨라졌다. 그만, 그만! 브루노는 맥박이 멈추기를 바랐다. 그런데 그녀의 목이 움직이지 않았다. 그녀의 목을 충분히 오랫동안 졸랐다는 확신이 들었지만, 손에 힘을 빼지는 않았다. 뒤돌아보았지만 아무것도 없었다. 손을 풀자 미리엄의 목에 마치 밀가루 반죽을 깊게 누른 것처럼 자국이 생겼다. 바로 그때 그녀가 기침 소리를 냈다. 시신이 벌떡 일어난 걸 보기라도 한 듯 겁에 질린 브루노는 다시 무릎을 꿇고 그녀 위에 올라타 엄지가 부러질 정도로 있는 힘을 다해 목을 눌렀다. 온몸의 힘이 그의 손을 통해 쏟아져 나왔다. 그런데도 충분하지 않다면? 이윽고 브루노는 흐느껴 울고 있었다. 미리엄은 아무런 움직임도 없이 축 늘어져 있었다.

"미리엄?" 다른 여자의 목소리였다.

브루노는 벌떡 일어나서 섬 한가운데를 향해 비틀거리며 갔고, 왼쪽으로 돌아 보트가 있는 곳으로 갔다. 손수건을 꺼내어 손에 묻은 것을 닦아냈다. 미리엄의 침이었다. 그는 손수건을 던져버렸다가 곧바로 다시 주웠다. 자신의 이름이 새겨져 있었기 때문이다. 그는 곰곰이 생각했다. 일을 해내서 기분이 좋았다.

"미—리엄!" 나른하면서도 초조한 목소리였다.

하지만 그가 완전히 그녀를 해치운 게 아니라면? 지금쯤 미리엄이 몸을 일으키고 이야기를 하고 있다면 어쩌지? 그런 생각을 떠올리던 브루노는 쏜살같이 앞으로 내달리다가 둑에 걸려 넘어질 뻔했다. 호숫가에 이르자 시원한 바람이 불어왔다. 그가 세워둔 보트가 보이지 않자 아무 보트나 타고 가려고 했다. 하지만 마음을 바꿔 먹고 왼쪽으로 300미터 정도 내려가자 자그마한 통나무 위에 걸쳐둔 보트가 보였다.

"여기야, 미리엄이 기절했어!"

브루노는 재빨리, 하지만 서두르지 않고 보트를 저었다.

"누가 좀 도와줘요!" 숨 가쁘게 소리치는 여자 목소리였다.

"제발 좀 도와줘요!"

겁에 질린 목소리를 듣자 브루노도 겁에 질렸다. 물결을 일으키며 노를 젓던 그는 갑자기 동작을 멈추고 보트가 어두운 수면 위로 미끄러져 가도록 내버려두었다. 도대체 그는 뭘 두려워하는 걸까? 그를 뒤따라오는 사람은 흔적조차 보이지 않았다.

"도와줘요!"

"맙소사, 죽었어요! 사람 좀 불러줘요!"

여자의 비명소리가 고요한 허공에 긴 호를 그리더니 마침내 사라졌다. 브루노는 정말 아름다운 비명소리라는 생각이 들었고, 마음속으로 기이하고 차분하게 감탄해 마지않았다. 그는 다른 보트를 뒤따라 천천히 부둣가로 다가갔다. 그리고 지금껏 했던 것보다 더 천천히 보트 관리인에게 계산을 치렀다.

"섬에서 여자가 죽었대요!" 보트에서 깜짝 놀라고 흥분한 목소리가 들렸다.

"죽었다고요?"

"누가 경찰 좀 불러요!"

브루노 뒤편의 나무로 만든 선착장 위로 누군가 내달리는 소리가 났다.

그는 놀이공원 입구 쪽으로 천천히 걸어갔다. 무척이나 재빨리 일을 해치우고 이렇게 천천히 걸어갈 수 있어서 정말 다행이었다. 십자형 회전식 문을 지날 무렵 마음 깊은 곳에서 두려움이 올라왔다가 재빨리 썰물처럼 사라져버렸다. 그를 쳐다보는 사람도 아무도 없었다. 그는 마음을 가라앉히려고 술을 한잔해야겠다는 생각뿐이었다. 길 저쪽에 빨간 불빛이 켜진 술집 같은 건물이 보이자 그는 곧장 그곳으로 향했다.

"커티 사크 한 잔 주세요." 그가 바텐더에게 말했다.

"어디서 왔어요?"

브루노는 바텐더를 쳐다보았다. 오른쪽에 있는 남자 둘이 그를 쳐다보고 있었다. "위스키 한 잔 달라고요."

"여기서는 독한 술을 팔 수 없어요."

"여기라면 놀이공원 말인가요?" 브루노의 목소리가 고함을 지를 때처럼 갈라졌다.

"텍사스 주에서는 독주를 팔 수 없습니다."

"그러면 저거 좀 줘요." 브루노는 카운터에서 사람들이 마시고 있는 호밀 위스키를 가리켰다.

"여기 있어요. 누구든 독한 술을 마시려 하지." 그들 가운데 한 명이 유리잔에 위스키를 따라 그에게 건네주었다.

호밀 위스키는 목구멍을 타고 내려갈 때는 텍사스처럼 거칠었지만, 뒷맛은 달콤했다. 브루노가 술값을 내려고 했지만 남자는 괜찮다고 했다.

멀리서 울리는 경찰차의 사이렌 소리가 점점 가까워졌다.

한 남자가 문을 열고 들어왔다.

"무슨 일이에요? 사고라도 났어요?" 누군가가 남자에게 물었다.

"난 아무것도 못 봤는데요." 남자는 아무렇지 않게 말했다.

그 남자를 쳐다보던 브루노는 형제라도 만난 듯 반가웠지만, 가까이 다가가서 말을 걸지는 않았다.

브루노는 기분이 좋았다. 남자가 한 잔 더 하라고 우기는 바람에 그는 석 잔이나 받아 마셨다. 술잔을 들어 올리다가 손등에 묻은 자국을 알아차린 그는 손수건을 꺼내어 엄지와 검지 사이에 묻은 것을 차분하게 닦아냈다. 미리엄의 오렌지색 립스틱 자국이었다. 술집 밖의 간판 불빛 아래에서는 자국이 거의 보이지 않았다. 브루노는 위스키를 준 남자에게 고맙다는 인사를 하고 어두운 길거리로 나와 보도의 오른쪽을 따라 걸으며 택시를 찾았다. 불이 켜진 놀이공원을 돌아보고 싶지 않았다. 놀이공원이라면 생각조차 하지 않겠다며 스스로에게 혼잣말을 했다.

시내를 다니는 전차가 지나가자 브루노는 얼른 달려갔다. 전차 내부가 환한 게 마음에 들었고, 벽에 붙은 벽보의 문구를 죄다 읽었다. 통로 건너편에 부산스러운 남자아이가 앉아 있었고, 브루노는 그 남자아이와 잡담을 나누었다. 가이에게 전화를 걸어 만나야겠다는 생각이 계속 머릿속을 맴돌았지만, 물론 가이는 여기 텍사스 주에 없었다. 브루노는 어떤 식으로든 자축하고 싶었다. 가이 어머니에게 그냥 전화를 걸어볼 수도 있겠지만, 한 번 더 생각해보니 현명하지 못한 처사일 것 같았다. 저녁 내내 한 가지 불쾌한 생각이 떠올랐다. 그가 한동안 가이를 만날 수도, 통화를 하거나 편지를 쓸 수도 없다는 사실이었다. 물론 시간이 지나면 가이는 무언가 물어볼 게 분명했다. 하지만 그는 자유의 몸이었다. 그리고 일을 해치웠다. 행복감이 솟구쳐 올라 브루노는 남자아이의 머리칼을 헝클었다.

남자아이는 잠시 뒤로 물러났지만 브루노가 다정하게 씩 웃자 함께 웃어 보였다.

토피카와 샌타페이로 가는 열차의 종착역인 애치슨 기차역에 도착한 브루노는 새벽 1시 30분에 출발하는 침대칸 위층 자리 티켓을 구입했다. 한 시간 반 동안 시간을 때워야 했다. 모든 게 완벽했고 기분이 정말 좋았다. 역 근처 가게에서 위스키를 사서 휴대용 술병에 채웠다. 가이의 집이 어떻게 생겼는지 보고 싶다는 생각이 들었고, 곰곰이 생각해본 뒤 찾아가기로 결정했다. 방향을 물어보려고 출입문 옆에 있는 남자에게 갔지만, 바로 그때 택시를 탈 수 없다는 생각이 들었다. 자신이 여자를 원하고 있다는 걸 깨달았기 때문이다. 평생 그렇게 간절히 여자를 원한 적이 없었고, 그런 생각이 들자 이상하게도 기분이 좋았다. 샌타페이에서는 윌슨이 두 번씩이나 권했지만 그럴 마음이 생기지 않았었다. 브루노는 출입문에 서 있던 남자 바로 앞에서 방향을 바꿨다. 밖에 있는 택시 운전사에게 물어보는 편이 더 나을 거라고 생각했다. 여자를 갖고 싶다는 생각이 몸이 떨릴 정도로 간절했다. 술을 마셨을 때와는 다른 떨림이었다.

"난 모르겠소." 주근깨투성이의 택시 운전사가 멍한 표정으로 자동차에 기대어 말했다.

"모르겠다니 그게 무슨 말이에요?"

"모른다는 뜻이오."

브루노는 역정을 내며 걸음을 옮겼다.

보도 아래쪽에 있는 택시 운전사는 더 친절했다. 무척 가까워서 택시를 탈 필요도 없다면서, 명함 뒤편에 주소와 두어 명의 이름을 적어주었다.

# 13

몬테카를로에 있는 호텔 침대 옆 벽에 기댄 가이는 자신이 메트캐프에서 가져온 앨범을 뒤적이는 앤의 모습을 바라보았다. 지난 이틀 동안 앤과 함께 멋진 시간을 보냈다. 그는 내일 메트캐프로 떠날 것이고 그다음 플로리다로 갈 것이다. 그가 여전히 그 프로젝트를 맡을 수 있다는 브릴하트 씨의 전보가 왔던 것이다. 앞으로 6개월 동안은 일을 할 것이고, 12월에는 앤과 함께 살 집을 짓기 시작할 것이다. 이젠 집 지을 돈이 있었다. 그리고 이혼에 필요한 돈도.

"팜비치 프로젝트를 맡지 못했다면 내일 뉴욕으로 돌아가 어떤 일이든 맡아서 해낼 수 있었을 거야." 가이가 차분하게 말했다. 하지만 그 말을 내뱉자마자 팜비치 프로젝트는 그에게 용기와 힘, 그리고 뭐라 정확히 표현할 수는 없지만 강한 의지 같은 걸 주었다는 생각이 들었다. 이 일을 맡지 못했더라면 앤 곁에서 죄의식만 들었을 것이다.

"꼭 그럴 필요는 없어." 앤은 한참 후에 그렇게 말하고는 상체를 더 깊이 숙이며 앨범을 들여다보았다.

가이의 입가에 미소가 떠올랐다. 앤이 그의 이야기를 건성으로 듣고 있음을 알았다. 사실, 그가 한 말은 그리 중요하지 않았다. 가이는 앤과 함께 앨범을 들여다보며 그녀가 묻는 사람들이 누구인지 가르쳐주었고, 갓난아기 때부터 스무 살 때까지 어머니가 모아둔 자기 사진을 보는 앤의 모습을 흐뭇하게 바라보았다. 사진 속의 그는 거의 한결같이 웃는 모습이었다. 검은 머리칼은 지금보다 더 빳빳해 보였고 얼굴 표정도 더 무심해 보였다.

"나, 사진 속에서 행복해 보여?" 가이가 묻자 앤은 윙크를 했다.

"행복해 보이고 아주 잘생겼어. 미리엄 사진은 없어?" 그녀는 남은 페이지를 넘기며 물었다.

"없어." 그가 대답했다.

"이걸 갖고 와서 정말 기뻐."

"이 앨범이 멕시코에 있는 줄 알면 엄마가 날 가만두지 않을 거야." 가이는 앨범을 두고 가는 일이 없도록 곧바로 여행가방에 챙겨 넣었다. "가족을 만나는 가장 인간적인 방법이지."

"내가 너무 많은 걸 요구한 건가?"

애처로운 앤의 목소리에 가이는 웃어 보였다. "아니야, 전혀 그렇지 않아." 그는 침대에 앉아 그녀를 가까이 끌어당겼다. 앤의 친척은 거의 다 만났다. 둘이나 세 명씩 그리고 포크너 가문의 일요일 저녁식사 모임에서는 열 명도 넘는 친척들을 만났다. 그들은 뉴욕 주와 롱아일랜드에는 포크너와 웨들, 모리슨 성을 가진 사람들이 많이 산다는 농담을 했다. 아무튼 가이는 앤에게 친척이 많은 게 좋았다. 작년에 앤의 집에서 보낸 크리스마스는 그의 생에서 가장 행복한 시간이었다.

가이는 앤의 두 뺨에 입을 맞추고 입술에 키스했다. 고개를 숙이자 앤이 몬테카를로 문방구에서 구입한 종이에 그린 드로잉이 침대 덮개 위에 놓여 있는 게 보였다. 그날 오후 국립박물관을 방문하고 나서 떠오른 아이디어들을 스케치한 것이었다. 앤의 스케치는 그의 것과 마찬가지로 검은

색으로 명료하게 그려져 있었다. "집 생각을 하고 있어, 앤."

"큰 집을 짓고 싶구나."

그러자 가이는 웃으며 대답했다. "응."

"그럼 큰 집으로 짓도록 하자." 앤은 가이의 품에 편안히 안겼다. 두 사람이 동시에 한숨을 내쉬자, 그녀는 웃음을 터뜨렸고 그는 그녀를 더 꼭 껴안았다.

앤이 집 크기에 동의한 건 이번이 처음이었다. 집은 Y자 모양으로 지을 예정이었다. 문제는 앞쪽에 튀어나온 양쪽 날개 가운데 한쪽을 생략할지 여부였는데, 가이는 양쪽 날개를 모두 살리는 게 좋겠다는 생각이었다. 그러면 2만 달러가 넘는 돈이 들겠지만, 팜비치 프로젝트를 맡으면 큰 금액의 수수료가 들어올 것이다. 빠른 시일 내에 끝나고 보수도 높은 일이었다. 앤의 아버지는 결혼 선물로 앞쪽 날개의 건축 비용을 대주겠다고 했지만, 가이로서는 한쪽 날개를 없애는 것만큼이나 생각조차 할 수 없는 일이었다. 하얗게 빛나는 집과 방 건너편에 놓인 갈색 책상이 눈앞에 보이는 듯했다. 집 설계는 코네티컷 남부에 있는 올턴이라는 마을 근처에서 본 흰 바위에서 영감을 받았다. 연금술사가 바위를 깎아 만든 거대한 크리스털 같은 길고 나지막한 단층집이었다.

"그 집을 크리스털이라고 부를 거야."

앤은 곰곰이 생각에 잠긴 듯 천장을 올려다보았다. "난 집에 이름을 붙이는 건 별로 좋아하지 않아. 크리스털이라는 이름은 별로인 것 같아."

가이는 약간 상처를 받았다. "올턴이나 다른 멋없는 이름들보다는 훨씬 낫잖아. 그럼 당신은 뉴잉글랜드, 난 텍사스로 할게."

"좋아. 당신은 텍사스로 하고 난 뉴잉글랜드로 할게." 앤이 웃으며 가이의 말을 막았다. 실제로 그녀는 텍사스를 좋아했고 가이는 뉴잉글랜드를 좋아했기 때문이다.

가이는 전화기를 쳐다보았는데, 금방 전화벨이 울릴 것 같은 이상한 예감이 들어서였다. 은근한 쾌감을 유발하는 약을 먹은 것처럼 약간 현기증이 났다. 앤이 말하기를, 멕시코의 높은 고도 때문에 그런 기분이 든다고 했다. "오늘 밤 미리엄에게 전화를 걸면 모든 게 잘될 것 같은 기분이 들어. 내가 올바른 말만 할 수 있을 것 같아." 그는 느긋하게 말했다.

"저기 전화 있잖아." 앤이 정말 심각한 표정으로 말했다.

잠시 후 앤은 한숨을 내쉬었다.

"몇 시야?" 앤이 상체를 세우며 물었다. "엄마한테 12시까지는 돌아간다고 했거든."

"11시 7분."

"배고프지 않아?"

그들은 아래층의 레스토랑으로 내려가 음식을 주문했다. 주문한 햄과 달걀이 이상한 주홍색 요리로 나왔지만 먹어보니 맛은 괜찮았다.

"당신이 멕시코에 와서 기뻐." 앤이 말했다. "뭐랄까, 난 잘 알지만 당신은 잘 모르는 걸 가르쳐주고 싶었으니까. 멕시코시티는 다른 곳들과 달라." 그녀는 천천히 음식을 먹으며 이야기를 이어나갔다. "파리나 비엔나처럼 향수가 느껴지는 곳이어서, 여기서 어떤 일이 벌어지든 되돌아오게 될 거야."

가이는 얼굴을 찌푸렸다. 어느 해 여름, 로버트 트리처라는 캐나다인 공학기사와 파리에 간 적이 있었는데 두 사람 모두 무일푼이었다. 그들에게는 앤이 알고 있는 파리가 아니었다. 가이는 앤이 건네준, 버터를 듬뿍 넣은 롤빵을 내려다보았다. 그는 앤이 어린 시절 어떤 일을 겪었든, 그녀가 경험한 걸 모두 느껴보고 싶다는 강렬한 마음에 이따금 사로잡히곤 했다.
"그게 무슨 뜻이야? '여기서 어떤 일이 벌어지든'이라니?"

"심하게 아팠거나 강도를 당했다고 해도 되돌아올 거란 뜻이야." 앤은 가이를 올려다보며 미소 지었지만, 옅은 푸른색 눈동자에 비친 조명등과 어두운 눈꺼풀 위에 초승달 모양으로 비치는 불빛 때문인지 그녀의 얼굴이 신비로운 듯 슬퍼 보였다. "매력적으로 보이게 만드는 강렬한 대조 때문일 거야. 예를 들어, 믿기지 않을 만큼 대조적인 면을 가진 사람들이 있지."

가이는 커피잔 손잡이를 쥔 그녀의 손가락을 바라보았다. 앤이 했던 말 때문인지, 그녀의 분위기 탓인지 그는 문득 열등감이 들었다. "난 믿기지 않을 만큼 대조적인 면이 없어서 유감이군."

앤이 싱긋 미소 짓고는 곧 웃음을 터뜨렸다. 그녀의 유쾌한 웃음소리는 그를 비웃을 때도, 심지어 그녀가 웃는 이유를 굳이 설명하려 하지 않을 때조차 그를 흐뭇하게 했다.

가이는 자리에서 벌떡 일어섰다. "쿠키 먹을래? 요술을 부려 쿠키를 만들어줄게. 아주 맛있는 걸로." 그는 여행가방 구석에서 쿠키가 든 통을 꺼냈다. 그의 어머니가 블랙베리 잼을 넣어 만들어준 쿠키, 그가 아침식사 때 맛있다고 했던 쿠키가 그제야 떠올랐다.

앤은 아래층 바에 전화를 걸어 특별한 리큐어를 주문했다. 리큐어는 쿠키처럼 짙은 보랏빛이었고, 손가락보다 가느다란 굽이 달린 잔에 나왔다. 웨이터가 가고 두 사람이 막 잔을 들어 올리려는데, 전화벨이 신경질을 내듯 요란하게 울렸다.

"엄마일 거야." 앤이 말했다.

가이가 전화를 받자, 누군가 멀리서 교환원에게 말하는 목소리가 들렸다. 점점 더 크게 들리는 불안하고 날카로운 목소리는 그의 어머니였다.

"여보세요?"

"엄마, 나예요."

"가이, 일이 생겼단다."

"무슨 일이요?"

"미리엄 일이야."

"미리엄이 왜요?" 그는 수화기를 귀에 바짝 갖다 댔다. 앤을 쳐다보자 그녀의 얼굴빛이 변했다.

"살해당했어. 어젯밤에……." 어머니는 말을 잇지 못했다.

"뭐라고요?"

"어젯밤에 그렇게 됐어." 어머니는 가이가 지금껏 한두 번밖에 들은 적 없는 날카로운 목소리로 말했다. "살해당했어."

"살해당했다고요?"

"뭐라고?" 앤이 깜짝 놀라 자리에서 일어섰다.

"어젯밤 호수에서. 아직 아무것도 알아내지 못했어."

"엄마……."

"집으로 와줄래?"

"네, 그럴게요. 그런데 어떻게……?" 그는 구식 수화기에서 무언가를 알아낼 수 있기라도 하듯이 멍하니 내려다보았다. "어떻게 죽었어요?"

"목이 졸려서." 어머니는 짧게 대답했다.

"그런데 혹시……?" 가이는 말을 꺼내려다 말았다.

"가이, 왜 그래?" 앤이 그의 팔을 잡고 물었다.

"엄마, 되도록 빨리 집으로 갈게요. 오늘 밤에 갈 테니 걱정 말아요." 그는 수화기를 천천히 내려놓고 앤에게 말했다. "미리엄이 살해당했대."

앤이 나지막이 말했다. "방금 살해당했다고 했어?"

가이는 고개를 끄덕였지만 무언가 잘못되었을 거라는 생각이 문득 들었다. 그냥 소문이라면…….

"언제?"

하지만 어젯밤에 일어난 일이라고 하지 않았던가?

"어젯밤이래."

"누가 그랬는지 알아?"

"아니. 오늘 밤에 가야 해."

"맙소사."

가이는 꼼짝도 하지 않고 앞에 서 있는 앤을 쳐다보았다. "오늘 밤에 가야 해." 그는 아까 했던 말을 다시 멍하니 반복했다. 그는 수화기를 들고 비행기 예약을 하려 했지만, 결국 앤이 서둘러 스페인어로 말하며 티켓을 예약해주었다.

가이는 짐을 싸기 시작했다. 얼마 되지 않는 짐을 여행가방에 넣는 데 몇 시간이나 걸리는 것 같았다. 서랍에 빠뜨린 건 없는지 갈색 책상을 살폈다. 그리고 아까 눈앞에 떠올랐던 흰 집 대신에 웃고 있는 얼굴이 떠올랐다. 처음엔 초승달처럼 입꼬리를 올린 입이, 그다음엔 얼굴이 떠올랐다. 브루노의 얼굴이었다. 혀를 저속하게 말아 윗입술을 핥고 미친 듯이 웃고는 이마에 내려온 끈적한 머리칼을 쓸어 넘기는 모습이었다. 가이는 앤을 쳐다보며 얼굴을 찌푸렸다.

"왜 그래?" 앤이 물었다.

"아무것도 아니야." 가이가 말했다. 그의 얼굴은 어떻게 보였을까?

# 14

브루노가 그랬다면? 물론 그럴 리 없겠지만, 혹시라도 그가 그랬다면? 그는 잡혔을까? 그 살인은 둘이서 계획한 거라고 말했을까? 브루노가 히스테리를 부리며 아무 말이든 지껄일 모습이 눈앞에 떠올랐다. 그처럼 신경과민인 청년이 뭐라고 말할지는 도무지 예측할 수 없었다. 열차에서 그와 이야기를 나누던 희미한 기억을 떠올리던 가이는 자신이 농담으로 혹은 화가 나서 혹은 술김에 브루노의 말도 안 되는 아이디어에 동의한다고 여길 만한 말을 했는지 기억해내려 애썼다. 가이는 그런 말을 한 적이 없었다. 하지만 단어 하나하나 모두 기억나는 브루노의 편지가 더 문제였다. '두 사람을 살해한다는 우리의 생각. 해낼 수 있을 거라 확신해요. 넘치는 자신감은 이루 다 표현할 수 없어요…….'

가이는 비행기 창문 너머로 칠흑 같은 어둠을 내려다보았다. 왜 아까보다 더 걱정이 되지 않는 걸까? 어둑한 원기둥 모양의 기내에서 누군가 성냥을 그어 담배에 불을 붙이는 모습이 보였다. 희미하고 고약한 멕시코 담배 냄새에 구역질이 났다. 손목시계를 확인하니 4시 25분이었다.

새벽 졸음이 몰려오자 그는 기체와 그의 몸을 산산조각 내어 하늘에 흩어지게 할 것처럼 요란하게 울리는 모터의 굉음과 함께 잠 속으로 빠져들었다. 아침에 잠에서 깨어나 흐릿한 하늘을 바라보자 새로운 생각이 떠올랐다. 미리엄의 애인이 그녀를 죽였을 거라는 생각이었다. 꽤 명백하고 그럴듯한 생각이었다. 둘이 싸움을 하다가 그가 그녀를 죽였을 것이다. 그런 사건은 신문에 자주 실렸고, 희생자들은 대개 미리엄 같은 여자들이었다. 가이는 공항에서 미국 신문을 사려다가 비행기를 놓칠 뻔했다. 미국 신문 대신 구입한 『엘 그라피코』라는 타블로이드 신문 1면에는 살해된 여자에 관한 기사가 실려 있었다. 그리고 그녀가 멕시코 애인과 활짝 웃고 있는 사진도 실렸는데, 사진 속에서 남자는 그 여자를 죽일 때 사용한 칼을 들고 있었다. 가이는 기사를 읽기 시작했지만 두 번째 문단을 읽자 벌써 지루해졌다.

메트캐프 공항에 도착하자 사복 경찰이 가이에게 다가와 몇 가지 물어보겠다고 했다. 그들은 함께 택시에 탔다.

"범인은 찾았습니까?" 가이가 사복 경찰에게 물었다.

"아니요."

사복 경찰은 오래된 북부 법원에서 기자들과 사무원 그리고 동료 경찰들과 밤을 새웠는지 피곤해 보였다. 가이는 목재로 마감한 커다란 사무실을 둘러보면서 자기도 모르게 브루노를 찾고 있었다. 담뱃불을 붙이자 옆에 있던 남자가 무슨 담배냐고 묻고는 한 개비를 얻어 갔다. 가이가 짐을 챙기다가 주머니에 넣어온, 앤이 피우는 벨몬트 담배였다.

"가이 대니얼 헤인스, 메트캐프 앰브로즈 거리 717번지…… 언제 메트캐프에서 떠났습니까? ……언제 멕시코시티에 도착했습니까?"

의자를 바닥에 끄는 소리가 났다. 사무원이 말없이 타자를 치기 시작했다.

또 다른 사복 경찰이 배지를 단 재킷 단추를 열고 올챙이배를 불룩 내민 채 가까이 다가왔다. "멕시코에는 왜 갔습니까?"

"친구를 만나려고요."

"친구 누구요?"

"포크너 가족이요. 뉴욕 출신의 앨릭스 포크너요."

"당신이 어디에 가는지 어머니에게는 왜 말하지 않았습니까?"

"어머니에게 말했습니다."

"어머니는 당신이 멕시코시티 어디에 머무는지 모른다고 하더군요." 사복 경찰은 덤덤하게 말하고는 수첩을 확인했다. "일요일에 아내에게 이혼을 요구하는 편지를 보냈더군요. 아내 분이 뭐라고 대답했습니까?"

"나와 얘기하고 싶다고 했습니다."

"하지만 그녀와 더 이상 얘기하지 않았죠, 그렇죠?" 사복 경찰이 또렷한 고음으로 물었다.

가이는 젊은 사복 경찰을 쳐다보며 아무 말도 하지 않았다.

"아내가 임신했던 아이가 당신 아이였습니까?"

그가 대답하려 하자 사복 경찰이 끼어들었다.

"지난주에 아내를 만나러 텍사스에 온 이유가 뭐죠?"

"헤인스 씨, 이혼을 간절히 원했죠, 그렇죠?"

"앤 포크너와 사랑하는 사이인가요?"

웃음이 터져 나왔다.

"헤인스 씨, 아내에게 애인이 있었다는 사실을 알고 있습니까? 질투가 났나요?"

"그 아이에 따라 이혼이 결정된다고 믿었던 거죠, 그렇죠?"

"그걸로 충분해." 누군가가 말했다.

가이 앞에 사진이 한 장 던져졌고, 그 사진을 보자 가이는 분노가 끓어

올랐다. 긴 검은 머리에 미남형, 멍청한 갈색 눈동자, 오목하게 갈라진 남성적인 턱선, 영화배우 같은 인상의 남자가 누구인지 말해주지 않아도 미리엄의 애인임을 단박에 알 수 있었다. 미리엄이 3년 전에 좋아했던 남자도 그런 얼굴이었기 때문이다.

"아니요, 그렇지 않습니다." 가이가 말했다.

"이 남자와 얘기해본 적 없단 말입니까?"

"그걸로 충분하다니까!"

그는 입가에 씁쓸한 미소를 지었지만 어린아이처럼 울고 싶은 심정이었다. 법원 앞에서 택시를 잡아탔다. 집으로 가는 길에 『메트캐프 스타』 1면에 두 개로 나눠 실린 기사를 읽었다.

여성 살해 사건, 계속 수사 중

6월 12일 일요일 밤 메트캐프 섬에서 괴한에 의해 목이 졸려 살해된 이곳 주민 미리엄 조이스 헤인스 사건이 계속 수사 중이다.

오늘 도착한 지문 감식 전문가 두 명이 메트캐프 호수 선착장에 있는 배와 노 손잡이에서 지문을 감식해 단서를 찾을 예정이다. 하지만 경찰과 수사관들은 채취할 수 있는 지문이 흐릿할까 봐 우려하고 있다. 어제 오후 수사 당국은 미치광이의 소행일 수 있다는 의견을 내놓았으며, 범죄 현장 주변에서 의심쩍은 지문과 발자국이 발견된 것 이외에 아직 결정적인 단서는 나오지 않았다고 밝혔다.

이번 수사에서 가장 중요한 증언은 살해된 여성과 가장 가까이 지냈던 오언 마크맨이 할 것으로 기대되는데, 그는 30세이며 휴스턴에 거주하는 항만

노동자이다.

피해 여성의 장례식은 오늘 레밍턴 묘지에서 치러진다. 장례 행렬은 오후 2시 칼리지 대로에 있는 하월 장의사에서 출발할 예정이다.

가이는 담배에 불을 붙였다. 손은 여전히 떨렸지만 아까보다는 약간 나아진 것 같았다. 미치광이의 소행일 거라는 생각은 하지 않았었다. 미치광이의 짓이라면 그저 끔찍한 사건에 지나지 않을 것이다.

가이의 어머니는 거실에 놓인 흔들의자에 앉아 손수건으로 관자놀이를 누르고 있었다. 가이를 기다리고 있었지만, 그가 들어오는데도 자리에서 일어나지는 않았다. 어머니가 울지 않는 모습에 안도한 가이는 어머니를 꼭 껴안으며 뺨에 입을 맞추었다.

"어제 사부인과 함께 있었지만 장례식에는 갈 수 없을 것 같구나." 어머니가 말했다.

"그럴 필요 없어요, 엄마." 손목시계를 확인하니 이미 2시가 지난 시각이었다. 미리엄이 산 채로 매장될지도 모르고, 그녀가 깨어나 소리칠지도 모른다는 생각이 언뜻 스쳤다. 그는 뒤돌아서서 손으로 이마를 닦았다.

"사부인은 네가 혹시 아는 게 있느냐고 묻더구나." 어머니가 나지막이 말했다.

가이는 다시 어머니를 쳐다보았다. 그는 미리엄의 어머니가 자기를 싫어한다는 걸 알았다. 그녀가 그런 걸 물었다는 사실도 싫었다. "엄마, 그 사람들 다시는 만나지 말아요. 그럴 필요 없어요, 안 그래요?"

"그래, 그렇지."

"고마워요, 엄마."

2층에 올라가 보니 편지 세 통과 샌타페이 라벨이 붙은 자그마한 소포 하나가 책상에 놓여 있었다. 소포 안에는 H자와 비슷한 은색 버클에 도마뱀 가죽을 꼬아 만든 얇은 벨트가 들어 있었다. 메모도 동봉되어 있었다.

우체국으로 가는 길에 당신의 플라톤 책을 잃어버렸어요. 이걸로 대신할 수 있었으면 좋겠네요.

찰스

가이는 연필로 적힌 샌타페이 호텔 봉투를 집어 들었다. 안에는 작은 명함이 들어 있었고, 명함에는 다음 문구가 찍혀 있었다.

멋진 도시 메트캐프

가이는 명함을 뒤집고 기계적으로 읽었다.

24시간 운영
도노반 택시 서비스
비 오는 날이나 맑은 날이나
2-333으로 전화주세요
신속, 안전, 친절

뒷면 아래쪽에 무언가 지운 흔적이 있었다. 명함을 불빛에 갖다 대자 글씨를 알아볼 수 있었다. '지니'였다. 메트캐프 택시 회사 명함이었지만 샌타페이에서 우편으로 부친 것이었다. 가이는 아무 의도도 없고 아무런 증거도 아니라고 생각했다. 명함과 편지봉투와 소포 상자를 구겨 휴지통에 넣어버렸다. 브루노는 꼴도 보기 싫다는 생각이 들었다. 휴지통의 상자를 꺼내어 벨트도 집어넣었다. 멋진 벨트였지만 도마뱀이나 뱀 가죽으로 만든 물건이라면 꼴도 보기 싫었다.

그날 밤 멕시코시티에 있는 앤에게서 전화가 왔다. 그녀는 상황이 어떻게 되었는지 모두 알고 싶어 했고, 가이는 자신이 아는 걸 말해주었다.

"누가 그랬는지 의심 가는 사람도 없대?" 앤이 물었다.

"그런 것 같아."

"가이, 목소리가 좋지 않아. 좀 쉬었어?"

"아니, 아직." 가이는 지금 브루노 얘길 꺼낼 수는 없었다. 어머니 말로는 어떤 남자가 두 번 전화해서 가이를 찾았다고 했고, 가이는 그 남자가 누구인지 분명히 알 수 있었다. 하지만 확신이 설 때까지는 앤에게 브루노 얘기를 할 수 없었다. 말조차 꺼낼 수 없었다.

"방금 진술서 보냈어. 네가 우리 가족들과 함께 여기에 있었다고 확인해주는 서류 말이야."

가이는 얼마 전 경찰과 이야기를 나누고 나서 앤에게 진술서를 보내달라는 전보를 쳤었다. "조사가 끝나면 모든 게 괜찮을 거야." 가이가 말했다.

하지만 앤에게 브루노 얘기를 하지 않았다는 사실 때문에 그는 밤새 마음이 불편했다. 그가 그녀와 공유하고 싶었던 건 두려움이 아니었다. 가이가 견딜 수 없었던 건 바로 죄책감이었다.

미리엄이 아이를 유산한 뒤 오언 마크맨이 그녀와 결혼하고 싶어 하지 않았고, 그녀는 약속 불이행으로 고소를 준비했다는 기사가 있었다. 미리엄의 어머니로부터 얘기를 들었다는 가이 어머니의 말에 따르면, 미리엄은 자연유산을 했다고 했다. 미리엄은 오언한테 선물로 받은 검정색 실크 나이트가운을 무척 좋아했는데, 그 옷을 입고 아래층으로 내려오다 넘어지면서 아이를 유산했다고 했다. 가이는 그 이야기를 그대로 믿었다. 미리엄에게 한 번도 느껴본 적 없던 연민과 회한이 밀려들었다. 그녀는 불쌍할 만큼 불행한 운명을 타고났으며 그녀에겐 아무 죄도 없었다.

# 15

“5미터는 더 되고 7미터는 넘지 않았습니다.” 의자에 앉은 청년이 진지하고 확신에 찬 목소리로 대답했다. “아니요, 아무도 보지 못했습니다.”

“내 생각엔 4.5미터 정도였던 것 같아요.” 캐서린 스미스는 방금 그 일이 일어난 것처럼 두 눈을 동그랗게 뜨고는 나지막이 덧붙였다. “좀 더 될 수도 있고요.”

“7미터 정도입니다. 보트로 제일 먼저 내려간 사람은 바로 접니다.” 미리엄의 남동생인 랠프 조이스가 말했다. 미리엄과 마찬가지로 빨강머리에 회색이 감도는 초록 눈동자였지만, 각진 턱 때문에 그녀와 전혀 닮아 보이지 않았다. “누나에게 이런 일을 저지를 만한 사람은 없을 겁니다.”

“난 아무 소리도 듣지 못했어요.” 캐서린 스미스는 고개를 가로저으며 진지하게 말했다.

랠프 조이스도 아무 소리도 듣지 못했다고 말했고, 리처드 스카일러도 마찬가지라고 진술했다.

“어떤 소리도 들리지 않았습니다.”

진술을 반복하자 그들의 마음속에 두려움이 사라졌고, 가이에 대한 억측도 수그러들었다. 그들의 억측에 가이는 마음속에 대못이 박힌 듯 씻을 수 없는 상처를 받았다. 가이는 세 사람이 미리엄 가까이에 있었다는 것조차 믿기지 않았다. 사람들이 주변에 있는데도 그렇게 접근한 걸 보면 미치광이임이 분명하다는 생각이 들었다.

"피해자 여성이 유산한 아이가 당신 아이입니까?"

"예." 오언 마크맨이 몸을 앞으로 구부린 채 손을 꽉 움켜쥐고 말했다. 음울하고 비열해 보이는 태도 탓에 사진에서 봤던 잘생긴 얼굴이 망가져 보였다. 그는 휴스턴에서 일을 하다가 곧바로 온 것처럼 잿빛을 띤 황색 부츠를 신고 있었다. 가이는 미리엄이 봤다면 그다지 좋아하지 않을 모습 같다는 생각이 들었다.

"혹시 피해자가 죽길 바랐던 사람이 있었나요?"

"예, 바로 저 사람이요." 마크맨이 가이를 가리켰다.

사람들이 고개를 돌려 가이를 쳐다보았다. 그는 긴장한 채 자리에 앉아 마크맨을 쏘아보았고, 처음으로 그가 의심스럽다는 생각이 들었다.

"왜 그렇게 생각하죠?"

오언 마크맨은 오랫동안 머뭇거리며 무언가 중얼거리더니 마침내 한 마디를 내뱉었다. "질투 때문에요."

마크맨은 질투를 설명할 만한 근거를 제시하지는 못했지만, 질투라는 말이 나온 이후로는 여기저기서 그 말이 들렸다. 심지어 캐서린 스미스조차 그런 것 같다고 말했다.

가이의 변호사가 키득거리며 웃었다. 손에는 포크너 가족이 보내온 진술서를 들고 있었다. 가이는 그 웃음소리가 마음에 들지 않았다. 예전부터 법적인 절차라면 질색이었다. 진실을 밝혀내기 위해서가 아니라 변호사가 상대방을 공격하고 전문용어로 패배시키기 위한 사악한 게임 같았다.

"당신은 중요한 건설 프로젝트를 포기했더군요." 검시관이 말했다.

"포기하지 않았습니다. 일을 맡기로 결정하기 전에 그만둘 생각이라고 한 적은 있습니다만."

"전보를 보냈더군요. 아내가 그곳에 함께 가는 걸 원치 않았기 때문이죠. 하지만 아내가 유산했다는 소식을 멕시코에서 전해 듣고서는 다시 그 프로젝트를 맡고 싶다는 전보를 팜비치에 보냈더군요. 왜 그렇게 했습니까?"

"이제 미리엄이 함께 가자고 할 것 같지 않았습니다. 난 그녀가 이혼을 무기한 연기하고 싶어 한다고 생각했지만, 이번 주에 만나서 이혼 문제를 의논할 작정이었습니다." 가이는 이마에 난 땀을 닦아냈고, 그의 변호사는 안타까운 표정으로 입을 꽉 다물고 있었다. 변호사는 가이가 일을 맡겠다고 마음을 바꾼 것과 이혼 문제를 연관시켜 말하는 걸 원치 않았다. 하지만 가이는 상관하지 않았다. 그건 사실이었고, 저들은 자신들이 원하는 대로 생각할 수 있을 것이다.

"조이스 부인, 사위가 그런 일을 계획할 수 있을 거라고 생각합니까?"

"네." 조이스 부인은 고개를 든 채 희미하게 떨리는 목소리로 말했다. 가이가 자주 봐왔던 것처럼 그녀의 예리하면서도 짙은 빨강 속눈썹이 거의 감겨 있어서 시선이 어디로 향하는지 전혀 알 수 없었다. "이혼을 원했으니까요."

조이스 부인이 얼마 전에 했던 말과는 달랐다. 그녀는 딸은 이혼을 원했지만 사위는 아직도 그녀를 사랑해서 이혼을 원치 않는다고 진술했었다.

"헤인스 씨는 이혼을 원한다고 진술했습니다. 두 사람 모두 원했는데 왜 이혼하지 않은 겁니까?"

법정에 있던 사람들이 웃었다. 지문 감식 전문가들은 지문 분류 과정에서 의견 일치를 보지 못했다. 미리엄이 죽기 전날 들렀던 철물점의 주인은 그녀와 함께 왔던 사람이 남자인지 여자인지 혼란스러워했고, 남자라고 진술하도록 지시받은 사실을 감추려고 애써 헛웃음을 지었다. 가이의 변호사는 지리적 사실, 일관성이 없는 조이스 가족의 진술, 자신이 손에 든 진술서에 관해 장황한 이야기를 늘어놓았지만, 가이는 자신이 솔직하게 말해야 주변의 의구심을 풀 수 있을 거라는 확신이 들었다.

최종 변론에서 검시관은 피해자와 안면이 없는 미치광이가 저지른 범죄로 보인다고 말했다. '비면식범의 범행'으로 평결이 났고, 사건은 경찰로 넘겨졌다.

다음 날 가이가 집을 나서려는데 전보가 도착했다.

황금빛 서부에서 안부 전합니다.

서명은 없었다. 가이는 앤의 가족들이 보낸 거라고 어머니에게 말했다.

어머니가 미소 지으며 말했다. "앤에게 내 아들 잘 부탁한다고 전하렴." 그녀는 아들의 귀를 가볍게 당겨 뺨에 입을 맞추었다.

가이는 공항에 도착해서도 브루노가 보낸 전보를 손에 움켜쥐고 있었다. 전보를 잘게 찢어서 구석에 있는 철망 쓰레기통에 던져 넣었다. 바람에 날려 철망에서 흩어져 나온 종잇조각은 햇빛이 비치는 아스팔트 위를 색종이처럼 경쾌하게 춤추듯 날아다녔다.

# 16

그가 범인일까? 가이는 브루노에 관해 명백한 해답을 찾아내려고 애쓰다가 그만두었다. 브루노가 그랬다고 보기에는 믿기지 않는 점이 너무 많았다. 메트캐프 택시 회사 명함이 뭐가 그리 중요하단 말인가? 브루노가 샌타페이에서 그런 명함을 우연히 찾아서 그에게 보내준 것일 수도 있었다. 검시관과 다른 모든 사람들이 믿는 것처럼 미치광이의 짓이 아니라면, 차라리 오언 마크맨이 계획한 범행일 가능성이 높지 않을까?

가이는 메트캐프와 미리엄, 브루노에 관한 생각을 접고 팜비치 프로젝트에 집중했다. 사업적 수완, 전문 지식 그리고 든든한 체력 등 모든 걸 요구하는 일임을 첫날부터 알 수 있었다. 그는 앤을 제외한 자신의 모든 과거로부터 마음을 닫았다. 이상적인 목표를 세우고 고군분투했지만 대단한 성공은 이루지 못했고, 골프장의 멋진 건물에 비하면 초라하고 볼품없는 일이었다. 그리고 새로운 일에 몰두할수록 예전과는 다른 더 완벽한 사람으로 다시 태어나는 듯한 느낌이 들었다.

신문사나 새로 창간한 잡지 기자들이 골프장의 주요 건물과 수영장, 탈의실과 목욕실, 건축 초기 단계에 있는 계단식 골프 코스 등을 취재해 갔다. 골프장 회원들 역시 주변을 살펴보는 자신들의 모습을 사진으로 찍었는데, 그들이 멋진 휴양 시설을 짓는다는 명분으로 기부한 금액도 사진 밑에 함께 실을 게 분명했다. 가이의 마음속에 가끔 의구심이 들었다. 자신이 이 일을 열정적으로 하는 이유가 그 뒤에 있는 돈을 의식해서인지, 풍부한 공간과 재료를 아낌없이 쓸 수 있어서인지, 부유한 사람들이 그를 집으로 초대하겠다며 늘어놓는 감언이설 때문인지. 가이는 그들의 초대에 응한 적이 한 번도 없었다. 초대에 응한다면 그들을 통해 다음 해 겨울에 작은 일이나마 맡게 될 것임을 알았지만 그는 대부분의 건축가들이 당연하게 여기는 사교 모임에 굳이 참석하지 않았다.

혼자 보내고 싶지 않은 저녁에는 몇 킬로미터 떨어진 클래런스 브릴하트 씨의 집에 버스를 타고 가서 저녁을 함께 먹고, 음악을 듣고, 이야기를 나누었다. 팔미라 골프장의 관리 담당자인 클래런스 브릴하트 씨는 브로커로 일하다가 은퇴했으며, 가이가 이따금 아버지였으면 좋겠다고 생각했던 키 큰 백발의 노신사였다. 가이는 어수선하고 바쁘게 돌아가는 건설 현장에서도 마치 자기 집에 있는 듯 느긋하고 여유 있는 브릴하트 씨의 태도를 보고 감탄했다. 가이는 노년에는 브릴하트 씨처럼 되고 싶었다. 가이는 항상 재빠르게 행동해왔다. 그렇게 재빠르게 행동하다 보니 점잖고 품위 있는 모습과는 다소 거리가 멀어진 것 같았다.

저녁에는 대개 책을 읽거나 앤에게 장문의 편지를 쓰거나 일찍 잠자리에 들었다. 새벽 5시면 일어나서 하루 종일 용접용 토치, 회반죽, 모종삽을 들고 바삐 일했기 때문이다. 가이는 인부들의 이름을 거의 다 외웠다. 그는 각각의 인부들의 성격을 파악하고 건물을 짓는 데 어떤 식으로 기여하는지 혹은 기여하지 않는지 알아내는 걸 좋아했다. '마치 교향곡을 연주하는 오케스트라를 지휘하는 것 같지.' 그는 앤에게 보내는 편지에 그렇게 썼다. 땅거미가 질 무렵 골프 코스의 수풀에 앉아 파이프 담배를 피울 때면, 팔미라 골프장 일을 완벽하게 해낼 수 있을 거라는 느낌이 들었다. 주 건물의 대리석 기둥들 사이로 대들보를 가로눕히는 걸 처음 보았을 때도 그런 확신이 들었다.

피츠버그에서 맡았던 상점 설계는 의뢰인이 막판에 창문 위치를 바꾸는 바람에 엉망이 되고 말았다. 시카고의 병원 부속건물 설계도는 코니스 건물 벽 윗부분에 장식으로 두른 돌출부에 그가 의도했던 것보다 더 짙은 색 돌을 쓰는 바람에 망쳤다는 생각이 들었다. 하지만 브릴하트 씨가 전혀 간섭하지 않은 덕분에 팔미라 골프장은 가이의 원안대로 진행되었다. 완벽할 것이라고 믿으며 일을 진행한 건 이번이 처음이었다.

8월에 가이는 앤을 만나러 북쪽으로 향했다. 앤은 맨해튼에 있는 섬유회사의 디자인 부서에서 일했다. 가을에는 일로 만난 다른 디자이너와 함께 사무실을 차릴 계획을 세우고 있었다. 가이가 방문한 마지막 날인 나흘째가 되어서야 두 사람은 미리엄 얘기를 꺼냈다. 앤이 차로 가이를 공항까지 바래다주기 직전, 그들은 그녀의 집 뒤편에 있는 시냇가에 서 있었다.

"마크맨의 짓일 거라 생각해?" 앤이 느닷없이 묻자 가이는 고개를 끄덕였다.

"끔찍하지만 그럴 것 같다는 확신이 들어."

그러고 나서 어느 날 저녁, 브릴하트 씨의 집에서 되돌아와 방에 들어가자, 앤이 보낸 편지와 함께 브루노가 보낸 편지가 가이를 기다리고 있었다. 로스앤젤레스에서 온 편지를 그의 어머니가 메트캐프에서 붙여준 것이었다. 팜비치 프로젝트를 맡게 된 것을 축하하며, 앞으로 잘되길 바라고, 짧게나마 답장을 해달라고 했다. 편지에는 다음과 같은 추신이 있었다.

이 편지를 읽고 괜히 신경 쓰지 말기 바랍니다. 당신에게 많은 편지를 썼지만 부치지는 않았습니다. 당신 어머니에게 전화를 걸어 주소를 물었지만 가르쳐주시지 않더군요. 솔직히 말해서, 걱정할 것 하나도 없습니다. 그랬다면 이 편지도 쓰지 않았을 겁니다. 신중함으로 말하면 난 첫손에 꼽히는 사람이라는 거 알죠? 얼른 답장 보내줘요. 곧 아이티 섬으로 갈지도 모르거든요.

당신의 친구이자 당신을 존경하는 C. A. B.

고통이 서서히 온몸에 퍼졌다. 방 안에 혼자 있는 것조차 견딜 수 없었다. 술집에 가서 거의 무의식적으로 호밀주 두 잔을 마시고는 세 잔째를 시켰다. 바 뒤편에 있는 거울 속에 비친 자신의 그을린 얼굴을 보자 무언가를 비겁하게 숨기고 있는 눈빛이라는 생각이 들었다.

'브루노의 짓이야!'

그동안 미치광이의 소행이라고 여긴 생각이 단번에 깨져버린 것처럼 더 이상 의심의 여지가 없었다. 마치 금방이라도 사방의 벽이 무너져 내릴 것처럼 가이는 좁은 술집 안을 둘러보았다.

'분명 브루노의 짓이야!'

브루노는 가이가 이제야 자유의 몸이 된 걸 뿌듯해하고 있을 게 분명했다. 혹은 아이티 섬으로 떠났을 수도 있다. 하지만 브루노의 의도는 무엇이었을까? 거울에 비친 자신의 얼굴을 노려보던 가이는 시선을 내려 손과 트위드 재킷의 앞섶과 플란넬 바지를 내려다보았다. 그러자 오늘 아침에 입었던 그 재킷을 오늘 밤에는 또 다른 사람으로서, 지금부터 되어야 하는 사람으로서 벗을 것이라는 생각이 문득 들었다. 이제야 알 것 같았다. 무슨 일이 일어나고 있는지 정확히 알 수 없었지만, 지금부터 그의 인생은 달라질 것이며 그럴 수밖에 없을 것이다.

브루노의 짓인 걸 알면서도 왜 그를 고발하지 않는 걸까? 증오와 역겨움 말고 브루노에게 어떤 감정을 느끼는 걸까? 두려운 걸까? 가이는 명확히 알 수 없었다.

앤에게 전화하고 싶은 충동을 계속 억누르다가 시간이 너무 늦어버렸고, 마침내 새벽 3시에 더 이상 참을 수 없어 그녀에게 전화를 걸었다. 불을 끄고 어두운 방 침대에 누워 무척 차분하게 말했지만, 일상적인 이야기만 늘어놓았을 뿐이었다. 심지어 소리 내어 웃기도 했다. 전화를 끊을 무렵 앤은 아무것도 눈치 채지 못한 것 같았다. 그러자 가이는 왠지 무시당한 것 같은 기분이 들었고 약간 놀랍기도 했다.

어머니한테 편지가 왔다. 그가 멕시코에 있는 동안 필이라는 남자가 다시 전화를 걸어 연락처를 물었다고 했다. 어머니는 미리엄과 관련된 일은 아닌지, 경찰에 그 사실을 알려야 하는지 모르겠다고 했다.

가이는 어머니에게 답장을 썼다. '성가시게 전화하는 사람이 누구인지 알아냈어요. 시카고에 있을 때 알게 된 필 존슨이라는 사람이에요.'

# 17

"찰스, 신문을 오려낸 이 조각들은 뭐니?"

"아는 사람 일이에요, 엄마!" 욕실에서 브루노가 문 너머로 소리쳤다. 물을 더 세차게 틀고 욕조에 기댄 그는 니켈로 도금한 하수구 마개를 빤히 쳐다보았다. 잠시 후 그는 수납장 타월 아래에 숨겨두는 위스키 병에 손을 뻗었다. 물에 손을 담근 채 위스키를 한 모금 마시자 손이 덜 떨렸고, 새로 산 실내복 상의의 소매에 달린 은색 끈 장식을 잠시 바라보았다. 브루노는 그 상의가 무척 마음에 들어 목욕을 마치고도 그 옷을 즐겨 입었다. 테두리 장식이 있는 타원형 거울에 비친 그는 여유롭고 무모하고, 신비로운 모험을 즐기고, 유머와 깊이, 그리고 힘과 부드러움을 지닌 청년의 모습이었다. 두 삶을 사는 청년의 모습이었다. 그는 마치 황제라도 된 듯 엄지와 약지로 조심스럽게 잔을 들어 올려 자신에게 건배했다.

"찰스?"

"잠깐만요, 엄마."

브루노는 매서운 눈길로 재빨리 욕실을 둘러보았다. 창이라곤 하나도 없었다. 최근 일주일 사이 두어 번 그런 일이 일어났다. 아침에 일어나서 30분쯤 지나서 누군가 그의 가슴에 올라타 목을 조르는 듯한 느낌이 들었다. 그는 눈을 감고 가능한 한 빨리 숨을 들이마시고 내쉬었다. 그러고 나서 술을 마셨다. 술은 마치 부드러운 손길처럼 그의 몸을 쓰다듬으며 불안한 신경을 가라앉혔다. 그는 상체를 똑바로 펴고 문을 열었다.

"면도하고 있었어요."

테니스 반바지에 홀터넥 톱 차림의 어머니는 오려낸 신문 기사가 놓인 침대에 몸을 숙였다. "이 여자 누구니?"

"뉴욕에서 기차를 타고 오다가 만난 가이 헤인스라는 사람의 아내예요." 브루노는 그러면서 웃음을 지었다. 가이의 이름을 말하는 게 좋았다. "세상 일 재미있죠? 범인은 아직 못 잡았대요."

"아마 미치광이의 짓이겠지." 그녀는 한숨을 내쉬었다.

브루노의 표정이 진지해졌다. "그렇진 않을 거예요. 상황이 너무 복잡하거든요."

브루노의 어머니는 자리에서 일어나 엄지를 벨트 안에 밀어 넣었다. 그러자 벨트 아랫부분에 볼록하게 튀어 나왔던 뱃살이 사라졌고, 잠시나마 그녀는 브루노가 작년까지 늘 봐왔던 모습, 발목이 가느다랗고 날씬한 모습의 스무 살 아가씨처럼 보였다. "가이라는 친구는 잘생겼구나."

"지금껏 본 사람 가운데 가장 좋은 사람일 거예요. 이런 일에 연루되었다니 안타까워요. 아내와는 2년 동안 본 적이 없다고 기차에서 말했거든요. 내가 살인자가 아니듯 가이도 절대 아닐 거예요!" 브루노는 방금 내뱉은 부적절한 농담을 무마하려는 듯 덧붙여 말했다. "아무튼 그의 아내가 헤픈 여자였나 봐요."

"얘야, 당분간 말조심 좀 하렴. 외할머니가 겁에 질리실 때가 있어." 그녀는 테두리에 끈 장식이 있는 브루노의 옷깃을 잡으며 말했다.

"외할머니는 헤픈 여자가 무슨 뜻인지도 모르실 거예요." 브루노가 쉰 목소리로 대꾸했다.

브루노의 어머니는 고개를 뒤로 젖히고는 짧게 소리를 질렀다.

"엄마, 햇볕을 너무 많이 쬐는 것 같아요. 그렇게 그을린 얼굴은 마음에 안 들어요."

"난 그렇게 창백한 네 얼굴이 마음에 안 들어."

브루노는 얼굴을 찡그렸다. 어머니의 주름진 이마를 보자 화가 나고 마음이 아팠다. 그는 느닷없이 어머니의 뺨에 입을 맞추었다.

"아무튼 오늘은 30분 만이라도 일광욕을 하겠다고 약속해. 사람들은 수천 마일 떨어진 캘리포니아에 일부러 오는데, 넌 여기 있으면서도 집 안에만 있잖니."

브루노는 입을 비죽거렸다. "엄마, 내 친구 얘기엔 관심도 없군요."

"아니야, 관심 있어. 그 친구 얘긴 별로 많이 하지도 않았잖니."

브루노는 수줍게 미소 지었다. 그렇다, 그는 잘 해냈다. 오늘에서야 처음으로 신문 조각을 방에 늘어놓았던 것이다. 이제 자신과 가이가 안전하다는 확신이 들어서였다. 이제 그가 어머니에게 15분 정도 얘기한다 해도, 어머니는 곧 잊어버리실 것이다. 그녀가 잊어버려야 한다면 말이다. "다 읽었어요?" 브루노는 신문이 놓인 침대를 턱으로 가리키며 물었다.

"아니, 다 읽지는 않았어. 오늘 아침엔 몇 잔이나 마셨니?"

"한 잔이요."

"냄새로는 두 잔인 것 같은데."

"맞아요, 엄마. 두 잔 마셨어요."

"애야, 아침에 술 마시는 거 그만두면 안 되겠니? 아침에 술을 마시는 건 끝장이야. 알코올중독자들을 수없이 봐왔지만……."

"알코올중독자는 불쾌한 말이에요." 브루노는 다시 방 안을 천천히 돌아다녔다. "술을 마시면 기분이 나아져요. 엄마도 내가 더 유쾌해 보이고 식욕도 좋아졌다고 했잖아요. 위스키는 순수한 술이고, 어떤 사람들은 자기들에게 맞는 술이라고도 해요."

"넌 어젯밤 너무 많이 마셨고 외할머니도 알고 있어. 외할머니가 모른다고 생각하지 마."

"어젯밤 일은 묻지 마세요." 브루노는 씩 웃으며 손을 내저었다.

"새미가 오늘 아침에 올 거야. 옷 입고 내려와서 우리가 하는 게임 점수 좀 적어주렴."

"새미를 보면 괴로운데요."

브루노의 어머니는 못 들은 척하며 즐거운 표정으로 방문으로 갔다. "아무튼 오늘은 일광욕 하겠다고 약속해."

브루노는 고개를 끄덕이고는 마른 입술을 오므렸다. 어머니가 방문을 닫고 나가는데 웃어 보이지도 않았다. 느닷없이 나쁜 일이 생겨서 너무 늦기 전에 도망쳐야 한다는 느낌이 들었기 때문이다. 너무 늦기 전에 가이를 만나야 했다! 너무 늦기 전에 아버지를 해치워야 했다! 해야 할 일이 있었다! 브루노는 자신의 집과 마찬가지로 루이 15세풍의 가구로 장식된 외할머니 집에 있고 싶지 않았다. 루이 15세라면 정말이지 지겨웠다! 하지만 그곳 말고 어디에 있고 싶은지는 알 수 없었다. 하지만 어머니와 멀리 떨어져 있으면 마음이 편치 않을 게 분명했다. 그는 아랫입술을 깨물며 얼굴을 찌푸렸지만, 조그마한 회색 눈동자는 여전히 멍했다. 어머니는 왜 아침에 술을 마시지 말라고 했을까? 그에게는 여느 때보다 아침에 술이 필요했다. 그는 천천히 어깨를 돌렸다. 왜 기분이 가라앉는 걸까?

침대에 놓인 신문 기사는 그에 관한 것이었다. 몇 주가 지났지만 멍청한 경찰은 그에 관해 아무것도 알아내지 못했다. 신발 자국을 알아내긴 했지만, 그 신발은 이미 오래전에 버렸다. 지난주에 샌프란시스코의 호텔에서 윌슨과 함께 파티를 벌였지만, 가이와 함께 축하 파티를 벌인다면 훨씬 멋질 것이다. 완전범죄였다. 주변에 사람이 200명쯤 있는 섬에서 완전범죄를 저지를 수 있는 자가 몇이나 되겠는가? 브루노는 '사람을 죽이면 어떤 느낌인지 알고 싶어서' 살인을 저지른 멍청이들과 달랐고, 메스꺼움이 들었을 뿐 잔인한 느낌도 없었다.

기자가 물어보면 그는 이렇게 대답할 것이다.

- 굉장했어요. 세상에 그런 일은 또 없을 겁니다.

- 브루노 씨, 다시 그런 일을 할 건가요?

- 음, 아마 그럴 것 같습니다.

그는 북극 탐험가가 내년에 다시 도전할지 여부를 묻는 질문에 답하듯이 신중하게, 곰곰이 생각에 잠겨 대답할 것이다.

- 그때 느꼈던 기분을 조금 설명해줄 수 있습니까?

그가 마이크를 앞으로 당기고 고개를 들고 곰곰이 생각하는 동안, 세상 사람들은 그가 첫마디를 뱉는 순간을 기다릴 것이다. 어떤 느낌이었던가?

- 음, 그 느낌은 오직 그때뿐, 다른 느낌과 비교할 수 없었어요. 그녀는 불결한 여자였고, 쥐새끼를 죽이는 것과 마찬가지였죠. 하지만 그녀는 사람이었으니 내가 저지른 일이 살인이 되는 것이겠죠. 그녀에게서 느꼈던 온기는 역겨웠고, 손을 떼자 온기가 사라지는 것 같던 기억이 납니다. 그러고 나서 난 자리를 떴고, 그녀는 원래 모습처럼 싸늘하고 끔찍해졌을 겁니다.

- 끔찍하다고요, 브루노 씨?

- 네, 끔찍해요.

- 시체가 끔찍하다는 말입니까?

브루노는 얼굴을 찌푸렸다. 그는 시체가 끔찍하다고 생각하지는 않았다. 피해자가 미리엄처럼 사악한 인간이라면, 사람들은 시체를 보며 좋아해야 하지 않을까?

- 어떤 힘 같은 것을 느꼈나요, 브루노 씨?

그렇다, 그는 대단한 힘을 느꼈었다. 그 힘으로 한 생명을 앗았던 것이다. 생명이 무엇인지 아는 사람은 아무도 없고, 모두들 세상에서 가장 귀중한 것인 양 보호한다. 그런데 그는 한 생명을 앗아간 것이다. 그날 밤 위험이 있었고, 손이 아팠고, 그녀가 소리를 지를지도 모른다는 두려움이 있었다. 하지만 그녀에게서 생명이 빠져나갔다고 느낀 순간, 다른 모든 게 사라지고 그가 저지른 수수께끼 같은 사실, 생명을 빼앗은 신비와 기적만 덩그러니 남았다. 사람들은 생명이 태어나고 생명이 시작되는 순간의 신비로움을 말하지만, 살아 있는 두 개의 생식세포에서 생겨나는 현상을 어떻게 설명할 수 있단 말인가! 생명이 멈추는 신비는 어떤가? 그가 그녀의 목을 힘껏 졸랐다고 해서 왜 생명이 멈춰야 한단 말인가? 도대체 생명이란 무엇인가? 그가 손을 떼었을 때 미리엄이 느낀 감정은 무엇이었을까? 그녀의 생명은 지금 어디에 있는 걸까? 그는 사후 세계가 있을 거라고는 믿지 않았다. 그녀의 생명이 멈췄고, 그게 바로 기적이었다. 그는 기자들과의 인터뷰에서 정말 많은 이야기를 할 수 있을 것이다.

- 여성을 죽였다는 게 당신에게 어떤 의미가 있습니까?

도대체 무슨 생각으로 저 질문을 하는 걸까? 브루노는 잠시 머뭇거리다가 평정을 되찾았다. 사실, 피해자가 여성이라는 사실은 그에게 더 큰 즐거움을 주었다. 하지만 성적인 쾌락을 느꼈다는 뜻은 아니었다. 그가 여자를 미워한 건 전혀 아니었다. 미움은 사랑과 유사한 감정이라고 누가 말했던가? 그는 그 말을 절대 믿지 않았다. 그는 남자를 죽였다면 그렇게 즐겁지는 않았을 거라고 말할 것이다. 자신의 아버지를 죽이지 않는 이상 말이다.

전화기…….

브루노는 아까부터 전화기를 노려보고 있었다. 전화기를 볼 때마다 가이 생각이 났다. 지금은 잘 설치된 두 대의 전화기로 가이에게 연락할 수 있었지만, 가이가 싫어할 것이다. 가이는 여전히 신경이 곤두서 있을지도 몰랐다. 브루노는 가이가 답장을 보내오기를 기다릴 것이다. 가이는 지난 주말에 편지를 받았을 것이므로 언제든 답장이 올 수 있었다. 브루노가 완전한 행복을 느끼기 위해 필요한 건 가이가 전화나 편지로 행복하다고 알려주는 것뿐이었다. 이제 그와 가이는 형제보다 더 가까운 사이였다. 그가 가이를 좋아하는 만큼 서로 좋아하는 형제가 몇이나 있겠는가?

브루노는 한쪽 다리를 창밖으로 걸치고 철제 발코니에 앉았다. 아침 햇살에 기분이 좋아졌다. 골프장처럼 넓게 펼쳐진 잔디밭이 바다까지 이어져 있었다. 바로 그때, 흰 테니스복 차림의 새미 프랭클린이 테니스 라켓을 겨드랑이에 낀 채 씩 웃으며 브루노의 어머니에게 다가가는 모습이 보였다. 몸집이 크고 활기 없는 새미는 힘 빠진 권투 선수 같았다. 그 모습을 보자 브루노는 3년 전 어머니 주변을 맴돌던 할리우드의 들러리 배우 알렉산더 핍스가 떠올랐다. 그런 엉터리 이름을 왜 아직도 기억하는 걸까? 새미 프랭클린이 손을 뻗으며 웃는 소리가 들리자, 브루노의 마음속에 오랫동안 움츠려 있던 반감이 퍼덕거리듯 일었다가 다시 가라앉았다. 더러운 놈!

브루노는 플란넬 상의를 입은 새미 프랭클린의 널찍한 등에서 눈을 떼고 왼쪽에서 오른쪽 풍경을 자세히 살폈다. 펠리컨 두 마리가 천천히 울타리를 넘어 풀밭에 사뿐히 내려앉았다. 멀리 보이는 흐릿한 바다에는 요트가 보였다. 3년 전 외할머니에게 요트를 사달라고 졸랐지만, 막상 외할머니에게 요트가 생기자 타보고 싶은 마음이 전혀 들지 않았다.

테니스공이 적갈색 벽토를 바른 테니스 코트 모서리를 왔다 갔다 했다. 아래층에서 괘종시계 소리가 울리자 브루노는 방에 들어갔다. 몇 시인지 알고 싶지 않아서였다. 그는 가능한 한 늦은 시각에 우연히 시계를 보고 생각보다 시간이 많이 지난 걸 확인하는 걸 좋아했다. 정오에도 가이에게 답장이 오지 않으면 샌프란시스코행 기차를 타야겠다는 생각이 들었다. 하지만 지난번 샌프란시스코에서의 기억은 그다지 유쾌하지 않았다. 윌슨이 이탈리아 친구 둘을 호텔까지 데려와서, 브루노는 저녁식사 비용과 호밀주 값까지 계산해야 했다. 윌슨은 그의 호텔 방에서 시카고로 장거리 전화를 하기도 했다. 호텔 청구서에는 메트캐프로 전화한 기록이 두 개 있었지만, 두 번째 통화는 전혀 기억나지 않았다. 마지막 날에는 호텔 청구서에 나온 돈보다 20달러가 부족했고 그에게는 본인 명의의 계좌도 따로 없었다. 그곳은 그 도시에서 최고급 호텔이었지만 그는 어머니로부터 송금을 받을 때까지 여행가방을 맡겨두는 것 말고 달리 방도가 없었다. 샌프란시스코에는 다시 가지 않을 것이다.

"찰스?" 외할머니가 다정하면서도 고음인 목소리로 불렀다.

곡선 모양의 문손잡이가 움직이는 것을 본 브루노는 자기도 모르게 신문 조각이 놓인 침대로 달려갔다가 이내 욕실로 들어갔다. 그러고는 가루 치약을 입 안에 털어 넣었다. 외할머니는 술 냄새라면 한 모금만 마셔도 정확히 알아냈다.

"함께 아침 먹을 준비 안 됐니?" 외할머니가 물었다.

브루노는 머리를 빗으며 욕실 밖으로 나왔다. "와, 벌써 옷을 차려입으셨네요!" 외할머니가 패션모델처럼 그의 주변을 한 바퀴 천천히 돌자, 브루노는 빙긋 웃었다. 분홍색 새틴에 검정 레이스를 덧댄 원피스가 마음에 들었다. "저기 있는 발코니처럼 아름다워요."

"고맙구나, 찰스. 아침식사 마치고 느지막이 시내에 갈 생각인데, 너도 함께 가고 싶어 할 것 같아서."

"네, 저도 함께 가고 싶어요, 할머니." 그는 기분 좋게 말했다.

"『타임』을 오려낸 게 바로 너로구나. 집안일하는 사람들이 그런 줄 알았는데. 오늘 아침 무척 일찍 일어난 모양이구나."

"네." 브루노가 유쾌하게 말했다.

"내가 어렸을 땐 신문에 실린 시를 오려 스크랩북을 만들었단다. 눈에 띄는 건 뭐든 오려서 스크랩북을 만들었지. 넌 이걸로 뭘 할 거니?"

"그냥 갖고 있으려고요."

"스크랩북을 만들지는 않고?"

"네." 외할머니가 쳐다보자 브루노는 그녀가 신문 기사를 봐주기를 바랐다.

"아직 어린아이로구나." 외할머니는 그의 뺨을 꼬집으며 말했다. "턱에 아직 솜털이 남아 있어. 네 어미가 왜 네 걱정을 하는지 모르겠구나."

"걱정 안 해요."

"그저 어른으로 커가는 시간이 필요한 것뿐이지. 얼른 내려가서 아침 먹자. 잠옷 바람으로도 괜찮아."

브루노는 계단을 내려가면서 할머니와 팔짱을 꼈다.

"쇼핑할 건 별로 없단다." 할머니가 커피를 따르며 말했다. "그러고 나서 멋진 걸 하자꾸나. 살인사건이 나오는 재밌는 영화를 보든가 놀이공원에 가든가. 놀이공원에 간 지 얼마나 오래되었는지 몰라."

브루노는 깜짝 놀라 눈을 동그랗게 떴다.

"어느 걸 하고 싶어? 시내에 가서 극장을 둘러볼 수도 있을 거야."

"할머니, 난 놀이공원에 가고 싶어요."

브루노는 하루를 즐겁게 보냈다. 외할머니가 차에 타고 내리는 걸 도와드리고, 외할머니가 할 수 있거나 먹을 수 있는 건 거의 없었지만 놀이공원을 함께 돌아다녔다. 그리고 함께 대회전식 관람차를 탔다. 그는 메트캐프에 있는 커다란 대회전식 관람차 얘기를 했지만, 외할머니는 언제 그곳에 가봤는지 물어보지 않았다.

집에 돌아오자 새미 프랭클린은 저녁식사를 기다리며 여전히 집에 있었다. 브루노는 그를 보자마자 눈살을 찌푸렸다. 외할머니도 새미 프랭클린을 못마땅해한다는 걸 아는 브루노는 외할머니가 갑자기 다정해진 것 같은 생각이 들었다. 외할머니는 딸이 새미 프랭클린이든 어떤 놈을 데려와도 아무런 불평도 하지 않고 맞아주었기 때문이다. 새미 프랭클린과 브루노의 어머니는 하루 종일 뭘 하고 있었을까? 그들은 새미가 출연한 영화를 보고 왔다고 했다. 그리고 위층 방에 편지를 두었다고 했다.

브루노는 위층으로 뛰어 올라갔다. 플로리다에서 온 편지였다. 그는 술에 취한 것처럼 손을 덜덜 떨면서 편지봉투를 찢었다. 지금껏 이렇게 간절히 편지를 기다려본 적이 없었다. 어린 시절 캠프에 가서 어머니의 편지를 기다렸을 때에도 이렇게 간절하지는 않았다.

찰스에게,

당신이 내게 보낸 편지를 이해할 수 없으며, 내게 왜 그렇게 관심을 가지는지도 이해할 수 없습니다. 난 당신이 어떤 사람인지 거의 알지 못하며, 우리는 우정을 나눌 만한 공통점도 전혀 없습니다. 우리 어머니에게 다시는 전화하지 말고 내게도 연락하지 말기를 부탁드립니다.

책을 돌려주려고 애써준 점은 고맙습니다만 잃어버려도 상관없는 책입니다.

9월 6일
가이 헤인스

브루노는 편지를 가까이 가져와 다시 읽었고, 믿기지 않는 표정으로 여기저기 단어를 물끄러미 쳐다보았다. 그는 혀를 비쭉 내밀어 윗입술에 갖다 댔다가 곧바로 다시 입을 다물어버렸다. 무언가에 베인 듯한 느낌이었다. 깊은 슬픔 혹은 죽음 같은 느낌이었다. 아니, 그 이상이었다. 방 안을 둘러보자 가구와 모든 물건들이 꼴도 보기 싫었다. 고통이 가슴에 파고들어 그만 엉엉 울고 말았다.

저녁식사를 마치고 나서 브루노는 화이트와인의 일종인 베르무트에 관해 새미 프랭클린과 이야기를 나누었다. 새미는 자신은 마티니를 마시지는 않지만, 드라이한 베르무트일수록 마티니를 만들 때 더 많이 넣어야 한다고 말했다. 브루노는 자기도 마티니를 마시지 않지만 그보다는 더 잘 안다고 했다. 외할머니가 잘 자라는 인사를 하고 자리를 떠난 이후에도, 두 사람의 이야기는 계속되었다. 그들은 어두운 2층 테라스에 있었다. 브루노의 어머니는 흔들의자에 앉아 있었고, 브루노와 새미는 난간 옆에 서 있었다. 브루노는 자기 의견이 옳다는 걸 증명해 보이려고 1층의 바로 갔다. 두 사람 모두 마티니를 만들어 맛보았다. 브루노의 생각이 옳은 게 명백한데도 새미는 계속 고집을 부렸고, 자신이 한 말이 진심이 아닌 듯 키득거리며 웃었다. 그 모습을 본 브루노는 참을 수가 없었다.

"뉴욕에 가서 좀 배워요!" 브루노가 소리쳤다. 어머니가 막 테라스를 나간 뒤였다.

"자네야말로 뭘 알고 하는 소리야?" 새미가 반격했다. 살집이 있고 푸르죽죽하고 누르스름한 그의 얼굴에 달빛이 비치자 고르곤졸라 치즈처럼 보였다. "자넨 하루 종일 술에 절어 있군. 자네……."

브루노는 새미의 셔츠 깃을 잡아 난간 뒤로 밀쳤다. 새미의 발이 테라스 타일 바닥에 부딪치는 소리가 났고, 셔츠가 찢어졌다. 그가 몸부림을 쳐서 안전하게 측면으로 몸을 비켰을 때는, 푸르죽죽했던 얼굴빛이 하얗게 질려 있었다.

"도대체 무슨 짓이야? 날 밀어 넘길 뻔했잖아, 안 그래?" 새미가 큰 소리로 외쳤다.

"아니요, 그렇지 않아요!" 브루노는 새미보다 더 크게 소리쳤다. 아침에 그런 것처럼 갑자기 숨을 쉴 수가 없었다. 얼굴에 대고 있던 뻣뻣하고 식은땀이 나는 손을 내렸다. 그는 살인을 저지른 적이 있지 않던가! 왜 또 그런 짓을 해야 한단 말인가? 하지만 새미는 바로 아래 뾰족한 철제 담장이 있는 곳에서 움찔거리고 있었고, 그건 바로 브루노가 바라던 바였다. 새미가 위스키에 소다수를 넣은 하이볼을 재빨리 휘젓는 소리가 났다. 브루노는 거실 창을 지나 집 안으로 들어갔다.

"거기 서!" 새미가 뒤따라오며 소리쳤다.

새미의 떨리는 목소리에 브루노는 문득 겁이 났다. 그는 홀에 있는 어머니를 지나치면서 아무 말도 하지 않았다. 아래층으로 내려가던 그는 양손으로 난간을 붙잡고 머릿속에서 제어할 수 없는 여러 가지 복잡한 생각을 욕했고, 새미와 마신 마티니도 욕했다. 그는 비틀거리며 거실 안으로 들어갔다.

"찰스, 너 새미에게 무슨 짓을 한 거야?" 어머니가 그를 따라 거실로 들어왔다.

"내가 무슨 짓을 해요?" 브루노는 흐릿하게 보이는 어머니의 손을 밀어내고 소파에 털썩 주저앉았다.

"찰스, 가서 사과해." 어머니가 입은 흰색 드레스가 흐릿하게 보이더니, 햇볕에 그을린 갈색 팔이 다가오는 것 같았다.

"어머니는 저놈과 자요? 저놈과 자느냐고요?" 그는 소파에 누우면 불이 꺼지듯 의식이 없어질 것임을 알았다. 소파에 눕자 어머니의 팔이 닿는 감각은 느껴지지 않았다.

# 18

뉴욕으로 돌아온 가이는 마음이 불안하고 자신과 자신의 일, 앤과의 관계가 만족스럽지 못한 것을 점점 더 브루노 탓으로 돌렸다. 팔미라 골프장 사진을 보기 싫게 만든 것도 브루노였고, 팜비치에서 뉴욕으로 돌아온 이후에 불안해하면서 일이 적어진 것도 결국 브루노 탓이었다. 더 좋은 사무실을 얻지 않는다면서, 지금 사무실에 새 가구와 러그를 사지 않는다면서 그저께 밤 앤과 어처구니없이 말다툼을 한 것도 브루노 탓이었다. 자신은 성공하지 못했고 팔미라 골프장 일도 아무 의미 없다고 앤에게 말한 것도 브루노 탓이었다. 그날 밤 앤이 등을 돌리고 말없이 문밖으로 나가버린 것도, 그가 엘리베이터 문이 닫힐 때까지 기다렸다가 8층 계단을 뛰어 내려가 제발 용서해달라고 한 것도 브루노 때문이었다.

그리고 또 누가 알겠는가? 브루노는 가이가 지금 일거리를 얻지 못하도록 하고 있는지도 몰랐다. 건물을 짓는 건 정신적인 행위였다. 그러므로 브루노가 저지른 죄를 아는 이상, 어떤 의미에서는 가이가 스스로를 타락시키게 된 것일지도 몰랐다. 가이의 마음속에서 그런 생각이 들었다. 의식적으로 그는 경찰이 브루노를 잡도록 내버려두자고 마음먹었다. 하지만 몇 주가 지나도록 경찰이 브루노를 잡지 못하자, 자기가 직접 해야 한다는 생각에 사로잡혔다. 그가 그럴 수 없었던 이유는, 누군가를 살인죄로 신고

하는 게 싫기도 했고 브루노가 범인이 아닐 거라는 어이없는 생각이 계속 들었기 때문이다.

브루노가 범죄를 저질렀다는 사실이 종종 너무나 터무니없는 얘기 같아서, 그전까지 가졌던 확신이 순간적으로 모두 사라져버리는 것 같았다. 때로는 브루노가 편지로 범행 사실을 고백했는지 의구심조차 들었다. 하지만 브루노가 그 짓을 했다는 사실은 분명히 받아들여야 했다. 경찰이 몇 주가 지나가도록 아무런 확증도 찾아내지 못한 걸 보니 브루노의 범행이 분명했다. 브루노가 말했듯이, 어떻게 아무런 동기도 없이 그럴 수 있겠는가? 브루노는 가이가 9월에 보낸 편지를 받고서 아무 대꾸도 없었다. 하지만 가이가 플로리다를 떠나기 직전 편지를 보내왔는데, 12월에 뉴욕에 갈 예정이며 그와 이야기를 나눌 수 있으면 좋겠다고 했다. 가이는 브루노와는 더 이상 어떤 관계로도 얽히지 않겠다고 마음먹었다.

가이는 여전히 안절부절못했다. 별것 아닌 일에도 초조해했는데, 주로 업무에 관해서 그랬다. 앤은 그에게 인내심을 가지라고 했고, 플로리다에서 이미 실력을 입증해 보였다는 사실을 상기시켰다. 앤은 예전보다 훨씬 더 다정하게 대하며 가이를 안심시켰지만, 그는 너무 힘들고 심술궂어질 때면 그런 그녀의 모습조차 받아들일 수 없었다.

12월 중순 어느 날 아침, 가이가 코네티컷 주택의 설계도를 느긋하게 들여다보고 있는데 전화벨이 울렸다.

“여보세요? 가이, 나 찰스예요.”

가이는 그 목소리를 곧바로 알아들었고, 마치 몸싸움을 하듯 근육이 경직되었다. 하지만 사무실 건너편에 있는 마이어스에게 목소리가 들릴 수도 있었다.

"잘 지냈어요?" 브루노가 따뜻하게 미소 지으며 물었다. "메리 크리스마스."

가이는 천천히 수화기를 내려놓았다.

그는 커다란 사무실에서 함께 일하는 동료 건축가인 마이어스를 흘끗 쳐다보았다. 마이어스는 설계 책상에 여전히 상체를 숙이고 있었다. 초록 차양 아래 모서리에는 그와 마이어스가 몇 분 전에 뿌려둔 곡물을 비둘기들이 쪼아 먹고 있었다.

다시 전화벨이 울렸다.

"당신을 만나고 싶어요." 브루노가 말했다.

가이가 자리에서 일어서며 말했다. "미안합니다만 난 만나고 싶지 않습니다."

"왜 그래요?" 브루노는 억지웃음을 지었다. "화났어요?"

"당신을 만나고 싶지 않습니다."

"아, 그렇군요." 브루노는 상처를 받아 목소리가 갈라졌다.

가이는 먼저 끊지 않겠다고 마음먹었고, 그러자 결국 브루노가 먼저 전화를 끊었다.

가이는 목이 타서 사무실 구석에 있는 음료수대로 갔다. 음료수대 뒤에는 거의 완공된 팔미라 골프장 건물 네 개를 상공에서 찍은 커다란 사진이 햇빛을 받아 빛나고 있었다. 가이는 사진에 등을 돌렸다. 그는 시카고에 있는 모교에서 연설을 해달라는 요청도 받았는데, 앤은 머지않아 다시 그 이야기를 꺼낼 것이다. 중요한 건축 잡지에 기고도 할 예정이었다. 하지만 일이 별로 들어오지 않는 걸 보면, 팔미라 골프장이 그에게 설계를 맡겨서는 안 된다고 공공연하게 말하는 게 아닐까? 그럴 수도 있지 않을까? 팔미라 골프장 일을 맡은 것도 브루노 덕분이 아니었던가? 아무튼 살인자 덕분이었다.

며칠 후 눈 내리는 어느 날 저녁, 웨스트 53번지 사암 건물 계단을 앤과 함께 내려오던 가이는 어느 키 큰 남자가 모자도 쓰지 않은 채 보도에 서서 그들을 올려다보고 있는 걸 알아차렸다. 너무 깜짝 놀라 어깨가 경직되었고, 그는 자기도 모르게 앤의 팔을 힘껏 잡았다.

"안녕하세요." 브루노가 감상적이고 부드러운 목소리로 말했다. 어두워서 얼굴은 잘 보이지 않았다.

"안녕하세요." 가이는 낯선 사람에게 하듯 대꾸하고는 발걸음을 옮겼다.

"가이!"

가이와 앤은 동시에 뒤돌아보았다. 브루노는 외투 주머니에 손을 넣은 채 그들에게 다가왔다.

"무슨 일이죠?" 가이가 물었다.

"인사나 하려고요. 잘 지내는지 안부도 물어볼 겸." 브루노는 당혹스러우면서도 화가 나는 듯 억지웃음을 지으며 앤을 빤히 쳐다보았다.

"잘 지냅니다." 가이는 나지막하게 대답하고는 뒤돌아서서 앤을 잡아당겼다.

"누구야?" 앤이 나지막이 말했다.

가이는 뒤돌아보고 싶어 안달이 났다. 브루노는 그 자리에 서서 그들을 바라보고 있을 것이며, 아마 흐느껴 울고 있을지도 몰랐다. "지난주에 일자리가 필요하다며 찾아온 친구야."

"저 사람 도와줄 수 없어?"

"응, 알코올중독자거든."

가이는 자신들이 살 집으로 일부러 화제를 돌렸다. 지금 그럴듯하게 들릴 이야기는 그것뿐이었기 때문이다. 그는 택지를 구입했고 기초공사를 하고 있었다. 새해가 되면 올턴에 가서 며칠 머물 생각이었다. 영화를 보는 동안 가이는 어떻게 하면 브루노를 떼어낼 수 있을지, 어떻게 겁을 줘서 자신과 연락하길 꺼리게 할지 궁리했다.

브루노가 그에게 원하는 게 뭘까? 가이는 영화관에서 주먹을 불끈 쥔 채 앉아 있었다. 다음에는 경찰에 수사를 의뢰하겠다고 협박할 작정이었고, 직접 실행에 옮길 것이다. 누군가를 수사해달라고 요청하는데 그에게 무슨 큰 해가 있겠는가?

하지만 브루노가 그에게 진짜 원하는 게 뭘까?

# 19

브루노는 아이티 섬으로 가고 싶지 않았지만, 그곳은 도피처가 될 수 있었다. 가이가 그를 만나려 하지 않는 한, 뉴욕이나 플로리다 혹은 미국 어느 곳에 있든 고통이었다. 고통과 좌절감을 없애려고 그는 그레이트 넥에 있는 집에서 술을 마구 마셔댔고, 정신을 집중하려고 줄자를 들고 집 안팎과 아버지의 방을 돌아다니곤 했다. 술에 취하거나 제정신이 아닐 때만 가끔 정해진 경로를 벗어났으며, 그렇지 않을 때는 마치 지치지 않는 자동 로봇처럼 계속 걸어 다녔고, 몸을 구부렸고, 줄자로 재고 또 쟀다. 가이를 만나고 되돌아온 브루노는 자신의 어머니와 친구인 앨리스 레핑웰이 아이티 섬으로 갈 준비를 하기를 기다리며 열흘 동안을 그렇게 보냈다.

브루노는 자신의 존재가 불가사의한 변신의 단계에 놓여 있는 듯한 느낌이 들 때가 있었다. 집이나 방에 혼자 있을 때면 자신이 해치운 일이 마치 왕관처럼 머리 위에 놓여 있는 것 같았다. 하지만 다른 사람의 눈에는 보이지 않는 왕관이었다. 대단히 쉽고 빠르게, 눈물을 흘리며 그 왕관을 부숴버릴 수도 있었다.

그는 가장 맛있고 커다란 검은 캐비아를 먹을 자격이 있으므로 점심식사로 캐비아 샌드위치를 먹고 싶은 때가 간혹 있었다. 그럴 때 집에 빨간 캐비아만 있으면 허버트에게 시켜 검은 캐비아를 사오도록 했다. 그는 토스트 샌드위치의 4분의 1 조각을 먹으며 물에 탄 위스키를 홀짝홀짝 마시고는, 마침내 한쪽 끝이 말려 올라간 삼각형 모양의 토스트를 바라보다가 잠이 들었다. 샌드위치가 더 이상 샌드위치로 보이지 않고 술이 든 유리잔이 더 이상 유리잔으로 보이지 않을 때, 술잔에 든 황금빛 액체가 자신의 일부로 보일 때, 그는 남은 술을 단숨에 마셔버렸다. 빈 유리잔과 끝이 말려 올라간 토스트가 살아 움직이며 그를 조롱하는 것 같았고, 그에게 손대지 말라며 도전하는 것 같았다. 그때, 도살업자의 트럭이 그의 집 차고에서 대문으로 향하는 게 보였고, 브루노는 얼굴을 찌푸렸다. 모든 것에 생명이 되살아나 그에게서 도망쳐 나가는 것 같았기 때문이다. 트럭, 샌드위치, 술잔, 그를 가두고 있는 집처럼 도망칠 수는 없지만 거드럭거리는 나무들이 되살아나는 것 같았다. 그는 양쪽 주먹으로 벽을 내리쳤고, 샌드위치를 움켜쥐고 그 오만한 삼각형 입을 뭉개어 빈 벽난로에 던져 불태웠다. 캐비아는 한 알 한 알 작은 생명체처럼 터지며 죽어가는 것 같았다.

1월 중순의 어느 날, 브루노와 그의 어머니, 앨리스 레핑웰, 푸에르토리코인 두 명을 포함한 승무원 네 명과 함께 증기선 페어리프린스호를 타고 아이티 섬으로 향했다. 앨리스가 가을과 겨울 내내 전남편과 씨름해서 빌려낸 증기선이었다. 그녀의 세 번째 이혼을 축하하기 위한 여행이었고, 몇 달 전부터 브루노와 그의 어머니에게 함께 가자고 했었다. 이번 여행을 떠나게 되어 기뻤던 브루노는 일부러 처음 며칠 동안은 무관심하고 지루한 척하기로 했다. 그의 마음을 눈치챈 사람은 아무도 없었다. 앨리스와 그의 어머니는 오후와 저녁 내내 선실에서 수다를 떨었고, 아침마다 늦잠을 잤다. 앨리스처럼 늙은 여자와 한 달 동안이나 배에 갇혀 지낼 따분한 상황을 어떻게 즐겁게 보낼까 궁리하던 브루노는 경찰이 뒤쫓아 올지도 모른다는 긴장감에서 벗어나면서 아버지를 처치할 자세한 방법을 느긋하게 궁리할 시간이 필요하다고 생각하기로 했다. 그리고 시간이 더 지나면 가이가 태도를 바꿀 가능성도 더 커질 거라고 생각했다.

브루노는 아버지를 살해할 두세 가지 구체적인 계획을 배에서 세웠는데, 기본적인 계획을 토대로 약간의 변화를 주었다. 그는 자신이 세운 계획이 자랑스러웠다. 첫 번째는 아버지의 침실에서 총으로 해치우기, 두 번째는 칼로 해치우고 두 가지 방법 중 하나로 도망치기, 세 번째는 아버지가 저녁 6시마다 차를 세우는 차고에서 총이나 칼 혹은 목을 졸라 죽이는 것이었다. 마지막 계획은 주변이 어둡지 않다는 게 단점이었지만, 상대적으로 간단하다는 이점이 있었다.

브루노는 자신이 세운 계획이 마치 정확한 시계처럼 째깍째깍 움직이는 소리가 귀에 들리는 것 같았다. 하지만 조심스러운 그림을 완성할 때마다, 안전상의 이유로 그것을 찢어버려야 한다는 생각이 들었다. 그는 그림을 그리고 그걸 찢어버리는 일을 끊임없이 계속하고 있었다. 페어리프린스호가 아이티의 수도 포르토프랭스 방향으로 가려고 마이시 곶串을 돌 때, 버진아일랜드의 최남단 바 하버Bar Harbor의 바닷물에 그가 떠올린 생각들이 조각난 씨앗처럼 흩뿌려졌다.

"프린스호에 어울리는 멋진 항구야." 앨리스는 브루노의 어머니와 나누던 얘기를 잠시 중단하고 소리쳤다.

어두운 구석에서 그림을 그리던 브루노는 종이를 구겨버리고 고개를 들었다. 수평선 왼쪽에 육지가 흐릿한 회색 선처럼 보였다. 아이티 섬이었다. 섬은 보이지 않았을 때보다 더 멀고 낯설게 보이는 듯했다. 브루노는 가이로부터 점점 더 멀어지고 있었다. 그는 갑판 의자에서 몸을 일으켜 좌현 난간으로 갔다. 그들은 아이티에서 며칠을 보내고 나서 남쪽으로 향할 것이다. 브루노는 꼼짝도 하지 않은 채 가만히 서 있었다. 겉으로는 열대 태양이 그의 창백한 종아리 뒷부분에 내리쬐듯이, 마음속에서 절망감이 잠식해 들어왔다. 그가 느닷없이 종이를 갈가리 찢어 손을 벌리자, 종잇조각이 바람에 날려 앞으로 날아갔다.

계획만큼 중요한 것은 일을 처리할 사람을 구하는 것이었다. 아버지의 사립탐정인 제러드만 없다면 그는 직접 일을 해치울 생각이었다. 그가 아무리 철저하게 계획한다 해도 제러드는 알아내고 말 것이다. 게다가 브루노는 동기 없는 범행을 다시 한번 시도해보고 싶었는데, 문제는 맷 러빈이나 카를로스와는 서로 얼굴을 아는 사이라는 점이었다. 그리고 상대방이 동의할지 여부도 모른 채 협상하는 건 위험했다. 브루노는 맷과 서너 차례 만난 적이 있었지만 그런 얘기를 꺼낼 수는 없었다.

포르토프랭스에서 그가 절대 잊지 못할 일이 일어났다. 아이티 섬에서의 둘째 날 오후, 브루노는 섬에서 돌아와 배에 타던 중 배와 부두를 연결하는 다리에서 떨어지고 말았다.

뜨거운 열기 탓에 기운이 없는 데다가 럼주를 마셔서 몸이 더 뜨거웠던 그는, 묵고 있던 라 시타델 호텔에서 어머니의 구두를 가지러 배로 가던 길에 얼음을 넣은 위스키를 마시러 해안 근처 술집에 들렀다. 처음 봤을 때부터 마음에 들지 않았던 푸에르토리코 승무원 가운데 한 명이 술집에서 거나하게 취해서 도시가 자기 것인 양, 페어리프린스호와 라틴아메리카 전체가 자기 것인 양 고래고래 고함치고 있었다. 그 승무원은 브루노를 '백인 부랑자'라 불렀고, 어떤 말을 하자 브루노를 제외하고 모두 웃음을 터뜨렸다. 브루노는 싸움을 벌이기에는 너무 지치고 신물이 나서 점잖게 나왔고,

앨리스에게 그 푸에르토리코 승무원을 해고하고 블랙리스트에 올리라고 말해야겠다고 굳게 마음먹었다. 그 승무원은 배에서 한 블록 정도 떨어진 지점까지 브루노를 뒤따라오며 계속 지껄였고, 배와 부두를 연결하는 다리를 건너던 브루노는 밧줄에 걸려 넘어지면서 더러운 물에 빠지고 말았다. 그 푸에르토리코 승무원이 밀지 않았으므로 그를 탓할 수는 없었다. 그 승무원과 다른 선원이 웃음을 터뜨리며 브루노를 끌어올렸고 침대로 데려가주었다. 브루노는 침대에서 기어 나와 럼주 병을 찾았다. 술을 계속 마시고는 침대에 털썩 주저앉아 젖은 속옷을 입은 채 잠이 들었다.

얼마 후, 그의 어머니와 앨리스가 들어와 그를 흔들어 깨웠다.

"어떻게 된 거야?" 어머니와 앨리스는 너무 웃는 바람에 제대로 물어볼 수조차 없었다. "찰스, 어떻게 된 거야?"

브루노에게 두 사람의 모습은 흐릿했지만 웃음소리는 날카롭게 들렸다. 앨리스의 손이 어깨에 닿자 그는 몸을 웅크렸다. 그는 말을 할 수 없었지만 무슨 말을 하고 싶은지는 알았다. 가이의 편지를 가져온 게 아니라면 지금 당장 방에서 나가달라고 했다.

"뭐라고? 누구?" 그의 어머니가 물었다.

"나가요!" 브루노는 두 사람 모두에게 소리쳤다.

"어머, 제정신이 아닌가 봐." 브루노의 어머니는 그가 죽을병에라도 걸린 것처럼 안타까워했다. "불쌍한 우리 아들, 불쌍하기도 해라."

브루노는 고개를 이리저리 흔들며 차가운 수건을 이마에 얹지 않으려 했다. 어머니와 앨리스가 미웠고, 가이도 미웠다. 그는 가이를 위해 사람을 죽였고, 그를 위해 경찰을 따돌렸고, 그가 부탁한 대로 조용히 지냈으며, 그를 위해 더러운 물에도 빠졌는데, 가이는 그를 만나고 싶어 하지도 않았다! 가이는 여자 친구와 시간을 보내고 있었다. 겁에 질리지도 불행하지도 않은데 그를 만날 시간이 없다니! 뉴욕에 있는 가이의 집 근처에서 그녀를 세 번이나 보았다. 만약 그녀가 지금 여기 있다면, 그는 미리엄을 죽였던 것처럼 그녀를 죽여버릴 것이다.

"찰스, 찰스, 쉿."

가이는 재혼할 것이고 그러면 그에게 절대 시간을 내주지 않을 것이었다. 그 여자에게 온통 마음이 가 있는데, 그를 동정할 마음이 있겠는가? 가이는 친구를 만나러 멕시코에 간 게 아니라 그녀를 보러 간 것이다. 가이가 미리엄을 없애버리고 싶었던 것도 어쩌면 당연했다. 가이는 그를 이용한 셈이었다. 아마도 가이는 좋든 싫든 그의 아버지를 죽일 것이다. 누구든 살인을 저지를 수 있다. 하지만 가이는 그렇게 믿지 않았다는 사실이 떠올랐다.

# 20

"같이 한잔해요." 브루노는 느닷없이 보도 한가운데에 나타나 가이에게 말했다.

"난 당신을 만나고 싶지 않아요. 물어보지도 않을 거고요. 당신과 만나고 싶지 않습니다."

"물어봐도 괜찮아요." 브루노가 희미한 미소를 지으며 말했지만 눈빛은 지쳐 보였다. "길을 건너가죠. 10분이면 됩니다."

가이는 주위를 둘러보았다. '올 것이 왔군. 경찰에 신고할까? 덤벼들어 길거리에 넘어뜨릴까?' 이런저런 생각이 들었지만 그는 가만히 서 있었다. 브루노는 총이라도 갖고 있는 것처럼 주머니에 넣은 손을 꼭 움켜쥐고 있었다.

"10분만요." 브루노는 애매한 미소로 가이를 유인하는 듯했다.

가이는 지난 몇 주 동안 브루노에게서 소식을 듣지 못했다. 그날 밤 눈 속에서 느꼈던 분노와 브루노를 경찰에 넘기겠다던 맹세를 다시 떠올리려 애썼다. 지금이 결정적인 순간이었다. 가이는 브루노를 따라갔고, 두 사람은 6번가에 있는 술집에 들어가 뒤쪽 칸막이 자리에 앉았다.

브루노가 아까보다 활짝 웃었다. "가이, 뭐가 두려운 거죠?"

"아무것도."

"행복해요?"

의자 끄트머리에 뻣뻣하게 앉아 있던 가이는 자신이 살인자와 마주 앉아 있다는 생각이 들었다. 저 두 손으로 미리엄의 목을 조른 것이다.

"앤 얘기는 왜 하지 않았던 거죠?"

"앤은 왜요?"

"그녀에 관해 진작 알고 있었더라면 좋았을 거라는 생각이 든 것뿐이에요. 기차에서 만났을 때 말입니다."

"브루노, 이번이 우리가 만나는 마지막입니다."

"왜요? 난 당신과 친구가 되고 싶을 뿐이에요."

"당신을 경찰에 넘길 겁니다."

"그럼 왜 메트캐프에서는 그렇게 하지 않았죠?" 브루노의 눈빛에 희미한 분홍빛이 잠시 빛났다. 비정함과 슬픔을 느끼면서도 동시에 승리감을 느꼈을 것이다. 이상하게도, 가이 역시 마음속으로 그렇게 물은 적이 있었다.

"그때는 확신이 서지 않았기 때문이죠."

"내가 뭘 하면 되나요? 진술서라도 쓸까요?"

"난 지금이라도 당신을 경찰에 넘겨 수사를 요청할 수 있습니다."

"아니요, 그럴 수 없어요. 경찰은 나보다 당신을 더 의심하고 있으니까요." 브루노가 어깨를 으쓱했다.

"그게 무슨 말입니까?"

"경찰이 내게 뭘 의심하겠어요? 아무것도 없어요."

"내가 말하면 되겠죠." 가이는 불현듯 화가 치밀었다.

"내가 돈을 받고 그 짓을 했다고 말하면 모든 정황이 딱 맞아떨어지겠죠." 브루노는 독선적인 태도로 얼굴을 찌푸렸다.

"난 정황 따위 신경 쓰지 않습니다."

"당신은 그렇겠지만 법은 그렇지 않을걸요."

"무슨 정황 말입니까?"

"당신이 미리엄에게 쓴 편지." 브루노가 천천히 말했다. "포기했던 일을 다시 맡은 것. 그리고 멕시코에 다녀온 일정 등."

"당신 제정신이 아니군."

"현실을 직시해요, 가이. 당신은 말도 안 되는 소리를 하고 있는 거라고요." 근처에게 주크박스가 울리기 시작하자 브루노의 목소리가 신경질적으로 더 커졌다. 그는 손을 펴서 맞은편에 앉은 가이에게 내밀더니 주먹을 움켜쥐었다. "가이, 난 당신을 정말 좋아해요. 우리가 이런 식으로 얘기해서는 안 될 텐데요."

가이는 꼼짝도 하지 않았다. 의자 모서리가 그의 다리 뒷부분에 스쳤다. "당신이 날 좋아하길 바라지 않습니다."

"당신이 경찰에 한마디라도 하면 결국 우리 두 사람 모두 감옥에 갈 거예요. 무슨 말인지 알겠어요?"

가이는 예전에도 그런 생각을 해 본 적이 있었다. 브루노가 거짓말을 계속한다면 재판은 길어질 것이고, 브루노가 자백하지 않는 한 사건은 미결로 남을 것이다. 그리고 브루노는 결코 자백하지 않을 것이다. 그를 빤히 쳐다보는 브루노의 편집광적인 강렬한 눈빛을 보면 알 수 있었다. 가이는 마음속으로 생각했다. 브루노를 모른 척하자고, 경찰이 알아서 잡도록 하자고, 브루노는 여차하면 상대방을 죽일 수 있는 미친놈이라고.

"당신이 메트캐프에서 날 신고하지 않은 건 날 좋아했기 때문이에요. 당신은 한편으로 날 좋아해요."

"난 당신을 전혀 좋아하지 않습니다."

"하지만 당신은 날 신고하지 않을 거잖아요, 그렇죠?"

"네." 가이는 입을 거의 벌리지 않고 말했다. 브루노의 침착한 모습은 놀라울 정도였다. 브루노는 가이를 전혀 두려워하지 않았다. "술은 더 시키지 말아요. 곧 나갈 겁니다."

"잠시만요." 브루노는 지갑에서 돈을 꺼내어 웨이터에게 주었다.

가이는 결론을 내리지 못했다는 생각에 그대로 자리에 앉아 있었다.

"멋진 양복이군요." 브루노가 가이의 가슴팍을 턱으로 가리키며 미소 지었다.

새로 산 굵은 줄무늬가 있는 회색 플란넬 양복이었다. 팔미라 골프장 설계를 맡고 받은 돈으로 산 것이었다. 새 구두와 의자에 놓인 악어가죽 서류가방도 함께 구입한 것이었다.

"어디로 가야 하죠?" 브루노가 물었다.

"시내로요." 가이는 앞으로 고객이 될지도 모를 대리인과 저녁 7시에 5번가 호텔에서 만나기로 되어 있었다. 무언가 탐내는 듯한 브루노의 강렬한 눈빛은, 가이가 앤을 만나러 가는 길이라고 여기는 것 같았다. "브루노, 당신이 원하는 게 뭐죠?"

"당신도 알 텐데요." 브루노가 나지막이 말했다. "기차에서 얘기했던 대로 서로를 대신해 사람을 죽이는 거죠. 당신이 내 아버지를 죽일 차례입니다."

가이는 경멸에 차 한숨을 내쉬었다. 브루노가 말하기 전부터 알고 있었고, 미리엄이 죽고 나서 생각해오던 것이었다. 그는 브루노의 눈빛을 빤히 쳐다보았다. 무언가 탐내는 듯 전혀 흔들림 없고 광기 어린 차가운 눈빛이었다. 그는 어린 시절 전차에서 몽골인 바보를 빤히 쳐다보던 기억이 났다. 지금처럼 부끄러운 줄도 모르고 호기심만으로 빤히 쳐다보았었다. 호기심과 두려움으로.

"내가 모든 사항을 준비해줄 수 있다고 말했었죠." 브루노가 즐거운 듯이, 사과한다는 듯이 입꼬리를 살짝 올리며 웃었다. "아주 간단할 겁니다."

바로 그때 가이의 머릿속에 문득 생각이 떠올랐다. '브루노는 나를 미워해. 나도 죽이고 싶어 하는 거야.'

"당신이 하지 않으면 내가 어떻게 할지 알 겁니다." 브루노는 손끝을 부딪쳐 딱 소리를 내려 했지만, 테이블에 놓인 손은 무기력하게 가만히 있었다. "경찰에 알릴 겁니다."

가이는 브루노의 말을 무시해야 한다고 생각했다. "난 전혀 겁나지 않습니다. 당신이 미치광이임을 증명하는 건 식은 죽 먹기일 테니까요."

"나보다 당신이 더 미치광이겠죠."

잠시 후 대화를 끝낸 건 브루노였다. 그는 7시에 어머니와 약속이 있다고 했다.

다음 만남은 훨씬 더 짧았다. 가이는 지난번 만났을 때는 자신이 브루노를 이겼다고 생각했지만 자신 역시 패자라는 느낌이 들었다. 사무실에서 나와 앤을 만나러 롱아일랜드로 가던 어느 금요일 오후, 브루노가 불쑥 나타나 그를 가로막았다. 가이는 그를 피해 택시에 올라탔다. 겉으로 보기에 도망친 것 같다는 생각에 수치심이 들었고, 그들 사이에 있던 품위가 훼손되기 시작한 것 같았다. 브루노에게 무언가 말했더라면, 잠시라도 그를 마주 보았더라면 좋았을 걸, 후회가 되었다.

# 21

다음 날부터 저녁이면 브루노가 가이의 사무실 건너편 보도에 서 있지 않는 날이 거의 없었다. 그곳에 없을 때면 가이가 곧장 집으로 퇴근한다는 걸 알기라도 하듯이 그가 사는 집 건너편에 서 있었다. 브루노는 한마디 말이나 손짓도 없이, 난로 연통처럼 몸에 꼭 맞는 군복 같은 긴 외투 주머니에 손을 찔러 넣은 채 서 있었다. 가이는 브루노가 보이지 않을 때까지 뒤돌아보지 않았지만, 자신을 계속 주시하는 눈빛이 느껴졌다. 그런 일이 2주 동안 지속되더니 첫 번째 편지가 왔다.

편지봉투 안에는 종이 두 장이 들어 있었다. 첫 번째 종이는 브루노의 집과 주변 택지와 도로, 그리고 가이가 가야 할 코스를 만년필로 줄을 긋고 점을 찍어 깔끔하게 그린 것이었다. 두 번째는 브루노의 아버지를 살해할 상세한 계획을 타자기로 친 글이었다. 가이는 그걸 찢어버렸고 곧바로 후회했다. 브루노의 범행을 입증할 증거로 가지고 있어야 했다. 그는 찢어진 종잇조각을 모아 보관했다.

하지만 그럴 필요가 없었다. 그런 편지가 이삼일에 한 번씩 왔던 것이다. 브루노가 그레이트 넥에 머물고 있는지 모두 그곳 소인이 찍혀 있었고, 편지가 도착한 이후로는 브루노를 보지 못했다. 브루노는 아버지의 타자기로 편지를 썼을 것이고, 편지를 쓰는 데 두세 시간은 걸렸을 것이다.

때로는 술에 취해 편지를 쓴 것 같았다. 오타도 있었고 편지 말미에 격한 감정을 드러내기도 했다. 제정신일 때면 편지 끝 부분에 살인은 무척 쉬운 일이라며 다정한 인사로 마무리했다. 술에 취할 때면 형제애에 호소하거나 평생 그를 쫓아다니며 일과 '애정 행각'을 모두 망치겠다며 으름장을 놓았고, 자신이 한 수 위임을 상기시켰다.

가이가 편지를 뜯어보지도 않고 찢어버린다고 생각했는지, 브루노는 모든 편지마다 필요한 정보를 적지는 않았다. 가이는 다음번에는 편지를 뜯지도 않고 찢어버리겠다고 마음먹었지만, 편지가 올 때마다 마지막 부분이 어떻게 달라졌는지 궁금해서 매번 열어보았다. 브루노가 세운 세 가지 계획 가운데 집 뒷문으로 들어가 총으로 살해하는 방법이 가장 자주 언급되었지만, 선택은 늘 스스로 하라는 내용이 매 편지마다 적혀 있었다.

가이는 계속 도착하는 편지들에 심술궂은 방식으로 영향을 받는 것 같았다. 처음에는 충격을 받았지만 그 이후로는 거의 신경 쓰지 않았다. 그러고 나서 열 번째, 열두 번째, 열다섯 번째 편지가 우편함에 도착하자 마치 망치가 도저히 알 수 없는 방식으로 그의 의식을 내려치는 것 같은 느낌이었다. 가이는 한 시간 남짓 방 안에서 시간을 보내며 자신의 상처를 치유하려 애썼다. 브루노가 그를 놀리기만 하고 살해하려 하지 않는 한 괜히 불안해할 필요 없다고 마음속으로 생각했다. 브루노는 그럴 리가 없었고, 실제로 그를 위협한 적도 없었다. 하지만 그렇게 이성적으로 생각해도 불안감은 사라지지도 누그러들지도 않았다.

스물한 번째 편지에서는 앤을 언급했다. '당신이 미리엄을 죽이는 데 관여했다는 걸 앤에게 알리고 싶지는 않을 겁니다. 살인자와 결혼할 여자가 어디 있겠어요? 앤도 분명히 그럴 겁니다. 3월 둘째 주가 데드라인입니

다. 그때까지는 쉬울 겁니다.'

그러고 나서 총이 도착했다. 주인집 아주머니가 가져다준, 누런 종이로 포장한 커다란 소포 꾸러미 안에 들어 있었다. 상자 안에서 검은 총이 불쑥 나오자 가이는 실소했다. 커다란 루거 권총이었고, 그물눈 모양의 손잡이가 살짝 벗겨진 것 말고는 새것처럼 보였다.

어떤 충동에서였는지 가이는 맨 위 서랍에 든 자신의 자그마한 권총을 꺼냈다. 그러고는 손잡이에 아름다운 진주가 박힌 그 권총을 루거 권총이 놓여 있는 침대에 놓았다.

그는 자신의 행동에 슬쩍 미소 짓고는 텍사스산産 권총을 들어 올려 자세히 들여다보았다. 그가 열다섯 살 무렵에 메트캐프의 중심가 아래쪽에 있는 전당포에서 처음 보고 신문 배달로 돈을 마련해 산 것이었다. 총이어서가 아니라 아름다워서였다. 아담하고 군더더기 없이 짤막한 총열이 마음에 들었다. 기계 설계를 공부할수록 그 총을 볼 때마다 흐뭇해졌다. 지난 15년 동안 이런저런 서랍장의 맨 위 칸에 보관해오고 있었다. 그는 약실을 열고 총알을 세 개 빼냈다. 그러고는 방아쇠를 여섯 번 당겨 탄창을 돌리면서 완벽한 기계 장치에서 깊게 울리는 소리에 감탄했다. 그러고는 다시 총알을 넣어 총을 연보라색 플란넬 주머니에 넣고는 다시 서랍에 넣었다.

루거 권총을 어떻게 없애야 할까? 강물 속에 빠뜨릴까? 아니면 쓰레기통에 넣어 다른 쓰레기와 함께 버릴까? 그가 떠올린 모든 생각들이 수상쩍거나 멜로드라마에 나오는 장면 같았다. 좋은 생각이 떠오를 때까지 맨 아래 서랍에 든 양말과 속옷 밑에 넣어두기로 했다. 문득, 찰스 브루노의 아버지인 새뮤얼 브루노를 처음으로 한 인간으로서 생각해보았다. 루거 권총이 있는 한, 새뮤얼 브루노와 그에게 곧 닥칠지도 모르는 죽음을 따로 떼어내어 생각할 수 없었다. 그와 그가 살아온 삶이 훤히 보이는 것 같았다. 그를 살해할 계획과 그를 죽일 때 사용할 권총. 그날 아침에도 우편함에 도착한 편지가 아직 뜯기지도 않은 채 침대에 놓여 있었다. 가이는 서랍 아래 칸에 넣어둔, 브루노가 최근에 보낸 편지 가운데 하나를 꺼냈다.

새뮤얼 브루노(브루노는 '아버지'라고 부르는 적이 거의 없었다)는 미국 사회가 만들어낸 최악의 인물 중 한 명입니다. 그는 동물보다 나을 것도 없는 헝가리의 하층 농민 출신이에요. 형편이 허락하자마자 좋은 집안 출신의 여자를 아내로 골랐는데, 다른 면에서도 늘 탐욕스러웠지요. 신성한 결혼 서약을 지키려던 어머니는 배우자에 대한 정조를 저버리는 아버지를 말없이 참았습니다. 노년에 접어든 그는 자중하려고 노력했지만 이미 너무 늦어버렸습니다. 내가 직접 해치우고 싶지만, 이미 말했던 대로 사립탐정 제러드 때문에 그럴 수가 없습니다. 제러드는 혹시라도 당신이 그를 알게 되면 무척 싫어할 유형일 겁니다. 그는 아름다운 건축이나 주거 건물에 대한 당신의 생각을 쓸데없다고 여길 것이고, 지붕에서 물이 새거나 기계가 망가지지 않는 한 어떤 공장에서 일하든 상관없다고 생각하는 유형입니다. 새뮤얼 브루노 밑에서 일하는 직원들이 지금 파업 중이라는 사실을 알면 관심이 생길지도 모르겠습니다. 지난주 목요일자 『뉴욕 타임스』 31면 왼쪽 아랫부분을 보세요. 임금 때문에 파업 중인데, 새뮤얼 브루노는 자기 아들의 돈을 뺏는 것조차 서슴지 않을 겁니다…….

브루노가 그런 이야기를 하면 누가 믿을까? 누가 그런 망상을 받아들일까? 편지와 지도와 권총이 마치 연극의 소품처럼, 사실도 아니고 사실일 리도 없는 이야기를 그럴듯하게 보이는 데 필요한 도구처럼 보였다. 가이는 편지를 불태웠다. 받은 편지를 모두 불태우고 롱아일랜드로 떠날 채비를 서둘렀다.

가이는 앤과 함께 드라이브도 즐기고 숲속에서 산책도 하면서 하루를 보낼 것이고, 다음 날은 차를 몰고 올턴으로 갈 것이다. 집은 3월 말에 완공될 것이고, 그러면 결혼하기 전에 두 달의 여유가 있으므로 그때 가구를 준비하면 될 것이다. 가이는 열차의 차창 밖을 내다보며 미소 지었다. 앤은 6월의 신부가 되고 싶다고 말한 적도 없었는데, 모든 게 그런 식으로 흘러가고 있었다. 그녀는 형식을 갖춘 결혼식을 올리고 싶다고 말한 적도 없었고, 다만 너무 성급하게 하지는 말자고 했을 뿐이다. 그런데 가이가 앤만 괜찮다면 형식을 갖춘 결혼식을 올리고 싶다고 하자, 앤은 길게 숨을 내쉬고는 가이를 꼭 안으며 키스해주었다. 가이는 미리엄과 할 때처럼 공공기관에 가서 낯선 사람을 증인으로 세우고 3분 만에 결혼식을 올리고 싶지 않았다.

가이는 20층짜리 건물을 봉투 뒷면에 스케치하기 시작했다. 자신이 설계를 맡을 가능성이 높다는 걸 지난주에 알게 되었지만, 앤에게는 당분간 비밀로 했다. 그는 꿈꾸던 미래가 갑자기 현실이 된 것 같은 느낌이었다. 그는 자신이 원하던 모든 걸 갖게 되었다.

가이가 플랫폼 계단을 내려가던 중, 역사 출입문 옆에 모인 사람들 사이에서 앤의 레오파드 외투가 눈에 들어왔다. 그곳에서 그를 기다리는 그녀의 모습을 영원히 기억하리라는 생각이 들었다. 그를 본 순간 수줍게 조바심을 내며 달려오는 모습을, 잠시도 더 기다리지 않겠다는 듯이 몸을 돌려 미소 지으며 오는 모습을.

"앤!" 가이는 앤을 안으며 뺨에 입을 맞추었다.

"모자를 쓰지 않았네."

가이는 웃었다. 그녀가 그렇게 말할 거라고 짐작했기 때문이다. "너도 쓰지 않았네."

"난 차를 몰고 왔잖아. 밖에 눈도 내리는데." 둘은 손을 잡고 서늘한 통로를 가로질러 차로 갔다. "깜짝 소식이 있어."

"나도. 무슨 소식인데?"

"어제 내 디자인을 다섯 개 팔았어."

가이는 고개를 가로저었다. "난 그 정도로 대단하지는 않아. 난 사무실 건물 설계를 맡을 것 같아. 확실하지는 않고."

앤은 미소 지으며 눈썹을 올려 보였다. "확실하지 않다고? 확실하겠지."

"맞아, 확실해." 가이는 그렇게 말하며 다시 앤에게 입을 맞추었다.

그날 저녁, 앤의 집 뒤편에 있는 개울에 놓인 작은 나무 교각 위에서 가이는 말을 꺼내려 했다. '브루노가 오늘 나한테 뭘 보내왔는지 알아? 바로 총이야.'

그 말을 꺼내지도 못한 가이는 브루노와 연결된 자신의 삶이 자신과 앤과의 삶과는 너무 동떨어져 있음을 깨닫고 충격에 휩싸였다. 그는 자신과 앤 사이에 어떤 비밀도 없길 바랐지만, 지금껏 그가 그녀에게 털어놓은 모든 비밀보다 더 큰 비밀을 숨기고 있었던 것이다. 그의 머릿속을 떠나지 않던 브루노라는 이름이 앤에게는 아무런 의미도 없었다.

"왜 그래, 가이?"

가이는 앤이 무언가 알고 있다는 생각이 들었다. 그녀는 늘 알고 있었다. "아무것도 아니야."

앤이 뒤돌아 집 쪽으로 향하자 가이도 뒤따라갔다. 어둠이 내려앉은 밤이어서 눈 쌓인 들판과 숲과 하늘을 거의 구별할 수 없었다. 가이는 집의 동쪽 숲에서 적대감이 느껴지는 듯했다. 앞에 보이는 부엌문에서는 따뜻한 노란 불빛이 정원으로 새어 나오고 있었다. 가이는 다시 몸을 돌리고는 숲이 시작되는 지점의 어둠을 응시했다. 그곳을 바라보자, 아픈 치아를 지그시 누를 때처럼 마음이 불안해지면서 동시에 안도감이 들었다.

"난 조금 더 걸을게." 가이가 말했다.

앤은 집으로 들어갔고 가이는 뒤돌아섰다. 앤이 곁에 없을 때 그런 감정이 더 강해지는지 혹은 약해지는지 알고 싶었다. 알기보다는 느끼려 애썼다. 그런 감정은 여전히 희미하게 남아 있었고, 숲 아래쪽 어둠은 더 깊어갔다. 물론 아무것도 없었다. 어둠과 소리와 그의 생각이 만나 뭘 만들어낸 걸까?

가이는 외투 주머니에 손을 찔러 넣고 숲을 향해 고집스럽게 더 가까이 다가갔다.

잔가지가 부러지는 희미한 소리가 들리자 가이는 어느 지점에 정신을 집중했다. 그러고는 그 지점을 향해 냅다 달려갔다. 덤불이 버스럭거리고 어둠 속에 검은 형상이 움직였다. 가이는 온몸의 근육을 이완한 다음 힘을 한데 모아 앞으로 돌진하며 그 형상을 붙잡았고, 거칠게 숨을 들이마시는 브루노의 숨소리를 알아차렸다. 브루노는 물속의 커다란 물고기처럼 퍼덕거리며 몸을 뒤틀었고, 가이의 광대뼈에 힘차게 한 방을 날렸다. 서로를 맞잡은 채 바닥에 넘어진 두 사람은 목숨이 달린 것처럼 필사적으로 싸웠다. 브루노가 손톱으로 미친 듯이 가이의 목을 할퀴었고, 가이는 브루노의 팔을 붙잡으며 막았다. 브루노는 입을 악다문 채 거칠게 숨을 내쉬었다. 가이가 엉망이 된 것 같은 오른손 주먹으로 입을 갈기자, 두 사람은 서로 떨어졌다.

"가이!" 브루노가 분개해서 소리쳤다.

가이는 브루노의 옷깃을 잡았다가 갑자기 싸움을 멈췄다.

"나라는 걸 알았잖아요! 나쁜 사람 같으니." 브루노가 화를 내며 말했다.

"여긴 왜 온 겁니까?" 가이는 그를 일으켜주었다.

금방이라도 울음을 터뜨릴 것처럼 브루노의 피 묻은 입이 벌어졌다. "그만 갈게요."

가이가 밀어버리자 브루노는 자루처럼 바닥에 털썩 주저앉더니 다시 몸을 일으켰다.

"좋아요. 원하면 날 죽여요. 정당방위라고 말하면 될 테니까." 브루노가 흐느끼며 말했다.

가이는 집 쪽을 흘깃 쳐다보았다. 그들은 숲속 깊은 곳에 있었다. "당신을 죽이고 싶지 않아요. 다음번에 여기서 만나면 그땐 죽여버릴 겁니다."

브루노는 웃음을 터뜨리고는 승리감에 도취된 듯 박수를 한 번 쳤다.

가이는 위협하려는 듯 한 발 나아갔다. 브루노에게 다시 손을 대고 싶지 않았지만, 방금 전에는 마음속으로 죽여버리겠다고 생각하며 몸싸움을 했었다. 가이는 브루노를 죽이기는커녕 그의 웃음을 멈추게 할 방법도 모른다는 걸 알았다. "꺼져요."

"2주 내에 그 일을 할 준비가 됐어요?"

"당신을 경찰에 넘길 준비는 됐습니다."

"경찰에 자수할 준비가 됐다고요?" 브루노는 새된 목소리로 조롱했다.

"앤에게 모두 털어놓고 앞으로 20년 동안 수감될 준비가 됐다고요? 그렇다면 나도 준비 됐어요." 그는 양손을 부드럽게 모았다. 눈에서는 붉은 빛이 빛나는 것 같았다. 흔들리는 형상은 뒤편에 있는 뒤틀린 검은 나무에서 빠져나온 악령 같았다.

"그 더러운 일을 해줄 다른 사람을 찾아봐요." 가이가 중얼거렸다.

"맙소사. 난 당신을 원하고 당신을 선택했어요. 좋아요." 브루노는 웃음을 터뜨리고는 말을 이었다. "내가 먼저 시작하죠. 당신 애인에게 모든 걸 얘기할 겁니다. 오늘 밤 편지를 보내겠어요." 비틀거리며 터벅터벅 걸어가는 브루노의 모습은 흐물흐물하고 형체가 없는 물건 같았다. 그가 뒤돌아서며 소리쳤다. "하루 이틀 내에 연락 없으면 그렇게 할 거라고요!"

가이는 숲속을 배회하는 사람과 싸움을 벌였다고 앤에게 둘러댔다. 싸워서 벌게진 눈이 약간 아픈 정도였지만, 올턴에 가지 않고 집에 계속 있을 수 있는 핑계는 그것뿐이었다. 그는 배도 한 방 맞았다고 했다. 기분이 좋지 않았다. 깜짝 놀란 앤의 부모님은 그곳 순찰을 돌던 경찰에게 앞으로 며칠 동안 야간 보초를 서달라고 했다. 하지만 보초만으로는 충분하지 않았다. 브루노가 되돌아온다면 그가 직접 상대하고 싶었다. 앤은 혹시라도 아프면 돌봐줄 사람이 곁에 있어야 하니 월요일까지 집에 있으라고 했고, 가이는 그렇게 했다.

가이는 앤의 부모님 집에서 지낸 이틀만큼 수치스러웠던 적이 없는 것 같았다. 그 집에 머물러야겠다고 생각한 것이 수치스러웠다. 그리고 월요일 아침에는 브루노가 보낸 편지가 도착하지 않았는지 앤의 방을 뒤지기도 했는데 그것도 부끄러운 일이었다. 브루노의 편지는 오지 않았다. 매일 아침 앤은 우편물이 오기 전에 뉴욕에 있는 사무실로 출근했다. 월요일 아침, 앤의 책상에 놓인 너덧 통의 편지를 뒤지던 가이는 도우미 아주머니에게 들키지 않도록 도둑처럼 서둘렀다. 하지만 그는 가끔씩 앤이 없을 때 그녀의 방에 들어가곤 했다. 집에 사람들이 북적일 때면 잠시 그녀 방으로 도망쳐 있곤 했다. 그리고 앤은 자기 방에 그가 있는 걸 볼 때면 기뻐했다.

가이는 문설주에 기대어 어질러진 방을 둘러보았다. 어질러진 침대, 책장에 들어가지 않는 두꺼운 미술서적들, 벽에 걸린 초록색 코르크 보드에 압정으로 꽂아둔 최근 디자인들, 치우지 않고 책상 모서리에 그대로 둔 푸르스름한 물잔, 마음을 바꾸고는 그냥 두고 간 갈색과 노란색이 어우러진 실크 스카프. 앤이 방을 나서기 직전 목에다 살짝 뿌렸을 치자 향 오드콜로뉴가 아직 공기 중에 남아 있었다. 그는 자신의 삶이 그녀의 삶과 서서히 하나로 녹아들기를 갈망했다.

가이는 화요일까지 머물다가 맨해튼으로 갔다. 그때까지 브루노에게서 편지는 오지 않았다. 일이 산더미처럼 쌓여 있었다. 사무실 건물을 설계하기로 한 쇼 부동산 회사와의 계약이 아직 체결되지 않았다. 미리엄의 피살 소식을 들었을 때보다 혼란스러웠고 어떻게 해야 할지 몰랐다. 월요일 아침에 이미 도착해 있던 것 말고는 그 주에 편지가 한 통도 오지 않았다. 도착해 있던 짧은 내용의 편지에는, 다행스럽게도 어머니의 건강 상태가 좋아져서 이제 집을 나갈 수 있다고 적혀 있었다. 어머니가 폐렴으로 3주 동안 심하게 앓아서 곁에 있었다고 했다.

목요일 저녁, 가이가 건축가 모임을 마치고 집으로 가자, 집주인인 맥커슬랜드 부인이 전화가 세 통 왔었다고 알려주었다. 그들이 현관에 서서 이야기하고 있는데 또 전화벨이 울렸다. 술에 취해 시무룩한 브루노였다. 그는 가이에게 자신과 제대로 이야기할 준비가 되었는지 물었다.

"내가 생각하기엔 그렇지 않더군요. 그래서 앤에게 편지를 보냈어요."
그러면서 브루노는 전화를 끊어버렸다.

가이는 위층으로 올라가 술을 한 잔 마셨다. 브루노는 편지를 보내지도 않았고, 그럴 마음도 없을 거라고 생각했다. 가이는 한 시간 동안 책을 읽고, 앤에게 전화를 걸어 안부를 물었고, 그러고 나서 불안한 마음으로 밖으로 나가 최신 영화를 한 편 보았다.

토요일 오후, 가이는 롱아일랜드 헴프스테드에서 앤을 만나 애완견 대회를 보러 가기로 되어 있었다. 브루노가 편지를 보냈다면 앤은 토요일 오전에 받았을 것이다. 하지만 그녀는 편지를 받지 않은 게 분명했다. 차에 앉아 기다리던 앤이 손을 흔드는 모습을 보자 그럴 거라는 확신이 들었다. 가이는 앤에게 어젯밤 테디 집에서 재밌게 보냈는지 물었다. 어제는 그녀의 사촌인 테디의 생일이었다.

"멋진 파티였어. 아무도 집에 가고 싶어 하지 않을 정도였어. 밤새워 노느라 옷도 갈아입지 못했어." 그러고는 앤은 좁은 통로를 지나 도로로 나갔다.

가이는 이를 꽉 물었다. 지금쯤 앤의 집에 편지가 와 있을지도 몰랐다. 편지가 와 있을 거라는 확신이 느닷없이 들었고, 편지를 막을 방법이 없다는 생각이 들자 기운이 빠지고 할 말이 없었다.

죽 늘어선 견공 행렬을 지나며 가이는 앤에게 할 말을 애써 떠올리고 있었다.

"쇼 부동산 회사에서 연락 왔어?" 앤이 물었다.

"아니." 초조해 보이는 닥스훈트를 보던 가이는 앤의 친척 누군가가 키우는 닥스훈트 이야기에 귀를 기울이려 애썼다.

앤은 아직 아무것도 모른다는 생각이 들었다. 하지만 지금 모른다 해도 앞으로 알게 되는 건 시간문제일 것이다. 앞으로 며칠 후에 알게 될지도 몰랐다. 뭘 알게 된단 말인가? 가이는 같은 질문을 계속 되묻고 같은 대답을 되풀이했는데, 스스로 확인하려는 것인지 자학하는 것인지 알 수 없었다. 그건 바로 '지난여름 가이가 기차에서 만났던 사람이 미리엄을 살해했고, 가이는 그녀를 살해하는 데 동의했다'는 사실이었다. 브루노가 앤에게 말할 내용은 그것이었고, 확신이 가도록 자세한 사항을 덧붙일 것이다. 그리고 법정에 서면, 브루노가 그들이 기차에서 나눈 대화를 조금만 왜곡해도 두 사람이 합의하에 살해한 걸로 몰고 갈 수 있지 않을까?

브루노가 탔던 특별 전용실, 그 좁은 지옥이 갑자기 선명하게 떠올랐다. 당시 그가 그렇게 말을 많이 했던 건 증오 때문이었다. 작년 6월 차풀테펙 공원에서 미리엄에게 화를 냈던 것도 바로 그 증오심 때문이었다. 당시 앤은 그가 했던 말보다 그의 증오심에 화를 냈다. 증오심 역시 죄였다. 예수는 간음이나 살인을 저질러서는 안 되는 것처럼 상대방을 증오해서도 안 된다고 했다. 증오는 악의 씨앗이었다. 기독교 정의의 관점에서 볼 때, 미리엄의 죽음엔 그에게도 어느 정도 죄가 있지 않을까? 앤도 그렇게 말하지 않을까?

"앤." 가이가 그녀의 말을 막으며 불쑥 말했다. 그녀가 준비할 수 있도록 해야겠다는 생각이 들었다. "만일 누군가가 미리엄의 죽음에 내가 개입되어 있다고 고발하면 어떨까? 당신은 어떨 것 같아?"

앤은 발걸음을 멈추고 그를 쳐다보았다. 온 세계가 멈춘 것 같았고, 두 사람이 세상 한가운데에 가만히 서 있는 것 같았다.

"개입했다고? 그게 무슨 말이야, 가이?"

누군가 가이를 밀치고 갔다. 두 사람은 길을 걷다 말고 멈춰 섰다. "말했던 그대로야. 누군가가 날 고발한다면 어떨까?"

앤은 할 말을 찾는 것 같았다.

"그냥 알고 싶어서 그래. 아무 이유 없이 날 고발했다면 상관없겠지? 그렇지?" 가이는 그래도 자신과 결혼하겠느냐고 묻고 싶었지만 너무 불쌍하게 애걸하는 것 같아 그럴 수 없었다.

"가이, 왜 그런 걸 물어?"

"그냥 알고 싶어서."

앤은 그를 뒤로 밀어서 사람들이 지나갈 수 있도록 했다. "가이, 누군가에게 고발당했어?"

"아니야." 가이는 강하게 반발했다. 어색하고 짜증이 났다. "하지만 누군가 그런다면, 어떤 중대한 사건으로 날 고발한다면……."

앤은 실망과 놀라움과 믿기지 않는다는 표정으로 가이를 쳐다보았다. 그녀는 그가 납득할 수 없거나 이해할 수 없는 말이나 행동을 할 때면 그런 표정을 짓곤 했다. "누군가가 그럴 거라고 생각해?" 그녀가 물었다.

"그냥 알고 싶어서 그래." 가이는 아무 일 없다는 듯 서둘러 말했다.

"가끔 이런 식이야. 이럴 땐 우리가 생전 처음 보는 사람 같다니까."

"미안해." 가이가 중얼거렸다. 앤이 두 사람 사이의 보이지 않는 끈을 잘라버린 것 같은 느낌이었다.

"미안하지 않은 것 같아. 그렇다면 이런 일을 되풀이하지 않을 테니까." 앤은 가이를 빤히 쳐다보았다. 나지막하게 말했지만 눈물을 글썽이고 있었다. "멕시코에서 미리엄에 관해 장황한 험담을 늘어놓을 때 같아. 난 그런 점이 마음에 들지 않아. 난 그런 사람이 아니야. 그럴 때면 당신을 전혀 모르겠다는 기분이 들어."

가이는 앤이 자기를 사랑하지 않는다고 말하는 것 같았다. 그녀는 그때 그를 포기했으며, 이제 그를 알고 사랑하려는 노력을 그만둔 것 같았다. 절박한 심정으로 가만히 서 있던 그는 꼼짝할 수도, 말 한마디 할 수도 없었다.

"좋아, 물어보니까 대답할게." 앤이 말했다. "당신이 고발당하면 달라질 거야. 당신이 왜 그런 생각을 하는지 알고 싶어. 도대체 왜 그러는 거야?"

"아니야! 그런 생각 안 해."

앤은 그에게 등을 돌리고 막다른 골목까지 걸어가서 고개를 푹 숙였다.

가이는 그녀를 따라갔다. "앤, 당신은 날 잘 알잖아. 이 세상 어느 누구보다도 잘 알잖아. 당신한테 어떤 것도 비밀로 하고 싶지 않아. 그냥 머릿속에 떠올라서 물어봤던 거야." 그녀에게 솔직하게 털어놓았다는 생각이 들자 안도감이 밀려왔다. 그리고 브루노가 예전에도 그랬듯이 편지를 쓰지 않았고 앞으로도 그러지 않을 거라는 확신이 들었다.

앤은 냉담하게 눈가의 눈물을 닦아냈다. "가이, 한 가지만 말할게. 매사에 최악의 상황이 닥칠 거라고 생각하는 거 제발 그만둬."

"알았어, 그럴게." 가이가 대답했다.

"차로 가자."

가이는 앤과 함께 하루를 보냈고, 그녀의 집에서 저녁을 먹었다. 브루노에게서 온 편지는 없었다. 가이는 위기를 넘기기라도 한 듯 그럴 가능성을 머릿속에서 몰아냈다.

월요일 저녁 8시 무렵, 집주인 맥커슬랜드 부인이 전화가 왔다며 가이를 불렀다. 앤이었다.

"기분이 좋지 않아."

"왜 그래?" 가이는 왜 그런지 알았다.

"오늘 아침 편지를 한 통 받았어. 토요일에 이야기했던 내용이었어."

"무슨 내용?"

"미리엄에 관한 이야기. 타자기로 쳤고 서명은 없어."

"뭐라고 썼어? 나한테 읽어줘."

앤은 떨리지만 분명한 어조로 읽어 내려갔다. "포크너 양에게. 당신이 관심을 가질 만한 일이 있습니다. 가이 헤인스가 현재 경찰이 생각하는 것보다 그의 아내의 죽음에 더 깊이 관여되어 있다는 겁니다. 진실은 밝혀질 겁니다. 그런 이중인격자와 결혼할 계획이 있다면 알아두셔야 할 겁니다. 그 외에도 분명하게 말씀드릴 수 있는 건, 가이 헤인스는 이제 곧 자유의 몸이 아닐 것입니다. 어느 친구로부터."

"맙소사." 가이는 눈을 감았다.

"가이, 누구인지 알겠어? ……여보세요? 들려?"

"응, 들려."

"누구야?"

그녀의 목소리로 보아, 단지 겁을 먹었을 뿐 그를 믿고 그를 위해 걱정하는 게 분명했다. "모르겠어."

"그게 사실이야, 가이?" 앤은 불안해하며 물었다. "누구인지 알아내서 무언가 조치를 취해야 해."

"모르겠어." 가이는 같은 말을 반복하며 얼굴을 찌푸렸다. 마음은 풀리지 않는 매듭에 묶인 것 같았다.

"알아내야 해. 잘 생각해봐. 네게 반감을 가진 사람 없어?"

"소인이 어디로 찍혀 있어?"

"그랜드 센트럴. 편지지는 정말 평범해서 아무것도 유추해낼 수 없을 거야."

"갖고 있다가 내게 줘."

"물론이지. 가족들에게는 아무 말도 하지 않을게." 앤은 잠시 가만히 있다가 다시 말했다. "누군가 있는 게 분명해. 토요일에 누군가를 의심했잖아, 그렇지?"

"아니야." 가이는 목이 막히는 것 같았다. "재판 후에는 이런 일이 종종 일어나는 법이지." 가이는 자신이 마치 브루노인 양 죄를 덮고 싶어 한다는 걸 알아차렸다. "앤, 언제 만날 수 있어? 오늘 밤에 나올 수 있어?"

"음, 부모님과 자선 행사에 가야 해. 편지는 부쳐줄 수 있어. 속달로 보내면 내일 아침엔 받아볼 수 있을 거야."

편지는 다음 날 도착했다. 브루노의 계획이 담긴 다른 편지 한 통도 도착했다. 편지 말미는 다정하지만 권고하는 듯한 어투였고, 앤에게 편지를 보냈으며 앞으로 더 보내겠다는 점을 분명히 했다.

# 22

침대 모서리에 앉은 가이는 얼굴을 양손으로 감쌌다가 다시 의식적으로 손을 내렸다. 그가 생각의 개요를 잡고 진실을 왜곡한 건 바로 그날 밤이었다는 느낌이 들었다. 잠 못 이루던 어두컴컴한 밤. 그럼에도 그날 밤 또한 진실이 있었다. 밤이 되면 진실의 어느 지점까지만 다가가지만, 아무튼 진실은 진실이었다. 그 이야기를 들려주면 앤은 그에게도 어느 정도 죄가 있다고 여기지 않을까? 그와 결혼해줄까? 어떻게 그럴 수 있을까? 아래 칸 서랍에 살인 계획과 범행 도구인 총이 들어 있는데도 버젓이 방 안에 있을 수 있다는 사실을 알면 그를 짐승 같은 놈으로 여기지 않을까?

희미하게 밝아오는 여명 속에서 가이는 거울에 비친 자신의 얼굴을 들여다보았다. 평소와 달리 입술이 왼쪽으로 처져 있었다. 도톰한 아랫입술은 긴장한 탓에 얇아 보였다. 가이는 꼼짝도 하지 않고 자신의 눈을 들여다보려 애썼다. 브루노의 고발로 인해 몸의 일부분이 굳어버린 것 같았고, 핼쑥한 다크서클 위의 두 눈은 마치 고문관처럼 가이를 주시하고 있었다.

옷을 입고 산책을 나갈까 아니면 애써 잠을 청할까? 조심스러운 발걸음으로 방을 서성이던 가이는 바닥이 삐걱거리는 안락의자 주변을 자기도 모르게 피했다. 브루노의 편지에는 이렇게 적혀 있었다. '당신은 안전을 위해 삐걱거리는 계단을 피해야 할 겁니다. 아버지의 방문은 당신도 알다시

피 오른쪽입니다. 샅샅이 살핀 결과 어디엔가 걸려 넘어질 염려는 전혀 없습니다. 집사인 허버트의 방이 어디인지 지도에서 눈여겨봐두세요. 다른 사람과 마주칠 가능성이 가장 높은 곳이니까요. 복도 바닥은 내가 X표를 해둔 지점이 삐걱거리는 소리가 나는 곳입니다…….' 가이는 침대에 몸을 던져 누웠다. '어떤 일이 있더라도 집과 RR역 사이에는 루거 권총을 버려서는 안 됩니다.' 가이는 그 모든 걸 외우고 있었고, 부엌문을 열 때 나는 소리와 복도에 깔린 카펫 색깔까지 알고 있었다.

브루노가 아버지를 살해할 다른 사람을 구한다면, 이 편지만으로도 브루노의 유죄를 입증할 충분한 증거가 될 것이다. 가이는 브루노가 그에게 한 짓에 복수할 수도 있을 것이다. 하지만 브루노는 가이가 미리엄을 살해하려는 계획을 세웠다며 거짓 증언으로 반격할 것이다. 브루노가 다른 사람을 구하는 건 시간문제였다. 가이가 브루노의 협박을 조금만 더 버틸 수 있다면, 문제는 해결되고 그는 편히 잠들 수 있을 것이다. 브루노가 그렇게 한다면 커다란 루거 권총 대신 작은 총을 쓸 거라는 생각이 들었다.

가이는 침대에서 벌떡 몸을 일으켰다. 방금 머릿속에 지나간 생각들에 마음이 아프고, 화도 나고, 두렵기도 했다. 그는 마치 새로운 장면을 맞이하듯이, 밤의 항로에서 벗어나 낮의 항로에 접어들 수 있듯이 '쇼 부동산 건물'이라고 나지막이 중얼거렸다. 그러나 이내 브루노가 보낸 편지 내용이 떠올랐다. '정원은 뒤쪽 계단까지 모두 잔디로 덮여 있어서, 자갈을 밟아야 할 필요는 없습니다. 네 번째, 세 번째는 건너뛰고 꼭대기 계단에서 보폭을 넓게 벌리고 디뎌요. 일정한 리듬이 있다는 걸 기억해둬요.'

"헤인스 씨."

가이는 깜짝 놀라 면도날에 얼굴을 베였다. 그는 면도기를 놓고 문으로 갔다.

"가이, 이제 준비됐어요?" 전화기에서 목소리가 들렸다. 이른 아침의 불쾌함과 늦은 밤의 추잡함이 묻어 있는 목소리였다. "아직 뭔가가 더 필요해요?"

"성가시게 하지 말아요."

수화기에서 브루노의 웃음소리가 들렸다.

가이는 몸을 떨면서 전화를 끊었다.

충격이 하루 종일 가시지 않았고 트라우마에 사로잡힌 것처럼 몸이 떨렸다. 그날 저녁 앤을 만나고 싶은 마음이 간절했고, 만나기로 한 장소에서 그녀의 모습을 볼 순간을 고대했다. 하지만 동시에 그녀를 만나고 싶지 않기도 했다. 몸을 피곤하게 하려고 리버사이드 드라이브까지 오랫동안 산책을 했지만 잠은 잘 오지 않았고 기분 나쁜 꿈을 계속 꾸었다. 쇼 부동산 회사와 계약이 체결되어 일을 진행할 수 있으면 나아질 거라고 생각했다.

다음 날 아침, 쇼 부동산 회사의 더글러스 프리어에게서 약속대로 전화가 왔다. "헤인스 씨, 당신에 관한 정말 이상한 편지를 한 통 받았습니다." 그가 쉰 목소리로 천천히 말했다.

"뭐라고요? 무슨 편지 말인가요?"

"당신의 아내에 관한 편집니다. 잘 모르겠지만…… 읽어줄까요?"

"네."

"'관계자 분께. 귀하께서 분명 관심을 가질 일이 있습니다. 지난 6월 아내가 살해된 가이 대니얼 헤인스는 법정에서 밝혀진 것보다 그 사건에 큰 역할을 했습니다. 저는 그걸 잘 알고 있고, 그가 범죄에 어떤 역할을 했는지는 재심을 통해 밝혀질 겁니다.' 헤인스 씨, 이건 분명히 협박 편지일 겁니다. 당신이 알고 있어야 할 것 같아서요."

"물론입니다." 사무실 구석에는 늘 그렇듯이 마이어스가 제도용 책상에 앉아 차분하게 일을 하고 있었다.

"작년에 일어났던 그 사건에 대해서는 들어서 알고 있습니다. 재심을 해야 할 문제는 없는 거죠, 그렇죠?"

"물론입니다. 그런 얘기는 들은 바 없습니다." 가이는 혼란스러워 욕이 나올 것 같았다. 프리어 씨가 관심 있는 건 그가 자유롭게 일할 수 있는지 여부뿐이었다.

"그 계약 건에 아직 결정을 못 내려 미안하게 생각합니다, 헤인스 씨."

다음 날 아침, 쇼 부동산 회사에서 전화가 왔다. 그의 설계도가 전적으로 만족스럽지는 않다고 했다. 그들은 다른 건축가의 설계에 관심이 있었던 것이다.

가이는 브루노가 그 건물 설계 일에 관해 어떻게 알아냈을지 궁금했다. 방법은 여러 가지일 수 있었다. 브루노가 건축 관련 소식을 열심히 챙기고 있으니 신문 기사를 보고 알았을 수도 있고, 가이가 사무실을 비운 사이 동료인 마이어스에게 우연히 들었을 수도 있을 것이다. 가이는 마이어스를 다시 쳐다보았고, 그가 브루노와 통화한 적이 있을지 궁금했다. 그럴 가능성을 생각하자 왠지 섬뜩한 느낌이 들었다.

건물 설계안이 수포로 돌아가자 가이는 그로 인해 어떤 여파가 올지 생각해보았다. 여름까지 들어올 거라 생각했던 여유 자금을 갖지 못할 것이다. 앤의 가족들에게 위신이 서지 않을 것이다. 그가 그렇게 괴로워하는 가장 큰 이유가 자신이 창조한 것이 무로 돌아간다는 좌절감 때문이라는 생각이 든 건 그때가 처음이었다.

브루노는 가이에게 설계를 의뢰하는 다음 고객에게도, 그 다음 고객에게도 그럴 것이다. 가이의 경력을 망치겠다는 브루노의 협박이 실현된 것이다. 그리고 앤과의 사랑을 망치겠다던 협박은? 앤을 떠올리자 고통이 밀려왔다. 그는 그녀를 사랑한다는 사실을 오랫동안 잊고 있었던 것 같았다. 그들 사이에 어떤 일이 일어날 텐데, 무슨 일이 일어날지는 알 수 없었다. 그녀를 사랑하려는 용기가 브루노에 의해 파괴되고 있다는 느낌이 들었다. 아주 사소한 일이 떠올라도 마음은 더 불안해졌다. 어느 신발 수리점에 맡겼는지 잊어버리는 바람에 가장 아끼는 신발을 잃어버린 일부터, 계획보다 준공이 앞당겨지겠지만 과연 가구를 채워 넣을 수 있을지 알 수 없는 올턴에 있는 집까지.

사무실을 둘러보자 마이어스는 늘 하던 대로 도안을 그리고 있었고, 가이의 책상에 놓인 전화기는 한 번도 울리지 않았다. 브루노가 전화하지 않는 이유는 가이의 감정이 쌓일 대로 쌓여서 결국 그의 목소리를 듣는 순간 반가워할 거라 여기기 때문일 거라는 생각이 문득 들었다. 가이는 자신에게 신물이 나서 대낮인데도 매디슨 대로의 술집에 가서 마티니를 마셨다.

앤과 점심을 같이 하기로 했지만 그녀는 전화를 걸어 약속을 취소했다. 가이는 앤이 약속을 취소한 이유가 기억나지 않았다. 그녀의 목소리가 냉담하지는 않았는데, 그와 점심을 같이 먹지 못하는 그럴듯한 이유를 말해주지 않았다는 생각이 들었다. 집에 들여놓을 물건을 사러 간다고도 말하지 않았는데, 만약 그랬다면 기억이 날 것이다. 혹시 다른 이유가 있어서일까? 지난주 일요일에 그가 그녀의 가족들과 저녁을 함께 먹기로 한 약속을 지키지 못한 것에 앙갚음하는 것일까? 지난주 일요일, 가이는 너무 지치고 낙담해서 아무도 만나고 싶지 않았다. 서로 인정하지 않는 무언의 싸움이 가이와 앤 사이에 벌어진 것 같았다. 최근에 가이는 너무 비참한 마음에 혹여 앤에게 폐를 끼칠까 두려웠고, 그녀는 그가 만나자고 할 때면 너무 바빠서 그럴 시간이 없다고 둘러댔다. 올턴에 짓고 있는 집을 준비하느라, 그와 말싸움을 하느라 바쁘다고 했다. 말도 안 되는 소리였다. 브루노에게서 도망치는 것 말고 말이 되는 소리는 하나도 없었다. 법정에서 일어날 일도 말이 안 되었다.

담뱃불을 붙이던 가이는 이미 담배에 불을 붙였다는 걸 알아차렸다. 반짝거리는 검정 테이블에 상체를 구부리고 두 대를 모두 피웠다. 담배를 피우고 있는 손이 거울에 반사돼 보였다. 낮 1시 15분, 마티니를 석 잔째 마시면서, 할 일도 없지만 일도 할 수 없을 만큼 술을 마시며 도대체 뭘 하고 있는 걸까? 앤을 사랑하고, 팔미라 골프장을 설계한 가이 헤인스가 아닌가! 그는 마티니 잔을 구석에 던져버릴 용기조차 없었다.

가이가 바람에 날리는 모래에 완전히 묻혀버린다면? 브루노를 위해 살인을 저지른다면? 브루노가 말했던 것처럼, 그의 아버지와 집사를 제외하고 집에 아무도 없다면 무척 간단할 것이다. 가이는 메트캐프의 자기 집보다 브루노의 집에 관해 더 자세히 알고 있었다. 브루노에게 불리한 단서나 루거 권총은 방에 두고 올 수도 있었다. 그런 생각이 구체적으로 떠올랐다. 가이는 브루노에 대한 반감으로 주먹을 불끈 쥐었지만, 주먹으로 테이블도 내리치지 못하는 자신의 모습이 수치스러웠다. 다시는 그런 생각을 떠올려서는 안 되었다. 그건 바로 브루노가 원하는 바였기 때문이다.

가이는 물잔에 든 물에 손수건을 적셔서 얼굴을 문질렀다. 면도를 하다 베인 상처 자국이 따끔거렸다. 그는 옆에 있는 거울에 상처 자국을 비춰보았다. 턱에 희미하게 생긴 상처 자국에서 스며 나온 핏자국이 자그마한 붉은 점처럼 보였다. 거울에 비친 턱을 주먹으로 한 대 치고 싶었다. 그는 비틀거리며 자리에서 일어나 술값을 계산했다.

일단 마음이 그런 생각에 미치자 다시 떠올리는 건 어렵지 않았다. 잠 못 이루는 밤이면 사람을 죽이는 연기를 했고 그러자 마약을 한 것처럼 마음이 가라앉았다. 가이가 브루노 생각을 떨치기 위해 한 것은 살인이 아니라 연기였고, 점점 더 커지는 악의적인 생각을 칼처럼 베어내는 몸짓이었다. 밤이 되면 브루노의 아버지는 사람이 아니라 어떤 물체였고, 가이 자신은 사람이 아니라 어떤 힘이었다. 방 안에 루거 권총을 두고 살인을 연기하고, 브루노를 따라 유죄 선고를 받고 사형에 처해지는 상상을 하자 카타르시스를 느꼈다.

브루노는 테두리가 황금색이고 안에 가이의 이니셜인 'G. D. H.'가 새겨진 악어가죽 지갑을 보내왔다. 그는 다음과 같은 메모도 적어 보냈다. '이걸 보자 당신을 닮았다는 생각이 들었어요. 일을 어렵게 만들지 말아요. 언제나처럼 당신을 무척 좋아하는 브루노.' 가이는 길가의 쓰레기통에 지갑을 던져 넣었다가 다시 집어서 주머니에 넣었다. 아름다운 물건을 버리는 게 싫었다. 나중에 쓸 일이 있을 것이다.

그날 아침, 가이는 라디오 패널로 출연해달라는 요청을 거절했다. 그는 일을 할 수 있는 상태가 아니었고, 그걸 잘 알았다. 왜 사무실로 계속 출근했던 걸까? 그는 하루 종일, 특히 밤새도록 취해 있는 걸 좋아했다. 그는 책상에 놓인 접은 컴퍼스를 빙글빙글 돌리는 자신의 손을 유심히 쳐다보았다. 언젠가 누군가가 그에게 카푸친 수도회의 수사 같은 손을 가졌다고 말한 적이 있었다. 시카고에서 일하는 동료 건축가 팀 오플래허티였다. 언젠가 가이는 팀의 아파트 지하층에서 스파게티를 먹으면서 르 코르뷔지

에의 건축에 대해 이야기한 적이 있었다. 건축가들이 타고나는 유창한 언변은 건축가라는 직업과 수반되는 것이며, 설계한 것을 주로 말로 설명해야 하는 건 다행이라는 얘기를 했었다. 하지만 당시엔 모든 게 가능했다. 자신을 괴롭히는 미리엄과 함께 있어도, 곧 싸울 일이 있다 해도, 아무리 힘든 일이 있어도 괜찮았다. 컴퍼스를 계속 돌리다가 손가락을 밑에 넣어 다시 돌리던 가이는 그 소리에 마이어스가 방해를 받게 될지도 모른다는 생각이 들자 동작을 멈추었다.

"기운 내, 가이." 마이어스가 다정하게 말했다.

"기운을 낸다고 해결될 일이 아니야. 완전히 망가지느냐 마느냐의 문제지." 가이는 섬뜩하리만치 차분한 자신의 목소리에 움찔했지만 말을 멈출 수가 없었다. "충고라면 고맙지만 사양할게."

"가이, 내 말은……." 마이어스는 자리에서 일어나 멀대같이 가만히 서서 미소 지었다. 하지만 책상 모서리를 돌아 나오지는 않았다.

가이는 출입문 옆 옷걸이에서 외투를 집었다. "미안해. 마음에 담아두지 마."

"왜 그러는지 알아. 결혼 전이라 예민한 거지. 나도 그랬거든. 밑에 내려가서 한잔하는 게 어때?"

마이어스의 친밀한 이야기를 듣자 가이는 지금껏 자신이 저버렸다는 사실도 알아차리지 못했던 인간의 품위를 문득 떠올리게 되었다. 아무렇지 않은 듯 무심한 마이어스의 표정과 점잔을 빼듯 진부한 말을 견딜 수가 없었다.

"고맙지만 그럴 기분이 아니어서." 가이는 그렇게 말하고 조용히 문을 닫고 나갔다.

# 23

브루노를 분명히 본 것 같은 생각에 가이는 건너편 길거리에 죽 늘어선 사암 건물을 다시 흘끗 쳐다보았다. 눈이 욱신거리며 아팠고 어둠 때문에 잘 보이지 않았다. 아까 검정 철제 문 옆에서 분명히 봤는데, 지금은 보이지 않았다. 가이는 몸을 돌려 계단을 뛰어 올라갔다. 오늘 밤에 공연하는 베르디 오페라 티켓이 있었다. 앤과 8시 반에 극장에서 만나기로 되어 있었다. 가이는 오늘 밤 앤과 만나고 싶은 기분이 아니었다. 앤이 즐거워하는 모습도 보고 싶지 않았고, 실제보다 기분이 좋은 척 가장하느라 맥이 빠지고 싶지도 않았다. 앤은 그가 잠을 잘 자지 못한다며 걱정했다. 가이를 짜증스럽게 하는 건, 그녀가 말을 많이 해서가 아니라 말을 거의 하지 않아서였다. 무엇보다 베르디의 오페라 음악을 듣고 싶지 않았다. 무슨 생각에 사로잡혀 베르디 오페라 티켓을 구입했던 걸까? 가이는 앤을 즐겁게 해주려고 뭐든 하고 싶었지만, 그녀는 별로 좋아하지 않을 것이다. 두 사람 모두 좋아하지 않는 티켓을 구입하다니, 정신이 나갔던 게 아닐까?

집주인인 맥커슬랜드 부인이 전화가 왔다며 전화번호를 건네주었다. 앤의 이모 집 번호인 것 같았다. 앤이 오늘 밤 바빴으면 좋겠다는 생각이 들었다.

"가이, 어떻게 해야 할지 모르겠어." 앤이 말했다. "줄리 이모가 만나 보라고 한 사람들이 저녁식사가 끝나도록 오지 않아."

"괜찮아."

"빠져나갈 수가 없어."

"정말 괜찮다니까."

"그래도 미안해. 우리 토요일 이후로 못 만난 거 알아?"

가이는 혀끝을 깨물었다. 앤이 집착하고 걱정해주는 것에 반감이 생겼고, 자신을 부드럽게 감싸주는 것 같던 맑고 부드러운 목소리조차 싫었다. 그 모든 게 그가 더 이상 그녀를 사랑하지 않는다는 사실을 말해주는 것 같았다.

"오늘 밤은 맥커슬랜드 부인과 함께 가는 게 어때?"

"앤, 난 아무래도 상관없어."

"편지는 더 오지 않았어?"

"응." 앤은 벌써 세 번째 물어보았다.

"사랑해. 잊지 않을 거지?"

"응, 그럴게."

가이는 서둘러 위층 방으로 올라가 외투를 걸고, 세수를 하고, 머리를 빗었다. 그러자 당장 할 일이 없었고 앤이 보고 싶었다. 미치도록 보고 싶었다. 그녀를 만나고 싶지 않다고 생각하다니, 정말 제정신이었던 걸까? 맥커슬랜드 부인에게 받은 쪽지를 찾던 그는 서둘러 계단을 내려가 복도 바닥을 살폈다. 쪽지는 감쪽같이 사라지고 없었다. 마치 누군가가 그를 골탕 먹이려고 일부러 가져가버린 것처럼. 그는 무늬를 깎아 새긴 현관의 유리창을 들여다보았다. 브루노가 가져갔을 거라는 생각이 들었다.

앤의 부모님은 줄리 이모의 전화번호를 알 것이다. 가이는 줄리 이모와 같이 있어야 한다 해도 앤과 함께 저녁을 보내고 싶었다. 롱아일랜드의 전화기는 계속 울렸지만 아무도 받지 않았다. 줄리 이모의 성姓을 떠올리려 애썼지만 기억이 나지 않았다.

그의 방은 불안한 침묵에 휩싸여 있는 것 같았다. 방 안을 둘러보자, 그가 직접 만든 책장, 집주인에게 받아 벽 선반에 올려둔 담쟁이덩굴 화분, 독서등 옆에 놓인 붉은 플러시 천을 씌운 의자, 침대 위에 걸린 '상상의 동물원'이라는 제목의 흑백 스케치, 그리고 수도사의 옷감으로 만든, 작은 부엌을 가려주는 커튼이 보였다. 따분해진 가이는 커튼을 젖히고 그 건너편을 확인했다. 무섭지는 않았지만, 누군가가 방 안에서 그를 기다리고 있는 듯한 느낌이 강하게 들었다. 그는 신문을 집어 읽기 시작했다.

잠시 후, 가이는 술집에서 마티니를 두 잔째 마시고 있었다. 혼자 술을 마시는 건 정말 싫었지만 잠을 자려면 어쩔 수 없었다. 타임스 스퀘어로 걸어가서 머리를 자르고, 집에 돌아오는 길에 우유 한 통과 타블로이드 신문 두어 부를 샀다. 어머니에게 편지를 쓰고 우유를 마시고 신문을 읽고 나서 잠자리에 들어야겠다고 생각했다. 집에 들어왔을 때 현관 바닥에 앤의 이모 집 전화번호가 적힌 쪽지가 있을 수도 있었지만, 실제로는 없었다.

새벽 2시 쯤, 가이는 침대에서 일어나 방 안을 서성거렸다. 배는 고팠지만 아무것도 먹고 싶지 않았다. 지난주 어느 날 밤, 정어리 통조림을 따서 나이프에 대충 올려 게걸스럽게 먹던 기억이 떠올랐다. 밤은 야수의 본색이 드러나고 자신의 모습에 더 가까워지는 시간이었다.

가이는 책장에서 공책을 꺼내 서둘러 넘겨보았다. 스물두 살 때 뉴욕에 처음 와서 스케치를 그린 공책이었다. 크라이슬러 빌딩, 페인 휘트니 정신병원, 이스트 강에 떠 있는 바지선, 전기 드릴로 암석을 뚫는 노동자 등 닥치는 대로 이것저것 스케치를 했었다. 라디오 시티 건물들도 여럿 스케치했다. 빈 공간에 메모도 적혀 있었고, 반대편 페이지에는 그가 수정하고 싶은 사항이나 그가 생각해낸 완전히 새로운 건물이 그려져 있었다. 훌륭한 스케치라는 생각이 들자 서둘러 공책을 덮어버렸다. 지금 자신이 그만큼 잘하고 있는지 의구심이 들었기 때문이다. 팔미라 골프장 설계가 풍부하고 기분 좋은 젊음의 에너지를 마지막으로 표출한 작품 같다는 생각이 들었다. 지금껏 억눌러 왔던 울음이 가슴에 몰려와 익숙한 고통이 느껴졌다. 미리엄이 죽고 나서부터 느껴온 익숙한 고통이었다. 그는 곧이어 찾아올 고통을 멈추려고 침대에 누웠다.

아무 소리도 들리지 않았지만 가이는 어둠 속에 있는 브루노의 존재를 느끼고 잠에서 깨어났다. 갑작스레 미묘한 느낌이 들었지만 그는 전혀 놀라지 않았다. 예전부터 밤이면 상상해왔던 대로 브루노가 나타나자 차라리 기뻤다. 정말 브루노일까? 그렇다, 그가 책상 옆에서 피우는 담배의 끝부분이 보였다.

"브루노?"

"안녕하세요." 브루노가 나지막이 말했다. "만능열쇠로 열고 들어왔어요. 이제 준비됐죠?" 브루노는 차분하면서도 지친 목소리로 말했다.

가이는 팔꿈치를 대고 몸을 일으켰다. 브루노는 정말 그곳에 와 있었다. 그가 피우는 담배의 오렌지색 끄트머리가 보였다.

"네." 가이가 말했다. 아무런 대답도 하지 않았던 때와 달리 그가 내뱉은 짧은 대답이 어둠 속으로 빨려 들어가는 것 같았다. 머릿속의 매듭이 너무 빨리 풀려서 아픔마저 느껴지는 것 같았다. 그 대답은 그가 기다려왔던 말이고, 방 안의 침묵이 기다리던 말이었다. 그리고 벽 너머의 야수들이 기다리던 말이었다.

브루노는 침대 한쪽에 걸터앉아 팔꿈치 위로 양팔을 잡았다. "가이, 이젠 당신을 다시는 보지 못할 겁니다."

브루노에게서 지독한 담배 냄새와 달콤한 포마드 머릿기름 냄새, 시큼한 술 냄새가 훅 끼쳤지만 가이는 뒤로 물러나지 않았다. 머릿속에서는 여전히 기분 좋게 매듭이 풀리고 있는 중이었다.

"지난 이틀 동안 그에게 잘해주려고 애썼어요." 브루노가 말했다. "잘해주기보다는 예의 바르게 대하려고 했어요. 그는 나와 어머니가 나오기 전에 어머니에게 무언가 말했어요."

"무슨 말을 했는지 듣고 싶지 않아요." 가이가 말했다. 브루노의 말을 막은 것은 그의 아버지가 무슨 말을 했는지, 어떻게 생겼는지, 그에 관해 어떤 이야기도 듣고 싶지 않아서였다.

두 사람 모두 잠시 아무 말이 없었다. 가이는 상황을 설명하고 싶지 않았기 때문이고, 브루노는 지금껏 계속 침묵을 지켜왔기 때문이다.

브루노가 코를 킁킁거리며 불쾌한 소리를 냈다. "우리는 내일 정오에 메인 주로 갈 겁니다. 어머니와 나 그리고 운전사 셋이서요. 내일 밤도 좋지만, 목요일 말고는 다 괜찮습니다. 밤 11시 이후면 언제든지요……."

브루노는 가이가 이미 알고 있는 사실을 재차 말했고, 가이는 그의 말을 막지 않았다. 자신이 그 집에 들어갈 것이고 모든 게 실현될 것임을 알았기 때문이다.

"이틀 전 뒷문 자물쇠를 부쉈는데, 술에 취했을 때 힘껏 내리쳤어요. 집안일을 돕는 사람들이 너무 바쁜 탓에 당분간 고치지 않을 겁니다. 하지만 혹시 고친다면……." 그는 가이의 손에 열쇠를 쥐여주었다. "그리고 이걸 가져왔어요."

"이게 뭐죠?"

"장갑이에요. 여성용이지만 끼면 늘어나요." 브루노가 웃음소리를 냈다.

가이는 얇은 면장갑을 만져보았다.

"총은 갖고 있죠? 어디 있어요?"

"아래 칸 서랍에요."

브루노가 비틀거리며 책상으로 걸어가 서랍을 여는 소리가 들렸다. 갓등을 켜자 불이 비쳤고, 새로 산 듯한 흰색 폴로 코트에 얇은 흰색 줄무늬가 들어간 검정색 바지를 입은 키 큰 브루노의 모습이 보였다. 목에는 흰색 실크 머플러를 두르고 있었다. 가이는 머릿기름을 잔뜩 발라 끈적끈적해 보이는 머리칼부터 작은 갈색 구두까지, 브루노의 모습을 자세히 살폈다. 마치 겉모습을 자세히 들여다보면 감정 상태와 변화를 알아낼 수 있기라도 하듯이. 그 모습을 바라보자 익숙함뿐 아니라 형제 같다는 느낌마저 들었다.

브루노는 권총의 안전장치를 닫고 가이에게 다가갔다. 얼굴은 지난번 봤을 때보다 더 거칠어 보였고, 지금껏 봐온 어느 때보다 홍조가 띠고 생기가 감돌았다. 눈물을 글썽이는 회색 눈동자는 더 커 보였고 황금색마저 감도는 것 같았다. 브루노는 할 말을 찾는 것처럼, 가이에게 할 말을 찾아달라고 애원하듯 쳐다보았다. 그러고 나서는 얇게 벌어진 입술을 축이고 고개를 가로젓더니 한쪽 팔을 뻗어 램프를 껐다. 불이 꺼졌다.

브루노가 떠난 이후에도 그가 떠난 것 같지 않았다. 가이는 방 안에 브루노와 단둘이 있는 것 같았고 스르르 잠이 들었다.

눈을 뜨자 반짝이는 회색빛이 방 안에 가득 차 있었다. 시계는 3시 25분을 가리키고 있었다. 그날 아침, 가이는 잠에서 깨어나 비몽사몽간에 전화를 받았다. 마이어스였다. 그는 왜 결근했는지 물었고 가이는 몸이 좋지 않다고 했다. 빌어먹을 마이어스. 가이는 눈을 깜박이며 졸음을 몰아냈고, 오늘 밤 그 일을 할 것이고 오늘 밤이 지나면 모든 게 끝날 것이라는 생각 속으로 빠져들었다.

잠시 후 가이는 침대에서 일어나 천천히 하루 일과를 시작했다. 면도를 하고, 샤워를 하고, 옷을 입었고, 밤 11시부터 자정 사이까지 아무 문제도 없을 거라고 생각했다. 그 시간은 더 빨리 혹은 더 더디게 오지 않을 것이고, 결국 와야 할 시간이 되면 올 것이다. 그는 이제 어떤 경로에 접어들었으며, 원한다 해도 중간에 멈추거나 벗어날 수 없다는 느낌이 들었다.

길거리 아래쪽 커피숍에서 늦은 아침을 먹다가, 지난번 앤을 만났을 때 느꼈던 으스스한 기분을 느꼈다. 가이는 앤에게 모든 걸 털어놓았고, 그녀는 그를 위해 묵묵히 들어주었다. 그는 자신이 해야 할 일을 하지 않으면 안 되었기 때문이다. 그 일은 무척이나 당연하고 불가피해 보였고, 세상 모든 사람에게 알려야 할 것 같았다. 옆에서 무심하게 식사를 하고 있는 남자에게도, 복도를 쓸면서 외출하는 그에게 어머니 같은 미소를 지으며 안부 인사를 하던 집주인에게도 알려야 할 것 같았다. 커피숍 벽에 걸린 일력을 보니 3월 12일 금요일이었다. 그는 잠시 일력을 쳐다보고는 식사를 마쳤다.

가이는 계속 움직이고 싶었다. 매디슨 대로까지 걸어가서 5번가를 지나 센트럴 파크로 향할 것이고, 센트럴 파크 서쪽 구역에서 펜실베이니아역까지 가면 그레이트 넥으로 향하는 기차를 탈 시간이 있을 것이다. 그는 그날 밤에 할 행동을 생각해보았다. 하지만 이미 공부한 것을 학교에서 배우는 것처럼 지루해서 그만두었다. 매디슨 대로의 한 상점 쇼윈도에 전시된 놋쇠 기압계가 특별히 눈에 들어왔다. 마치 곧 휴가를 내서 그걸 갖고 놀기라도 할 것처럼. 앤의 가족이 소유한 요트에는 그렇게 멋진 기압계가 없었다. 만약 있었다면 그가 일찌감치 알아차렸을 것이다. 앤과 함께 요트를 타고 남쪽으로 신혼여행을 떠나기 전에 멋진 기압계를 구해야 했다. 가이는 값진 물건을 떠올리듯 자신의 사랑을 생각해보았다. 센트럴 파크 북쪽 지점에 이르자 권총을 가져오지 않았다는 생각이 문득 들었다. 혹은 장갑을 빠뜨린 것 같기도 했다. 시간은 7시 45분이었다. 일을 이렇게 멋지면서도 멍청하게 시작하다니! 그는 택시를 잡아타고 운전사를 재촉하며 집으로 향했다.

아직 시간이 많이 남아 있어서 가이는 천천히 방 안을 서성였다. 얇은 밑창을 댄 구두를 신어야 할까? 모자를 써야 할까? 그는 아래 칸 서랍에서 루거 권총을 꺼내어 책상에 올려놓았다. 총 아래에 있는 브루노의 계획서를 펼쳐본 그는 모두 아는 내용이어서 휴지통에 던져 버렸다. 그의 동작이 다시 느긋해졌다. 침대 옆 테이블에서 자주색 면장갑을 꺼내자, 자그마한 노란색 종이가 함께 나왔다. 그레이트 넥으로 가는 열차 티켓이었다.

루거 권총을 가만히 바라보자 예전보다 훨씬 더 커 보였다. 권총을 그렇게 크게 만든 건 분명 어리석은 짓이었다. 가이는 위 칸 서랍에 든 자신의 자그마한 권총을 꺼냈다. 손잡이에 박힌 진주가 은은하면서도 아름답게 빛났다. 짤막하고 가느다란 총열은 금방이라도 기꺼이 임무를 수행할 것처럼 은근하면서도 당당한 힘을 지닌 것 같았다. 루거 권총을 방에 보관해온 이유는 브루노의 총이기 때문임을 잊어서는 안 되었다. 하지만 이젠 그 일을 위해 무거운 권총을 가져가는 건 소용없을 것 같았다. 이제는 브루노에 대한 어떤 적대감도 들지 않았는데, 아무리 생각해봐도 이상한 일이었다.

잠시 동안 가이는 무척 혼란스러웠다. 계획에 들어 있는 루거 권총은 당연히 가져가야 했다. 그는 권총을 외투 호주머니에 넣었고, 손을 뻗어 책상에 놓인 장갑을 집었다. 장갑은 자주색이었고 그의 권총이 든 주머니는 연보라색이었다. 색깔이 비슷해서 작은 권총을 가져가는 게 어울릴 거라는 생각이 문득 들었다. 루거 권총을 아래 칸 서랍에 넣고 작은 권총을 꺼내어 외투 호주머니에 넣었다. 또 해야 할 일이 있는지 확인하지 않았다. 브루노의 계획을 자주 훑어보아서 모든 게 완벽하다는 느낌이 들었기 때문이다. 마침내 가이는 물잔에 물을 받아 선반에 놓인 담쟁이덩굴에 물을 주었다. 커피를 한 잔 마시면 더 기민해질 것 같은 생각이 들었다. 그레이트 넥 역에 도착해서 한 잔 마시기로 했다.

열차에서 어떤 남자가 가이의 어깨를 밀친 순간이 있었다. 신경이 곤두서서 무슨 일이 벌어질 것 같았고 금방이라도 말이 입 밖으로 튀어나올 것 같았다. '주머니 안에 든 건 총이 아니에요. 총이라고 생각해본 적이 없어요. 총이어서 산 게 아니라고요!'

그러자 곧 마음이 누그러졌다. 그걸로 사람을 죽일 것임을 알았기 때문이다. 그는 브루노와 마찬가지였다. 여러 번 그런 느낌이 들었지만 겁쟁이여서 절대 인정하지 않았던 게 아닐까? 자신이 브루노와 비슷하다는 걸 몰랐던 걸까? 그렇지 않다면 왜 브루노를 좋아했겠는가? 그는 브루노를 사랑했다. 브루노는 그를 위해 모든 걸 준비해주었고, 브루노에게 모든 게 잘되었기 때문에 그에게도 모든 게 잘되었다. 세상은 브루노 같은 사람들에게 맞춰져 있는 법이다.

열차에서 내리자 방향을 알 수 없을 정도로 자욱하게 낀 안개 사이로 보슬비가 내리고 있었다. 가이는 브루노가 알려준 대로 버스가 늘어서 있는 곳으로 곧장 갔다. 열린 차창으로 들어오는 바람이 뉴욕에서보다 더 찼고 탁 트인 시골이라 공기가 신선했다. 버스는 불이 켜진 중심가를 빠져나와 양쪽에 주택이 늘어선 어두운 길로 접어들었다. 역에서 커피를 마시지 않았다는 생각이 들었다. 계획의 일부를 빠뜨렸다는 생각에 짜증이 났지만, 버스에서 내려 커피를 마시러 갈 수는 없는 노릇이었다. 커피 한 잔을 마시면 세상이 완전히 달라질 수도 있었다. 그의 인생도 달라질 수 있었다. 하지만 그는 그랜트 거리 정류장에서 기계적으로 일어났고, 미리 정해진 일정을 따라가고 있다는 기분이 들어 다시금 마음이 안정되었다.

비가 내린 흙길에 가이의 발자국 소리가 터벅터벅 울렸다. 앞쪽에서는 젊은 여자가 계단을 올라가 현관문을 닫고 들어가는 소리가 평화롭고 정답게 들렸다. 나무 한 그루만 외로이 서 있고 왼쪽으로는 어두운 숲이 이어진 공터가 나왔다. 브루노가 지도에 그려준 가로등에는 푸르스름한 황금빛의 후광이 어렸다. 차 한 대가 서서히 다가오더니, 분노로 이글거리는 눈빛 같은 헤드라이트가 불룩하게 튀어나온 지면을 비추고 지나갔다.

집이 불쑥 나타나자, 가이가 이미 알고 있는 연극 무대의 막이 올라간 것 같았다. 집 앞에 서 있는 흰색 회반죽을 칠한 2미터 높이의 담은 벚나무 가지가 내려와 여기저기 어두워 보였고, 그 너머로 삼각형 모양의 흰색 지붕이 보였다. 브루노가 개집이라고 부르던 집이었다. 가이는 길을 건넜다. 길 위쪽에서 천천히 자갈길을 걷는 발자국 소리가 들렸다. 그가 어두운 북쪽 벽에 기대서서 기다리자, 어두운 형체가 눈에 들어왔다. 뒷짐을

진 손에 곤봉을 든 경관이 천천히 지나가고 있었다. 가이는 전혀 놀라지 않았고, 오히려 경관이 아니었다면 더 놀랐을 거라는 생각이 들었다.

경관이 지나가자 가이는 담을 따라 열다섯 발자국 정도 걸어가서, 펄쩍 뛰어올라 담 윗부분을 붙잡고 두 다리를 벌리고 기어 올라갔다. 담을 넘자 브루노가 갖다 놓았다고 한 우유 상자가 바로 아래에 희미하게 보였다. 가이는 몸을 구부려 벚나무 가지 사이로 집을 바라보았다. 1층에 있는 다섯 개의 창문 가운데 두 개가 보였고, 앞으로 튀어나와 있는 직사각형의 수영장도 보였다. 불은 모두 꺼져 있었다. 그는 담 아래로 뛰어내렸다.

잠시 후 집 뒤편에 있는 여섯 칸짜리 흰색 계단이 보였고, 집 전체를 둘러싸고 있는 꽃이 피지 않은 말채나무의 가장자리도 흐릿하게 보였다. 브루노가 그린 그림을 보고도 의아했었는데, 이중 박공벽양쪽 방향으로 경사진 지붕의 측면에 생기는 삼각형 모양의 벽이 열 개가 있는 것치고는 집이 너무 작았다. 건축주가 박공벽을 원해서 저렇게 지어진 것 같았다. 담 안쪽을 따라 걷던 가이는 잔가지에 부딪쳐 깜짝 놀랐다. 브루노가 '잔디밭을 대각선으로 가로질러 가라'고 했는데, 잔가지 때문인 것 같았다.

집으로 향해 가는데 모자가 큰 가지에 걸려 벗겨졌다. 가이는 모자를 외투 앞섶에다 쑤셔 넣고 열쇠가 든 호주머니에 손을 넣었다. 장갑은 언제 벌써 꼈던 것일까? 그는 숨을 들이마시고는 달리기와 걷기의 중간 속도로, 고양이처럼 가볍고 재빠르게 잔디밭을 가로질러 갔다. 그는 예전에도 여러 번 했던 일을 지금 다시 하고 있는 것뿐이라고 생각했다. 잔디밭이 끝나는 지점에서 잠시 머뭇거린 그는 자갈길로 연결된 낮익은 차고를 흘깃 쳐다보고는 여섯 칸짜리 계단을 올라갔다.

육중한 뒷문이 부드럽게 열리자 가이는 다음 문손잡이를 잡았다. 원통

형 자물쇠가 달린 두 번째 문이 끄떡도 하지 않자 잠시 당혹감에 휩싸였지만, 더 힘껏 밀자 문이 열렸다. 왼쪽 식탁에 놓인 탁상시계가 째깍거리는 소리가 들렸다. 식탁은 분명히 알아볼 수 있었지만, 커다란 흰색 스토브와 집안일을 도와주는 사람들이 쓰는 여분용 식탁과 의자, 진열장 등은 어둠 속에서 어렴풋하게 보일 뿐이었다. 그는 대각선 방향에 있는 뒤쪽 계단을 향해 걸어가면서 발자국 숫자를 세었다. '중앙 계단을 이용하는 게 좋지만 전체적으로 삐걱거리는 소리가 나니 조심해요.' 브루노가 편지에 적어주었던 글귀가 떠올랐다. 가이는 주위를 살피며 천천히 발걸음을 옮기다가 거의 보이지 않던 채소 보관함을 비켜 지나갔다. 자신이 정신 나간 몽유병 환자 같다는 생각이 들자 갑작스레 공포가 몰려왔다.

'먼저 열두 계단을 올라야 하는데, 일곱 번째는 건너뛰어요. 그러고 나서 돌면 작은 층계참 두 개가 나와요. 세 번째와 네 번째는 건너뛰고 맨 마지막에 보폭을 넓게 벌리고 디뎌요. 일정한 리듬이 있으니 기억할 수 있을 거예요.' 가이는 첫 번째 층계참에서는 네 번째 계단을 건너뛰었다. 둥근 창문이 나 있고 방향이 바뀌는 지점을 지나자 마지막 층계참이 나왔다. 그는 어떤 책에서 읽었던 내용이 떠올랐다. '집은 그곳에서 살게 될 사람들의 행동 양식대로 지어진다…… 아이들은 창가에 서서 잠시 풍경을 바라보고 나서 열다섯 개의 계단을 올라 놀이방으로 가는 걸까?' 왼쪽 3미터 지점에 집사가 거처하는 방이 있었다. '이곳이 바로 사람들과 가장 쉽게 마주칠 수 있는 곳이에요.' 방의 어두운 기둥을 지나자 브루노의 목소리가 점점 더 크게 들리는 것 같았다.

마루에서 불평하듯 구슬픈 소리가 희미하게 나자, 가이는 얼른 발을 들었다가 기다리고는 다른 지점에 발을 디뎠다. 그러고 나서 홀 문손잡이에 조심스럽게 손을 갖다 댔다. 문을 열자, 중앙 계단의 층계참에 놓인 괘종시계가 똑딱거리는 소리가 더 크게 울렸다. 그는 잠시 동안 시계소리를 듣고서 한숨을 내쉬었다.

그는 중앙 계단에 서서 다시 한번 한숨을 내쉬었다.

괘종시계 소리가 울려 퍼졌다. 문손잡이가 덜그럭거리자 가이는 부서질 만큼 힘껏 잡았다. 세 번, 네 번. 집사가 그 소리를 듣기 전에 문을 닫아야 했다. 브루노가 밤 11시에서 자정 사이라고 말했던 건 그 때문이었을까? 젠장! 게다가 그에게는 루거 권총도 없었다. 문을 닫자 쾅 하고 요란한 소리가 났다. 땀이 났고 외투 깃에서 열기가 올라와 얼굴에 훅 끼치는 것 같았고, 괘종시계 소리는 계속 울렸다. 그리고 마침내 종소리는 멈췄다.

귀를 기울이자 똑딱거리는 시계 소리 말고는 아무 소리도 들리지 않았다. 가이는 문을 걸고 중앙 홀로 들어갔다. '아버지 방은 바로 오른쪽이에요.' 그는 다시 정해진 경로를 따라가고 있었다. 텅 빈 홀, 브루노의 아버지가 있는 방문 앞에 서자 꼭 예전에 와본 것 같은 확신이 들었다. 회색 카펫이 깔려 있었고, 크림색 벽에는 패널을 대었고, 계단 맨 위에는 대리석 테이블이 놓여 있었다. 홀에서 나는 냄새조차 익숙한 것 같았다. 관자놀이가 찌릿하며 따끔거리는 듯한 느낌이 들었다. 방문 너머에서 그 노인네가 숨을 죽이고 기다리고 있을 거라는 확신이 갑자기 밀려왔다. 가이가 오랫동안 숨을 참고 있었으니 노인네도 그랬다면 벌써 숨이 끊어지지 않았을까? 말도 안 되는 헛소리! 얼른 문을 열어!

왼손으로 문손잡이를 잡자 오른손은 자동적으로 외투 호주머니에 든 권총으로 향했다. 가이는 위험하지도 않고 취약한 점도 없는 기계가 된 것 같았다. 예전에 그곳에 여러 차례 와서 그를 여러 차례 죽였고, 이번은 그 여러 번 가운데 한 번일 뿐인 것 같았다. 약간 벌어진 문틈 사이를 바라보자 그 너머로 무한한 공간이 펼쳐진 것 같았다. 가이는 현기증이 지나갈 때까지 기다렸다. 방 안에 들어갔는데 그 노인네가 보이지 않는다면? 그 노인네가 먼저 그를 본다면? '앞쪽 현관의 조명등이 방 안에 약간 비쳐들 거예요.' 브루노가 그렇게 말했지만, 침대는 반대편 구석에 있었다. 문을 더 열고 귀를 기울이며 서둘러 방 안으로 들어갔다. 방은 고요했고 어두운 구석에 커다란 침대가 희미하게 보였다. 침대 머리맡은 더 희미하게 보였다. '바람에 문이 쾅 소리를 내며 닫힐지도 몰라요.' 브루노의 말이 떠올라 그는 얼른 방문을 닫고 구석을 쳐다보았다.

총을 들고 침대를 겨누었다. 침대에 아무도 없는 것 같았지만 유심히 쳐다보았다.

오른쪽 어깨 너머로 창을 슬쩍 쳐다보았다. 창문은 30센티미터 정도 열려 있었는데, 브루노는 창문이 늘 열려 있을 거라고 했다. 밖에는 보슬비가 내리고 있었다. 얼굴을 찌푸리며 침대를 쳐다보던 가이는 전율을 느꼈다. 벽 가까이에서 가이를 경멸하듯 고개를 기울인 채 빤히 바라보는 얼굴이 보였기 때문이다. 얼굴은 베개에 흐트러진 머리칼보다 더 검어 보였다. 그가 똑바로 쳐다보듯 권총도 그를 정면으로 겨누고 있었다.

총은 가슴에 명중시켜야 했다. 가이는 총을 그의 가슴에 겨누었다. 침대에 가까이 다가가며 어깨 너머로 창문을 한 번 더 살폈다. 숨소리는 들리지 않았다. 살아 있는 사람 같지 않았다. 그 형상은 물체일 뿐이라고 생각해야 한다고 스스로 다짐했었던 덕분이었다. 게다가 그 대상이 누구인지 모르기 때문에 전쟁터에 나가서 사람을 죽이는 것과 마찬가지였다. 이제 일을 저지를까?

바로 그때, 창가에서 웃음소리가 들렸다.

가이의 몸이 떨렸고 총도 떨렸다.

멀리서 들리는 여자 웃음소리였다. 멀리서 들렸지만 총소리만큼이나 또렷했다. 가이는 입술을 지그시 깨물었다. 그 웃음소리 때문에 무대 위의 모든 게 잠시 사라져버려 아무것도 남지 않았고, 이제 그 빈 공간은 살인을 저지르려고 서 있는 그의 모습으로 채워졌다. 심장이 한 번 박동하는 순간에 그렇게 되었다. 생명. 길거리를 걷고 있는 여자. 아마도 남자와 함께일 것이다. 그리고 침대에 잠들어 있는 남자는 살아 있는 생명체였다. '안 돼, 그렇게 생각하지 마. 앤을 위해서 이 일을 하는 것임을 잊지 마. 앤과 너 자신을 위해서. 전쟁터에서 사람을 죽이는 거나 마찬가지야…….'

가이는 방아쇠를 당겼다. 철컥 소리가 났을 뿐이다. 다시 방아쇠를 당기자 또 한 번 철컥 소리가 났다. 속임수였다! 모두 거짓이고 아예 존재하지도 않는 것이었다! 그는 그곳에 서 있지도 않았다! 가이는 또다시 방아쇠를 당겼다.

방 안에 요란한 소리가 울렸다. 겁에 질려 손가락이 뻣뻣해졌다. 마치 세상이 폭발하듯 다시 요란한 소리가 울렸다.

침대에 누운 그가 컥, 숨이 막히는 소리를 냈다. 잿빛 얼굴이 위로 향하자 머리와 어깨선이 드러났다.

가이는 앞쪽 현관으로 뛰어내렸다. 마치 악몽을 꾸다가 떨어져서 잠이 깬 것 같았다. 기적같이 차양 막대를 겨우 잡을 수 있었고, 손과 무릎을 짚고 바닥에 내려왔다. 현관 가장자리에서 뛰어내린 그는 집 측면을 달리다가 잔디밭을 가로질러 우유 상자가 놓여 있던 곳으로 곧장 향했다. 정신이 번쩍 들면서 땅이 발에 들러붙는 것 같았고, 서둘러 잔디밭을 가로지르려고 힘껏 흔드는 팔이 무감각해지는 것 같았다. 그런 느낌이었다. 그것이 바로 생명의 느낌일 것이다. 위층에서 들리던 웃음소리 같은 생명. 온갖 곤란이 닥쳤는데 몸은 마비되는 악몽을 꾸는 것 같았다.

"거기 서!" 누군가 그를 부르는 소리가 들렸다.

예상대로 집사가 뒤쫓아 오고 있었다. 집사가 바로 뒤에 있는 것 같았다. 악몽이었다.

"거기, 거기 서!"

가이는 벚나무 아래에서 몸을 돌려 주먹을 쥐었다. 집사는 바로 뒤에 있지 않았다. 멀리 떨어져 있었지만 형체는 분명히 보였다. 흰 잠옷 바람으로 미친 듯이 달려오던 형상은 담배 연기처럼 흔들리더니 그를 향해 다가왔다. 가이는 마비된 듯 꼼짝도 하지 못한 채 서 있었다.

"거기 서!"

가이가 달려오는 집사의 턱에 주먹을 날리자, 희뿌연 유령이 힘없이 쓰러졌다.

가이는 담을 향해 펄쩍 뛰어올랐다.

주위가 점점 더 어두워졌다. 가이는 작은 나무를 피하고 도랑처럼 보이는 것을 건너뛰며 계속 달렸다. 그러다 갑자기 바닥에 얼굴을 댄 채 드러누웠고, 온몸에 통증이 번지기 시작했고, 바닥에 누워 꼼짝도 할 수 없었다. 몸이 심하게 떨리자, 그 떨림을 이용해 몸을 일으켜 달려야 한다는 생각이 들었다. 브루노가 알려준 곳은 아니었지만 그는 꼼짝도 할 수 없었다. '집의 남쪽 방향에 있는 뉴호프로 가세요. 그리고 그곳에서 동쪽 방향으로 가로등이 없는 흙길을 따라 계속 가다가, 큰길을 두 번 건너면 컬럼비아 거리가 나오고, 거기서 남쪽으로 걸으면…….' 그러면 다른 기차역으로 가는 버스가 나온다고 했다. 브루노가 자세한 사항을 종이에 적어준 건 정말 잘한 일이었다.

가이는 지금 자신이 어디에 있는지 알았다. 계획에는 전혀 없던, 집의 서쪽 들판에 있었다. 그는 뒤돌아보았다. 어느 길이 북쪽 방향일까? 가로등은 어떻게 된 걸까? 어둠 속에서 길을 찾을 수 없을지도 몰랐다. 집이 뒤쪽 어딘가에 혹은 왼쪽 어딘가에 있는지도 알 수 없었다. 오른팔이 알 수 없는 통증으로 욱신거리자 그 고통 때문에 어둠 속에서 빛이 반짝이는 걸 본 것 같은 생각이 들었다.

총소리가 울리면서 온몸이 산산조각 나 부서진 것처럼, 가이는 다시 움직일 수 있는 힘을 모을 수도 없었고 그러고 싶지도 않았다. 고등학교 때 럭비를 하다가 누군가와 부딪쳤던 기억이 났다. 그때에도 얼굴을 바닥에 댄 채 누워 고통으로 아무 말도 하지 못했다. 그날의 저녁식사도 기억났다. 어머니는 침대에 누운 그에게 저녁식사와 뜨거운 물이 든 보온병을 가져다주었고, 그가 음식을 먹을 수 있도록 턱받이를 조정해주었다.

반 정도 땅에 박힌 바위 위에 놓인 가이의 손이 바르르 떨리며 앞뒤로 움직였다. 그는 입술을 깨물었다. 멍한 생각이 계속 드는 건 밤새 깨어 있었던 탓에 기진맥진했기 때문이라 생각했다. 그리고 안전한 상황이 아니므로 고통스럽더라도 얼른 몸을 일으켜야겠다고 마음먹었다. 그는 그 집에서 여전히 아주 가까운 거리에 있었다. 갑자기 몸에 힘이 불끈 솟아오른 것처럼 팔다리가 움직였고, 그는 다시 들판을 향해 내달렸다.

가이는 이상한 소리에 멈춰 섰다. 일정한 리듬으로 나지막하게 울리는 신음소리가 사방에서 들리는 것 같았다.

물론 경찰차의 사이렌 소리였다. 바보같이 처음에는 비행기 소리라고 생각했었다. 이제 왼쪽 어깨 너머에서 울리는 사이렌 소리를 피해 어디로 가는지도 모르면서 무작정 내달렸지만, 좁은 길로 들어서려면 왼쪽으로 가야 한다는 생각이 들었다. 애초부터 회반죽을 칠한 길게 이어진 담 너머로 도망쳐야 했었다. 왼쪽으로 꺾고 나서 중심가로 이어지는 게 분명한 길을 가로지르자, 경찰차 사이렌이 길 위쪽에서 울리고 있었다. 그는 가만히 기다려야 했지만 그럴 수가 없었다. 차가 달리는 방향으로 계속 뛰었다.

바로 그때, 발에 무언가가 걸렸고 가이는 욕을 내뱉으며 다시 바닥에 쓰러졌다. 양팔을 벌린 채 도랑 같은 곳에 빠졌는데, 오른쪽 팔은 지면이 좀 더 높은 곳에 놓여 있었다. 낙담한 그는 화가 나서 흐느껴 울었다. 왼쪽 손의 감각이 이상했고 손목까지 물에 잠겨 있었다. 손목시계에 물이 들어갈 거라는 생각이 들었다. 하지만 손을 빼내려 할수록 더 움직일 수 없는 것 같았다. 두 개의 힘이 느껴졌다. 팔을 움직이려는 힘과 그러지 않으려는 힘이 서로 완벽하게 균형을 이루어 팔에 긴장감조차 느껴지지 않았다. 어이없게도 당장 잠이 들면 좋겠다는 생각마저 들었다. '경찰이 날 포위할 거야.' 느닷없이 그런 생각이 들자 그는 다시 몸을 일으켜 달리기 시작했다.

오른쪽 가까이에서, 마치 그를 찾아낸 것처럼 사이렌 소리가 의기양양하게 울렸다.

직사각형 모양의 불빛이 앞에서 갑자기 솟아오르자, 가이는 몸을 돌려 반대 방향으로 도망쳤다. 그는 어떤 집 창문으로 뛰어들 뻔했다. 온 세상이 잠에서 깨어난 것 같았다. 그는 길을 건너야만 했다.

경찰차가 헤드라이트를 껐다 켰다 하면서 10여 미터 지점 앞에서 지나갔다. 또 다른 사이렌 소리가 왼쪽에서 울리다가 서서히 잦아들었는데, 브루노의 집 근처에서 들린 게 분명했다. 가이는 차 뒤편에서 멀지 않은 길을 건너 더 어두운 곳으로 들어갔다. 이제 좁은 길이 어디에 있는지 상관하지 않고 집에서 멀어지는 방향으로 도망칠 수 있었다. '좁은 길에서 벗어날 경우에는 남쪽 방향에 불이 켜지지 않는 숲이 있어 몸을 숨기기 좋을 거예요…… 무슨 일이 있더라도 우리 집과 RR역 사이에는 루거 권총을 버려서는 안 됩니다.'

손을 호주머니에 가져가자 장갑에 난 구멍 사이로 자그마한 권총의 차가운 감촉이 느껴졌다. 그는 총을 호주머니에 다시 넣은 기억이 없었다. 파란색 카펫에 떨어뜨렸을지도 모른다고 생각했다. 그러고선 총을 떨어뜨린 채 그대로 두고 왔다면? 적절한 순간에 그런 생각을 떠올린 것 같았다.

바로 그때, 무언가가 가이를 붙잡아 힘껏 붙들었다. 그는 거의 기계적으로 주먹을 쥐고 저항했다. 덤불과 나뭇가지와 찔레나무였다. 그럼에도 가이는 주먹을 휘두르며 그 사이를 빠져나갔는데, 뒤에서 여전히 사이렌이 울렸고 도망칠 수 있는 방향은 그곳뿐이었기 때문이다. 그는 앞에 있을지 모르는 적을 경계했고, 좌우 양쪽과 심지어 뒤쪽에서 언제 찌를지 모르는 수백 개의 날카로운 가시에 정신을 집중했다. 가시에 찔리고 잔가지가 부러지는 소리 탓에 사이렌 소리마저 들리지 않는 것 같았다. 그는 가시와 잔가지에 정정당당하게 맞서 싸우며 거침없이 힘을 썼다.

숲 가장자리에 이르자 가이는 정신이 번쩍 들어 아래로 경사진 언덕을 내려다보았다. 방금 전 그는 깨어 있었던가 아니면 쓰러졌던 걸까? 앞에 펼쳐진 잿빛 하늘에 여명이 밝아오고 있었다. 자리에서 일어나자 눈앞이 어른거리는 걸 보니 바로 얼마 전 정신을 잃은 것 같았다. 머리 한쪽으로 삐져나온 축축하게 젖은 머리칼에 손을 갖다 댔다. 머리가 부서졌을지도 모른다는 생각이 들자 그는 겁에 질렸고, 그 자리에 쓰러져 죽을지도 모른다는 생각에 잠시 머릿속이 멍해졌다.

아래쪽에 내려다보이는 작은 마을에 드문드문 켜진 불빛이 어스름 속의 별처럼 반짝였다. 가이는 기계적으로 손수건을 꺼내어 베인 자국에 검은 핏자국이 묻어 있는 엄지 아랫부분을 감쌌다. 그러고는 나무로 가서 기댔다. 그는 마을을 내려다보며 아래쪽 길을 살폈다. 움직이는 거라곤 아무것도 없었다. 이게 그일까? 총을 발사하고 사이렌 소리를 들으며 숲과 맞서 싸운 기억을 떠올리며 나무에 기대어 있는 게 그일까? 물을 마시고 싶었다. 마을 언저리에 있는 흙길에 주유소가 보였다. 그는 그곳을 향해 걸어갔다.

주유소 옆에 구식 펌프가 있었다. 머리를 펌프 아래에 갖다 대자, 얼굴이 상처투성이인 것처럼 따끔거렸다. 머릿속이 서서히 맑아졌다. 그레이트 넥에서 3킬로미터 이상 벗어났을 리가 없었다. 손가락 하나와 손목 부분을 제외하고 온통 너덜너덜해진 장갑을 벗어 주머니에 넣었다. 한쪽 장갑은 어디 있을까? 손수건으로 엄지손가락을 감쌌던 숲속에 두고 온 걸까? 갑작스레 공포가 밀려왔지만 이미 몇 번 경험했던 터라 마음이 가라앉았다. 장갑을 찾으러 되돌아가야 할 것 같았다. 외투 주머니를 뒤졌고 외투 단추를 열어서 바지 주머니도 뒤졌다. 그러다 모자가 발아래로 떨어졌다. 모자는 깜빡 잊고 있었는데, 혹시 모자를 어딘가에 두고 왔더라면 어떻게 되었을까?

바로 그때, 왼쪽 소매 안에서 장갑을 찾아냈다. 위쪽 솔기만 남은 채 손목에서 빙그르르 도는 장갑을 보자 가이는 크게 기뻐하고 안도하며 호주머니에 챙겨 넣었다. 그는 찢어진 바짓단을 접어 올렸다. 남쪽 방향으로 계속 걸어가다가 남쪽으로 가는 버스를 타고 기차역으로 가야겠다고 마음먹었다.

목표를 정하자마자 고통이 밀려들었다. 무릎을 다쳤는데 어떻게 그 먼 길을 갈 수 있겠는가? 하지만 가이는 고개를 들고 스스로를 독려하며 계속 걸었다. 밤인지 낮인지 모를 모호한 시간이어서 여전히 어두웠지만, 무지개 빛깔이 여기저기 나지막이 어려 있었다. 주위가 어둑한 걸 보니 아직은 어둠이 빛보다 더 우세한 것 같았다. 그가 집에 들어가 방문을 잠글 때까지 어둠이 이렇게 우세하면 좋으련만!

바로 그때, 갑자기 어둠을 뚫고 나온 햇빛이 왼쪽 수평선에서 빛났다. 은빛 선이 언덕 꼭대기를 감싸자, 언덕은 마치 눈을 뜨기라도 한 듯 엷은 자주색과 초록색과 황갈색으로 물들었다. 언덕 위 나무 아래에 자그마한 노란색 집이 서 있었다. 오른쪽으로 보이던 어두운 들판은 초록색과 황갈색 풀로 뒤덮여 거대한 파도처럼 일렁거렸다. 주변을 둘러보자, 풀밭에 앉아 있던 새 한 마리가 기쁨에 들떠 날아올라 끝이 뾰족한 날개로 하늘을 가로지르며 재빨리 메시지를 쓰는 것 같았다. 가이는 걸음을 멈추고 새가 사라질 때까지 하염없이 바라보았다.

# 24

가이는 욕실 거울에 비친 얼굴을 수십 번씩 들여다보며 지혈 막대로 상처 자국을 누르고 약을 계속 발랐다. 그는 얼굴과 손이 마치 자신의 일부가 아닌 것처럼 객관적으로 대했다. 거울에 비친 눈을 볼 때면 꼭 그래야만 하는 것처럼 곧바로 피해버렸다. 브루노를 열차에서 처음 만났던 때에도 그렇게 눈빛을 피하려 애쓴 것 같다는 생각이 들었다.

그는 방으로 되돌아와 침대에 쓰러지듯 누웠다. 오늘 남은 시간과 일요일인 내일은 쉴 수 있었다. 아무도 만날 필요가 없었다. 업무차 2주 정도 시카고에 다녀온다고 말할 수도 있을 것이다. 다음 날 곧바로 떠나면 의심쩍게 보일 것이다. 어젯밤에 일어났던 일은 손에 난 상처 자국만 아니라면 꿈이라고 믿을 것 같았다. 그는 그 일을 하고 싶지 않았다. 그의 의지가 아니었다. 그가 그 일을 하도록 한 것은 브루노의 의지였다. 큰 소리로 브루노를 욕하고 싶었지만, 지금은 그럴 기운이 없었다.

이상한 것은 죄의식이 전혀 들지 않는다는 점이었는데, 브루노의 의지 때문에 그 일을 저질렀다고 생각하기 때문인 것 같았다. 지금 이 순간보다 미리엄이 죽었을 때 더 죄책감이 들었던 이유는 뭘까? 지금은 그저 지쳐서 아무 생각도 나지 않았다. 사람을 죽이고 나면 누구든 이런 기분이 들까? 잠을 청했지만 롱아일랜드행 버스에 탔던 순간이 떠올랐다. 가이는 신문을 얼굴에 덮고 잠든 척했지만 인부 둘이 그를 빤히 쳐다보았다. 그는 오히려 그 인부들에게 더 수치심을 느꼈다.

현관 계단을 내려오던 가이는 무릎이 꺾여 하마터면 넘어질 뻔했다. 주변에 그를 쳐다보고 있는 사람이 있는지 둘러보지 않았다. 길거리를 내려가서 신문을 사는 건 사람들이 흔히 하는 일처럼 보일 것 같았다. 그를 주시하는 사람이 있는지 확인할 기력도, 그러고 싶은 여력도 없었다. 그리고 기력이 돌아올 시간도 두려웠다. 아프거나 부상을 당한 환자들이 다시 기력을 찾으면 불가피하게 다음번 수술을 받아야 하는 걸 두려워하듯이.

가장 긴 기사가 실린 신문은 『저널 아메리칸』이었다. 집사의 증언에 따르면, 범인은 키는 183센티미터 정도에 몸무게는 80킬로그램 정도였고, 짙은 색 외투에 모자를 쓰고 있었다고 했다. 가이는 자신과 관련이 없는 일 같아서 약간 놀랐다. 그는 키 173센티미터에 몸무게는 63킬로그램이었다. 게다가 모자도 쓰고 있지 않았다. 그는 새뮤얼 브루노가 누구인지 설명해주는 부분은 건너뛰고 범인의 도주 경로를 관심 있게 읽었다. 범인은 뉴호프 거리를 따라 북쪽으로 도주하다가 그레이트 넥에서 길을 잃고 밤 12시 18분 기차를 타고 떠난 것으로 추정된다고 나와 있었다. 사실, 가이는 남동쪽으로 도망쳤었다. 갑자기 안도감이 밀려들며 자신이 안전하다는 생각이 들었다. 하지만 안전하다는 건 환영에 불과하다며 스스로를 경계했다.

자리에서 일어서자, 그 집 옆에 있던 공터에서 허둥거렸을 때처럼 다시 공포가 갑작스레 밀려왔다. 신문은 몇 시간 전에 발행된 것이었고, 지금쯤 실수를 발견했을지도 몰랐다. 지금쯤 그를 찾으러 문밖까지 와 있을지도 몰랐다. 그는 가만히 기다렸지만 아무 소리도 들리지 않았고, 다시 피곤이 몰려와 자리에 앉았다. 가이는 애써 긴 기사를 모두 읽어 내려가려고 정신을 집중했다. 범인이 냉혹하다는 점을 강조했고, 내부 사람의 소행으로 보인다고 했다. 지문이나 단서는 전혀 없고, 9와 2분의 1 사이즈 신발의 발자국과, 회반죽을 바른 흰색 담에 검정색 신발 얼룩이 남아 있었다고 했다.

가이는 범행 현장에서 입었던 옷을 당장 없애버려야 한다는 생각이 들었지만, 그럴 만한 기력을 언제 되찾을지는 알 수 없었다. 발자국 크기가 더 크게 나온 것도 이상했는데, 아무래도 땅이 젖어 있었기 때문인 것 같았다. 기사에는 탄알의 직경이 특이할 정도로 작다고 나와 있었다. 권총도 없애야 한다는 생각이 들자 그는 약간 서글퍼졌다. 자신이 아끼던 권총과 헤어질 순간을 떠올리자 생각하기도 싫었다. 그는 자리에서 일어나 머리에 대고 있는 수건에 얼음을 더 채우러 갔다.

늦은 오후에 앤에게서 전화가 왔다. 일요일 밤에 맨해튼에서 열리는 파티에 함께 가자고 했다.

"헬렌 헤이번이 주최하는 파티인데 지난번에 얘기했었지?"

"응." 가이는 전혀 기억나지 않으면서도 그렇게 말했다. 그는 흔들림 없는 목소리로 말했다. "앤, 파티에 가고 싶은 기분이 아니야."

지난 한 시간 동안 그는 감각이 없어진 것 같았다. 그 때문인지 앤의 목소리가 아무 상관없는 듯 멀게 느껴졌다. 가이는 자신이 하는 말을 귀 기울여 들으면서도, 앤이 차이점을 알아차릴지도 모른다고 걱정하기는커녕 신경도 쓰지 않았다. 앤이 크리스 넬슨과 함께 가야겠다고 말하자, 가이는 괜찮다고 말했다. 앤이 가이와 사귀기 전에 자주 만났고 아직도 그녀를 좋아하는 넬슨이 기뻐할 거라는 생각이 들었다.

"일요일 저녁에 먹을 것 좀 사 가서 함께 먹을까? 크리스는 좀 더 늦게 만나도 되니까." 앤이 말했다.

"일요일에 외출할 것 같아. 스케치나 하려고."

"아, 그렇구나. 할 얘기가 있어."

"무슨 얘기?"

"당신이 들으면 좋아할 얘긴데, 다음번에 할게."

가이는 집주인과 마주치지 않도록 조심하며 계단을 올라갔다. 앤이 쌀쌀맞게 대했다는 생각이 문득 들었다. 다음번에 그를 만나면 싫어할 것이다. 그리고 앤과는 끝날 것이다. 가이는 그런 생각을 계속 되뇌다가 잠이 들었다.

가이는 다음 날 정오에 잠이 깼고 하루 종일 무감각한 상태로 침대에 누워 있었다. 수건에 얼음을 채우러 방을 가로질러 가는 것조차 고통스러웠다. 아무리 오랫동안 잠을 자도 기력을 되찾을 수 없을 것 같았다. 그는 생각을 더듬으며 되짚어보았다. 자신이 지나온 길을 몸과 마음으로 거슬러 올라갔다. 도대체 무엇으로 되돌아가는 걸까? 몸은 굳었고 두려움에 땀이 나고 몸이 떨렸다. 잠시 후 몸을 일으켜 화장실로 갔다. 가벼운 설사 증세가 나타났다. 전쟁터에서 그러는 것처럼 두려움 때문일 것 같았다.

잔디밭을 가로질러 브루노의 집으로 향하는 꿈을 비몽사몽간에 꾸었다. 흰 집은 구름처럼 부드럽고 푹신할 것 같았다. 가이는 총을 쏘고 싶지 않은 마음을 애써 억누르며 자신이 해낼 수 있다는 걸 증명하려고 마음먹었다. 그리고 총소리에 깨어났다. 눈을 뜨자 방 안에 여명이 비쳐 들었다. 가이는 꿈속에서처럼 책상 옆에 서서, 상체를 일으키려고 버둥거리던 새뮤얼 브루노가 있는 침대 모서리를 향해 총을 겨누었다. 총소리가 다시 울렸고 그는 비명을 질렀다.

가이는 침대에서 벌떡 일어나 비틀거렸다. 새뮤얼 브루노의 형체는 사라지고 없었다. 그의 방 창가에는 그날 새벽처럼, 삶과 죽음이 한데 엉킨 희미한 빛이 비쳐 들었다. 그가 앞으로 살아갈 매일 새벽마다 그 빛이 들어와 방을 비출 것이다. 그러면 방은 점점 더 밝아질 것이고 그의 마음속 두려움은 커져만 갈 것이다. 앞으로 평생 새벽마다 그렇게 잠에서 깬다면?

부엌에서 초인종이 울렸다.

경찰이 아래층에 와 있을 거라는 생각이 들었다. 새벽에 경찰에게 붙잡혀 갈 수도 있었지만, 그는 전혀 개의치 않았다. 지금에라도 당장 범행 일체를 털어놓을 것이다.

가이는 문을 여는 버튼을 누르고는 출입문으로 가서 귀를 기울였다.

가볍게 계단을 오르는 발걸음 소리가 들렸다. 앤이었다. 앤보다는 차라리 경찰이 오는 게 나을 것 같았다. 가이는 몸을 돌리고는 멍청하게도 차양을 내렸다. 양손으로 머리칼을 쓸어 넘기자 머리에 혹이 만져졌다.

"나야." 앤이 나지막이 말하며 방 안으로 들어왔다. "헬렌 집에 들렀다가 오는 길이야. 아침 날씨가 정말 좋아." 가이의 손에 두른 붕대를 보자 앤의 표정이 굳어졌다. "손이 왜 그래?"

가이는 책상 근처 어둑한 곳으로 물러서며 말했다. "싸움에 말려들었어."

"언제? 어젯밤에? 얼굴은 또 왜 그래?"

가이는 앤과 함께 있어야겠다는 생각이 들었다. 그녀가 곁에 없으면 그는 연기처럼 사라질 것 같았다. 가이가 안으려 하자, 앤은 그를 밀어내고는 희미한 불빛에 비친 그를 자세히 들여다보았다.

"어디에서? 누구랑 싸웠어?"

"모르는 사람이야." 단조롭게 대답하던 가이는 자신이 거짓말을 하고 있다는 사실도 깨닫지 못했다. 앤과 함께 있고 싶은 마음이 너무 다급했기 때문이다. "술집에서 그랬어. 불 켜지 마." 그는 재빨리 덧붙여 말했다. "부탁이야, 앤."

"술집에서?"

"어떻게 그렇게 됐는지도 모르겠어. 순식간이었어."

"예전에 만난 적도 없는 사람이야?"

"응."

"못 믿겠어."

앤이 천천히 말하자 가이는 갑자기 겁에 질렸다. 그녀는 그와는 다른 독립된 인격체이며, 다른 생각과 다른 반응을 보이는 사람임을 문득 깨달았다.

"어떻게 믿을 수가 있겠어?" 앤은 말을 이어나갔다. "그리고 그 편지에 관해, 그 편지를 누가 보냈는지 모르겠다는 당신 말을 왜 믿어야만 해?"

"왜냐하면 그게 사실이니까."

"그리고 숲속에서 싸웠다던 그 사람도 동일인이야?"

"아니야."

"가이, 당신은 내게 뭔가를 숨기고 있어." 앤의 태도가 다소 누그러졌지만, 한마디 한마디가 가이를 몰아세우는 것 같았다. "도대체 왜 그래? 내가 도와주고 싶어 한다는 거 알잖아. 그러니 사실대로 말해줘."

"사실대로 말했어." 가이는 그렇게 말하고는 입을 다물었다. 뒤쪽 창을 통해 들어오는 빛이 벌써 바뀌었다. 지금 앤 곁에 있을 수 있다면 매일 새벽 그런 빛을 바라보아도 살아갈 수 있을 것 같았다. 그는 길게 내려온 그녀의 머리칼을 만지려고 손을 내밀었지만 그녀는 뒷걸음질 쳤다.

"가이, 우리가 어떻게 이런 식으로 계속 지낼 수 있을지 모르겠어. 그럴 수 없어."

"앞으로는 그러지 않을 거야. 이제 끝났어. 맹세할게, 앤. 제발 내 말을 믿어줘." 그 순간 마치 처음이자 마지막인 시험을 치르는 것 같았다. 그녀를 꼭 안고서 몸부림칠 수 없을 때까지 힘껏 붙잡아야 한다는 생각이 들었다. 하지만 그는 꼼짝도 할 수 없었다.

"그걸 어떻게 알아?"

가이는 머뭇거렸다. "그런 마음 상태니까."

"그 편지도 마음 상태였단 말이야?"

"편지 때문에 그런 마음이 들었어. 무언가에 꽁꽁 묶인 것 같았는데, 일 때문이었어." 가이는 고개를 숙였다. 자신의 죄를 일 탓으로 돌린 것이다.

"예전에 날 보면 행복해진다고 말한 적이 있었어." 앤이 천천히 말했다. "어떤 일이 있어도 그렇다고 했어. 이젠 더 이상 그렇지 않은 것 같아."

그 말은 그녀가 그를 보면 더 이상 행복해지지 않는다는 뜻이었다. 하지만 그녀가 지금도 그를 사랑한다면, 그는 그녀를 행복하게 해줄 수 있을 것이다. 그녀를 떠받들고 뭐든지 해줄 것이다.

"그렇지 않아, 앤. 내겐 당신밖에 없어." 가이는 부끄러운 줄도 모르고 갑자기 흐느껴 울었고, 앤이 그의 어깨를 어루만지자 흐느낌이 겨우 잦아들었다. 그 손길이 고마우면서도 그 손길로부터 도망치고 싶기도 했다. 그녀의 손길에서 느낄 수 있었던 건 연민과 인간적인 애처로움뿐이었기 때문이다.

"아침식사 차려줄까?"

화를 억누르는 그녀의 목소리에서 그를 완전히 용서하는 듯한 느낌이 들었다. 술집에서 싸운 일은 용서하겠지만, 금요일 밤에 일어난 일은 절대 알아내지 못할 것이다. 그 일은 이미 너무 깊게 묻혀버려서, 그녀뿐만 아니라 어느 누구도 알아내지 못할 것이기 때문이다.

# 25

"당신이 무슨 생각을 하든지 난 아무 상관도 하지 않아요." 브루노가 발을 의자에 올린 채 말했다. 미간의 주름과 거의 맞닿은 가는 금발 눈썹은 고양이 수염처럼 끝이 올라갔다. 그는 황금색의 가는 털로 뒤덮인 광기 어린 호랑이처럼 사립탐정 제러드를 쳐다보았다.

"내가 어떤 생각을 하는지 아직 말하지도 않았을 텐데, 안 그래?" 제러드가 굽은 어깨를 으쓱하며 말했다.

"그런 암시를 했으니까요."

"암시한 적 없어." 제러드가 웃자 둥그스름한 그의 어깨가 두어 번 흔들렸다. "찰스, 자넨 날 잘못 봤네. 난 자네가 곧 떠날 예정이라고 말할 생각이 없었는데, 자네가 우연히 불쑥 내뱉은 거지."

브루노는 그를 노려보았다. 제러드는 범행이 내부 소행이라면 브루노와 그의 어머니가 분명히 관련이 있을 것이고, 실제로 내부 소행임이 분명하다고 암시했었다. 제러드는 브루노와 그의 어머니가 금요일에 떠나기로 한 계획은 고작 하루 전인 목요일에 결정했음을 알고 있었다. 그 말을 하려고 이곳 월 스트리트까지 불러내다니! 제러드에게는 아무런 단서가 없었고, 단서를 가진 양 가장하며 그를 속일 수도 없었다. 그것은 또 다른 완전범죄였던 것이다.

"이만 가봐도 될까요?" 브루노가 묻자, 제러드는 그를 붙잡아둘 핑계라도 찾는 것처럼 책상에 놓인 서류를 괜히 뒤적거렸다.

"잠깐만 기다려. 술이나 한잔해." 제러드는 사무실 선반에 놓인 버번위스키 병을 턱으로 가리켰다.

"괜찮아요." 브루노는 한잔하고 싶은 마음이 간절했지만, 제러드의 술은 얻어 마시고 싶지 않았다.

"어머니는 어떠셔?"

"벌써 물어봤잖아요." 브루노의 어머니는 건강이 좋지 않았고 잠도 잘 이루지 못했다. 그가 집으로 가는 주된 이유도 바로 그것이었다. 내 가족의 친구인 양 구는 제러드의 태도에 브루노는 분노가 치밀었다. 아버지의 친구일 수는 있을 것이다.

"그건 그렇고, 우린 당신에게 이 사건을 맡아달라고 의뢰한 적이 없습니다."

제러드는 동그스름하고 분홍색과 자주색 반점이 얼룩덜룩한 얼굴을 들어 브루노를 쳐다보며 말했다. "찰스, 난 무보수로 일할 거야. 무척 흥미로운 사건이니까." 그는 자신의 통통한 손가락과 비슷한 모양의 시가를 하나 더 꺼내어 불을 붙였다. 보풀이 인 옅은 갈색 양복 옷깃과 흉측한 대리석 모양 넥타이에 묻은 고기국물 자국을 본 브루노는 혐오감이 들었다. 그는 제러드라면 뭐든 짜증이 났다. 아버지와 함께 있는 그의 모습을 떠올려도 짜증스러웠다. 아서 제러드는 사립탐정이라면 그래야 하듯이, 사립탐정처럼 보이지 않았다. 브루노는 제러드의 경력에도 불구하고 그를 일류 사립탐정으로 여기지 않았다.

"찰스, 부친은 무척 훌륭한 분이셨어. 자네가 아버지를 더 잘 알지 못한 건 유감이야."

"난 아버지를 잘 알아요." 브루노가 말했다.

제러드는 침통한 눈빛의 황갈색 눈동자로 브루노를 쳐다보았다. "자네가 부친을 아는 것보다 부친께서 자네를 더 잘 아셨다고 생각하네. 자네 성격과 자네에게 바라는 점을 편지에 적어 내게 남기셨지."

"아버지는 날 전혀 몰라요." 브루노는 담배를 한 개비 집었다. "우리가 왜 이런 이야기를 하고 있는지 모르겠어요. 요점에서 벗어난 섬뜩한 얘기예요." 그는 차분하게 자리에 앉았다.

"자넨 부친을 미워했네, 그렇지?"

"아버지가 날 미워했어요."

"부친은 그렇지 않으셨네. 자네가 부친에 관해 모르는 건 바로 그런 점이지."

브루노가 의자 팔걸이에서 손을 떼자 땀이 묻어났다. "날 어디로 데려갈 건가요? 아니면 뭣 때문에 날 여기에 잡아두는 거죠? 어머니가 몸이 안 좋으셔서 집으로 가야 해요."

"곧 좋아지셔야지. 나도 내일쯤 물어보고 싶은 게 있으니까."

브루노의 목구멍을 타고 뜨거운 것이 올라오는 것 같았다. 앞으로 몇 주 동안 어머니가 고생할 것이다. 제러드는 브루노와 어머니의 적이었으므로 사태를 악화시킬 것이다. 브루노는 자리에서 일어서서 레인코트를 팔에 걸쳤다.

"자네가 한 번 더 생각해주면 좋겠어." 제러드는 브루노가 여전히 자리에 앉아 있는 것처럼 무심하게 손가락을 깐닥거렸다. "목요일 밤에 어디에 가서 누구를 만났는지 말이네. 자네는 그날 새벽 2시 45분에 어머니와

템플턴 씨, 루소 씨를 두고 블루 엔젤 앞에서 떠났네. 그러고 나서 어디로 갔나?"

"햄버거 가게요." 브루노는 한숨을 내쉬었다.

"거기서 아는 사람을 만나지 않았나?"

"거기서 누굴 만나겠어요? 고양이라도 만나야 한단 말인가요?"

"그러고 나서 어디에 갔나?" 제러드가 노트를 확인하며 물었다.

"3번가에 있는 클라크 술집에요."

"거기서 누굴 봤나?"

"물론이죠. 바텐더를 봤어요."

"바텐더는 자넬 못 봤다던데." 제러드가 웃음 띤 얼굴로 말했다.

브루노는 얼굴을 찌푸렸다. 제러드는 30분 전에는 그런 말을 하지 않았었다. "그래서요? 그곳은 사람들로 붐볐어요. 나도 바텐더를 보지 못했을지도 모르죠."

"거기서 일하는 바텐더들은 모두 자넬 아는데, 목요일 밤에는 자네가 오지 않았다고 하더군. 게다가 그곳은 사람들로 붐비지도 않았어. 목요일 새벽 3시 혹은 3시 반? 난 자네가 기억을 떠올리도록 도와주고 싶은 것뿐이네."

브루노는 화가 치밀어 입을 꾹 다물었다. "클라크 술집에 가지 않았는지도 몰라요. 대개 자기 전에 한잔하러 가지만 그러지 않았는지도 모르죠. 곧장 집으로 왔는지도 모르지만 확실하지는 않아요. 어머니와 내가 금요일 아침에 이야기를 나눈 사람들 얘기는 왜 안 하죠? 우린 여러 사람들에게 전화를 걸어 작별 인사를 했어요."

"그 부분은 지금 조사 중이네. 하지만 찰스……." 제러드는 뒤로 기대어 뭉툭한 다리를 꼬고는 불 꺼진 시가를 살려내려고 계속 빼끔거렸다. "햄버거를 먹거나 혼자 곧장 집에 가려고 모친과 친구분들을 두고 떠난 건 아닐 테지, 그렇지?"

"그럴 수도 있어요. 그 덕분에 술이 깼으니까요."

"왜 그렇게 애매하게 말하는 거야Why are you so vague?" 아이오와 주 출신인 제러드는 'r' 발음을 강하게 했다.

"애매한 게 어때서요? 내게 빈틈이 없다면 애매하게 말할 권리도 있는 거라고요."

"문제는 자네가 클라크 술집이나 다른 곳에 갔는지 여부가 아니네. 누구를 만나서 다음 날 메인 주로 떠난다고 말했는지가 중요해. 자네도 곰곰이 생각해보게. 자네가 떠난 당일 밤에 자네 부친이 살해된 건 이상하지 않은가."

"난 아무도 만나지 않았어요. 내가 아는 모든 사람들에게 연락해서 물어보세요."

"새벽 5시까지 혼자서 여기저기 돌아다녔단 말이지?"

"내가 5시가 지나서 집에 왔다고 누가 그러던가요?"

"허버트 집사가 어제 그렇게 말했어."

브루노는 한숨을 내쉬었다. "그는 토요일 일은 왜 기억 못하는 거죠?"

"기억은 늘 그런 식이지. 잊어버렸다가 다시 떠오르지. 자네 기억도 다시 떠오를 거야. 그동안 난 자네 곁에 있을 거야. 자, 이제 가봐도 좋아, 찰스." 제러드는 무심한 몸짓을 했다.

브루노는 잠시 머뭇거렸다. 무언가 한마디 하려고 했지만 아무 말도 떠오르지 않아 밖으로 나온 그는 문을 힘껏 닫으려 했지만 공기의 압력 때문에 문은 서서히 닫혔다. 그가 '비밀 탐정 사무소'의 지저분하고 음침한 복도를 걸어 나가자, 제러드와 이야기하는 동안 계속 들리던 타자기 소리가 더 크게 울렸다. 제러드가 '우리'라고 부르던 동료들이 문 뒤편에서 열심히 일하는 소리였다.

브루노는 한 시간 전 사무실에 들어올 때 그에게 동정 어린 표정을 짓던 안내 담당이자 비서인 그레이엄 양에게 가볍게 고개를 숙이고 나왔다. 한 시간 전만 하더라도 그는 제러드에게 낚여 화를 내지 않겠다고 다짐했지만, 제러드가 그와 어머니에 관한 이야기를 늘어놓자 평정심을 잃고 말았다. 제러드의 말을 인정하지 않고 달리 무슨 방도가 있을까? 그렇다면 저들은 그에 관해 뭘 알아냈을까? 범인에 관해 무슨 단서를 찾아냈을까? 그릇된 단서뿐이었다.

엘리베이터를 타고 건물을 내려오던 브루노는 가이를 떠올리며 씩 웃었다. 제러드의 사무실에 있을 때는 가이 생각이 한 번도 떠오르지 않았었다. 제러드가 목요일 밤에 어디에 갔느냐며 계속 귀찮게 물어볼 때도 생각나지 않았었다. 가이! 가이와 브루노! 어느 누구와 견줄 수 있을까? 어느 누구도 그들처럼 잘해내지 못했을 것이다. 지금 이 순간 가이가 곁에 있다면 얼마나 좋을까? 가이와 손잡고 세상 사람 전부를 지옥에 보내버릴 수도 있을 것이다. 그들이 이룬 위업은 전대미문의 것이었다. 순식간에 하늘을 가로지른 것과 같았다. 붉은 불꽃 두 개가 갑자기 나타났다가 너무나 빨리 사라져서, 모두들 실제로 봤는지 고개를 갸우뚱거리며 서 있는 형국이었다.

브루노는 지금 심정과 비슷한 시를 읽었던 기억이 떠올랐다. 그 시를 베껴 적어서 수첩에 끼워두었던 것 같았다. 그는 서둘러 월 스트리트를 벗어나 술집으로 들어가서 술을 주문하고는 수첩에서 조그마한 종이를 꺼냈다. 대학 때 읽었던 시집에서 찢어낸 것이었다.

### 생기 없는 눈빛을 가진 이들 The Leaden-Eyed

바첼 린지 Vachel Lindsay

젊은 영혼들이
질식하게 만들지 말자
그들이 기이한 행동을 하고
자존심을 한껏 과시하기 전에는

아이들이 재미없게 자라나고
가난한 자들이 소처럼 일하고
무기력해지고 생기 없는 눈빛을 가지게 된 건
이 세상이 저지른 범죄

그건 그들이 굶주려서가 아니라
꿈 없이 굶주리기 때문이다
그건 그들이 씨를 뿌려서가 아니라
거둬들이지 못하기 때문이다
그건 그들이 섬겨서가 아니라
섬길 신이 없기 때문이다
그건 그들이 죽어서가 아니라

양처럼 온순하게 죽어가기 때문이다

그와 가이는 생기 없는 눈빛을 지닌 이들이 아니었다. 그와 가이는 이제 양처럼 온순하게 죽어가지 않을 것이다. 그와 가이는 거둬들일 것이다. 가이가 받아준다면 브루노는 그에게 돈을 줄 것이다.

# 26

다음 날 거의 같은 시각, 브루노는 그레이트 넥의 자기 집 테라스에 놓인 일광욕 의자에 앉아 있었다. 지금껏 느껴보지 못한 은근하면서도 평화로운 만족감이 들었다. 그날 아침 제러드가 집 주변을 기웃거리며 다녔지만, 브루노는 매우 침착하고 예의 바르게 대했고 제러드와 키 작은 부하가 점심을 먹는 모습을 지켜보았다. 제러드는 떠났고 브루노는 자신의 행동이 무척 자랑스러웠다. 어제처럼 제러드 때문에 기분이 나빠지는 일이 다시는 없도록 해야 했다. 그러다 보면 쓸데없는 말을 지껄이다 실수를 할 수 있기 때문이다. 물론 제러드는 멍청한 놈이었다. 어제 그가 좀 더 친절하게 대해주었더라면 그에게 협조했을 것이다. 협조한다고? 브루노는 큰 소리로 웃어 젖혔다. 협조한다는 게 무슨 뜻일까? 농담하고 있는 걸까?

머리 위에서 새 한 마리가 계속 지저귀고 있었다. "짹짹" 하면서 묻고는 "짹짹"이라고 대답했다. 브루노는 고개를 갸우뚱거렸다. 어머니는 저 새가 무슨 새인지 알 것이다. 그는 황갈색으로 물든 잔디밭과 흰 회반죽을 바른 담과 싹이 돋아나기 시작한 말채나무를 바라보았다. 그날 오후에는 자연에 관심이 갔다. 그리고 그날 오후에 어머니 앞으로 2만 달러짜리 수표가 도착했다. 보험회사 직원들이 투덜거리지 않고 변호사들이 관료적인 형식주의를 타파했다면 훨씬 더 큰 금액의 수표가 왔을 것이다. 점심을 먹으면서 브루노는 어머니와 함께 카프리에 갈 얘기를 나눴다. 대략적인 얘기만 나눴지만 함께 갈 게 분명했다. 그날 저녁에는 그 일이 있고 나서 처음으로 외식을 하러 나갈 것이다. 그레이트 넥에서 그다지 멀지 않은 고속도로에서 빠져나오면 그들이 좋아하는 작은 레스토랑이 있었다. 그가 예전에는 자연을 좋아하지 않은 게 어쩌면 당연했다. 잔디밭과 나무가 그의 소유가 되자 이제는 자연이 달리 보였다.

브루노는 무릎에 놓인 수첩을 아무렇지 않게 넘기고 있었다. 그날 아침에 찾아낸 수첩으로, 그걸 샌타페이에 가져갔는지는 기억이 나지 않았다. 제러드가 찾아내기 전에 그 수첩에 가이와 연관된 것이 있는지 확인하고 싶었다. 제러드는 수완이 좋았기 때문에 다시 찾아가서 만날 사람도 여럿 있었다. 어떤 생각이 떠오르자 브루노는 주머니에서 연필을 꺼냈다. 그는 'P' 목록 아래에 다음과 같이 썼다.

토미 판디니Pandini, Tommy
76번가 서쪽 232번지

그리고 'S' 목록 아래에는 다음과 같이 썼다.

슬리치Slitch
라이프 가드 기차역
헬 게이트 다리

제러드가 몇몇 수수께끼 같은 사람들을 찾아보게 만드는 것이다.

수첩 뒷면에 '댄, 8시 15분 아스토리아 호텔'이라고 적힌 메모가 나왔다. 브루노는 댄이 누구인지 기억나지 않았다. '캡틴한테서 6월 1일까지 돈 받아내기'라는 메모도 있었고, 그다음 페이지에 적힌 메모를 보자 오싹한 느낌이 들었다. '가이에게 준 선물 값 25달러'.

브루노는 구멍 뚫린 그 페이지를 찢어버렸다. 샌타페이에서 가이에게 선물하려고 산 벨트 값이었다. 왜 그런 걸 적어두었지? 그는 잠시 멍하니 있었다.

바로 그때, 제러드의 커다란 검은 차가 대문을 지나 차고로 들어오는 소리가 들렸다.

브루노는 자리에 앉아 수첩에 적힌 메모를 마저 확인했다. 그러고 나서 수첩을 주머니에 넣고 찢은 페이지는 입 안으로 쑤셔 넣었다.

제러드는 시가를 입에 물고 팔을 축 늘어뜨린 채 포석길을 걸어오고 있었다.

"새로운 소식이라도 있나요?" 브루노가 물었다.

"아주 조금." 제러드는 집 모퉁이에서부터 잔디밭을 가로질러 회반죽을 바른 벽까지 훑어보았는데, 마치 범인이 도주한 거리를 다시 재기라도 하는 것 같았다.

브루노의 턱은 작은 종이뭉치를 물고 마치 껌을 씹듯이 조금씩 움직였다.

"어떤 소식이요?" 그가 물었다.

제러드의 어깨 너머로, 키 작은 부하 직원이 차 운전석에 앉아서 회색 챙 모자 아래로 그들 두 사람을 빤히 쳐다보고 있었다. 브루노는 그를 보자 인상이 불길해 보인다는 생각이 들었다.

"범인이 시내로 나갈 때 지름길로 가지 않았다는 사실을 새롭게 알아냈네. 이쪽 방향으로 계속 갔지." 제러드는 시골 가게 주인처럼 길을 가리키고는 팔을 금방 내렸다. "저 숲을 지나갔는데 꽤 힘들었을 거야. 그 사실을 새롭게 알아냈다네."

브루노는 자리에서 일어나, 가이의 외투에서 나온 것 같은 감색 천조각과 자주색 장갑을 보았다.

"맙소사. 이게 범인이 흘리고 간 거라고요?"

"그럴 가능성이 높아. 하나는 외투에서 떨어져 나온 것이고, 다른 하나는 아마 장갑에서 나온 것 같네."

"머플러일 수도 있겠군요."

"아니, 조그마한 솔기가 있다네." 제러드는 반점이 있는 뭉툭한 엄지로 가리켰다.

"꽤 멋진 장갑이겠군요."

"여성용이야." 제러드는 눈을 반짝이며 브루노를 올려다보았다.

브루노는 재미있다는 듯이 씩 웃다가, 잘못했다는 듯이 곧 웃음을 멈췄다.

"난 처음엔 살인 청부업자라고 생각했네." 제러드가 한숨을 내쉬며 말했다. "집 위치를 분명히 알았으니까. 하지만 살인 청부업자가 길을 잃고 숲속을 헤맸을 것 같지는 않아."

"음, 그렇군요." 브루노는 흥미를 보였다.

"범인은 어느 길로 가야 하는지 알았을 거야. 길은 10미터밖에 떨어져 있지 않았으니까."

"그걸 어떻게 알아요?"

"이 모든 일이 치밀하게 계획되었기 때문이야. 뒷문 자물쇠가 부서진 것하며, 담 밑에 우유 상자가 놓여 있는 것하며……."

브루노는 잠자코 있었다. 허버트 집사가 자물쇠를 부순 것은 브루노라고 말했기 때문이다. 허버트 집사는 브루노가 우유 상자를 담 밑에 놓아두었다는 사실까지 말했을 것이다.

"자주색 장갑이라니!" 제러드는 지금껏 브루노가 들어본 것 가운데 가장 유쾌한 웃음을 터뜨리며 낄낄거렸다. "지문을 남기지 않는 이상 장갑 색깔이 무슨 상관이겠어, 안 그래?"

"네." 브루노는 짤막하게 대답했다.

제러드는 테라스 문을 지나 집 안으로 들어갔다.

잠시 후 브루노도 그를 뒤따라갔다. 제러드는 부엌으로 향했고 브루노는 계단을 올라갔다. 수첩을 침대에 가볍게 던져두고는 홀로 내려갔다. 아버지의 방문이 열린 걸 보자 마치 그의 죽음을 그제야 깨달은 것처럼 이상한 기분이 들었다. 그런 느낌이 드는 건 방문이 활짝 열려 있었기 때문이다. 셔츠자락이 나와 있거나 경보장치를 꺼둔 것도 캡틴이 살아 있었다면 절대 있을 수 없는 일이었다.

브루노는 얼굴을 찌푸리고 방문에 다가가서는 재빨리 문을 닫았다. 방에는 형사들과 가이의 발자국이 남아 있을 것이고, 캐비닛 서랍은 약탈당했고, 책상에 놓인 수표책은 마치 그의 아버지의 서명을 기다리듯이 가만히 놓여 있었다. 그는 어머니의 방문을 조심스럽게 열었다. 어머니는 분홍색 새틴 담요를 턱 밑까지 끌어당긴 채 침대에 누워 있었고, 지난 토요일 밤부터 방 안쪽으로 고개를 돌린 채 눈을 뜨고 있었다.

"잠 못 잤죠, 엄마?"

"응."

"제러드가 또 왔어요."

"알아."

"혼자 있고 싶으면 그렇게 전할게요."

"그럴 필요 없어."

브루노는 침대에 걸터앉아 어머니에게 몸을 구부렸다. "잠을 이룰 수 있으면 좋을 텐데요, 엄마." 그녀의 눈 밑 주름에는 자줏빛 그늘이 드리웠고, 입술 선은 지금껏 한 번도 본 적 없는 모습으로 길고 가늘게 이어져 있었다.

"얘야, 아버지가 네게든 혹은 누구에게든 아무 말도 하지 않은 게 확실하니?"

"아버지가 내게 그런 말하는 거 상상이 돼요?" 브루노는 방 안을 왔다 갔다 했다. 제러드가 집에 있다는 게 끔찍하게 싫었다. 무엇보다 불쾌한 것은 만일에 대비해 누구든 의심하고 보는 그의 태도였다. 제러드는 아버지를 맹목적으로 따르던 집사 허버트를 포함해, 아버지를 비난할 이유가 없는데도 나쁘게 말하는 모든 사람을 의심했다. 허버트는 브루노가 잔디밭의 거리를 재는 모습을 본 적이 없었는데, 지금쯤은 제러드에게 들어서 알고 있을지도 몰랐다. 어머니가 아파 누워 있는 동안 제러드는 집 안 전체를 돌아다녔다. 제러드의 모습을 보면 그가 언제 보폭을 세고 언제 안 세는지 전혀 알 수 없었다.

브루노는 지금 당장이라도 제러드 얘기를 하고 싶었지만, 어머니는 이해하지 못할 것이다. 어머니는 제러드가 최고의 사립탐정이므로 그에게 계속 일을 맡기자고 했다. 브루노와 그의 어머니는 함께 움직이고 있지 않았다. 어머니는 금요일에 떠나기로 한 결정은 목요일에 내렸다는 사실처럼 무척 중요하지만 아직 그에게 알려주지 않은 사실을 제러드에게 벌써 말했을지도 모른다.

"찰스, 너 살찌고 있다는 거 아니?" 어머니가 웃음 띤 얼굴로 물었다.

브루노는 웃음을 지었다. 어머니의 원래 모습처럼 느껴졌기 때문이다. 어머니는 샤워 캡을 쓰고 화장대 앞에 앉아 있었다.

"식욕이 괜찮은 편이에요." 그가 말했다. 하지만 실제로는 식욕이 없었고 소화도 잘 되지 않았다. 그럼에도 살이 찌고 있었다.

어머니가 욕실에 들어가자마자 제러드가 노크하는 소리가 들렸다.

"오래 걸릴 거예요." 브루노가 그에게 말했다.

"내가 홀에서 기다리고 있다고 전해줘."

브루노는 욕실 문을 두드리고 어머니에게 말해준 다음 자기 방으로 갔다. 침대에 놓인 수첩 위치를 보니 제러드가 수첩을 확인한 게 분명했다. 브루노는 물을 타지 않은 위스키를 천천히 따라 마시고 조용히 홀로 내려가보았다. 제러드가 벌써 어머니와 이야기를 나누는 소리가 들렸다.

"……기분이 좋지도, 나쁘지도 않아 보입니다. 그렇죠?"

"몹시 변덕스러운 아이잖아요. 내가 그 애 기분을 제대로 알아차린 건지도 의심스러워요."

"사람들은 때로 이상한 감정에 휩싸이기도 하죠, 안 그렇습니까?"

브루노의 어머니는 아무 대답도 하지 않았다.

"……유감이에요. 찰스가 좀 더 협조적이면 좋을 텐데요."

"그가 무언가 숨기고 있다고 생각해요?"

"모르겠습니다." 제러드가 밉살스러운 웃음을 지으며 말했다. 그의 어투로 보아 브루노가 듣고 있음을 아는 게 분명했다. "사모님은 어떻게 생각하시는지요?"

"난 그 애가 무언가 숨기고 있다고 생각하지 않아요. 그런데 뭘 하려는 거죠?"

브루노의 어머니는 제러드와 맞서고 있었다. 브루노는 그 일 이후로 어머니가 제러드를 못마땅하게 여길 거라는 생각이 들었다. 아이오와 출신 촌놈인 제러드는 꿀 먹은 벙어리처럼 멍하니 있었다.

"제가 진실을 밝혀내길 바라시지 않습니까?" 제러드는 라디오 탐정처럼 물었다. "찰스는 목요일 밤 사모님과 헤어진 후의 행적에 관해 모호하게 대답하고 있어요. 의심스러운 친구들도 몇몇 있고요. 그 가운데 한 명은 돌아가신 사장님의 사업상의 적敵이 고용한, 돈이면 뭐든 하는 사람일 수도 있고 산업 스파이 같은 놈일 수도 있습니다. 찰스와 사모님이 메인주로 떠나기 바로 전날에 찰스가 그자에게 얘기해주었을 수도 있고……."

"지금 무슨 말 하는 거예요? 찰스가 이 일에 관해 무언가 알고 있단 말인가요?"

"그렇다고 해도 전 별로 놀라지 않을 겁니다. 사모님도 그렇지 않으신가요?"

브루노는 나지막이 욕을 내뱉었다. 어머니한테 저런 말을 하다니!

"찰스에게 들은 말은 모두 사모님께 말씀드리겠습니다."

브루노는 계단으로 갔다. 제러드에게 굽히는 어머니의 모습에 충격을 받았다. 혹시 어머니가 그를 의심하기 시작한다면? 살인은 어머니로서도 도저히 받아들일 수 없는 일이었다. 샌타페이에서 깨닫지 않았던가? 그리고 혹시 가이를 기억해낸다면, 그가 로스앤젤레스에서 가이 얘기를 했던 걸 기억한다면? 제러드가 2주일 내에 가이를 찾아낸다면? 가이의 몸에는 숲을 헤치다 생긴 자국들이 있을 것이고, 멍이나 베인 상처가 있으면 의심을 불러일으킬 것이다. 브루노가 귀를 기울이자 허버트 집사가 아래층 홀을 지나가는 소리가 들렸다. 어머니가 마실 음료가 놓인 쟁반을 허버트가 들고 있는 모습을 보고, 브루노는 다시 계단을 올라왔다. 여기저기서 전투가 벌어지는 낯선 전쟁터에 있는 것처럼 가슴이 고동쳤다. 서둘러 방에 돌아온 그는 술을 벌컥벌컥 들이마시고 침대에 누워 잠을 청했다.

누군가 잡아당기는 듯한 손길에 브루노가 잠에서 깨어나자, 제러드가 손으로 그의 어깨를 흔들고 있었다.

"잘 있게." 제러드가 씩 웃으며 말하자, 담배로 누렇게 얼룩진 아랫니가 보였다. "그냥 가려다가 인사나 하려고 들렀지."

"그것 때문에 자는 사람을 깨워요?" 브루노가 말했다.

브루노가 꼭 하고 싶었던 완곡한 표현을 찾기도 전에, 제러드는 키득거리며 방을 나가버렸다. 브루노는 얼굴을 베개에 묻고 다시 잠을 청했지만, 눈을 감자 연갈색 양복 차림의 땅딸막한 제러드가 홀을 지나가는 모습이 떠올랐다. 그는 닫힌 문을 유령처럼 통과하고, 몸을 숙여 서랍을 확인하고, 편지와 메모를 읽고, 몸을 돌려 손가락으로 그를 가리키고, 그의 어머니를 고문할 것이다. 브루노는 그런 제러드와 맞서 싸울 수 없을 것이다.

# 27

"그것 말고 무슨 생각을 할 수 있겠어요? 그는 날 고발하려 하고 있다고요!" 브루노가 테이블 맞은편에 앉은 어머니에게 소리쳤다.

"찰스, 그렇지 않아. 그는 자기가 맡은 일을 하고 있는 것뿐이야."

브루노는 머리칼을 뒤로 쓸어 넘겼다. "춤추고 싶어요, 엄마?"

"춤출 상황이 아니야."

브루노는 그럴 상황이 아니었고, 그걸 잘 알고 있었다. "그럼 한 잔 더 마시고 싶어요."

"얘야, 곧 음식이 나올 거야."

그 모든 상황을 참아내는 어머니의 모습과 눈 밑에 불그스름하게 처진 그녀의 주름을 보자 브루노는 마음이 너무 아파 어머니를 똑바로 쳐다볼 수가 없었다. 브루노는 웨이터를 부르려고 주변을 둘러보았다. 그날 밤은 사람들로 무척 붐벼서 누가 웨이터인지 손님인지 구분하기도 쉽지 않았다. 브루노의 시선이 댄스홀 맞은편 테이블에 앉은, 제러드를 닮은 남자 앞에서 멈췄다. 동행인은 보이지 않았지만, 대머리에 연갈색 양복을 입은 모습은 분명히 제러드를 닮았는데, 남자는 검정 재킷을 덧입고 있는 점이 달랐다. 눈앞의 광경이 계속 갈라져 보이자 브루노는 눈을 감았다.

"찰스, 웨이터가 오고 있으니 어서 자리에 앉아."

분명히 제러드였다. 브루노가 지켜보고 있다는 걸 동행인들에게 들었는지, 제러드는 껄껄 소리 내어 웃고 있었다. 잠시 화가 치밀어 오른 브루노는 어머니에게 말해야 할지 말아야 할지 몰랐다.

잠시 후 브루노는 자리에 앉아 힘찬 목소리로 말했다. "제러드가 저기 있어요!"

"그래? 어디에?"

"악단 왼쪽 푸른 등불 아래에요."

"난 안 보여. 헛것이 보이는 모양이구나, 찰스."

"헛것을 본 게 아니에요!" 브루노는 큰 소리로 외치고는 육즙을 살려 구운 쇠고기 요리가 담긴 접시에 냅킨을 던졌다.

"네가 말한 사람은 제러드가 아니야." 어머니는 인내심 있게 말했다.

"어머니는 나만큼 그를 잘 볼 수 없는 거라고요! 저 사람은 제러드가 분명하고, 그와 같은 곳에서 식사를 하고 싶지 않아요!"

"찰스," 그녀는 한숨을 내쉬었다. "한 잔 더 할래? 한 잔 더 하는 게 좋겠어. 저기 웨이터가 오는구나."

"그와 같은 곳에서 술도 마시고 싶지 않아요! 그가 분명하다는 걸 증명해 보일까요?"

"그게 무슨 상관이야? 제러드는 우릴 귀찮게 하려는 게 아니야. 아마 우릴 지켜주고 있을 거야."

"어머니도 그자라는 걸 인정하는군요! 저 사람은 우리를 염탐하고 있고, 검정색 재킷을 입고 있어서 어딜 가든 우릴 뒤따라올 수 있어요!"

"아무튼 제러드가 아니야." 그녀는 나지막이 말하며 구운 생선 위에 레몬 즙을 뿌렸다. "넌 지금 환각 증상을 보이고 있어."

브루노는 잠시 입을 다물지 못한 채 어머니를 빤히 쳐다보았다. "엄마, 지금 내게 그런 말을 하는 의도가 뭐죠?" 그의 목소리가 갈라졌다.

"찰스, 모두가 우릴 쳐다보고 있어."

"난 상관없어요."

"얘야, 내 말 들어봐. 넌 이번 일에 지나치게 신경 쓰고 있어." 어머니는 끼어들려는 브루노를 막으며 말을 이었다. "그러고 싶어서겠지. 흥분하고 싶어 하니까. 예전에도 그런 모습을 봤단다."

브루노는 할 말을 완전히 잃어버렸다. 어머니가 그에게 등을 돌린 것이다. 지금 어머니가 그를 바라보는 모습은 예전에 캡틴이 그를 바라보던 모습과 똑같았다.

"네가 제러드에게 어떤 말을 한 모양이구나. 화가 나서 그랬을 텐데, 제러드는 네가 이상하게 행동하고 있다고 생각해. 실제로 보니 그렇구나."

"그가 밤낮으로 날 뒤따라 다닐 이유라도 있단 말이에요?"

"찰스, 네가 본 사람은 제러드가 아니야." 그녀가 단호하게 말했다.

브루노는 억지로 몸을 일으켜 제러드가 앉아 있는 테이블로 비틀거리며 걸어갔다. 어머니에게는 그가 제러드임을 보여주고 싶었고, 제러드에게는 그가 두려워하지 않음을 보여주고 싶었다. 댄스 플로어 가장자리에 테이블 두어 개가 시야를 막았지만, 제러드임을 분명히 확인할 수 있었다.

제러드는 고개를 들어 브루노를 향해 반갑게 손을 흔들었고, 제러드의 부하는 브루노를 빤히 쳐다보았다. 저런 사람을 고용해서 돈을 지불하고 있다니! 브루노는 입을 벌렸지만 정확히 무슨 말을 해야 할지 몰랐고 몸이 비틀거렸다. 그는 자신이 뭘 하고 싶은지 알았다. 가이에게 전화를 거는 것이었다. 지금 당장, 바로 그곳에서, 제러드와 함께 있는 그곳에서.

브루노는 댄스 플로어를 가로질러서 공중전화 부스가 있는 곳으로 비틀거리며 갔다. 천천히 미친 듯이 빙글빙글 도는 형상들이 파도처럼 밀려와 정신을 차릴 수가 없었다. 밀려오는 파도를 이겨내지 못해 계속 뒤로 떠밀리는 것 같았는데, 어린 시절 집에서 열린 파티에서 비슷한 경험을 했었다. 어린 시절 그가 춤추는 커플들 사이를 가로질러 어머니에게 가려고 애쓰던 순간이 떠올랐다.

브루노는 아침 일찍 잠에서 깨어났다. 꼼짝도 하지 않고 침대에 가만히 누워 마지막으로 기억나는 순간을 애써 더듬어보았다. 자신이 기절했던 건 분명히 알았다. 의식을 잃기 전에 가이에게 전화했던가? 만약 그랬다면 제러드가 알아챘을까? 가이와 통화를 하지 않은 건 분명했는데, 만약 그랬다면 기억날 것이기 때문이다. 아무튼 가이의 집에 전화를 했을 가능성은 있었다.

그는 공중전화 부스 안에서 기절했는지 어머니에게 물어보려고 침대에서 몸을 일으켰다. 그러자 온몸이 떨려와 욕실로 갔다. 잔을 들어 올리자 물에 탄 위스키가 얼굴에 튀었다. 그는 욕실 문에 몸을 기댔다. 이제 이른 아침과 늦은 밤에 양쪽 손발이 떨리기 시작했고, 아침에는 점점 더 일찍 일어났고 밤에는 잠들기가 더 힘들어졌다.

그리고 그 사이에는 제러드가 있었다.

# 28

예전에 경험했던 감정이 잠시나마 희미하게 떠오를 때면 가이는 병원 설계도면과 노트가 가지런히 정리된 책상에 앉아 마음을 편안하게 가라앉혔다.

지난달에 그는 책장을 모두 깨끗이 닦고 페인트를 다시 칠했고, 카펫과 커튼을 깨끗하게 세탁했고, 도자기와 알루미늄이 광이 날 때까지 부엌을 깨끗하게 닦았다. 냄비에 담긴 더러운 물을 싱크대에 쏟아부을 때는 죄책감에 시달렸다. 하루에 두세 시간밖에 잠을 자지 못했던 그는, 길거리를 걷는 것보다 집 청소를 하는 것이 몸을 피곤하게 하는 데 더 효과적인 방법임을 알게 되었다.

접힌 상태로 침대에 놓인 신문을 본 가이는 몸을 일으켜 신문을 훑어보았다. 신문에는 6주 전에 일어난 살인사건에 관한 기사가 더 이상 없었다. 그는 모든 단서들을 조심스럽게 처리했다. 자주색 장갑은 잘게 잘라 변기에 버렸고, 외투는 좋은 것이어서 거지에게 줄까 생각도 했지만, 살인자가 입었던 외투는 거지도 싫어할 것 같아 그만두었다. 외투와 바지도 잘게 잘라서 조금씩 쓰레기로 버렸다. 루거 권총은 맨해튼 다리에서 던져 버렸다. 신발도 다른 것으로 바꾸었다. 유일하게 없애지 않은 건 작은 권총이었다.

가이는 책상으로 가서 권총을 보았다. 단단한 느낌이 손끝에 닿자 마음이 누그러졌다. 그가 버리지 않은 유일한 단서였고, 경찰이 그를 찾아낸다면 유일하게 필요한 단서였다. 가이는 자신이 그 권총을 왜 가지고 있는지 정확하게 알았다. 살인을 저지른 그것은 바로 그의 것, 그의 일부, 제3의 손이었던 것이다. 열다섯 살 때 그 권총을 샀던 사람도 그였고, 미리엄을 사랑한 사람도 그였고, 시카고에 살 때 방에 그 권총을 보관하면서 마음 깊이 무척 만족한 표정으로 바라보던 사람 역시 그였다. 그 권총은 기계적이고 완벽한 논리를 가진 그의 최고의 모습이었다. 이제 와서 생각해보니 그것은 그와 마찬가지로 사람을 죽일 수 있는 힘이 있었던 것이다.

브루노가 감히 다시 연락해온다면, 가이는 그도 죽여버릴 것이다. 가이는 자신이 그럴 수 있을 거라는 확신이 들었다. 브루노는 늘 그의 속마음을 읽어낼 수 있었다. 가이는 경찰이 아무 말 없는 것보다 브루노가 잠잠한 것에 더 큰 안도감을 느꼈다. 사실, 가이는 경찰에게 발각될까 봐 불안해한 적이 지금껏 한 번도 없었다. 늘 그의 마음속에 있는 불안은 자기 자신과의 싸움이었다. 그 불안감이 너무 고통스러워 차라리 법이 개입했으면 좋겠다는 생각이 들 지경이었다. 양심의 법에 비하면 사회의 법은 느슨하기 짝이 없었다. 법에 다가가 자백할 수도 있었지만, 자백은 단순한 시늉일 뿐 진실을 회피하는 쉬운 길에 지나지 않았다. 그가 법의 집행을 받는다 해도, 그건 단순한 제스처에 지나지 않을 것이다.

"난 법을 전혀 존중하지 않아." 가이는 2년 전 메트캐프에서 피터 리그스에게 했던 말이 떠올랐다. 그와 미리엄을 부부로 인정하는 법을 왜 존중해야 한단 말인가? "교회도 그다지 존중하지 않아." 열다섯 살에는 피터에게 건방지게 말했었다. 교회는 물론 메트캐프 침례교도들에게도 말했었다. 열일곱 살에는 스스로 하나님을 찾아냈다. 그는 자신의 재능을 일깨움으로써, 모든 예술의 일체감을 느끼면서, 그리고 자연의 일체감, 과학의 일체감을 느끼고, 세상의 모든 창조와 질서의 힘을 느끼면서 신의 존재를 찾아냈다.

가이는 신에 대한 믿음이 없었다면 자신의 일도 해낼 수 없을 거라고 믿었다. 그렇다면 살인을 저질렀을 때 그의 믿음은 어디에 있었던 걸까? 하나님이 그를 용서한 게 아니라 그가 하나님을 용서한 것이다. 그가 보기에, 지금껏 하나님은 단 한 사람도 견딜 수 없었고 그럴 필요도 없었던 것 같다. 심한 죄책감에 빠져 있었으므로, 그의 영혼이 이미 죽지 않았다면 견뎌낼 수도, 살아갈 수도 없었을 것이다. 지금 그에게 남아 있는 건 빈 껍데기뿐이었다.

가이는 멍하니 몸을 돌려 제도용 책상을 마주 보았다. 숨이 막히는 소리가 치아 사이로 새어나오자, 그는 조바심을 내며 서둘러 손으로 입을 막았다. 하지만 아직 올 것이 남아 있고, 숨이 막힐 것이고, 더 가혹한 벌을 받을 것이고, 더 끔찍한 사실을 깨달을 것임을 직감했다.

"난 아직 충분히 고통받고 있지 않아." 갑자기 가이는 나지막이 속삭이듯 내뱉었다. 왜 나지막이 속삭였던 걸까? 부끄러워서일까? "난 아직 충분히 고통받고 있지 않아." 그는 누군가 자기 얘기를 들어주길 바라는 듯이 주변을 둘러보며 평소 목소리로 말했다. 그 말 속에 애원하는 느낌이 없었더라면, 자신이 누군가에게 애원할 자격조차 없다고 여겼다면, 그는 힘껏 외쳤을 것이다.

가령, 가이는 오늘 새로 산 멋진 책에 관해 이런저런 생각을 할 수 있었고, 사랑할 수 있었다. 그럼에도 그 책들이 마치 그의 지나간 청춘처럼, 오래전부터 책상에 놓여 있었던 것 같은 느낌이 들었다. 당장 일을 시작해야겠다는 생각이 들었다. 그는 병원 설계를 의뢰받았었다. 그가 이미 정리한 노트가 거위 목처럼 휜 램프 아래 불빛을 받으며 쌓여 있는 걸 보자 그는 얼굴을 찌푸렸다. 자신이 그 설계를 맡았다는 사실이 비현실적으로 느껴졌다. 문득 정신을 차려보면, 지난 몇 주 동안에 일어났던 모든 일이 환상이며 꿈인 것 같았다. 병원 건물 설계를 맡은 게 감옥 설계를 맡은 것보다는 더 현실적이지 않을까?

머릿속 생각이 어지럽다는 걸 알고 가이는 당혹스러운 표정으로 얼굴을 찌푸렸다. 2주 전 병원 인테리어를 시작하면서 그는 죽음에 관해서는 한 번도 떠올리지 않았고 건강과 치유라는 긍정적인 면만 생각했었다. 병원 설계에 관해 앤에게 아무 말도 하지 않았다는 사실이 문득 떠올랐고 비현실적인 느낌이 들었던 것도 그 때문인 것 같았다. 앤은 그의 현실을 비춰주는 존재일 뿐, 그에게 주어진 건축가로서의 업무를 비춰주는 존재는 아니었다. 하지만 왜 굳이 그녀에게 말하지 않았던 걸까?

가이는 당장 일을 해야 했지만, 저녁이면 늘 찾아오는 괴력에 가까운 기운이 양쪽 다리에서 솟아올랐다. 그는 기운을 소진하려고 결국 길거리로 나갔지만, 아무리 애를 써도 소진할 수가 없었다. 그는 그 기운이 두려웠다. 기운을 소진시킬 일을 찾을 수 없었고, 기운을 써버릴 일은 자살뿐이라는 생각이 가끔씩 들었기 때문이다. 하지만 마음속 깊은 곳에서는 그 의지에 반해 목숨을 부지하려는 강력한 힘이 있었고, 자살은 겁쟁이의 도피 수단이며 그를 사랑하는 사람들에 대한 잔인한 행동이라는 생각이 들었다.

어머니 생각이 떠오르자, 다시는 어머니 품에 안길 수 없을 것 같다는 생각이 들었다. 어머니가 모든 사람에게는 영혼이 있고 그 영혼은 영원히 선하므로 모든 사람들은 똑같이 선하다고 했던 말이 떠올랐다. 악은 늘 외부에서 오는 것이라고 했다. 미리엄의 애인인 스티브를 죽이고 싶었을 때도 미리엄을 보면서 몇 달 동안 그렇게 믿었다. 열차에서 플라톤을 읽었을 때도 그렇게 믿었다.

가이의 마음속 이륜마차의 두 번째 말은 첫 번째 말만큼 고분고분하게 말을 잘 들어왔다. 하지만 이제는 사랑과 증오, 선과 악이 인간의 마음속에 함께 있다는 생각이 들었다. 사람마다 비율은 다르겠지만 선과 악이 공존하는 건 마찬가지였다. 표면만 살짝 건드려도 선과 악의 모습이 드러나는 것이다. 모든 것의 반대편은 바로 곁에 존재하고, 모든 결정에는 그에 반대하는 논리가 있고, 모든 동물 곁에는 그 동물을 잡아먹는 동물이 있고, 남성 곁에는 여성, 긍정 곁에는 부정이 존재한다. 한 원소를 쪼개는 것은 그저 파괴일 뿐이며, 단일성이라는 우주 법칙을 파괴하는 것일 뿐이다. 세상 어느 것도 반대편 없이는 존재할 수 없다. 공간을 막는 물체가 없다면 건물 속의 공간 자체가 존재할 수 있을까? 물질 없는 에너지가, 에너지 없는 물질이 존재할 수 있을까? 물질과 에너지, 정적인 것과 동적인 것, 한때는 서로 반대라고 여기던 것들을 이제는 단일한 것으로 알아야 했다.

그리고 브루노. 그와 브루노. 두 사람은 각각 다른 사람이 선택받지 못한 모습이었고, 버려진 자아, 증오한다고 생각했지만 실제로는 사랑하는 모습이었다.

한순간, 가이는 자신이 미쳤을지도 모른다는 생각이 들었다. 광기와 천재성도 종종 서로 함께 나타난다는 생각이 들었다. 하지만 대부분의 사람들은 평범하고 진부한 삶을 살아간다. 물속에서 헤엄치는 물고기들처럼.

아니다. 거대한 자연에서부터 미세한 원자 안에 존재하는 양자와 전자에 이르기까지, 이원성이 존재한다. 이제 과학은 전자를 쪼개려 하고 있지만, 그 뒤에 있는 하나의 생각, 단일성, 단일한 진리, 반대는 항상 존재한다는 생각 때문에 그럴 수 없는지도 몰랐다. 전자가 물질인지 에너지인지 누가 알겠는가? 신과 악마가 온갖 전자 곁에서 손을 잡고 춤을 추고 있을지도 모른다!

가이는 담배꽁초를 휴지통에 던졌지만 빗나갔다.

꽁초를 집어 휴지통에 넣자, 어젯밤 죄의식에 견디다 못해 자백서를 썼다가 구겨버린 종이가 보였다. 그걸 보자 사방에서 그를 공격하는 현실로 억지로 끌려가는 기분이었다. 브루노와 앤, 그 방, 그날 밤, 내일 병원 관계자들과 함께하는 회의 등.

자정 가까운 시각에 졸음이 오는 것 같았다. 가이는 혹시나 잠이 달아날까 두려워 옷도 벗지 않고 책상에서 곧장 침대로 갔다.

그는 꿈을 꾸었다. 매일 밤 잠을 청할 때마다 경계하는 듯한 느린 숨소리에 잠이 깨는 꿈이었는데, 이번에는 창밖에서 들리는 소리에 잠이 깨는 꿈이었다. 누군가 담을 타고 올라왔다. 박쥐처럼 커다란 망토를 두른 키 큰 남자가 갑자기 방 안으로 뛰어들어 왔다.

"나예요." 그가 담담하게 말했다.

가이는 침대에서 벌떡 일어나 그와 싸우려 했다.

"누구야?" 가만히 보니 브루노였다.

브루노는 맞서 싸우기보다는 저항했다. 가이가 젖 먹던 힘까지 짜낸다면 브루노의 어깨를 바닥에 밀어붙일 수 있었고, 계속 되풀이되는 꿈속에서 가이는 온 힘을 짜내야 했다. 가이는 브루노를 바닥에 눕혀 무릎으로 고정하고 목을 졸랐지만, 브루노는 아무 느낌도 없는 것처럼 씩 웃고만 있었다.

"내가 누구냐고? 바로 너야." 브루노는 마침내 그렇게 대답했다.

잠에서 깨어나 보니 머리가 무거웠고 식은땀이 났다. 가이는 상체를 들어 텅 빈 방을 조심스레 둘러보았다. 방 안에는 똬리를 튼 뱀이 축축한 몸으로 시멘트 담을 가볍게 치면서 서서히 올라오는 것처럼, 축축한 소리가 나는 것 같았다. 그런데 갑자기 빗소리 같다는 생각이 들었다. 부슬부슬 부드럽게 떨어지는 여름비 소리를 들으며 가이는 다시 베개에 얼굴을 묻고 나지막이 흐느껴 울기 시작했다. 비스듬하게 땅에 떨어지는 빗방울이 이렇게 말하는 것 같았다. "물을 줘야 할 봄나무들이 어디 있나요? 나를 기다리는 새 생명들이 어디 있나요?"

어제 가이는 구겨버린 종이에 이렇게 썼었다. '앤, 우리의 청춘에서 사랑을 보았던 싱그러운 포도나무는 어디에 있지?' 비는 자기를 기다리는 새 생명을 찾을 것이다. 그의 집 마당에 떨어지는 비는 너무 과해서 아무 필요 없는 비였다. '앤, 싱그러운 포도나무는 어디에…….'

눈을 뜬 채 침대에 누워 있자니, 열차에 갑자기 올라탄 그 낯선 승객처럼 새벽이 창틀을 넘어 불쑥 가이를 찾아오는 것 같았다. 브루노처럼. 가이는 침대에서 일어나 불을 켜서 어둠을 밝히고 다시 책상에 가 앉았다.

# 29

가이는 브레이크 페달을 힘껏 밟았지만 차는 끼익, 소리를 내며 어린아이를 향해 튀어 올랐다. 넘어진 자전거에서 달그락거리는 소리가 나지막하게 났다. 가이는 차에서 얼른 내려 앞으로 뛰어가서 앞 범퍼에 무릎을 대고 아이의 어깨를 안아 올렸다.

"괜찮아요." 어린 남자아이가 말했다.

"아이는 괜찮아?" 앤이 남자아이만큼이나 하얗게 질린 얼굴로 달려 나왔다.

"그런 것 같아." 가이는 자전거 앞바퀴를 무릎으로 고정하고 자전거 손잡이를 똑바로 폈다. 남자아이가 심하게 떨리는 그의 손을 호기심 어린 눈빛으로 쳐다보는 게 느껴졌다.

"고맙습니다." 아이가 말했다.

아이가 자전거에 올라타 페달을 밟고 가는 모습을 가이는 마치 기적인 양 바라보았다. 그는 떨리는 한숨을 내쉬며 앤에게 나지막이 말했다. "오늘은 더 이상 운전 못 하겠어."

"알았어." 앤도 그처럼 나지막이 말했지만, 눈빛에는 의구심이 있었다. 그녀는 차를 돌아 운전석에 올라탔다.

가이는 차에 타서 앤의 부모님께 죄송하다고 말했고, 앤의 부모님은 그런 일은 운전하다 보면 가끔 겪는 일이라고 나지막이 중얼거렸다. 하지만 가이는 뒷좌석에 앉은 그들이 충격과 공포로 할 말을 잃은 것 같다는 생각이 들었다. 가이는 아이가 자전거를 타고 길을 내려오는 모습을 봤었다. 아이는 차를 보고 멈췄지만, 가이는 아이를 치어버리기라도 할 작정인 것처럼 아이를 향해 차를 돌렸다. 정말 그랬던 걸까? 그는 몸을 부들부들 떨면서 담배에 불을 붙였다. 근육 조절이 잘 안 된 것뿐이라고 혼잣말을 했다. 지난 2주 동안 수십 번도 더 그랬는데, 회전문에 부딪치거나 자를 대고 펜을 제대로 긋지도 못했고, 무언가 하고 있으면서도 그곳에 없는 것 같은 느낌도 자주 들었다. 가이는 자신이 지금 뭘 하고 있는지 다시 곰곰이 생각해보았다. 앤의 차를 타고 올턴에 지은 집을 보러 가는 길이었다. 집은 완공되었고 앤과 그녀의 어머니가 지난주에 커튼을 달았다. 일요일이었고 정오가 가까운 시각이었다. 앤은 어제 가이의 어머니로부터 다정한 편지를 받았다고 했다. 그녀는 가이의 어머니가 직접 코바늘 뜨개질로 만든 앞치마 석 장과, 부엌 선반에 두고 먹을 수 있도록 직접 만든 저장 음식도 여럿 보내 왔다고 했다.

가이는 이 모든 걸 기억할 수 있을까? 그가 기억할 수 있는 것이라고는 주머니에 넣어둔 채 아직 앤에게 말하지 않은 브롱크스 병원 설계도뿐이었다. 그는 어디론가 떠나서 아무도, 앤조차 만나지 않고 일만 할 수 있었으면 좋겠다는 생각이 들었다. 그는 앤을 슬쩍 쳐다보았다. 그녀는 얼굴을 살짝 쳐들고 있었고, 콧등은 아치 모양을 그리며 살짝 올라가 있었다. 가늘지만 강인한 느낌이 드는 두 손으로 운전대를 능숙하게 돌리며 커브를 돌고 다시 방향을 바꾸었다. 가이는 앤보다 그녀의 차를 더 좋아한다는 생각이 느닷없이 들었다.

"배고픈 사람 있으면 지금 말해요." 앤이 말했다. "여기를 지나면 앞으로 몇 킬로미터 동안 상점이 없거든요."

하지만 배고픈 사람은 아무도 없었다.

"앤, 적어도 1년에 한 번은 저녁식사에 초대해주기 바란다." 그녀의 아버지가 말했다. "오리 두어 마리나 메추라기 요리도 좋고. 주변에 좋은 사냥터가 있다고 들었는데 가이, 자네 총 잘 쏘나?"

앤은 집으로 이어지는 길로 차를 몰았다.

"꽤 쏘는 편입니다." 가이는 두어 번 더듬다가 마침내 그렇게 말했다. 그는 도망쳐야겠다고, 그래야만 마음을 가라앉힐 수 있다는 확신이 들었다.

앤은 가이에게 웃어 보이고는 차를 세우고 다가와 속삭였다. "집에 들어가서 한 모금 마셔. 부엌에 브랜디 병이 있어." 앤이 손목을 만지자 가이는 자기도 모르게 움찔하며 뒤로 물러섰다.

가이도 브랜디 같은 걸 마셔야 할 것 같다는 생각이 들었지만, 결국 아무것도 마시지 않을 것임을 알았다.

앤의 어머니가 가이의 곁으로 다가와 새로 깐 잔디밭을 걸었다. "정말 아름다워. 자네가 자랑스러워했으면 좋겠어."

가이는 고개를 끄덕였다. 이제 끝났다. 멕시코의 호텔 방에 있던 갈색 옷장을 보며 상상하던 것을 이제 더 이상 상상할 필요가 없었다. 앤은 부엌에 멕시코 스타일의 타일을 깔고 싶어 했다. 그녀가 가끔 하는 벨트와 핸드백, 굽이 낮은 가죽 샌들도 멕시코 스타일이었다. 앤이 지금 입은 트위드 코트 아래로 보이는, 자수 장식이 있는 긴 치마도 멕시코 스타일이었다. 가이는 자신이 몬테카를로 호텔을 골랐던 것은 분홍색과 갈색으로 장식한 칙칙한 방과 갈색 옷장 거울에 비친 브루노의 얼굴이 남은 평생 동안 떠오르게 하기 위해서인 것 같았다.

결혼하기까지 이제 한 달밖에 남지 않았다. 금요일 밤을 네 번만 더 보내면, 앤은 벽난로 옆에 놓인 커다란 초록색 의자에 앉아 있을 것이고, 멕시코 스타일로 장식한 부엌에서 그를 부를 것이고, 두 사람은 위층 작업실에서 함께 일할 것이다. 그는 무슨 권리로 그녀를 함께 가두려는 걸까? 침실을 바라보자 다소 어수선한 느낌이 드는 것 같았다. 앤이 세련되지 않은 침실을 원한다고 말했던 기억이 얼핏 떠올랐다.

"엄마한테 가구 고맙다고 말하는 거 잊지 마. 알았지?" 앤이 가이에게 나지막이 속삭이듯 말했다. "엄마가 선물로 사주셨으니까."

체리목으로 만든 침실 가구를 말하는 것이었다. 그날 아침, 식사를 하며 앤이 말했던 게 떠올랐다. 그날 가이는 손에 붕대를 감고 있었고, 앤은 헬렌의 집에서 열리는 파티에 간다며 검정 원피스 차림을 하고 있었다. 하지만 가이는 가구에 관해 무언가 얘기해야 하는 순간에 아무 말도 하지 못했고, 너무 늦어버린 것 같았다. 무슨 문제가 있다는 걸 앤의 부모님도 알아야 한다는 생각이 들었다. 세상 모든 사람들이 알아야 할 것 같았다. 그는 단지 형 집행을 연기받은 것뿐이며, 언제가 형이 집행되어 그를 소멸시킬 것이다.

"가이, 새로 맡은 일 생각 중인가?" 앤의 아버지가 담배를 건네며 물었다.

측면 현관으로 들어가던 가이는 앤의 아버지를 미처 보지 못했다. 그는 자신의 결백함을 증명이라도 하듯 접은 서류를 주머니에서 꺼내 보여주며 설명했다. 앤의 아버지의 숱 많은 회갈색 눈썹이 생각에 잠긴 듯 아래로 처졌다. 하지만 가이는 마음속으로 생각했다. '앤의 아버지는 내 말을 전혀 귀 기울여 듣지 않아. 몸을 구부리는 것도 내 주위의 어둠 속에 원을

그리고 있는 내 죄를 보기 위해서야.'

"앤이 나한테 이 얘기를 전혀 하지 않았다니 이상하군." 앤의 아버지가 말했다.

"제가 말하지 않았습니다."

"음, 깜짝 결혼 선물인가?" 앤의 아버지가 웃으며 말했다.

얼마 후 앤의 부모님은 차를 타고 나가서 작은 가게에서 샌드위치를 사 왔다. 가이는 집에 있는 게 싫었다. 앤과 함께 바위 언덕을 오르고 싶었다.

"조금 이따가. 이리 와봐." 앤이 높다란 석조 벽난로 앞에 서서 말했다. 그녀는 가이의 어깨에 손을 올리고는, 약간 걱정스럽지만 새로 지은 집을 여전히 자랑스러워하는 듯한 눈빛으로 그를 빤히 쳐다보았다. "점점 더 깊게 파여가고 있어." 그녀는 깊게 파인 그의 볼에 손끝을 대며 말했다. "억지로라도 뭘 좀 먹여야겠어."

"잠 좀 자면 괜찮을 거야." 가이가 나지막이 중얼거렸다. 그는 최근에 하는 일에 시간이 많이 걸린다고 말한 적이 있었다. 돈을 벌려고 마이어스처럼 대행 업무와 허드렛일도 한다고 말했었다.

"우린 이 정도면 풍족해. 도대체 뭣 때문에 그렇게 힘들어 하는 거야?"

앤은 결혼 때문인지, 자기와 결혼하고 싶지 않기 때문인지 열 번도 넘게 물었다. 그녀가 다시 그렇게 묻는다면 그는 그렇다고 대답할지도 몰랐다. 하지만 그녀는 지금 벽난로 앞에서 다시 그런 질문을 하지 않을 게 분명했다.

"힘든 거 없어." 가이는 서둘러 대답했다.

"그렇다면 그렇게 열심히 일하지 마." 앤은 간청하듯이 말하고는 자신만의 기쁨과 기대에 들떠 그를 껴안았다.

가이는 아무렇지 않은 듯 기계적으로 앤에게 키스했다. 그녀가 그걸 바라고 있음을 알았기 때문이다. 앤은 키스할 때 느낌이 약간만 달라져도 늘 알아차리곤 했는데, 그녀에게 키스한 것도 정말 오랜만이었다. 앤은 아무 말도 하지 않았다. 가이는 자신이 너무 많이 바뀐 탓에 그녀가 아무 말도 못 하는 것 같았다.

# 30

부엌을 가로질러 가던 가이는 뒷문에서 몸을 돌리고 말했다. "도우미 아주머니 헤이즐 씨가 쉬는 저녁에 집에 오다니 제가 정말 경솔했습니다."

"경솔할 것 하나도 없네. 우리가 목요일 밤마다 하던 대로 하면 돼." 앤의 어머니가 싱크대에서 씻은 셀러리를 그에게 가져다주었다. "하지만 헤이즐은 자기가 쇼트케이크를 직접 만들 수 없다는 걸 안타까워할 거야. 오늘 밤은 앤이 만든 것을 먹어야 해."

가이는 밖으로 나갔다. 말뚝을 박아 만든 울타리가 크로커스와 아이리스 화단에 길게 그림자를 드리우고 있었지만, 아직 오후 햇살이 밝게 빛났다. 부드럽게 일렁이는 잔디밭 너머로 뒤로 묶은 앤의 머리와 그녀가 입은 연초록색 스웨터가 보였다. 브루노와 몸싸움을 하던 숲속에서 시냇물이 흘러나왔다. 가이는 그곳에서 앤과 함께 박하와 물냉이를 뜯곤 했었다. 브루노는 이제 지나간 과거이며 그는 사라졌다고, 가이는 스스로에게 되뇌었다. 제러드가 무슨 방법을 썼는지는 알 수 없지만, 브루노는 겁을 먹고 가이에게 연락을 하지 않았다.

앤의 아버지가 모는 멋진 검정색 승용차가 대문을 지나 열린 차고로 천천히 향했다. 가이는 문득 스스로에게 물어보았다. 예전에 디저트가 맛있다는 칭찬을 듣고 나서 쇼트케이크를 만들어주길 좋아하는 흑인 도우미 아주머니 헤이즐 씨를 포함해 모든 사람을 속이고 있는 그곳에서 자신은 지금 뭘 하고 있는 걸까? 그는 앤과 그녀의 아버지의 눈에 쉽게 띄지 않을 배나무 옆 오두막으로 들어갔다.

가이가 앤의 인생에서 빠져나온다면 그녀의 인생은 어떻게 달라질까? 앤은 자신의 오래된 친구와 테디의 친구들을 멀리하지 않았다. 테디의 친구들은 아버지의 사업을 물려받고 컨트리클럽에서 만난 미인과 결혼하기 전에는 폴로를 하고 나이트클럽도 즐기던 미남 청년들이었다. 물론 앤은 달랐다. 그렇지 않았다면 첫눈에 가이에게 끌리지도 않았을 것이다. 앤은 적당한 청년과 결혼하기 전에 그저 명목상 2년 정도 직업을 갖는 미녀들과는 달랐다. 그녀는 가이가 곁에 없어도 여전히 그녀 자신의 모습으로 살아가지 않을까? 앤은 그와 그의 야심을 보며 영감을 얻는다고 종종 말했지만, 예전에도 재능이 있었고 그를 만나고 나서도 계속 열정적으로 일하지 않았던가? 그리고 그와 비슷한, 하지만 그녀 곁에 있을 자격이 있는 남자를 만나게 되지 않을까? 가이는 앤에게 다가갔다.

"거의 다 했어. 왜 진작 오지 않았어?" 앤이 말했다.

"서둘러 온 거야." 가이가 어색하게 말했다.

"10분 동안이나 오두막에 기대어 있었잖아."

물냉이의 어린 줄기가 개울을 따라 흘러가자 가이는 그걸 건져내려고 뛰어갔다. 물냉이를 건져내는 자신이 주머니쥐 같다는 생각이 들었다. "앤, 곧 회사에 들어가게 될 것 같아."

앤은 깜짝 놀라 그를 쳐다보았다. "회사에 들어간다고?"

회사에 들어가는 건 다른 건축가들에게나 쓰던 말이었다. "응, 그러고 싶어. 일도 안정적이고 월급도 높으니까." 가이는 고개를 끄덕이면서도 앤을 쳐다보지 않았다.

"안정적이라고?" 앤은 잠시 헛웃음을 터뜨렸다. "앞으로 1년 동안 병원 건물 설계를 맡기로 했잖아."

"회사에 들어가면 늘 설계 일을 하지 않아도 돼."

앤은 자리에서 일어났다. "돈 때문이야? 병원 설계로 돈을 못 벌기 때문에 그래?"

가이는 앤에게서 돌아서서 축축한 강둑에 발을 내디뎠다. "꼭 그런 건 아니야." 그는 들릴락 말락 하게 말했다. "약간은 그럴지도 모르지." 그는 직원들의 월급을 지급하고 나서 병원에 돈을 돌려주기로 몇 주 전에 마음을 먹었다.

"그런 건 상관없다고 말했었잖아. 우리 두 사람 모두 합의했고 당신은 그럴 만한 여유도 있잖아."

갑자기 온 세상이 숨죽여 가이의 말을 듣는 듯했다. 앤이 머리칼을 뒤로 넘기자 이마에 진흙이 묻었다. "오랫동안은 아닐 거야. 6개월일 수도, 훨씬 더 짧을 수도 있을 거야."

"하지만 도대체 이유가 뭐야?"

"그냥 그러고 싶어서 그래."

"왜 그러고 싶은데? 왜 순교자가 되고 싶은 건데?"

가이는 아무 말도 하지 않았다.

뉘엿뉘엿 넘어가던 해가 나무에서 떨어지더니 갑자기 그들에게 비쳤다. 가이가 얼굴을 찌푸리자, 숲속을 헤매다 생긴 흰 상처 자국이 있는 눈썹이 일그러져 눈 아래로 음영을 드리웠다. 그는 그 상처 자국이 영원히 없어지지 않을 것 같다는 생각이 들었다. 땅에 박힌 돌멩이를 걷어찼지만 꼼짝도 하지 않았다. 그가 팔미라 골프장 건설 이후에 느낀 좌절감 때문에 그러는 것이겠지, 가이는 앤이 마음대로 생각하도록 내버려두고 싶었다.

"유감이야." 앤이 말했다.

"유감이라니?" 가이는 그녀를 쳐다보며 물었다.

앤이 가까이 다가오며 말했다. "난 어떻게 된 일인지 알 것 같아."

가이는 손을 여전히 주머니에 찔러 넣은 채 말했다. "그게 무슨 말이야?"

앤은 오랫동안 가만히 있다가 말했다. "이 모든 상황과 팔미라 일 이후에 불안해하는 당신 모습을 생각해봤어. 당신은 모르겠지만, 결국 미리엄 문제로 되돌아가는 거야."

가이는 몸을 홱 돌렸다. "아니야, 전혀 그렇지 않아!" 그는 진심으로 말했지만 거짓말처럼 들렸다. 그는 머리칼을 뒤로 쓸어 넘겼다.

"내 말 잘 들어, 가이." 앤은 나지막하면서 분명한 어조로 말했다. "당신은 당신이 스스로 생각하는 것보다 결혼을 원하지 않는지도 몰라. 그런 거라면 나한테 말해. 그러는 편이 직장을 구하겠다는 것보다 더 쉽게 받아들일 수 있으니까. 당신이 시간을 갖고 기다리거나 아예 없었던 일로 하고 싶다면, 난 받아들일 수 있어."

앤은 오랫동안 숙고해서 결정한 것 같았다. 흔들림 없이 차분한 그녀의 모습을 보자 그런 느낌이 들었다. 가이는 그 순간에 그녀를 포기할 수도 있었다. 그 고통을 견디면 괴로운 죄책감에서 벗어날 수 있을 것이다.

"앤, 거기 있었구나." 그녀의 아버지가 부엌 뒷문에서 불렀다. "박하가 필요하니 얼른 들어 오거라."

"금방 갈게요, 아빠!" 그녀가 소리쳐 대답했다. "가이, 어떻게 할 거야?"

가이는 혀끝으로 입천장을 누른 채 아무 말도 하지 않았다. 앤은 그의 숲에 비쳐드는 햇살 같다는 생각이 들었지만 그 말을 할 수는 없었다. 그는 단지 이렇게 말했을 뿐이다. "잘 모르겠어……."

"난 어느 때보다 당신이 필요해. 당신이 어느 때보다 날 필요로 하기 때문이야." 앤은 박하와 물냉이를 그의 손에 쥐여주며 말을 이었다. "아빠한테 갖다 드리고 함께 한잔해. 난 옷을 갈아입어야 해." 그녀는 몸을 돌리고 집으로 향했다. 걸음걸이가 아주 빠르진 않았지만, 가이는 그녀를 바로 뒤따라 갈 수 없었다.

가이는 민트 줄렙을 서너 잔 마셨다. 앤의 아버지는 옛날 방식으로 민트 줄렙을 만들었는데, 열두어 개의 유리잔에 버번위스키와 설탕, 박하를 넣어 하루 종일 두었다가 시원하게 한 다음 서리가 내릴 정도로 차게 해서 만들었다. 앤의 아버지는 가이에게 그보다 더 맛있는 줄렙을 마신 적이 있느냐고 물었다. 가이는 긴장이 누그러지는 정확한 지점을 느낄 수 있었지만, 취할 수는 없었다. 몇 번 시도해보았지만, 속이 메스꺼울 뿐 취하지는 않았다.

어둠이 내리고 가이는 잠시 앤과 함께 테라스에 있었다. 앤의 집에 처음 찾아갔을 때보다도 더 앤에 대해 잘 모르는 것 같다는 생각이 들자, 갑자기 그녀에게 사랑받고 싶다는 간절한 마음이 들었다. 그는 일요일에 결혼식을 치르고 나서 그들을 기다리고 있을 올턴의 집, 그리고 앤과 함께 지내면서 행복했던 순간을 떠올렸다. 가이는 앤을 보호해주고, 불가능할 것 같은 목표를 이루고 싶었다. 그러면 그녀는 행복해할 것이다. 그가 지금껏 가져 온 야망 가운데 가장 긍정적이고 행복한 야망이었다. 그런 마음을 느낄 수 있다면 길은 있을 것이다. 가이가 맞서야 하는 대상은 그의 전체적인 자아도, 브루노도, 그의 업무도 아니었다. 바로 그의 반쪽 자아였다. 그는 그 반쪽 자아를 때려 부수고 지금의 자아로 살아가기만 하면 되었다.

# 31

하지만 반쪽 자아가 가이가 유지하고 싶어 하는 다른 쪽 자아를 침략할 수 있는 여지는 너무나 많았고, 그 형태도 무척 다양했다. 어떤 말이나 소리, 빛, 손과 발로 하는 행동 등. 가이가 아무런 행동도 하지 않고 아무것도 보지도 듣지도 않을 때면, 승리감에 가득 찬 내면의 목소리가 울려 퍼져 그는 깜짝 놀라 겁에 질리곤 했다.

결혼식은 공들여 준비했다. 흰색 레이스와 리넨 소재가 무척이나 순수하게 보이고, 모두들 축제 분위기에 들떠 행복하게 기다리고 있어서, 그가 저지를 수 있는 최악의 배신행위 같았다. 결혼식이 다가올수록 그는 당장이라도 그만두고 싶은 마음이 미친 듯이 들었지만 어쩔 수가 없었다. 그는 마지막 순간까지 도망치고 싶었다.

시카고에 살 때 알게 된, 나이 많은 선배이자 친구로 지내는 밥 트리처가 전화를 걸어 축하하면서 결혼식에 참석해도 좋은지 물었다. 가이는 어쭙잖은 변명을 늘어놓으며 대답을 미뤘다. 포크너 가문 사람들과 친구들이 가족 교회에 모여 치르는 결혼식이므로 그의 친구가 참석하면 모양새가 좋지 않을 것 같았다. 가이는 마이어스와 오플래허티를 초대했다. 마이어스는 가이가 병원 건물 설계를 맡은 이후로는 사무실을 함께 쓰지 않기 때문에 크게 상관없는 사람이었다. 오플래허티는 사정 때문에 올 수 없다고 했다. 딤즈 아카데미에서 함께 공부했고 인간적인 면보다 업무적인 면으로 더 잘 아는 건축가 두세 명도 초대했다. 몬트리올에서 걸려온 밥 트리처의 전화를 받고 나서 30분 후 가이는 다시 전화를 걸어 트리처에게 신랑 들러리를 해줄 수 있겠느냐고 물었다.

가이는 거의 1년 동안 트리처 생각을 한 번도 하지 않았고, 그가 보내온 편지에 답장도 하지 않았다는 생각이 문득 들었다. 피터 리그스, 빅 드 포이스터, 건서 홀 생각도 하지 않았다. 블리커 거리 아파트에 사는 빅과 그의 아내와는 가끔 통화하는 사이였고, 앤을 그들 집에 데려간 적도 한 번 있었다. 화가인 빅이 작년 겨울에 전시회 초대장을 보내온 기억도 났다. 가이는 답장조차 보내지 않았었다. 또한 그가 브루노의 전화에 시달리던 무렵 뉴욕에 들른 팀이 전화를 걸어 점심을 함께 하자고 했던 기억도 떠올랐다. 당시 그는 팀의 제안을 거절했었다.

가이는 『독일 신학』에서 고대 게르만인들은 피고인의 유죄 여부를, 그의 인격을 보증해주러 법정에 나타나는 친구들의 숫자로 결정했다는 글을 읽은 기억이 났다. 지금 몇 명의 친구들이 그를 보증해줄까? 가이는 친구들에게 많은 시간을 할애해준 적이 없었는데, 그런 걸 바라는 유형의 친구들이 아니었기 때문이다. 하지만 지금은 그 친구들이 되레 그를 만나주지도 않고 우정을 지킬 가치가 없다고 생각하며 그를 피하는 것 같은 생각이 들었다.

결혼식 날인 일요일 아침, 교회 부속실에서 밥 트리처 주변을 천천히 돌던 가이는 병원 건물 설계에 관한 생각에 매달렸다. 그것은 그에게 마지막으로 남은 희망의 끈이자 그가 살아 있다는 유일한 증거였다. 그는 멋지게 해냈다. 친구인 밥 트리처도 칭찬해주었다. 가이는 아직도 무언가를 창조해낼 수 있다는 것을 스스로에게 입증해 보였다.

밥은 가이와 이야기를 나누려 애써봤지만 이미 포기했다. 그는 통통한 얼굴에 유쾌하지만 다소 멍한 표정을 지으며 팔짱을 낀 채 앉아 있었다. 밥은 가이가 신경이 예민한 거라고만 생각했고, 그가 어떤 기분인지는 알지 못했다. 가이가 아무리 자기 생각을 드러냈다고 해도 실제로는 겉으로 드러나지 않았기 때문이다. 그 사실은 정말이지 끔찍했고, 인간의 삶을 철저한 위선으로 만들 수도 있었다. 가이의 결혼식과 가이의 마음을 더 이상 이해하지 못하는 친구 밥 트리처가 바로 본질이었다. 그리고 높다란 격자창이 달린 석조 부속실은 감옥 같았다. 밖에서 들려오는 나지막한 소리는, 더 이상 참지 못하고 감옥을 습격하여 정의를 실현하려는 군중들의 독선적인 중얼거림 같았다.

"공교롭게도 술은 가져오지 않았네요." 가이가 말했다.

그러자 밥이 펄쩍 뛰었다. "분명히 가져왔어. 마음이 무거워서 까맣게 잊고 있었네." 밥은 술병을 테이블에 올리고 가이가 먼저 마실 때까지 기다렸다. 밥 트리처는 마흔다섯 살가량으로, 점잖지만 다혈질적인 면이 있었다. 독신자의 삶을 즐기는 모습이 역력했고, 자기 일에 완전히 몰두해서 권위마저 느껴졌다.

"먼저 마셔." 밥이 가이에게 권했다. "난 앤을 위해 건배하고 싶어. 정말 아름다워." 그러면서 그는 미소를 지으며 나지막이 덧붙였다. "순백의 교각처럼 말이지."

가이는 뚜껑이 열린 술병을 내려다보며 서 있었다. 창밖에서 들리는 왁자지껄한 소리가 그를, 그와 앤을 놀리는 것 같았다. 테이블에 놓인 술병도 전통 결혼식의 구질구질하고 시시한 부속물인 것 같았다. 그는 미리엄과 결혼할 때도 위스키를 마셨다. 그는 병을 구석에 던져버렸다. 둔탁한 소리를 내며 유리 조각이 흩어지자 자동차 경적소리와 사람들 목소리, 그리고 우스꽝스럽게 울리는 오르간 소리가 잠시 멈췄다가는 다시 서서히 들리기 시작했다.

"미안해요, 밥. 정말 미안해요."

밥은 아까부터 가이에게 눈을 떼지 않고 있었다. "자네에겐 아무 잘못도 없어." 그가 웃음 띤 얼굴로 말했다.

"아니에요, 내 잘못이에요."

"내 말 잘 들어, 친구……."

밥은 웃어야 할지 진지하게 대해야 할지 알 수 없었다.

"기다려, 술 더 가져올게." 밥이 말했다.

밥이 문으로 가려는 순간 비쩍 마른 피터 리그스가 들어왔다. 가이는 그를 밥에게 소개했다. 피터는 결혼식에 참석하려고 뉴올리언스에서 여기까지 왔다. 가이는 미리엄과의 결혼식이었다면 그가 오지 않았을 거라는 생각이 들었다. 피터는 관자놀이 주변이 희끗했지만, 길쭉한 얼굴에는 열여섯 살 소년 같은 미소가 번졌다. 그와 포옹하던 가이는 바로 그 금요일 밤 난간에서 그랬던 것처럼 기계같이 움직였다.

"시간 다 됐어, 가이." 밥이 문을 열면서 말했다.

가이는 밥과 나란히 걸었다. 제단까지 열두 계단이 남아 있었다. 하객들을 둘러보자 그를 힐난하는 것 같았고, 차 뒷좌석에 앉아 있던 앤의 부모님처럼 겁에 질려 말이 없었다. 언제 저들이 끼어들어 모든 걸 멈추게 할까? 얼마나 더 기다려줄까?

"가이." 누군가가 나직이 속삭이는 소리가 들렸다.

'여섯, 일곱,' 가이는 숫자를 셌다.

"가이." 사람들 사이에서 희미하면서도 분명한 목소리가 들렸다. 어깨 너머로 뒤돌아보는 여자들의 시선을 따라가자, 가이의 눈에는 브루노 말고 아무도 보이지 않았다.

가이는 다시 앞을 똑바로 보았다. 브루노였을까 아니면 환영이었을까? 얼굴은 환하게 미소 짓고 있었고, 회색 눈동자는 날카로웠다.

'열, 열하나,' 가이는 다시 숫자를 셌다. '열두 계단을 올라가고, 일곱 번째 계단을 건너뛰고…… 일정한 리듬이 있으니 기억할 수 있을 거예요.' 브루노가 편지에 썼던 내용이 떠오르자 가이는 머릿속이 혼란스러워졌다. 그건 브루노의 실제 모습이 아니라 그의 환영일 뿐이라는 증거가 아닐까? 가이는 제발 기절하지 않게 해달라고 기도했다. 그러자 '결혼하는 것보다는 차라리 기절하는 게 낫지'라고 마음속에서 외치는 소리가 들리는 것 같았다.

가이는 앤 옆에 서 있었고, 브루노는 그들과 함께 그곳에 있었다. 지금껏 늘 그래왔던 것처럼 잠시 우연히 일어난 사건이 아니라 필요조건처럼 함께였고 앞으로도 그럴 것이다. 브루노와 그와 앤. 그 행로는 계속될 것이고, 죽음이 그들을 갈라놓을 때까지 평생 지속될 것이다. 그것이 바로 그가 받을 벌이었기 때문이다. 그보다 더한 벌이 어디 있을까?

가이 주변에는 고개를 까닥거리며 미소 짓는 얼굴로 넘쳐났고, 그는 바보처럼 그 얼굴들을 흉내 내는 것 같은 기분이었다. 그곳은 세일 앤드 라켓 클럽요트 시설과 테니스 코트 등을 갖춘 고급 레지던스이었다. 뷔페식 아침식사가 마련되어 있었다. 모두들 샴페인 잔을 들고 있었고, 심지어 그도 마찬가지였다. 그리고 브루노는 그곳에 없었다. 그곳에 있는 사람들은 주름이 지고,

남들한테 별다른 해를 끼치지 않는, 향수를 뿌리고 모자를 쓴 늙은 여자들뿐이었다. 앤의 어머니가 가이의 목에 팔을 두르고 뺨에 입을 맞추었다. 바로 그때, 그녀의 어깨 너머로 브루노가 보였다. 브루노는 아까처럼 날카로운 눈빛에 미소를 지으며 문을 열고 들어오고 있었다. 브루노는 곧장 가이에게 오더니 다리를 건들거리며 멈춰 섰다.

"가이, 정말 진심으로 축하해요. 내가 들어와도 괜찮은 거죠? 행복한 결혼식이군요."

"나가요, 여기서 당장."

브루노의 입가에서 미소가 서서히 사라졌다. "카프리에서 돌아오는 길이에요." 그는 여전히 쉰 목소리로 말했다. 그는 야회복처럼 옷깃이 넓은 짙은 푸른색 개버딘 양복을 새로 사서 입고 있었다. "어떻게 지냈어요, 가이?"

앤의 이모 한 명이 가이의 귀에다 대고 뭐라 속삭였고, 그도 나지막이 대답했다. 그는 몸을 돌려 그곳을 빠져나가려 했다.

"축하해주려고 왔어요. 그뿐이에요." 브루노가 분명히 말했다.

"나가요." 가이가 말했다. "문은 뒤쪽에 있어요." 그는 더 이상 말하면 안 될 것 같았다. 곧 자제력을 잃을 것이기 때문이다.

"그 얘기는 그만하기로 하죠. 난 신부를 만나고 싶거든요."

가이는 중년 부인 둘이 자신의 양쪽 팔을 끼고 끌고 나가도록 내버려두었다. 직접 보지는 않았지만, 브루노는 속상해서 조바심을 내며 뷔페 테이블로 갔을 것이다.

"견딜 만한가?" 앤의 아버지가 반쯤 빈 가이의 술잔을 가져가며 말했다. "바에 가서 좀 더 좋은 걸로 마시도록 하세."

가이는 위스키 반 잔을 마셨다. 자신이 무슨 말을 하는지 모른 채 말을 내뱉었다. "다 집어치워, 모든 사람들에게 가라고 해"라고 말한 것 같았다. 하지만 그러지 않은 것 같았다. 그랬다면 앤의 아버지가 큰 소리로 웃지 않았을 테니까.

가이와 앤이 케이크를 자를 때 브루노는 저쪽 테이블에서 지켜보고 있었는데, 앤을 주시하는 것 같았다. 브루노의 얇은 입술에는 광기 어린 웃음이 번졌고, 눈빛은 감색 넥타이에 고정한 다이아몬드 핀처럼 빛났고, 얼굴에는 그를 처음 만났던 순간처럼 무언가 탐내는 듯한 표정과 두려움, 결단력과 유쾌함이 어우러져 있었다.

브루노가 앤에게 다가가 말했다. "예전에 어디에선가 본 것 같네요. 혹시 테디 포크너와 아는 사이인가요?"

가이는 두 사람이 악수하는 걸 지켜보았다. 그는 자신이 견딜 수 없을 줄 알았지만, 꼼짝도 하지 않고 견뎌내고 있었다.

"내 사촌이에요." 앤은 편안히 미소 지으며 말했다. 아까 누군가에게 지었던 미소 그대로였다.

브루노는 고개를 끄덕였다. "그와 두어 번 골프를 같이 쳤거든요."

누군가 가이의 어깨에 손을 올렸다.

"잠시 시간 돼?" 피터 리그스였다.

"아니." 가이는 브루노와 앤이 있는 곳으로 다가가 앤의 왼손을 잡았다.

브루노는 앞에 놓인 웨딩 케이크에는 손도 대지 않은 채, 앤의 한쪽 옆에서 상체를 꼿꼿이 세우고 무척 여유로운 표정으로 어슬렁거리고 있었다. "난 가이의 오래된 친구예요. 오래전부터 알고 지낸 사이죠." 브루노는 앤의 뒤에 보이는 가이에게 윙크를 했다.

"그래요? 어디서 처음 알게 되었는데요?"

"학교에서요. 어린 시절 동창이죠." 브루노가 씩 웃으며 말을 이었다. "몇 년 동안 본 신부 중에 가장 아름다우십니다. 이제 결혼식을 올렸으니 헤인스 부인이라고 불러야겠군요. 만나게 돼서 즐거웠습니다." 그가 마지막 인사처럼 말하지 않고 단호한 어조로 힘주어 말하자 앤은 다시 미소를 지었다.

"저도 만나서 즐거웠어요." 그녀가 말했다.

"두 사람 모두 곧 만나볼 수 있길 바랍니다. 신혼살림은 어디서 시작할 건가요?"

"코네티컷 주에서요." 앤이 말했다.

"멋진 곳이죠." 브루노는 가이에게 다시 한번 윙크하고 가볍게 고개 숙여 인사하고는 자리를 떠났다.

"저 사람은 테디 친구야?" 가이가 앤에게 물었다. "테디가 저 사람을 초대했어?"

"그렇게 걱정스런 표정 짓지 마." 앤이 웃어 보이며 말했다. "우린 곧 떠날 거잖아."

"테디는 어디 있어?" 하지만 그는 테디를 찾아야 무슨 소용이 있으며, 문제를 일으켜서 어쩌겠다는 것인지 동시에 자문했다.

"조금 전에 저기 위쪽 테이블에 있었어." 앤이 말했다. "저기 크리스가 있어. 가서 인사해야겠어."

가이가 몸을 돌려 브루노를 찾자, 셔드 에그달걀에 우유와 버터, 허브 등을 넣어 오븐에 구운 요리를 먹으면서 청년 둘에게 신나게 이야기하고 있는 그의 모습이 눈에 들어왔다. 청년 둘은 마치 악귀가 들린 듯 웃으며 브루노의 이야기를 듣고 있었다.

잠시 후 가이는 씁쓸한 마음으로 차에 올라탔다. 앤이 지금껏 그의 진짜 모습을 알 시간이 없었다는 게 아이러니였다. 앤과 처음 만났을 당시, 그는 우울증에 시달리고 있었다. 그리고 지금껏 우울증을 극복하려고 노력한 적이 거의 없었기 때문에 결국 그가 처한 상황이 현실로 드러난 것 같았다. 그가 자기 본연의 모습이었던 시기는 멕시코시티에서 보낸 며칠뿐인 것 같았다.

"푸른 양복를 입고 온 그 남자도 딤즈 아카데미 출신이야?" 앤이 물었다.

그들은 몬토크 갑岬까지 차를 몰고 갔다. 앤의 친척 가운데 한 명이 그들의 3박 4일 신혼여행을 위해 그곳에 있는 오두막을 빌려주었다. 신혼여행을 3박으로 짧게 잡은 것은 '호튼, 호튼 앤드 키스'라는 건축 사무소에서 곧 일하기로 계약했고, 회사에 나가기 전에 병원 건물 설계를 세부적으로 진행해야 하는 등 이중으로 작업해야 했기 때문이다.

"아니, 딤즈 아카데미에 다닌 건 아니고 잠시 있었어." 가이는 도대체 왜 브루노의 거짓말에 동참한 걸까?

"얼굴이 흥미롭게 생겼어." 앤은 자동차의 접이 좌석에 발을 올려놓기 전에 드레스 자락을 정리했다.

"흥미롭다고?" 가이가 물었다.

"매력적이라는 뜻은 아니고 그냥 강렬했어."

가이는 입을 다물었다. 강렬하다고? 앤은 브루노가 제정신이 아니라는 걸, 섬뜩할 정도로 제정신이 아니라는 걸 알아차리지 못했단 말인가? 모두들 그걸 알아차리지는 못했단 말인가?

# 32

'호튼, 호튼 앤드 키스' 건축 사무소의 안내 직원이 찰스 브루노가 전화해서 연락처를 남겼다는 메시지를 전해주었다. 그레이트 넥 번호였다.

가이는 안내 직원에게 고맙다는 인사를 하고 로비를 가로질러 갔다.

회사에서 전화 메시지 기록을 모두 모아둔다면 어떻게 될까? 물론 그러지 않겠지만 가정은 해야 했다. 어느 날 브루노가 회사로 찾아온다면? 하지만 '호튼, 호튼 앤드 키스' 건축 사무소는 이미 썩을 대로 썩어서 브루노가 나타난다고 해도 그다지 달라지지 않을 것이다. 그리고 바로 그러한 이유 때문에 이 회사에 들어오지 않았던가? 급격한 변화가 결국 죗값을 치르게 할 것이고 그러면 기분이 나아질 거라는 환상을 가지고 회사에 들어온 것이다.

가이는 천장에 커다란 채광창이 나 있고 가죽 소파가 놓인 라운지로 가서 담배에 불을 붙였다. 회사의 수석 건축가인 메인웨어링과 윌리엄스가 커다란 1인용 가죽 소파에 앉아 회사 보고서를 읽고 있었다. 창밖을 내다보던 가이는 그들의 시선이 자신에게 향하는 걸 느꼈다. 사람들은 늘 그를 주시했는데, 호튼 2세가 가이를 두고 어딘가 특별한 데가 있는 천재라고 말했기 때문인 것 같았다. 그런데 그는 지금 여기서 뭘 하고 있는 걸까? 그는 사람들이 생각하는 것보다 실력이 없을지도 몰랐고, 결혼한 지 얼마 되지 않았고, 그것 말고도 브롱크스 병원 설계 일을 함께 맡고 있어서 신경이 곤두섰고 집중력이 떨어졌다. 때로 최고의 실력자들조차 집중력이 떨어지는데, 그러면서도 왜 안정적인 직장에 다니기를 망설이는 걸까? 가이는 맨해튼의 건물 지붕과 길거리가 뒤죽박죽 어지럽게 엉켜 있는 모습을 내려다보았다. 도시가 저렇게 지어져서는 안 된다는 예시를 보여주는 것 같았다. 그가 고개를 돌리자, 메인웨어링이 초등학생처럼 시선을 떨어뜨렸다.

가이는 며칠째 계속하고 있는 일을 천천히 살피며 오전을 보냈다. 회사에서는 그에게 천천히 하라고 했다. 그가 해야 하는 일은 의뢰인이 원하는 설계도를 주고 설계도에 그의 이름을 서명하는 것뿐이었다. 그가 이번에 맡은 일은 웨스트체스터에 있는 작은 부촌에 지을 백화점이었다. 의뢰인은 오래된 저택 같은 건물을 주문했는데, 주변과 어울리면서 조금은 현대적인 느낌도 나기를 원했다. 그리고 의뢰인은 특별히 가이 대니얼 헤인스에게 설계를 맡기고 싶다고 했다. 가이는 속임수를 쓰듯 대충 밑그림을 그려 단숨에 해치울 수도 있었지만, 그가 설계하는 건물이 백화점이다 보니 몇몇 기능적인 요구를 충족시켜야 했다. 오전 내내 설계도를 지우고 연필을 깎으면서 보냈다. 의뢰인에게 대략적인 아이디어만 보여주려고 해도 네댓새는 족히 걸릴 것이므로 다음 주까지 계속해야 할 것 같았다.

"오늘 밤 찰스 브루노도 올 거야!" 그날 저녁, 앤이 부엌에서 소리쳤다.

"뭐라고?" 가이가 칸막이벽을 돌아가며 물었다.

"그 사람이 찰스 브루노 아냐? 결혼식 날 봤던 청년 말이야."

앤은 나무 도마에 골파를 썰고 있었다.

"당신이 초대했어?"

"어디에선가 들었나 봐. 전화가 왔길래 오라고 했어."

앤이 아무렇지 않게 대답하자, 그녀가 자신을 시험하고 있을지도 모른다는 의심이 든 가이는 등골이 약간 오싹해졌다. "헤이즐, 냉장고에 가득 든 크림 좀 꺼내줘. 우유 말고."

가이는 헤이즐이 크림 통을 꺼내어 잘게 부순 고르곤졸라 치즈 옆에 두는 걸 지켜보았다.

"그가 오는 게 싫어?" 앤이 그에게 물었다.

"전혀. 하지만 당신도 알다시피 그는 내 친구가 아니야." 가이는 어색하게 벽장으로 가서 구두약을 꺼냈다. 어떻게 브루노를 못 오게 할 수 있을까? 방법이 있을 테지만, 머리를 쥐어짜자 방법이 교묘히 빠져나가는 것 같았다.

"정말 싫구나." 앤이 싱긋 웃으며 말했다.

"비열한 놈이라고 생각하는 것뿐이야."

"집들이 손님을 쫓아내면 불운이 찾아온다는 거 몰라?"

브루노는 전염성 결막염에 걸린 채 왔다. 다른 사람들은 새집에 관해 한마디씩 했지만, 브루노는 벌써 수십 번이나 와본 사람처럼 계단을 내려가더니, 붉은 벽돌색과 숲의 초록색으로 장식한 거실로 곧장 향했다. 가이가 집을 안내하자 브루노는 그곳에 사는 사람인 양 행동했다. 가이와 앤만 쳐다보며 웃음 짓던 브루노는 다른 사람이 인사하는 것도 알아차리지 못했다. 적어도 두세 명은 브루노와 안면이 있는 것 같았다. 롱아일랜드의 먼시 파크에서 온 체스터 볼티노프 부인이 인사하자, 브루노는 자기편을 찾아낸 듯이 양손으로 그녀의 손을 잡고 악수를 했다. 볼티노프 부인이 환하게 미소 지으며 브루노를 쳐다보는 모습을 본 가이는 겁에 질렸다.

"별일 없어요?" 브루노가 술을 한잔 마신 가이에게 물었다.

"네, 아무 일 없어요." 가이는 하다못해 마취를 해야 하는 상황에서도 침착함을 유지해야 한다고 다짐했다. 부엌에서 이미 두세 잔을 연거푸 마셨다. 하지만 그는 뒤로 물러나서 거실 한쪽에 있는 나선형 계단 쪽으로 걸어갔다. 잠시, 가이는 자신이 어떤 입장인지 알아야 한다는 생각이 들었다. 그는 계단을 올라가 침실로 가서 차가운 손을 이마에 갖다 대고 천천히 얼굴을 쓸어내렸다.

"실례지만, 집을 계속 둘러보는 중이어서요." 침실 저쪽에서 목소리가 들렸다. "가이, 정말 멋진 집이라 잠시 19세기로 되돌아가야 할 것 같군요."

앤이 버뮤다에서 학교를 다닐 때 사귄 친구인 헬렌 헤이번이 책상 옆에서 있었다. 가이는 책상 서랍에 작은 권총이 들어 있다는 생각이 문득 떠올랐다.

"편하게 둘러봐요. 난 손수건을 가지러 왔어요. 술 마시니까 기분이 좀 어때요?" 가이가 책상의 오른쪽 맨 위 서랍을 열자, 원하지 않는 총과 필요하지도 않은 손수건이 들어 있었다.

"음, 평소보다 좋아요."

헬렌은 이번에는 조증 시기인 것 같았다. 앤은 헬렌이 훌륭한 상업 예술가라고 여겼지만, 헬렌은 1년에 네 차례 받는 용돈이 떨어져 울증 시기에 접어들 때만 일했다. 그리고 가이가 그녀의 집에서 열린 파티에 앤과 함께 참석하지 않은 이후로 그를 싫어하는 것 같은 느낌이 들었다. 그녀는 그를 수상쩍어했다. 그녀는 실제보다 더 취한 척하며 남의 집 침실에서 뭘 하고 있는 걸까?

"가이, 당신은 항상 그렇게 진지해요? 앤이 당신과 결혼한다고 했을 때

내가 뭐라고 한 줄 알아요?"

"앤에게 제정신이 아니라고 말했죠."

"난 이렇게 말했어요. 너무 진지하다고. 무척 매력적이고 천재일지도 모르지만 너무 진지한 모습을 어떻게 참아낼 거냐고 말이죠." 그녀는 햇볕에 약간 그을린 예쁘고 각진 얼굴을 들어 올리며 말했다. "당신은 심지어 자기방어도 하지 않죠. 너무 진지해서 나한테 키스도 못할 거예요, 안 그래요?"

가이는 억지로 그녀에게 다가가 뺨에 키스했다.

"이건 키스가 아니죠."

"하지만 내가 일부러 진지하게 구는 건 아니에요."

가이는 침실에서 나갔다. 헬렌은 10시에 그가 고통스러운 표정으로 침실에 있는 걸 봤다고 앤에게 말할지도 몰랐다. 그가 서랍을 열 때 안에 든 총을 엿봤을지도 몰랐다. 하지만 그럴 리가 없을 것이다. 헬렌은 멍청했고, 그는 앤이 왜 그녀를 좋아하는지 알 수 없었다. 하지만 헬렌은 말썽을 일으키지 않았고 앤처럼 남의 일에 간섭하는 유형도 아니었다. 맙소사, 집에 들어와 살면서부터 권총을 앤 바로 옆자리에 두지 않았던가? 그는 앤이 책상 서랍을 뒤져볼 뿐 아니라 우편물을 열어보지 않을까 걱정스러웠다.

가이가 아래층으로 내려가자, 브루노와 앤이 벽난로 옆에 직각으로 놓인 소파에 앉아 있었다. 브루노가 유리잔을 무심코 내려놓은 탓에 소파에 짙은 초록색 얼룩이 생겼다.

"새로워진 카프리 얘기를 듣는 중이야." 앤이 가이를 올려다보며 말했다. "예전부터 당신이랑 둘이 함께 가고 싶다고 생각한 곳이거든."

"우선 집이나 성을 통째로 빌려야 해요." 브루노는 가이를 못 본 척하며 이야기를 계속했다. "집은 클수록 좋고요. 어머니와 나는 무척이나 큰 성에서 지내는 바람에 어느 날 밤은 아무리 걸어도 집 끝에 있는 문을 찾지 못했어요. 베란다 반대편 끝에서 이탈리아인 가족이 저녁식사를 하고 있었는데, 그날 밤 그들 열두 명이 몰려와서 그곳에서 재워주기만 하면 아무 대가도 바라지 않고 우리가 시키는 일을 하겠다고 했어요. 우린 물론 그렇게 하라고 했죠."

"이탈리아어는 배운 적 없나요?"

"그럴 필요가 없었으니까요." 브루노가 어깨를 으쓱했고, 목소리는 가이가 늘 기억하던 대로 거칠었다.

가이는 담배를 피우고 있었다. 브루노가 무언가 바라듯 수줍게 새롱거리며 앤을 쳐다보는 눈빛을 보자 얼얼한 술기운이 가시며 정신이 번쩍 들었다. 브루노는 앤이 입은 옷이 예쁘다며 이미 칭찬을 늘어놓았을 것이다. 공작새 눈 같은 자그마한 푸른색 문양이 있는 회색 호박단으로 만든 원피스로, 가이가 가장 좋아하는 옷이었다. 브루노는 늘 여자들이 입은 옷을 유심히 살피곤 했다.

"가이와 난," 브루노가 고개를 돌렸는지, 그의 목소리가 선명하게 들렸다. "함께 여행할 얘기를 나눈 적도 있어요."

가이는 담배꽁초를 재떨이에 비벼 끄고 나서 불똥이 남아 있는지 꼼꼼히 확인하고는 소파로 가 앉았다. "위층에 있는 게임룸 볼래요?" 그가 브루노에게 말했다.

"물론이죠. 주로 어떤 게임을 해요?" 브루노가 자리에서 일어나며 물었다.

가이는 빨간색 선이 그어진 작은 방에 그를 밀어 넣고 문을 닫았다. "어디까지 갈 작정이죠?"

"너무 빡빡하게 나오는군요."

"우리가 오랜 친구 사이라고 모든 사람들에게 말하는 이유가 뭐죠?"

"모두에게 말하지 않고 앤에게 말했어요."

"아무튼 그렇게 말하는 이유가 뭐죠? 여기까지 온 이유가 뭐예요?"

"조용해요. 쉿!" 브루노는 한 손에 든 술잔을 아무렇지 않게 흔들었다.

"경찰들이 당신 주변 인물들을 아직 유심히 지켜보고 있을 텐데, 안 그래요?"

"걱정할 정도는 아니에요."

"이 집에서 나가. 지금 당장." 가이는 자신을 제어하려 하자 목소리가 떨렸다. 그런데 왜 자신을 제어해야 한단 말인가? 탄환 하나가 든 권총이 홀 바로 건너편에 있는데 말이다.

브루노는 지겹다는 듯이 가이를 쳐다보며 한숨을 내쉬었다. 브루노의 입술에서 빠져나오는 숨소리는 가이가 밤마다 방에서 듣던 숨소리 같았다.

가이는 약간 비틀거렸고, 비틀거렸다는 사실에 분노가 치밀었다.

"앤은 아름답더군요." 브루노가 유쾌하게 말했다.

"앤과 한 번만 더 얘기하면 죽여버릴 거야."

브루노는 잠시 웃음을 멈추더니 이윽고 더 활짝 웃었다. "지금 협박하는 건가요?"

"협박이 아니라 약속이야."

30분 후, 브루노는 앤과 함께 앉아 있던 소파 등받이에 기댄 채 인사불성이 되어 잠들어버렸다. 바닥에 눕히자 키가 무척 커 보였고, 벽난로의 커다란 돌바닥에 놓인 머리는 자그마해 보였다. 남자 셋이서 그를 들어 올렸는데, 그를 어떻게 했는지는 알 수 없었다.

"아마 손님방에 눕혔을 거야." 앤이 말했다.

"좋은 징조야, 앤." 헬렌이 웃으며 말했다. "집들이를 하면 누군가는 꼭 자고 가야 하니까. 그러니까 첫 번째 손님인 셈이지."

크리스토퍼 넬슨이 가이에게 다가와 말했다. "저런 사람을 어디에서 알게 됐어? 그레이트 넥 클럽에서도 정신을 잃고 쓰러지곤 해서 이젠 출입이 금지됐어."

가이는 계단을 올라가 작업실로 가서 문을 닫았다. 책상에는 아직 완성하지 못한 백화점 설계도가 놓여 있었는데, 양심상 이번 주말까지 마치려고 집에 가져온 것이다. 술기운 탓에 익숙한 선이 흐릿하게 보이자 속이 메슥거리는 것 같았다. 그는 빈 종이를 꺼내어 그들이 원하는 설계도를 그리기 시작했다. 가이는 그들이 원하는 게 무엇인지 정확히 알았다. 그는 병이 나기 전에 일을 마칠 수 있었으면 좋겠고, 그러고 나서 죽도록 아팠으면 좋겠다는 생각이 들었다. 하지만 일을 마쳐도 몸은 아프지 않았다. 그는 의자에 등을 기대고 앉아 있다가 마침내 창가로 가서 창문을 열었다.

# 33

백화점 설계도는 통과되었고 많은 칭찬을 받았다. 우선 회사 사장인 호튼 부자에게 칭찬을 들었고, 설계도를 보러 월요일 아침 일찍 사무실을 찾아온 의뢰인인 뉴로셸 출신의 하워드 윈덤 씨도 만족해했다. 가이는 앤에게 생일 선물로 주려고 브렌타노에서 산, 모로코가죽으로 장정한 『종교의학』영국의 작가이자 의사인 토머스 브라운이 1643년에 발표한 명상록을 자꾸 들춰보며 사무실에서 담배를 피우는 것으로 자축했다. 다음에는 어떤 일을 맡아서 하게 될지 궁금했다. 책장을 넘기던 가이는 자신과 피터가 좋아하던 구절이 떠올랐다. '……배꼽이 없는 남자가 아직 내 안에 살고 있다……' 다음에는 어떤 고약한 일을 맡게 될까? 가이는 이미 주어진 임무를 완수했다. 그는 충분히 하지 않았던가? 백화점 설계 같은 일을 또 맡으면 견딜 수 없을 것이다. 삶은 자기 연민이 아니었다. 그런 일로 자책하려 한다면 그는 아직 살아 있는 것이었다. 가이는 설계용 책상에서 일어나 타자기가 놓인 곳으로 가서 사직서를 쓰기 시작했다.

앤은 외식을 즐기며 그날을 축하하자고 고집을 부렸다. 그녀가 무척 기뻐하며 들떠 있는 모습을 본 가이는 바람 없는 잔잔한 날에 땅에서 떠올라 하늘을 날려고 애쓰는 연처럼 기분이 약간 좋아지는 것 같은 느낌이 들었다. 그는 앤이 가느다란 손가락으로 머리칼을 한쪽으로 올려 긴 머리핀으로 고정하는 모습을 지켜보았다.

“가이, 우리 이제 요트 여행을 떠날 수도 있지 않아?” 앤이 거실로 내려가며 물었다.

앤은 신혼여행 때 가려다가 미뤘던, 인디아호를 타고 해안을 따라 내려가는 요트 여행을 마음에 두고 있었던 것이다. 가이는 병원 건물 설계에 모든 시간을 할애하고 싶었지만 앤의 요구를 거절할 수 없었다.

“언제쯤 떠날 수 있을 것 같아? 닷새 후? 아니면 일주일?”

“아마 닷새 정도.”

“아 참, 나도 23일까지는 여기 있어야 해. 우리가 디자인한 면직물에 관심이 많은 사람이 캘리포니아에서 오기로 했거든.”

“그리고 이번 달 말에 패션쇼 있지 않아?”

“음, 그건 릴리언이 맡아서 할 수 있어.” 앤이 미소 지으며 말했다. “당신 기억력은 정말 놀랍다니까.”

앤이 레오파드 무늬의 외투에 달린 모자를 쓰는 모습을 지켜보던 가이는 다음 주에 캘리포니아에서 온 고객과 흥정을 하며 담판을 벌일 그녀의 모습을 떠올리며 즐거워했다. 그녀는 그 일을 릴리언에게 맡기지 않을 것이다. 앤은 사업의 절반을 맡고 있었다. 커피 테이블에 놓인, 줄기가 긴 오렌지색 꽃이 가이의 눈에 처음 들어왔다.

“이 꽃은 어디서 났어?” 그가 물었다.

“찰스 브루노가 보내왔어. 지난 금요일 밤에 만취해서 정신을 잃은 일을 사과한다는 메모와 함께.” 앤은 소리 내어 웃으며 말을 이었다. “꽃향기가 좋아.”

가이는 꽃을 가만히 바라보았다. “무슨 종류야?”

"아프리카 데이지." 앤은 가이가 나올 때까지 현관문을 열어주었고, 두 사람은 집을 나와 차로 갔다.

앤은 꽃을 받고 기분이 좋아진 것 같았다. 하지만 브루노에 대한 생각은 그날 밤 이후로 나빠진 게 분명했다. 가이는 집들이에 여러 사람들이 왔던 탓에 자신과 브루노가 서로 연결되었다는 생각이 다시금 들었다. 경찰이 언제든 그를 찾아와 조사할지도 몰랐다. 가이는 경찰 조사를 받을 수도 있다며 스스로에게 경계를 늦추지 않았다. 그는 왜 더 걱정스러워하지 않는 걸까? 자신이 무슨 상황에 처했는지 말할 수도 없는 그의 마음속은 도대체 어떤 상태인 걸까? 체념한 걸까? 자살하려는 걸까? 아니면 그저 어리석고 둔한 탓일까?

다음 사나흘은 '호튼, 호튼 앤드 키스' 사무실에 출근해서 백화점 인테리어 디자인을 시작해야 했다. 가이는 자신이 정신착란에 걸린 건 아닌지, 미묘한 광기에 휩싸인 건 아닌지 자문해보기도 했다. 그는 그 금요일 밤 이후의 일주일을 떠올려 보았다. 그의 안전과 존재가 아슬아슬하게 균형을 유지하며 매달려 있어서, 금방이라도 신경쇠약에 걸릴 것 같았다. 지금은 그런 증상이 전혀 없었지만, 브루노가 방에 몰래 들어오는 꿈은 여전했다. 새벽에 잠에서 깨면 총을 들고 서 있기도 했다. 가이는 조만간 자신이 저지른 일에 대한 죗값을 반드시 치러야 한다는 생각이 들었지만, 구체적으로 어떤 희생이나 대가를 치러야 할지는 아직 떠오르지 않았다.

가이는 마치 두 사람의 인격체 같았다. 하나는 신이 그를 창조했을 때처럼 조화롭게 창조하고 느낄 수 있는 인격체이고, 다른 하나는 살인을 저지를 수 있는 인격체였다. "사람이라면 누구든 살인을 저지를 수 있어요." 브루노가 열차에서 그렇게 말했었다. 2년 전 메트캐프에서 바비 카트라이트에게 캔틸레버모자의 챙과 같이 한쪽만 지지되고 다른 한쪽 끝은 돌출된 구조물의 원칙을 설명했던 사람은, 병원 건물과 백화점 설계를 하고 지난주에 정원에 놓인 의자에 페인트를 칠하면서 30분 동안이나 색깔을 고민하던 사람은 그럴 수 없었다. 하지만 어젯밤 거울을 들여다보다가 모르고 지내던 형제 같은 살인자의 모습을 언뜻 보았던 사람은 그럴 수 있었다.

앤과 함께 새하얀 배를 타고 요트 여행을 떠나기 전까지 열흘도 남지 않은 지금, 어떻게 살인을 떠올릴 수 있는 걸까? 왜 앤에게 혹은 그녀를 사랑하는 힘에 자신을 내맡겼던 걸까? 함께 요트 여행을 떠나겠다고 기꺼이 동의한 건 오로지 3주 동안 브루노에게서 자유롭고 싶었기 때문이 아닐까? 브루노는 마음만 먹는다면 그에게서 앤을 빼앗아갈 수도 있었다. 가이는 그 사실을 항상 스스로 인정했고, 그 사실을 직면하려 애썼다. 하지만 결혼식 이후 두 사람이 함께 있는 모습을 본 이후로는 막연했던 가능성이 두려움으로 변했다.

가이는 자리에서 일어나 모자를 쓰고 점심을 먹으러 나갔다. 로비를 가로지르는데 전화기가 울리는 소리가 들렸고, 교환원이 그를 불러 세웠다.

"헤인스 씨, 괜찮으시면 여기서 전화받으시겠어요?"

가이는 브루노임을 알고 수화기를 집었고, 브루노가 오늘 만나자고 하면 그렇게 할 거라는 사실도 알았다. 브루노는 점심을 먹자고 했고, 가이는 10분 후에 '마리오 빌라 데스테'에서 만나기로 했다.

레스토랑 창문에 분홍과 흰색 무늬가 있는 커튼이 드리워져 있었다. 가이는 브루노가 덫을 놓았고, 형사들이 커튼 뒤에 숨어 있을 것 같은 느낌이 들었다. 하지만 브루노는 전혀 개의치 않은 것처럼 편안해 보였다.

바에 앉아 있던 브루노는 그를 알아보고는 씩 웃으며 의자에서 일어섰다. 가이는 브루노의 바로 곁에서 걸으면서도 다시 주변을 둘러보았다.

"이 줄 맨 끝자리를 잡아뒀어요." 브루노가 가이의 어깨에 손을 얹으며 말했다.

브루노는 오래된 적갈색 양복을 입고 있었다. 가이는 저 양복을 입은 훤칠한 그를 따라 흔들리는 열차 복도를 지나 특별 전용실로 가던 순간이 떠올랐지만, 그 순간을 떠올려도 회한이 들지는 않았다. 사실 가이는, 밤이면 종종 브루노에게 호감을 느꼈지만 낮에 그런 느낌이 든 적은 한 번도 없었다. 심지어 함께 점심을 먹으러 와서 무척 만족해하는 브루노의 표정을 봐도 분노가 치밀지 않았다.

브루노는 칵테일과 식사를 주문했다. 새로 시작한 식이요법 때문이라며 구운 간 요리를 주문했고, 가이에게는 좋아하는 걸 안다며 에그 베네딕트를 시켜주었다. 가이는 주변의 테이블을 둘러보았다. 세련된 옷차림의 40대 여자 넷이 의심스러운 눈길로 그들을 쳐다보았는데, 모두들 눈을 가늘게 뜨고 미소 지으며 칵테일 잔을 들어 건배하고 있었다. 그들 너머로 살찐 유럽 남자가 동행인에게 웃어 보였는데, 동행인의 모습은 가려서 잘 보이지 않았다. 웨이터들이 여기저기 분주히 왔다 갔다 했다. 모든 게 미치광이들이 연출하고 연기하는, 브루노와 그가 주연으로 나서는 연극이 아닐까? 그에게 보이는 모든 동작과 그에게 들리는 모든 소리가 미리 운명이 정해진 음울함에 휩싸여 있는 것 같았다.

"마음에 들어요?" 브루노가 물었다. "오늘 오전에 클라이드에서 샀어요. 이곳에서는 거기 상품이 제일 좋던데, 아무튼 여름용으로 골랐어요."

가이는 브루노가 무릎 위에 펼쳐놓은 넥타이 상자 네 개를 내려다보았다. 니트 넥타이, 실크와 리넨 혼방 넥타이, 두툼한 리넨 소재의 연보라색

나비넥타이, 그리고 앤의 원피스 소재와 비슷한 중국 산둥 비단으로 만든 푸른색 넥타이였다.

브루노는 실망했다. 가이가 별로 좋아하는 것 같지 않아서였다. "너무 화려한가요? 여름용 넥타이여서요."

"아뇨, 멋져요." 가이가 말했다.

"난 이게 제일 마음에 들어요. 이런 건 처음 봤거든요." 브루노는 가운데에 빨간색 줄무늬가 있는 흰색 니트 넥타이를 집어 들었다. "내가 하려고 봤지만 당신에게 주고 싶었어요. 선물이에요."

"고맙군요." 가이는 윗입술이 불쾌하게 일그러지는 느낌이 들었다. 브루노가 그를 좋아할지도 몰랐고, 그래서 그에게 사과의 선물을 건네주는 것일지도 모른다는 생각이 문득 들었기 때문이다.

"당신의 여행을 위하여." 브루노가 잔을 들어 올리며 말했다.

브루노가 그날 아침 전화를 걸었을 때 앤이 요트 여행 얘기를 한 것 같았다. 브루노는 앤이 정말 대단한 여자라면서 무언가 동경하는 듯한 눈빛으로 가이에게 계속 이야기했다.

"그녀는 정말 순수해 보여요. 그런 느낌이 드는 여자는 흔히 만날 수 없죠. 당신은 정말 행복하겠어요." 브루노는 가이가 왜 행복한지 한두 마디 말해주기를 바랐다. 하지만 가이가 아무 말도 하지 않자 브루노는 좌절했고, 가슴에서 무슨 덩어리가 올라와서 목구멍이 막히는 것 같았다. 가이가 그 말에 기분 나빠할 이유가 뭐가 있겠는가? 브루노는 테이블 모서리에 가볍게 쥐고 있는 가이의 주먹을 형제로서 잠시 잡고 싶은 마음이 간절했지만 참았다. "그녀가 당신을 보고 첫눈에 좋아했나요, 아니면 오랜 시간이 지나서 그녀를 좋아하게 되었나요?"

브루노는 재차 그 질문을 했다. 마치 오랜 시간이 지난 것 같았다. "어떻게 시간에 관해 물어볼 수 있죠? 그건 엄연한 사실인데." 가이는 좁지만 살집이 좀 붙은 브루노의 얼굴을 쳐다보았다. 머리칼이 비죽 솟아 이마가 휑한 느낌이 들었지만, 처음 보던 때보다 눈빛은 훨씬 더 자신감에 차고 덜 섬세해 보였다. 이제 돈을 손에 넣을 수 있기 때문인 것 같았다.

"무슨 말인지 알아요." 하지만 브루노는 잘 몰랐다. 가이는 살인을 저질렀다는 생각이 머릿속에서 떠나지 않았지만 앤과 함께 있을 때면 행복했다. 빈털터리가 되어도 그녀 곁에 있으면 행복할 것이다. 브루노는 한때 가이에게 돈을 줘야겠다고 생각했던 기억이 떠오르자 움찔했다. 가이가 멈칫거리는 눈빛으로 거절하고는 금방 멀리 도망쳐버릴 모습이 눈에 선했다. 브루노는 자신에게 돈이 아무리 많아도, 그 돈으로 뭘 하더라도 자신은 가이가 가진 걸 가질 수 없음을 알았다. 어머니가 곁에 있다고 해서 반드시 행복한 건 아님을 알게 되었다. 브루노는 억지웃음을 지었다.

"앤이 날 좋아해도 괜찮은 거죠?"

"괜찮아요."

"앤은 디자인 말고 뭘 좋아하죠? 요리 같은 집안일을 좋아해요?" 브루노는 가이가 마티니 잔을 들어 세 모금 만에 잔을 비우는 걸 지켜보았다. "난 그저 두 사람이 함께 어떤 일을 하는지 알고 싶은 것뿐이에요. 산책이나 낱말 맞추기 게임 같은 거 말이에요."

"그런 걸 해요."

"저녁에는 뭘 하나요?"

"앤은 저녁에 일하기도 해요." 예전에 브루노와 함께 있을 땐 한 번도 그런 적이 없었는데, 가이는 저녁에 앤과 함께 일하는 위층 작업실 풍경이 떠올랐다. 앤은 이따금 그에게 다가와 자기가 한 일이 아무 소용 없다는 듯이 풀죽은 모습으로 조언을 구하기도 했다. 그녀가 붓을 물잔에 넣어 흔들어 씻을 때면, 그 소리가 웃음소리처럼 들리곤 했다.

"두어 달 전 『하퍼스 바자』에 다른 디자이너들과 함께 실린 앤의 사진을 본 적이 있어요. 꽤 훌륭한 디자이너예요, 그렇죠?"

"아주 훌륭하죠."

브루노가 테이블에 놓인 가이의 팔에 자기 팔을 갖다 대며 말했다. "당신이 앤과 함께 행복해서 정말 다행이에요."

물론 브루노는 그렇게 생각했다. 가이는 어깨에 긴장이 풀리고 호흡도 안정되는 것 같았다. 하지만 바로 그 순간에도 앤이 자신의 여자라는 사실이 믿기지 않았다. 그녀는 그가 반드시 죽게 될 운명의 전쟁터에 내려와 그를 구해주는 여신 같았고, 영웅을 구해주지만 이야기가 끝날 무렵 놀라운 사연이 드러나는 신화 속 여신 같았다. 어린 시절에 그런 이야기를 읽을 때면 엉뚱하고 불공평하다는 생각이 들었다. 잠 못 이루는 밤, 지루하고 무심한 여름밤에 잠옷에 외투만 걸치고 집 밖으로 나와 바위 언덕을 올라갈 때, 그는 앤을 떠올리지 않으려 했다.

"데우스 엑스 마키나그리스 연극에서 기계장치를 이용해 갑자기 나타나 복잡한 상황을 해결하는 신으로, 부자연스럽고 억지스러운 결말을 뜻하는 라틴어 표현." 가이가 나지막이 중얼거렸다.

"뭐라고요?" 브루노가 물었다.

도대체 그는 왜 여기 브루노와 함께 테이블에 앉아 있는 걸까? 가이는 브루노와 싸우고 싶었고 흐느껴 울고 싶었다. 하지만 마음속 욕지기는 어느새 수그러들고 연민이 밀려왔다. 브루노는 사랑하는 방법을 몰랐고, 가이에게 필요한 건 오로지 그것뿐이었다. 브루노는 어쩔 줄 모르고 너무 맹목적이라 사랑할 수도, 사랑받을 수도 없었다. 갑자기 모든 게 비극적으로 보였다.

"브루노, 사랑에 빠져본 적이 한 번도 없죠?" 가이는 브루노의 눈에 어린 고집스럽고 낯선 눈빛을 바라보았다.

브루노는 웨이터에게 술을 한 잔 더 달라고 손짓했다. "네, 한 번도 없는 것 같네요." 그는 입술을 지그시 깨물었다. 브루노는 사랑에 빠진 적이 없었을 뿐 아니라 여자와 잠자리를 하는 것에도 별로 관심이 없었다. 어리석은 짓을 하고 있으며, 제삼자처럼 어디엔가 떨어져서 자신을 쳐다보는 것 같다는 생각을 떨칠 수가 없었다. 한번은 키득거리며 웃음을 터뜨린 적도 있었다. 브루노는 머뭇거렸다. 그것이 바로 안타깝게도 그가 가이와 다른 점이었다. 가이는 여자에 빠져 스스로를 잊을 수 있었고, 미리엄 때문에 자살할 뻔하기도 했다.

가이가 쳐다보자 브루노는 시선을 내렸다. 브루노는 가이가 사랑에 빠지는 방법을 알려주기라도 할 것처럼 잠자코 기다렸다.

"세상에서 가장 위대한 격언이 뭔지 알아요?" 가이가 물었다.

"격언이라면 많이 알고 있는데, 어느 것 말인가요?" 브루노가 머뭇거리며 대답했다.

"모든 것의 반대편은 바로 곁에 존재한다."

"반대되는 것이 서로 끌어당겨서요?"

"무척 간단하죠. 예를 들어, 당신은 내게 넥타이를 줬어요. 하지만 난 당신이 경찰들에게 여기서 날 기다리라고 했을지도 모른다는 생각이 들어요."

"맙소사. 가이, 당신은 내 친구예요." 브루노는 갑자기 미친 듯이 서둘러 말했다. "난 당신을 좋아한다고요!"

'나도 좋아해. 당신을 미워하지 않아.' 가이가 마음속으로 생각했다. 하지만 브루노는 그렇게 말하지 않을 것이다. 브루노는 그를 미워했기 때문이다. 가이가 브루노에게 좋아한다는 말 대신 미워한다고 절대 말하지 않을 이유는 브루노를 좋아했기 때문이다. 가이는 입을 다물고 손으로 이마를 문질렀다. 그는 시작하기도 전에 긍정적인 의지와 부정적인 의지가 서로 맞부딪쳐 모든 행동이 마비될 것임을 미리 알 수 있었다. 예를 들어, 그곳에 계속 앉아 있을 수도 없을 것이다. 그가 벌떡 일어서자 새로 주문한 술이 옷에 튀었다.

브루노는 깜짝 놀라 겁에 질린 표정으로 쳐다보았다. "가이, 왜 그래요?" 그는 가이를 따라갔다. "기다려요! 내가 그런 일을 할 거라고 생각하는 건 아니죠, 그렇죠? 수백 년이 지나도 그런 짓은 절대 하지 않을 거예요!"

"손대지 말아요!"

"가이!" 브루노는 금방이라도 울음을 터뜨릴 것 같았다. 사람들은 왜 그에게 이러는 걸까? 도대체 왜? 그는 보도에 서서 외쳤다. "수백 년이 지나도, 수백만 달러를 준다고 해도 하지 않을 거예요! 내 말 믿어요, 가이!"

가이는 브루노의 가슴팍을 밀고 택시 문을 닫았다. 그는 브루노가 수백 년이 지나도 그를 배신하지 않을 것임을 알았다. 하지만 그가 믿었던 것처럼 모든 것이 불확실하다면, 그는 어떻게 확신을 가질 수 있을까?

# 34

"앤 헤인스와는 어떤 관계지?"

브루노는 그 질문을 받을 거라고 예상했었다. 제러드가 최근 그의 은행 거래 내역을 확인하자 그가 앤에게 보낸 꽃값이 나왔다. "그냥 아는 사이예요. 그 사람 남편과 친구 사이예요."

"친구 사이?"

"그냥 아는 사람이에요." 브루노는 어깨를 으쓱했다. 제러드는 가이가 유명한 건축가이므로 브루노가 허풍을 떤다고 생각할 것이다.

"오래 알고 지낸 사이야?"

"오랫동안은 아니고요." 푹신한 의자에 앉아 있던 브루노는 손을 뻗어 라이터를 찾았다.

"꽃은 어떻게 보내게 됐어?"

"기분이 좋아서요. 그날 밤 그 집에 놀러가기로 했거든요."

"그렇게 잘 아는 사이야?"

브루노는 다시 어깨를 으쓱했다. "그냥 평범한 집들이 모임이었어요. 우리 집을 지어야겠다는 얘기를 할 때면 떠오르는 건축가 중 한 명이거든요." 그냥 툭 튀어나온 말이었는데, 꽤 그럴듯하게 들린 것 같았다.

"맷 러빈, 다시 그 사람 얘기로 되돌아가도록 하지."

브루노는 한숨을 내쉬었다. 가이를 건너뛴 것이다. 그가 다른 곳에 있어서 건너뛴 것일 수도, 그냥 그런 것일 수도 있었다. 맷 러빈과는 전혀 의심스러운 관계가 아니었다. 살인을 저지르기 전 맷이라는 이름을 가진 사람을 여러 명 만났다는 사실이 그에게 유리할지도 모른다는 생각이 문득 들었다. "그 사람은 왜요?"

"그와 4월 24일, 28일, 30일에 만났고, 5월 2일, 5일, 6일, 7일 그리고 살인사건이 일어나기 이틀 전에도 만났어. 어떻게 된 거야?"

"내가 그랬었나요?" 브루노는 씩 웃었다. 지난번에 제러드는 마지막 세 번의 만남만 알고 있었다. 맷도 브루노를 좋아하지 않았다. 아마도 그에 대해 최악으로 말했을 것이다. "그가 내 차를 사려고 했어요."

"자네는 그 차를 팔려고 했나? 곧 새 차를 살 거라고 생각해서?"

"그 차를 팔고 싶었던 건 작은 차를 사고 싶어서였어요." 브루노가 그의 말은 안중에도 없다는 듯이 말했다. "지금 차고에 있는 크로슬리세계 최초의 경차를 만든 자동차 브랜드 말이에요."

제러드가 씩 웃었다. "마크 레브와는 얼마나 오래 알고 지낸 사이지?"

"그의 이름이 마크 레비스키였을 때부터요." 브루노가 곧바로 응수했다. "좀 더 거슬러 올라가면 그가 러시아에서 자기 아버지를 죽였다는 사실을 알게 될 거예요." 브루노는 제러드를 노려보았다. '자기 아버지'라고 우스꽝스럽게 강조하지 말았어야 했는데, 후회가 되었다. 제러드는 마크 레브의 여러 다른 이름을 잘 알고 있을 터였다.

"마크도 자네를 좋아하지 않던데, 둘이 사이가 좋지 않았어?"

"차에 관해서요?"

"찰스." 제러드가 참을성 있게 말했다.

"난 아무 말도 안 할 겁니다." 브루노는 물어뜯은 손톱을 내려다보면서, 허버트가 말한 용의자의 모습과 맷이 얼마나 부합되는지 떠올려보았다.

"어니 슈뢰더와는 최근에 거의 만나지 않았더군."

브루노는 대답을 하려고 지겹다는 듯이 입을 열었다.

# 35

가이는 맨발에 방수 바지 차림으로 인디아호의 앞쪽 갑판에 다리를 꼬고 앉아 있었다. 롱아일랜드가 이제 막 보이기 시작했지만 그는 아직 보고 싶은 마음이 없었다. 부드럽게 흔들리며 나아가는 요트의 움직임이 예전부터 알던 것처럼 기분 좋고 익숙하게 느껴졌다. 레스토랑에서 마지막으로 브루노를 봤던 날은 제정신이 아니었던 것 같았다. 가이는 분명히 미쳐가고 있었고, 앤도 분명히 알아차렸을 것이다.

가이는 팔을 구부리고 근육을 덮고 있는 얇은 구릿빛 피부를 꼬집었다. 요트 여행을 시작하기 전에 롱아일랜드 선착장에서 고용한 포르투갈 혼혈 소년인 에곤만큼이나 피부가 구릿빛으로 변했다. 햇볕에 그을리지 않은 데라고는 오른쪽 눈썹에 난 자그마한 상처 자국뿐이었다.

바다에서 3주 동안 지내자 예전에 알지 못했던 평화와 체념이 찾아왔다. 한 달 전만 하더라도 그와는 상관없는 낯선 감정들이었다. 어떤 식으로 속죄를 하든 그건 그의 운명의 일부분이었고, 다른 운명과 마찬가지로 애써 찾지 않더라도 찾을 수 있을 거라는 생각이 들었다.

피터와 함께 보낸 어린 시절, 가이는 피터가 그저 꿈을 꾸는 것이 아니라 유명한 건물을 설계할 것이고 건축가로서 대단한 위치에 오를 것이고, 마침내 그가 늘 최고의 건축 분야로 여기는 교각 설계도 할 것이라고 생각했다. 피터가 설계할 교각은 로베르 마야르 스위스의 토목 기사로, 교각 등의 철근 콘크리트 사용법에 혁명을 가져온 인물가 쓴 건축 책에 실린 곡선형의 흰색 교각처럼, 천사의 날개 같은 폭이 이어지는 흰색 교각일 것이다. 누군가의 운명을 절대적으로 믿는 건 아마도 일종의 오만일 것이다. 하지만 자신의 운명을 따라야 한다고 생각하는 사람보다 더 진정으로 겸손한 사람이 있을까?

가이는 살인을 저지른 것이 자신에게 반하는 죄를 짓게 된 잔혹한 시발점인 것 같았지만, 이제는 자신의 운명의 일부일지도 모른다고 믿게 되었다. 달리 생각할 방도가 없었다. 그리고 만약 그렇다면, 그는 속죄할 방법을 알게 될 것이고 그렇게 해낼 힘을 부여받을 것이다. 그리고 법적으로 사형이 선고된다면, 그는 그에 맞설 힘을 받을 것이고 앤도 그와 맞닥뜨릴 힘을 받을 것이다.

이상하게도 가이는 자신이 물속을 헤엄치는 피라미보다 더 미천하기도 하고, 태산보다 더 강하기도 하다는 느낌이 들었다. 하지만 그는 오만하지 않았다. 그의 오만함은 미리엄과 헤어질 때 최고조에 달하여 일종의 방어벽이 되어주었다. 그리고 미리엄에게 사로잡혀 비참할 정도로 불쌍했을 때조차도 가이는 자신이 사랑할 수 있고 자신을 사랑해줄 수 있는 다른 여자를 만나게 될 것임을 알지 않았던가? 앤과 바다에서 보낸 3주 동안의 시간이 바로 그 증거였다. 그는 지금껏 앤과 그렇게 가깝다고 느낀 적이 없었고, 둘의 삶은 조화를 이루어 마치 하나가 된 것 같았다.

발을 움직이며 몸을 돌리자 앤이 돛대에 기대어 있는 모습이 보였다. 그를 내려다보는 그녀의 입가에 희미한 미소가 번졌다. 병을 무사히 이겨낸 아이를 바라보는 엄마처럼 부풀어 오르는 자긍심을 약간 억누르면서도 마음속으로 뿌듯해하는 미소였다. 앤을 바라보며 미소 짓던 가이는 그녀의 빈틈없이 올바른 모습을 신뢰할 수 있으면서도 그녀 역시 한 인간에 지나지 않는다는 사실에 경이로움을 느꼈다. 그는 맞잡은 자신의 손을 내려다보며, 내일부터 시작할 병원 건물 설계와 앞으로 하게 될 일과 자기 앞에 놓여 있을 운명에 관해 생각해보았다.

며칠이 지난 어느 날 저녁, 브루노에게서 전화가 왔다. 근처에 왔는데 잠깐 들르고 싶다고 했다. 목소리는 멀쩡했고 약간 기가 죽은 것 같았다.

가이는 안 된다고 했다. 자신과 앤 모두 그를 다시는 만나고 싶지 않다고 차분하면서도 단호하게 말했다. 하지만 말하는 동안에도 인내심이 한계에 다다랐고, 지난 몇 주 동안 멀쩡했던 정신 상태가 무너져 내리면서 광기에 휩싸이는 것 같았다.

브루노는 제러드가 아직 가이에게 연락하지 않았다는 사실을 알았다. 제러드는 가이에게 많은 걸 물어보지는 않을 것이다. 하지만 가이가 너무나 냉담하게 나오자 브루노는 아무 말도 전해줄 수 없었다. 제러드가 그의 이름을 알게 되어 조사할 수도 있고 몰래 찾아갈 수도 있으니, 지금부터는 저녁이나 심지어 점심때도 사람들을 초대하지 말라고 말해줄 수 없었다.

"알았어요." 브루노는 나직이 말하고는 전화를 끊었다.

잠시 후 전화벨이 다시 울렸다. 가이는 얼굴을 찌푸리고는 방금 안도의 한숨을 내쉬며 불을 붙였던 담배를 비벼 끄며 전화를 받았다.

"안녕하세요, '비밀 탐정 사무소'의 아서 제러드입니다." 제러드는 그를 찾아가도 괜찮은지 물었다.

가이는 몸을 돌려 조심스럽게 거실을 둘러보았다. 제러드가 도청 장치를 통해 그와 브루노의 통화를 듣다가 방금 브루노를 찾아냈을 거라는 생각이 문득 들었다. 그는 위층에 올라가 앤에게 말했다.

"사립탐정이라고? 무슨 일로?" 앤이 깜짝 놀라 물었다.

가이는 잠시 망설이며 머뭇거렸다. 그가 머뭇거려야 할 일이 무척이나 많았다. 나쁜 브루노 자식! 나를 캐려 들다니! "모르겠어."

제러드는 이내 도착했다. 예의를 갖추어 앤과 악수를 나누고 저녁 시간에 불쑥 찾아와서 미안하다고 말했고, 집과 그 앞에 좁고 길게 나 있는 정원에 관해 잠시 이야기를 나누었다. 가이는 다소 놀란 표정으로 제러드를 쳐다보았다. 그는 멍하고 지쳐 보였고 약간 지저분해 보이기도 했다. 제러드에 관한 브루노의 생각이 완전히 틀린 것은 아닌 것 같았다. 멍한 모습에다 목소리까지 나지막해서 기민한 형사처럼 보이지는 않았다. 제러드가 자리에 앉아 시가를 물고 하이볼을 마시자, 밝은 암갈색 눈동자의 날카로움과 통통한 손의 기운이 느껴졌다. 그러자 가이는 불안해졌다. 제러드는 뭐라 예측할 수 없는 사람 같았다.

"헤인스 씨, 찰스 브루노와 친구 사이인가요?"

"네, 아는 사이입니다."

"아마 아실 테지만, 지난 3월 그의 아버지가 살해되었고 아직 범인이 잡히지 않았습니다."

"난 처음 듣는 얘기예요." 앤이 말했다.

제러드의 시선이 천천히 앤에게로 향했다가 다시 가이에게 향했다.

"나도 몰랐습니다." 가이가 말했다.

"그렇게 가까운 사이는 아닌가 보죠?"

"약간 아는 사이입니다."

"언제 어디서 처음 만났죠?"

"그러니까……." 가이는 앤을 슬쩍 쳐다보며 말을 이었다. "작년 12월

즈음 파커 예술 학교에서 처음 본 것 같습니다." 가이는 스스로 덫에 걸려든 것 같았다. 브루노가 결혼식 때 경박하게 했던 대답을 그대로 따라했는데, 앤이 그 말을 들었기 때문이다. 하지만 앤은 벌써 그 말을 잊어버렸는지도 모른다. 가이가 보기에, 제러드는 그의 말을 한마디도 믿지 않는 것 같았다. 브루노는 제러드에 관해 왜 미리 알려주지 않았을까? 브루노가 한때 제안했던, 시내 술집에서 우연히 만났다는 이야기를 왜 분명히 해두지 않았던 걸까?

"그리고 언제 다시 만났죠?" 제러드가 물었다.

"음, 6월에 제 결혼식에 왔습니다." 가이는 자신을 심문하는 사람의 목적을 아직 알아내지 못해 당혹스러운 듯한 표정이었다. 다행스럽게도, 무척이나 다행스럽게도, 브루노가 오랜 친구 사이라고 말한 것은 브루노만의 유머 스타일일 뿐이라고 앤에게 미리 말해두었었다. "그를 초대하지는 않았지만요."

"초대도 받지 않고 그냥 왔다고요?" 제러드는 어떤 상황인지 알 것 같다는 표정이었다. "하지만 7월에 열린 집들이에는 초대했죠?" 그는 가이와 앤을 모두 쳐다보며 물었다.

"그가 먼저 전화했어요." 앤이 말했다. "와도 괜찮겠느냐고 해서 그러라고 했어요."

제러드는 브루노가 친구를 통해 집들이를 알아냈는지 물었고, 가이는 아마 그럴 거라면서 그날 저녁 브루노에게 계속 웃음 짓던 금발 여자의 이름을 가르쳐주었다. 딱히 알려줄 만한 다른 사람이 없었다. 브루노가 누군가와 함께 있는 걸 본 적이 없었기 때문이다.

제러드가 소파에 등을 기대며 물었다. "그를 좋아합니까?" 그의 입가에 미소가 언뜻 보였다.

"그런 것 같아요." 잠자코 있던 앤이 예의 바르게 말했다.

"맞아요, 박력이 있지요." 가이가 그렇게 말한 건 제러드가 그의 대답을 기다리고 있어서였다. 그의 얼굴 오른쪽 면은 그림자가 져서 잘 보이지 않았다. 그는 제러드가 그의 얼굴을 자세히 살피며 상처 자국을 찾는 건 아닌지 의구심이 들었다.

"그는 영웅 숭배자죠. 어떤 의미에서는 힘을 숭배하는 것이기도 하고." 제러드는 웃어 보였지만 이제 더 이상 진심 어린 웃음으로 보이지 않았다. 혹은 진심 어린 적이 한 번도 없었을지도 모른다. "헤인스 씨, 이런 문제로 번거롭게 해드려서 죄송합니다."

5분 후 제러드는 떠났다.

"왜 저러는 걸까? 찰스 브루노를 의심하는 걸까?" 앤이 물었다.

가이는 문단속을 하고 거실로 왔다. "그의 친구 중 한 사람을 의심하겠지. 찰스 브루노가 아버지를 미워했기 때문에 뭔가 알고 있다고 생각할 거야. 브루노가 내게 그렇게 말했거든."

"그가 뭔가 알고 있을까?"

"그야 알 수 없지, 안 그래?" 가이는 담배를 꺼냈다.

"맙소사." 앤은 집들이 때 왔던 브루노의 모습이 눈앞에 보이기라도 하듯 소파 모퉁이를 바라보며 나직이 속삭였다. "사람들이 살면서 겪는 일은 정말이지 놀라워."

# 36

"브루노, 내 말 잘 들어요." 가이가 긴장한 채 수화기에 대고 말했다.

브루노는 어느 때보다 더 심하게 취했지만, 가이는 그 흐리멍덩한 머릿속을 간파하겠다고 마음먹었다. 하지만 제러드가 브루노 곁에 있을지도 모른다는 생각이 문득 떠오르자, 그의 목소리는 겁쟁이처럼 훨씬 더 작아지고 조심스러워졌다. 마침내 그는 브루노가 공중전화 부스에 혼자 있다는 걸 알아냈다. "제러드에게 우리가 예술 학교에서 만났다고 말했나요?"

브루노는 술에 취해 웅얼거리며 그렇게 말했다고 했다. 그는 집으로 가고 싶다고 말했다. 가이는 제러드가 브루노에게 그걸 물어봤는지 확인할 길이 없었다. 가이는 수화기를 던지듯 내려놓고는 셔츠의 단추를 풀었다. 브루노가 이제야 전화하다니! 제러드로 인해 그가 처한 위험이 구체적으로 드러났다. 가이는 브루노와 서로 이야기를 맞추느니 차라리 관계를 완전히 끊는 게 나을 것 같았다. 가이가 가장 짜증스러웠던 것은, 브루노가 자신에게 일어난 일이나 자신이 어떤 기분인지 어린아이처럼 늘어놓는 이야기를 정확하게 파악할 수 없다는 사실이었다.

가이가 앤과 함께 위층 작업실에 있는데 초인종이 울렸다.

가이가 문을 살짝 열자, 브루노가 문을 활짝 열고 비틀거리며 거실로 들어와 소파에 누워버렸다. 브루노 앞에 멈춰 선 가이는 처음에는 분노로,

곧이어 혐오감으로 말이 나오지 않았다. 벌겋게 달아오른 브루노의 목살이 셔츠 깃을 비집고 나왔다. 죽음의 부종이 온몸에 퍼진 것처럼 그는 취했다기보다는 몸이 부은 것 같았다. 심지어 안구까지 부풀어 올라 충혈된 회색 눈동자가 비정상적으로 튀어나와 있었다. 브루노는 그를 빤히 올려다보았다. 가이는 택시를 부르러 전화기 쪽으로 갔다.

"누구야?" 앤이 계단을 내려오며 나직이 물었다.

"찰스 브루노야. 취했어."

"취하지 않았어요." 브루노가 느닷없이 반박했다.

앤이 계단을 절반쯤 내려오자 브루노의 모습이 보였다. "위층에서 재워야 하지 않을까?"

"그를 집에 들이고 싶지 않아." 가이는 전화번호부에서 택시 회사 번호를 찾고 있었다.

"맞아요……." 브루노는 바람 빠지는 타이어처럼 말끝을 흐렸다.

가이가 뒤돌아보자 브루노는 한쪽 눈으로 그를 노려보고 있었다. 시신처럼 축 늘어진 그의 몸에서 유일하게 살아 있는 듯한 눈빛이었다. 그는 무언가 리듬에 맞춰 중얼거리는 것 같았다.

"뭐라는 거야?" 앤이 가이에게 가까이 다가와 물었다.

가이는 브루노에게 가서 셔츠 깃을 움켜잡았다. 멍청이처럼 주절대는 소리에 화가 치밀었다. 브루노를 일으켜 세우려 하자 가이의 손에 그의 침이 흘러내렸다.

"일어나서 당장 나가요."

"그녀에게 말할 거야. 말할 거야. 말해버릴 거야." 브루노는 충혈된 눈으로 그를 올려다보며 나지막이 노래하듯 중얼거렸다. "날 쫓아내면 말해버릴 거야."

가이는 혐오감에 그를 잡고 있던 손을 놔버렸다.

"왜 그래? 뭐라고 말하는 거야?" 앤이 물었다.

"위층에서 재울게." 가이가 말했다.

가이는 있는 힘을 다해 브루노를 어깨에 들쳐 업으려고 했지만, 힘없이 축 처진 브루노의 무게를 감당할 수가 없었다. 결국 그를 소파에 눕혔다. 유리창에 가서 확인하자 밖에 차는 보이지 않았다. 브루노는 하늘에서 뚝 떨어져 내렸을지도 모른다. 브루노는 곤히 잠들었고, 가이는 자리에 앉아 담배를 피우며 그를 바라보았다.

브루노는 새벽 3시에 깨어나서 마음을 가라앉히려고 술을 두어 잔 마셨다. 잠시 후, 몸이 부은 것 말고는 거의 정상으로 보였다. 그는 가이의 집에 있어서 무척 행복했고, 그곳에 어떻게 왔는지는 기억나지 않았다.

"제러드와 또 한 판 붙었어요. 사흘 동안요." 브루노가 씩 웃으며 말했다. "그동안 신문 봤어요?"

"아뇨."

"잘했어요. 신문은 절대 보지 말아요." 브루노가 나지막이 말했다. "제러드는 어떤 부랑자를 의심하고 있어요. 맷 러빈이라는 내 친구인데 사기꾼 같은 놈이죠. 그날 밤 알리바이가 없어요. 허버트 집사도 그가 범인일 거라고 생각하고요. 사흘 동안 그 세 사람과 계속 얘기했어요. 맷이 걸려들지도 몰라요."

"그 때문에 죽게 될까요?"

브루노는 잠시 머뭇거리다가 웃었다. "죽지는 않고 징역을 살게 되겠죠. 그는 지금 두세 건의 살인사건에 연루되어 있어요. 경찰은 그를 붙잡아서 기뻐하고 있고요." 브루노는 몸을 떨었고 잔에 남은 술을 마저 마셨다.

가이는 앞에 놓인 커다란 재떨이를 집어서 부어오른 브루노의 머리를 내리치고 싶었다. 점점 더 커져서 결국 브루노를 죽여버리거나 자살해버릴 것 같은 긴장감을 완전히 떨쳐내고 싶었다. 그는 양손으로 브루노의 어깨를 힘껏 움켜잡았다.

"당장 나가요. 맹세컨대 이번이 마지막이에요."

"알겠어요." 브루노는 아무런 저항도 하지 않고 나지막이 말했다. 가이는 그와 숲속에서 몸싸움을 벌일 때 보았던, 고통이나 죽음에 무심한 듯한 표정을 다시 보았다.

가이가 양손으로 얼굴을 감싸자 얼굴이 뒤틀리는 게 손바닥에 느껴졌다. "맷이라는 친구가 죄를 뒤집어쓰면 내가 경찰에게 모든 얘기를 털어놓을 거예요."

"그렇지 않을 거예요. 증거가 충분치 않으니까요. 그냥 농담이었어요." 브루노가 씩 웃으며 말을 이었다. "맷은 살인을 저지를 만한 사람이지만 증거가 부족해요. 당신은 살인을 저지를 만한 사람은 아니지만 증거가 충분하고요. 그리고 당신은 꽤 유명한 사람이죠." 그는 주머니에서 무언가를 꺼내어 가이에게 건네주었다. "지난주에 찾아냈어요. 아주 멋지더군요."

배경이 온통 음울한 검정색인 피츠버그 백화점 사진이었다. 모던 박물관에서 발행한 소책자였다. 가이는 책자에 실린 글을 읽었다.

아직 서른도 되지 않은 가이 대니얼 헤인스는 프랭크 로이드 라이트의 전통을 이어나가고 있다. 군더더기 없는 엄격한 단순함이 돋보이는 독창적인 스타일로 주목받는 그는 그 우아함을 '노래하는 듯한 유려함'이라고 부르는

데…….

가이는 신경질적으로 책자를 덮었다. 박물관이 지어낸 마지막 문구가 거슬렸다.

브루노는 소책자를 다시 주머니에 집어넣었다. "당신은 최고의 건축가 중 한 명이죠. 잘 버티기만 하면 경찰 수사선상에서 제외돼 절대 의심받지 않을 겁니다."

가이가 그를 내려다보며 말했다. "그게 날 만나려는 이유는 아니겠죠. 왜 날 찾아온 거예요?" 하지만 그는 알고 있었다. 브루노는 앤과 함께 지내는 그의 삶에 매혹된 것이다. 그도 브루노를 만나면서 무언가를 얻을 수 있었는데, 그건 바로 고통이 서서히 누그러지는 것이었다.

브루노는 가이의 머릿속을 지나는 모든 생각을 알고 있다는 듯 쳐다보았다. "가이, 난 당신을 좋아해요. 하지만 경찰이 나보다는 당신에게 불리한 증거를 훨씬 더 많이 갖고 있다는 걸 기억해요. 당신이 날 신고하면 난 교묘히 빠져나올 수 있겠지만 당신은 그럴 수 없을 거예요. 허버트 집사가 당신을 기억할지 몰라요. 게다가 앤은 그 무렵 당신이 이상하게 행동했다는 걸 기억할 거예요. 긁힌 자국과 상처 자국도 기억할 거고요. 경찰이 당신에게 내밀 단서들도 있어요. 권총이나 장갑 조각 등……." 브루노는 옛 추억을 떠올리기라도 하듯 천천히 그리고 다정하게 속삭였다. "장담하는데, 날 고발하면 당신은 끝장이에요."

# 37

앤에게서 전화가 걸려오자마자 가이는 그녀가 요트에 움푹 팬 곳을 봤다는 걸 알았다. 고치려 했는데 그만 깜빡하고 말았다. 가이는 처음에는 어쩌다 그렇게 되었는지 모르겠다고 말하다가 곧 자기가 그랬다고 했다. 지난주에 요트를 타고 나갔다가 부표에 부딪혔다고 했다.

"너무 미안해하지 마." 앤이 가이를 놀리며 말했다. "그 정도는 아니던데 뭘." 그녀는 그의 손을 잡으며 일어섰다. "에곤이 당신이 언젠가 오후에 요트를 가지고 나갔다고 했어. 그래서 아무 얘기도 하지 않았던 거야?"

"그랬을 거야."

"혼자 타고 나갔어?" 앤이 약간 웃으며 물었다. 가이는 혼자 요트를 타고 나갈 만큼 훌륭한 항해사가 아니었기 때문이다.

브루노가 전화를 걸어 요트를 타고 나가자고 졸랐었다. 제러드가 맷 러빈을 막다른 골목으로 몰아세우고 있으니 자축하자고 했다. "오후에 찰스 브루노와 함께 갔었어." 가이가 말했다. 그날 그는 권총도 가져갔었다.

"괜찮아. 그런데 왜 그를 다시 만났어? 난 당신이 그를 싫어하는 줄 알았는데."

"변덕스러운 마음 때문에." 가이가 나지막이 중얼거렸다. "이틀 동안 집에서 일할 때였어." 가이는 앤이 괜찮지 않다는 걸 알았다. 앤은 놋쇠와 흰색 페인트로 칠한 목재로 만든 인디아호를 마치 금과 상아로 만든 양 애지중지하며 흠 하나 없이 반들반들하게 닦았던 것이다. 그리고 브루노! 그녀는 이제 브루노를 신뢰하지 않았다.

"눈 내리던 그날 당신 아파트 앞에서 우리에게 말을 걸었던 남자가 브루노 아니었어?"

"맞아, 그였어." 주머니에 든 권총의 무게를 지지하고 있던 가이의 손에 순간 힘이 들어갔다.

"그가 왜 당신에게 관심을 갖는 거야?" 앤은 가이를 따라 느긋하게 갑판을 내려갔다. "집들이 때 얘기해보니 건축에 특별히 관심이 있는 것도 아니던데."

"그는 내게 관심 없어. 그냥 자기가 뭘 해야 할지 몰라서 그러는 거야." 가이는 권총을 다른 데로 치워버려야 말을 할 수 있을 것 같았다.

"학교에서 그를 만났어?"

"응, 학교 복도를 서성거리고 있었거든." 필요할 때 거짓말을 하는 건 정말이지 쉬웠다. 하지만 그의 발과 몸통과 머릿속이 덩굴손으로 휘감기는 것 같았다. 그는 어느 날 잘못된 것을 모두 털어놓을 것이다. 그리고 앤을 잃게 될 운명일 것이다. 그리고 그가 담뱃불을 붙이고 그녀는 돛대에 기대어 그를 바라보던 순간, 그는 벌써 그녀를 잃어버렸는지도 모른다. 가이는 권총이 자신을 무겁게 짓누르는 것 같아 몸을 돌려 뱃머리로 걸어갔다. 뒤에서는 앤이 갑판에 오르는 소리가 들렸고, 운동화를 신은 가벼운 발걸음으로 조타실로 되돌아가는 소리가 들렸다.

곧 빗방울이 떨어질 것처럼 하늘이 잔뜩 찌푸렸다. 인디아호는 파도가 일렁이는 바다를 천천히 나아가고 있었고, 회색으로 보이는 해변에서 한 시간 남짓 온 것 같았다. 돛대 모양의 나무에 기댄 가이는 흰 바지와 금박 단추가 달린 파란색 재킷을 내려다보았다. 선박 로커에서 꺼내 입은 것으로 앤의 아버지 옷인 것 같았다. 가이는 건축가가 되지 않았다면 선원이 되었을지도 모른다는 생각이 문득 들었다. 열네 살 때 그는 미친 듯이 바다로 나가고 싶었다. 무엇 때문에 그럴 수 없었을까? 한편 그가 그러지 않았다면, 그러니까 미리엄을 만나지 않았더라면 그의 삶은 얼마나 달라졌을까? 그는 조바심을 내며 상체를 똑바로 펴고 재킷 주머니에서 권총을 꺼냈다.

가이는 돛대 모양의 나무에 팔꿈치를 대고 양손으로 권총을 잡아 수면에 겨누었다. 자신의 모습이 보석처럼 영롱하고 순수해 보였다. 그가 권총을 떨어뜨리자 총구가 한 바퀴 돌더니 완벽하게 균형을 이룬 익숙한 모습을 보이고는 이내 사라져버렸다.

"뭐였어?"

뒤돌아보자 앤이 선실 근처 갑판에 서 있었다. 두 사람은 3미터 남짓 떨어져 있었다. 가이는 아무 생각도, 아무 말도 떠오르지 않았다.

# 38

브루노는 술을 마실지 말지 머뭇거렸다. 욕실 벽이 작은 조각으로 부서진 것처럼 보였는데, 벽이 실제로 존재하지 않거나 자신이 실제로 그곳에 있지 않은 것 같았다.

"엄마!" 하지만 겁에 질려 우는 것이 부끄럽다는 생각에 그는 술을 마셨다.

브루노는 까치발로 어머니의 침실에 들어가 침대 옆 버튼을 눌러 어머니를 깨웠다. 그 버튼은 부엌에 있는 집사 허버트에게 아침 먹을 준비가 됐다는 걸 알리는 신호였다.

"음, 잘 잤니?" 그녀는 하품을 하고 미소 지었다. 아들의 팔을 가볍게 만지고는 침대에서 나와 욕실로 들어갔다.

브루노가 침대에 가만히 앉아 있자, 그녀는 욕실에서 나와 다시 침대 안으로 들어갔다.

"오늘 오후에 여행사 직원을 만나기로 했는데, 이름이 뭐였더라? 손더스였나? 너도 함께 갔으면 좋겠어."

브루노는 고개를 끄덕였다. 유럽 여행 이야기였는데, 그들은 세계 일주를 할지도 몰랐다. 하지만 오늘 아침엔 흥미가 없었다. 그는 가이와 함께 세계 일주를 하고 싶은 것인지도 몰랐다. 침대에서 일어선 브루노는 술을 한 잔 더 마셔야 할지 망설였다.

"기분은 어때?"

브루노의 어머니는 늘 엉뚱한 타이밍에 그에게 물었다. "좋아요." 그는 다시 침대에 걸터앉으며 말했다.

노크 소리가 들리더니 허버트 집사가 들어왔다. "안녕하세요, 좋은 아침입니다." 그는 두 사람을 쳐다보지 않은 채 인사했다.

한 손을 턱에 갖다 댄 브루노는 윤이 나고 고급스러운 허버트의 구두를 보며 얼굴을 찌푸렸다. 최근 들어 그의 무례함은 참기 어려울 지경이었다. 제러드의 말을 듣고 허버트는 자신이 사건의 열쇠를 쥐고 있다고 생각하는 것 같았다. 그가 범인을 뒤쫓아 간 건 정말 용감한 행동이었다고 모두들 칭찬했다. 게다가 브루노의 아버지는 유서에서 그에게 2만 달러의 유산을 남긴다고 했다. 그는 이참에 휴가를 떠날 수도 있었다.

"오늘 저녁식사 때 예닐곱 명의 손님이 오는데, 알고 계시죠?"

허버트가 말하자 브루노는 그의 날렵한 턱을 보면서 가이가 바로 그곳에 주먹을 한 방 날려서 쓰러뜨렸다는 생각이 들었다.

"아 참, 아직 전화도 하지 않았는데. 내 생각엔 일곱이었던 것 같은데."

"네, 잘 알겠습니다."

브루노는 러틀리지 오버벡 2세가 올 거라고 생각했다. 어머니는 그가 오면 손님 숫자가 홀수가 되어서 어떨지 모르겠다고 했지만 결국 그를 초대할 것이 분명했다. 그는 브루노의 어머니와 불같은 사랑에 빠졌거나 혹은 그런 척 가장했다. 브루노는 허버트가 6주 동안이나 다림질을 해주지 않았다고 어머니에게 말하고 싶었지만, 너무 못마땅해서 말조차 꺼내기 싫었다.

"찰스, 정말이지 호주에 가고 싶구나." 그의 어머니가 토스트를 한 조각 베어 먹으며 말했다. 커피 주전자에다 지도를 세워두었다.

따끔거리는 통증이 엉덩이 전체로 퍼지는 것 같아 브루노는 자리에서 일어섰다. "엄마, 난 별로 가고 싶지 않아요."

어머니가 걱정스러운 표정으로 얼굴을 찌푸리자 브루노는 더 겁에 질렸다. 어머니가 그를 도와줄 수 있는 건 아무것도 없음을 알았기 때문이다. "왜 그러는 거야? 그럼 뭘 하고 싶은데?"

브루노는 몸이 무척 괴로워 서둘러 어머니 방에서 나가 욕실로 향했다. 욕실에 들어가자 앞이 캄캄했다. 비틀거리며 욕실에서 나온 그는 마개가 닫힌 위스키 병을 침대에 던졌다.

"왜 그래, 찰스? 무슨 일이야?"

"눕고 싶어요." 그는 쓰러졌지만 기절한 것은 아니었다. 몸을 일으킬 수 있도록 어머니에게 비켜달라고 손짓했지만, 몸을 일으키자 다시 눕고 싶어서 얼른 침대에서 일어섰다. "금방이라도 죽을 것 같아요."

"얼른 누워. 뭐라도…… 뜨거운 차라도 가져다줄까?"

브루노는 실내복을 벗어 던지고 잠옷 윗도리도 벗었다. 숨이 막히는 것 같았다. 헐떡거리며 겨우 숨을 쉬었다. 정말 금방이라도 죽을 것 같았다.

어머니는 젖은 수건을 챙겨 서둘러 그에게 왔다. "어디가 아파? 배가 아파?"

"온몸이 아파요." 브루노는 슬리퍼를 벗어 던졌다. 창문을 열려고 창가로 갔지만, 창은 이미 열려 있었다. 그는 식은땀을 흘리며 뒤돌아보았다. "엄마, 죽을 것만 같아요. 엄마 눈에도 그렇게 보여요?"

"술을 가져다줄게."

"아니, 의사를 불러줘요!" 브루노가 소리쳤다. "술도 가져오고요!" 잠옷 바지의 끈을 힘없이 당기자 바지가 흘러내렸다. 도대체 무슨 일일까? 몸이 떨리는 게 아니었다. 너무 기운이 없어서 몸이 떨리지도 않았다. 손에도 힘이 없었다. 손을 들어 올리자 손가락이 안으로 말렸고 다시 펴지지 않았다. "엄마, 손이 이상해요. 이것 봐요, 손이 도대체 왜 이래요?"

"이걸 마셔."

술병이 유리잔에 부딪치는 소리가 났다. 브루노는 도저히 기다릴 수가 없었다. 서둘러 홀로 가던 그는 안으로 말린 채 펴지지 않는 손을 보고 겁에 질려 몸을 웅크렸다. 손가락 끝이 손바닥에 닿을 만큼 안으로 말려 있었다.

"얘야, 옷을 입어야지." 어머니가 나지막이 말했다.

"의사 불러요!" 어머니가 옷을 입으라고 하다니! 옷을 벗고 있는 게 도대체 무슨 문제란 말인가? "엄마, 날 잡아가도록 내버려두지 말아요!" 그는 전화기 옆에 서 있는 어머니에게 매달렸다. "문을 모두 잠가요. 저들이 어떻게 할지 알아요?" 그는 재빨리 그리고 비밀스럽게 말했다. 몸이 뻣뻣해지기 시작하자 이제 어떤 상황인지 알 것 같았다. 그는 환자였고, 평생 그렇게 지낼 것이다. "엄마, 저들이 어떻게 할지 알아요? 저들은 엄마를 구속시켜 끌고 갈 테고 그러면 난 죽을 거예요!"

"패커 선생님? 브루노 부인이에요. 근처에 있는 의사 좀 소개해주시겠어요?"

브루노는 고함쳤다. 코네티컷 주의 시골까지 어떻게 의사가 온단 말인가? 브루노는 숨이 막혔고, 말도 할 수 없고 혀도 움직일 수 없었다. 성대도 마비된 것 같았다. 어머니가 그에게 실내복을 입히려 하자 그는 몸부림

치며 비명을 질렀다. 허버트가 멍하니 입을 벌린 채 서 있었지만 상관하지 않았다.

"찰스!"

브루노는 마비된 손으로 자기 입을 가리켰다. 서둘러 옷장으로 가서 거울을 들여다보자, 얼굴엔 핏기가 없었고, 입 주변은 판자에 맞은 것처럼 평평했고, 입술은 흉하게 벌어져 있었다. 그리고 손! 그는 이제 술잔을 쥘 수도, 담뱃불을 붙일 수도 없을 것이다. 차를 운전할 수도, 혼자서 화장실을 갈 수도 없을 것이다.

"이걸 마셔."

그렇다, 술을 마셔야 했다. 뻣뻣해진 입술을 벌려 입 안으로 흘려 넣으려 했지만, 술은 그의 얼굴과 가슴팍을 타고 흘러내렸다. 그는 더 달라고 손짓했다. 어머니에게 문을 모두 잠그라고도 말하고 싶었다. 아, 이 증상이 사라진다면 평생 감사하는 마음으로 살 텐데! 그는 허버트와 어머니의 부축을 받아 침대에 누웠다.

브루노는 숨을 몰아쉬었다. 어머니의 실내복을 잡아당기는 바람에 어머니가 넘어질 뻔했다. 이제 적어도 무언가를 잡아당길 수는 있었다. "날 두고…… 가지 말아요." 그가 힘겹게 겨우 말하자 그의 어머니는 그러지 않겠다고 했다. 그리고 모든 문을 잠그겠다고 했다.

브루노는 제러드 생각이 문득 떠올랐다. 제러드는 여전히 그를 의심하고 있었고 앞으로도 계속 그럴 것이다. 제러드뿐만 아니라 여러 사람들이 무언가를 확인하고, 여기저기를 배회하고, 사람들을 찾아다니고, 타자기를 두드리고, 샌타페이에서 이런저런 조각을 찾아낼 것이다. 그리고 언젠가 제러드는 그 모든 조각들을 한데 모아서 퍼즐을 완성할 것이다. 어느 날 제러드는 오늘 아침처럼 그를 찾아와 심문할 것이고, 그는 모든 걸 털어놓을 것이다. 그는 사람을 죽였다. 그러므로 사람을 죽인 대가로 죽게 될 것이다. 그는 그런 상황을 대처해나갈 수 없을지도 모른다. 브루노는 천장 조명을 올려다보았다. 천장 조명을 보자 로스앤젤레스에 있는 외할머니댁 욕실에 있는 크롬 소재의 동그란 세면대 마개가 떠올랐다. 왜 그게 떠올랐을까?

주삿바늘이 피부를 뚫고 들어오자 그는 깜짝 놀라 신경이 곤두섰다.

신경질적으로 보이는 젊은 의사가 어두운 방구석에서 브루노의 어머니와 이야기를 나누고 있었다. 브루노는 기분이 좀 나아졌다. 이제 사람들이 그를 데려가지 않을 것이다. 방금 전까지만 하더라도 겁에 질렸지만 이젠 괜찮았다. 침대 시트 바로 아래에서 손가락이 펴지는 게 보였다.

"가이." 그는 나지막이 속삭였다. 혀가 아직 굳은 상태였지만 말할 수 있었다. 잠시 후 의사가 밖으로 나갔다.

"엄마, 난 유럽에 가고 싶지 않아요." 브루노가 단조로운 어조로 말하자 그의 어머니가 다가왔다.

"그래, 안 갈 테니 걱정 마." 어머니가 침대에 걸터앉자 브루노는 곧 기분이 나아졌다.

"의사가 내가 여행할 수 없다고 말한 건 아니죠, 그렇죠?" 브루노는 가고 싶지만 가지 않을 작정인 듯 말했다. 그는 뭘 두려워하는 걸까? 이런 발작이 또다시 찾아올 거라는 건 두렵지 않았다. 어머니가 입은 실내복의 어깨 끝 퍼프소매를 만지자 그날 밤 저녁식사에 올 러틀리지 오버벡이 떠올라 손을 내렸다. 어머니는 그와 깊은 관계인 것이 분명했다. 어머니는 실버 스프링스에 있는 그의 작업실에 너무 자주 놀러갔고, 너무 오랫동안 머물렀다. 브루노는 그 사실을 인정하고 싶지 않았지만, 뻔한 일인데 어떻게 인정하지 않을 수 있겠는가? 이런 적은 처음이었고, 아버지가 세상을 떠났으니 어머니가 그래서는 안 될 이유도 없었다. 그런데 왜 하필 그런 멍청이를 골랐을까? 방이 어두컴컴해서 어머니의 눈동자가 더 검어 보였다. 어머니는 아버지가 돌아가시고 나서도 전혀 좋아지지 않았다. 브루노는 어머니가 앞으로도 그럴 것이고, 그가 좋아하던 어머니의 젊은 모습은 다시는 볼 수 없을 것임을 이제는 알았다.

"그렇게 슬픈 표정 짓지 말아요, 엄마."

"찰스, 술을 줄이겠다고 약속해주겠니? 의사가 이제 마지막 단계에 접어든 거라고 했어. 오늘 아침엔 일종의 경고를 받은 거야. 몸에서 보내는 경고." 그녀가 입술을 오므렸고, 립스틱을 바른 그녀의 입술이 너무 가까이 있어서 그는 참을 수가 없었다.

브루노는 눈을 꼭 감았다. 어머니에게 약속한다면 거짓말을 하는 셈이었다. "엄마, 내가 알코올중독으로 섬망에 걸린 건 아니잖아요. 지금껏 한 번도 이런 적 없어요."

"이번엔 더 심했잖아. 의사와 얘기했는데, 네 신경 조직이 망가지고 있고 목숨을 잃을 수도 있대. 그래도 아무렇지 않다는 거야?"

"알았어요, 엄마."

"약속할 거지?"

브루노의 어머니는 브루노가 다시 눈을 꼭 감고 한숨을 내쉬는 모습을 지켜보았다. 비극은 오늘 아침이 아니라 몇 년 전 그가 혼자 술을 마시기 시작했을 때라는 생각이 문득 그녀에게 들었다. 비극은 첫 번째 술도 아니었다. 첫 번째 술은 첫 번째 위안이 아니라 최후의 위안이기 때문이다. 다른 모든 일에 실망하고 실패한 것—어머니와 아버지를 실망시키고, 친구들을 실망시키고, 희망과 관심을 잃어버린 것—이 첫 번째 비극임이 틀림없었다. 그녀는 애써 생각해보았지만 왜, 그리고 어디에서 시작됐는지 알 길이 없었다. 그녀와 남편은 찰스에게 모든 걸 주었고, 그가 관심을 보이는 일이라면 뭐든지 최선을 다해 응원해주었기 때문이다. 지나간 세월 속에서 비극이 시작된 지점을 찾아낼 수만 있다면. 그녀는 술을 마셔야겠다고 생각하며 자리에서 일어섰다.

브루노는 잠시 눈을 떠보았다. 잠이 쏟아지는 것 같았다. 화면 속의 자신을 보는 것처럼 방 건너편에 자신의 모습이 보였다. 그는 적갈색 양복을 입고 있었다. 장소는 메트캐프에 있는 그 섬이었다. 좀 더 젊고 호리호리한 자신의 모습이 미리엄에게 다가가 그녀를 넘어뜨리는 장면이 펼쳐졌는데, 그 짧은 순간이 이전과 이후로 나뉘어졌다. 그 순간 특별한 동작을 한 것 같았고, 대단한 생각을 떠올린 것 같았고, 그런 순간은 다시는 오지 않을 것 같았다. 그저께 함께 요트를 타고 나간 가이가 팔미라 골프장을 설계할 당시를 얘기하던 것과 비슷했다. 브루노는 두 사람이 거의 같은 시기에 그런 특별한 순간을 경험했다는 사실이 기뻤다. 후회 없이 죽을 수도 있을 거라는 생각이 들기도 했다. 그날 밤 메트캐프에서의 일에 견줄 만한 일은 평생 할 수 없을 것 같았기 때문이다. 클라이맥스는 지나갔으니 이제 점점 더 실망스러워지는 것 말고 무슨 일이 있겠는가? 지금처럼 기운이 점점 없어지고 호기심도 점점 사라진다는 느낌이 들 때도 간혹 있었다. 하지만 상관없었다. 이제 자신은 무척 현명해진 것 같았고, 매우 만족스러웠다.

어제만 하더라도 세계 일주를 하고 싶었는데, 왜 그런 생각이 들었을까? 세계 일주를 했다고 말하려고? 누군가에게 얘기하려고? 브루노는 지난달에 윌리엄 비브에게 편지를 써서 무인운전으로 시험하는 구형球形 잠수 장치에 자신이 타겠다며 자원했다. 왜 그랬을까? 메트캐프에서의 그날 밤과 비교하면 모든 일이 어리석었다. 가이와 비교하면 그가 아는 모든 이들은 멍청했다. 무엇보다 어리석었던 일은 브루노가 유럽 여자들을 보고 싶어 했다는 사실이다. 캡틴을 상대하던 창녀들을 향한 관심도 시들해졌는데, 어쩌잔 말인가? 많은 사람들은 섹스가 과대평가되고 있다고 생각한다. 심리학자들은 영원히 지속되는 사랑은 없다고 말한다. 하지만 브루노가 보기에, 가이와 앤의 사랑은 그럴 것 같지 않았다. 두 사람의 사랑은 오랫동안 지속될 것 같은 느낌이 들었는데, 그걸 왜 몰랐던 걸까? 가이는 그녀에게 휩싸여 있을 뿐 아니라 나머지 모든 것에도 맹목적이었다. 지금 가이에게 충분한 돈이 있기 때문은 아니었다. 그가 아직 생각해내지 못한, 눈에 보이지 않는 무언가 때문이었다. 가끔 그게 뭔지 알 것 같은 느낌이 들 때도 있었다. 아니다, 그는 정확한 대답을 알고 싶지 않았다. 순전히 호기심 때문에 그런 것이었다.

브루노는 옆을 보며 미소 짓고는 황금색 던힐 라이터를 열었다 닫았다 했다. 여행사 직원은 오늘이나 다른 날에도 그들을 만나지 못할 것이다. 미국이 유럽보다 훨씬 더 편안했다. 그리고 가이가 여기에 있었다.

# 39

제러드가 숲속에서 브루노를 뒤쫓아오고 있었다. 장갑 끄트머리와 외투 조각, 권총 등 모든 증거를 손에 들고 흔들어 보였다. 제러드는 이미 가이를 붙잡은 것이다. 숲속에 포박된 가이의 오른손에서 피가 흘렀다. 그가 가서 도와주지 않으면 가이는 과다 출혈로 죽을 것이다. 제러드는 웃기는 농담이나 속임수를 부리듯 킬킬거리며 달려왔지만 결국 모든 걸 알아냈을 것이다. 잠시 후, 제러드의 못생긴 손이 그에게 닿을 것이다.

"가이!" 하지만 그의 목소리는 너무 약했다. 제러드의 손은 금방이라도 그에게 닿을 것 같았다. 제러드의 손이 닿으면 게임이 끝날 것이다.

브루노는 온 힘을 다해 일어나 앉으려 발버둥 쳤다. 무거운 바윗덩어리처럼 그를 짓누르던 악몽이 머릿속에서 빠져나갔다.

제러드. 그가 와 있었다.

"무슨 일이야? 악몽이라도 꿨나?"

불그스름한 제러드의 손이 닿자, 브루노는 침대에서 바닥으로 떨어졌다.

"내가 때맞춰 깨웠군, 그렇지?" 제러드가 웃으며 말했다.

브루노는 이가 부서져라 힘껏 깨물었다. 욕실로 들어가 문을 열어놓은 채 술을 한 잔 마셨다. 거울에 비친 얼굴을 보자 지옥에서 전투라도 벌인 듯했다.

"방해해서 미안하지만 새로운 사실을 알아냈어." 제러드가 긴장된 고음으로 말하는 걸 보니 유리한 승점을 따낸 게 분명했다. "자네 친구 가이 헤인스에 관해서 말이야. 자네가 방금 꿈속에서 봤던 사람도 그 사람이지?"

손에 쥐고 있던 유리잔이 깨지자 브루노는 세면기에 떨어진 조각을 조심스럽게 모아 삐죽삐죽하게 깨진 유리잔에 넣었다. 그는 지겹다는 듯이 비틀거리며 다시 침대로 향했다.

"찰스, 그 사람을 언제 만났지? 작년 12월은 아니지?" 제러드는 서랍장에 기대어 담뱃불을 붙였다. "1년 반 전에 만났지? 샌타페이로 가는 기차에서 말이야." 제러드는 잠자코 기다리더니 겨드랑이에 끼워둔 것을 침대에 던졌다. "기억나?"

샌타페이에서 가져온 가이의 플라톤 책이었다. 여전히 포장이 된 채였고 주소는 반쯤 지워졌다.

"물론이죠, 기억나요." 브루노는 책을 옆으로 치우며 말했다. "우체국에 가는 길에 잃어버렸어요."

"라폰다 호텔 선반에 있더군. 어떻게 플라톤 책을 빌리게 되었지?"

"기차에서 주웠어요." 브루노가 제러드를 올려다보며 말했다. "책에 가이의 주소가 적혀 있어서 우편으로 보내주려고 했어요. 식당차에서 주웠어요." 그가 제러드를 똑바로 쳐다보자 제러드 역시 날카롭고 작은 눈으로 그를 주시하고 있었다. 언제나 그렇듯 그 눈빛 너머에는 아무런 의미도 담겨 있지 않았다.

"찰스, 그를 언제 만났지?" 제러드가 다시 물었다. 그는 어린아이가 거짓말을 하는지 알면서도 참아주며 다시 묻는 어른 같았다.

"12월에요."

"그의 아내가 살해되었다는 사실도 물론 알고 있겠지."

"네, 신문에서 읽었으니까요. 그러고 나서 그가 팔미라 골프장을 설계한 기사도 읽었어요."

"6개월 전에 그의 책을 주웠으니 재밌는 우연이라고 생각했겠군."

브루노는 망설이다가 대답했다. "네."

제러드는 뭐라 투덜거리고는 못마땅한 듯 약간 웃으며 아래를 내려다보았다.

브루노는 기분이 이상하고 불편했다. 제러드가 투덜거리고 나서 저렇게 웃는 모습을 예전에 언제 보았던가? 아버지에게 뻔한 거짓말을 하고서 계속 우겼을 때, 투덜거리면서 믿지 못하겠다는 듯 웃는 아버지의 모습을 볼 때면 수치심이 들었었다. 자신이 제러드에게 용서해달라고 애원하는 눈빛을 하고 있다는 걸 알아차린 브루노는 시선을 얼른 창문으로 돌렸다.

"그럼 가이 헤인스가 누군지도 모르고 메트캐프에 전화를 걸었다는 말이군." 제러드가 책을 들어 올렸다.

"무슨 전화요?"

"여러 통이나 했더군."

"급할 때 한 번 했겠죠."

"몇 통이나 했던데, 무슨 일로 전화한 거야?"

"그 빌어먹을 책 때문이었다고요!" 제러드가 브루노를 잘 안다면 그가 그렇게 나올 것임을 알았을 것이다. "그의 아내가 살해되었다는 소식을 듣고 전화했을 수도 있고요."

제러드는 고개를 가로저었다. "자넨 그녀가 살해되기 전에 전화했었네."

"그래서 어쨌다는 거죠? 아마 그랬을 수도 있겠네요."

"그래서 어쨌다는 거냐고? 헤인스 씨에게 물어봐야겠어. 자네가 살인에 관심이 있으니, 살인사건이 일어난 이후로는 그에게 전화하지 않았을 게 분명하지."

"살인이라면 구역질 나요!" 브루노가 버럭 소리를 질렀다.

"오, 그렇겠지. 그렇고말고." 제러드는 느릿느릿 그의 방을 나가서 홀을 지나 브루노의 어머니 방으로 갔다.

브루노는 샤워를 하고 조심스럽게 옷을 입었다. 제러드가 지난번에는 맷 러빈에게 훨씬 더 관심을 보였던 기억이 떠올랐다. 그가 기억하는 한, 라폰다 호텔에서는 메트캐프에 두 통밖에 전화하지 않았다. 제러드는 호텔 청구서를 보고 통화 사실을 알아냈을 게 분명했다. 가이의 어머니가 잘못 말했을 수도 있었다.

"제러드가 뭘 물어보던가요?" 브루노가 어머니에게 물었다.

"별것 없었어. 네 친구 중에 가이 헤인스라는 친구를 아는지 물어보더구나." 그녀가 머리를 위로 빗어 올리고 있어서, 침착하고 지친 얼굴에 머리가 헝클어져 내려왔다. "건축가인 친구지, 그렇지?"

"그렇게 잘 아는 사이는 아니에요." 브루노는 어머니를 뒤따라갔다. 예상한 대로 어머니는 그가 로스앤젤레스에서 신문 기사를 스크랩했던 걸 잊어버렸다. 팔미라 골프장 사진이 나왔을 때 가이와 아는 사이라고 어머니에게 떠벌리지 않은 건 천만다행이었다. 마음 한편으로는 가이에게 그런 일을 시킬 것임을 이미 알고 있었던 게 분명하다.

"제러드는 네가 작년 여름에 그와 통화했다고 하던데, 무슨 일이었니?"

"엄마, 제러드가 멍청하게 일을 몰아가는 데 정말이지 질렸어요."

# 40

같은 날 오전, '핸슨 앤드 냅' 설계 사무소의 사장실에서 나온 가이는 지난 몇 주 만에 가장 행복한 순간을 맛보았다. 가이가 지금껏 맡았던 가장 복잡한 병원 설계도가 지금 복사되고 있었다. 건축 자재에 대한 최종 검토도 통과되었다. 그날 아침에 밥 트리처로부터 전보가 도착했고, 가이는 옛 친구의 전보를 읽고 기분이 좋았다. 밥이 지난 5년 동안 고대하던, 캐나다에 새로 건설하는 앨버타 댐의 기술 자문위원으로 선임된 것이다.

양쪽으로 부채꼴처럼 펼쳐진 책상에 앉아 있던 설계사가 출입문으로 걸어가는 가이를 쳐다보았고, 가이는 미소 짓는 총책임자에게 가볍게 고개를 숙이며 인사했다. 그는 자신의 마음속에 자존감이 빛나고 있음을 알아차렸다. 새로 산 양복 덕분인지도 몰랐다. 지금까지 그가 세 번째로 구입한 양복이었는데, 앤이 회색과 파란색의 격자무늬 천을 골라주었다. 오늘 아침에 앤은 그 양복에 어울리는 토마토 색깔의 모직 넥타이도 골라주었는데, 오래되었지만 그가 좋아하는 것이었다. 가이는 엘리베이터 사이에 있는 거울에 비친 넥타이의 매듭을 바로 고쳤다. 숱이 많은 검은 눈썹에 흰색 눈썹 한 올이 비죽 솟아 있었다. 깜짝 놀란 탓인지 눈썹이 약간 올라갔다. 그는 흰 눈썹을 가지런히 내렸다. 지금껏 자신의 몸에서 흰 털을 본 건 처음이었다.

설계사 한 명이 사무실 문을 열었다. "헤인스 씨? 마침 떠나지 않아 다행이군요. 전화 왔습니다."

가이는 사무실로 되돌아가며 통화가 길어지지 않기를 바랐다. 10분 후에 앤과 점심 약속이 있었기 때문이다. 그는 텅 빈 설계 사무실에 들어가 전화를 받았다.

"가이, 내 말 잘 들어요. 제러드가 그 플라톤 책을 찾아냈어요…… 네, 샌타페이에서요. 별다른 일은 없을 거예요……."

5분 후 가이는 다시 엘리베이터로 왔다. 플라톤 책이 발견될 가능성은 늘 염두에 두고 있었다. 브루노는 그럴 일 없을 거라고 했었다. 이번에도 브루노의 말이 틀릴 수도 있다. 그러므로 브루노는 잡힐 수도 있다. 가이는 브루노가 잡힐 수도 있다는 생각이 믿기지 않는 듯 얼굴을 찌푸렸다. 지금까지는 다소 믿기지 않는 일이기도 했다.

햇빛이 환한 밖으로 나온 순간에 새로 맞춘 양복 생각이 언뜻 떠오르자 가이는 자신에게 실망스럽고 화가 치밀어 주먹을 불끈 쥐었다. "내가 기차 안에서 그 책을 주운 걸로 해요, 알았죠? 내가 메트캐프에서 전화했다면 그것 역시 책 때문이고요. 하지만 난 12월까지는 당신과 만난 적이 없는 거예요……." 브루노가 아까 전화로 말했었다. 목소리가 어느 때보다 간결하고 불안하게 들렸다. 빈틈없고 기민하게 들려 브루노의 목소리가 아닌 것 같았다. 브루노가 지어낸 생각을 떠올리던 가이는 그 생각이 마치 자신과는 아무 상관없는, 무심하게 고른 양복 소재 같았다. 그렇다, 양복 옷감에 구멍은 없으니 닳아 해지는 지경까지 이르진 않을 것이다. 누군가가 기차에서 그들을 본 걸 기억한다면? 예를 들어, 브루노의 특별 전용실에 술을 가져다주었던 웨이터가 기억할 수도 있었다.

가이는 호흡을 고르려고 애써 발걸음을 늦추었다. 겨울 하늘에는 자그마한 원반 같은 해가 떠 있었다. 흰 털 한 올과 흰 상처 자국이 있는 검은 눈썹이, 앤이 최근 더 덥수룩해진다고 했던 눈썹이 눈부신 햇빛을 분산시키며 그를 보호해주었다. 15초 동안 햇빛을 똑바로 쳐다보면 각막이 타버린다는 글을 어디에선가 읽은 기억이 났다. 앤이 그를 보호해주었고, 그의 직업도 그를 보호해주었다. '새 양복, 바보 같은 새 양복.' 가이는 자신이 어딘가 모자라고, 멍청하고, 구제불능이라는 생각이 문득 들었다. 죽음이 그의 머릿속에 들어와 서서히 자리를 잡더니, 이제 그의 마음을 송두리째 차지해버렸다. 그리고 그는 그 공기를 너무 오랫동안 마시고 있어서 익숙해진 것 같았다. 그렇다면 그는 이제 두렵지 않았다. 가이는 과장되게 어깨를 쭉 폈다.

가이가 레스토랑에 들어갔을 때 앤은 와 있지 않았다. 앤이 일요일에 집에서 찍었던 스냅사진을 찾아올 거라고 했던 말이 기억났다. 가이는 밥 트리처가 보낸 전보를 주머니에서 꺼내어 몇 번이나 다시 읽었다.

앨버타 댐 건설의 기술 고문으로 선임됨. 널 추천함. 드디어 교각임. 가능한 한 빨리 하던 일을 정리하기 바람. 승인 확실함. 곧 편지가 도착할 것임.

승인 확실함. 가이가 어떤 삶을 살아왔는지 상관없이, 교각을 설계할 수 있는 능력에는 의심의 여지가 없었다. 가이는 마티니 잔이 조금도 흔들리지 않도록 잡은 채 곰곰이 생각에 잠겨 한 모금 마셨다.

# 41

"또 다른 사건을 조사하기 시작했다네." 제러드가 책상에 놓인 보고서를 쳐다보며 기분 좋은 듯 중얼거렸다. 브루노가 들어온 이후로도 그에게는 시선 한 번 주지 않았다. "가이 헤인스의 첫 번째 부인 피살사건으로, 아직 미결이지."

"네, 나도 알아요."

"자넨 그 사건에 관해 많은 걸 알고 있을 테지. 자네가 아는 모든 걸 말해줘." 제러드가 자리에 앉으며 말했다.

브루노는 제러드가 플라톤 책을 찾아낸 월요일 이후에 모든 걸 알아냈을 것임을 알았다. "아무것도 몰라요. 경찰도 아무것도 모르지 않나요?"

"자네 생각은 어때? 그 사건에 관해 가이와 많은 얘기를 나눴을 게 분명할 텐데."

"특별히 많은 얘기를 나누진 않았어요. 전혀요. 그런데 그건 왜요?"

"자넨 살인에 관심이 많으니까."

"내가 살인에 관심이 많다니, 그게 무슨 뜻이죠?"

"찰스, 내가 자넬 모르겠어? 자네 부친께도 많은 얘기를 들어서 알고 있다네." 제러드는 평소와 달리 애써 참지 않고 말을 내뱉었다.

브루노는 담배를 집으려다가 관두었다. "그와 그 사건에 관해 얘기한 적은 있어요." 그는 차분하고 점잖게 말했다. "그는 아무것도 몰라요. 당시엔 자기 아내에 대해서도 잘 몰랐어요."

"자넨 누가 그랬을 거라고 생각해? 헤인스 씨가 꾸민 일이라고 생각해본 적 있나? 그가 어떻게 준비하고 해치웠는지 관심 가진 적 있어?" 다시 침착해진 제러드는 마치 그날 날씨가 좋다고 얘기하는 것처럼 양손을 머리 뒤로 가져가 의자에 기대며 말했다.

"물론 그가 꾸민 일이라고는 생각하지 않아요." 브루노가 대답했다. "그 사람의 됨됨이가 얼마나 큰 지도 모르고 얘기하는 것 같군요."

"찰스, 크기에 관해 생각할 가치가 있는 건 총뿐이지." 제러드가 수화기를 집어 들었다. "아마도 자네가 나한테 말해준 첫 번째 사람일 거야…… 헤인스 씨 들여보내."

브루노는 약간 놀랐고 제러드는 그 모습을 놓치지 않았다. 가이의 발자국이 홀을 지나 가까이 다가오는 소리를 들으면서 제러드는 말없이 브루노를 쳐다보았다. 브루노는 제러드가 이렇게 할 것임을 예상했었다고 마음속으로 중얼거렸다. 그래서 어쩌란 말인가? 도대체 어쩌잔 말인가?

가이는 불안해 보였지만, 브루노는 평소에도 그가 약간 불안하고 서두르는 모습이니 괜찮을 거라고 생각했다. 가이는 제러드와 인사를 나눈 후 브루노에게 가볍게 고개를 끄덕였다.

제러드는 남아 있는 의자를 가이에게 권했다.

"헤인스 씨, 여기까지 오라고 한 건 매우 간단한 질문을 하기 위해서입니다. 찰스는 대개 당신과 무슨 얘기를 나눴나요?" 제러드는 오래된 담뱃갑에 든 담배를 권했고, 가이는 한 개비 집었다.

가이는 초조한 탓인지 미간이 좁아졌는데, 당연한 반응이었다. "가끔 팔미라 골프장에 관해 얘기했습니다." 가이가 대답했다.

"그리고 다른 얘기는요?"

가이가 쳐다보자, 브루노는 턱을 괴고 손톱을 물어뜯고 있었다. 아무렇지 않은 듯한 표정이라 평소처럼 무심해 보였다. "별다른 얘기는 없었습니다." 가이가 대답했다.

"당신 아내의 피살사건에 관해서도 얘기하던가요?"

"네."

"살인사건에 관해 어떻게 얘기하던가요? 당신 부인이 살해된 사건 말입니다." 제러드가 친절하게 물었다.

가이는 얼굴이 달아오르는 게 느껴졌다. 그는 브루노를 슬쩍 쳐다보았다. 그 사람 얘기를 하면서도 그가 그 자리에 없는 것처럼 무시할 때면 누구라도 그렇게 슬쩍 쳐다볼 거라는 생각이 들었다. "누가 그런 짓을 했는지 아느냐고 물어보곤 했습니다."

"혹시 아십니까?"

"아니요."

"찰스를 좋아하십니까?" 제러드의 통통한 손이 어울리지 않게 약간 떨렸다. 그는 책상 서류 위에 놓인 성냥을 만지작거리기 시작했다.

가이는 열차에서 브루노가 성냥을 만지작거리다가 스테이크 위에 떨어뜨리던 순간이 떠올랐다. "네, 좋아합니다." 가이는 당혹스러워하며 대답했다.

"당신을 짜증나게 하지 않았나요? 여러 번 치근거리지 않았나요?"

"그러지 않았습니다." 가이가 말했다.

"결혼식에 나타났을 때 짜증나지 않았나요?"

"아니요."

"찰스가 아버지를 미워한다고 말한 적이 있나요?"

"네, 있습니다."

"그를 죽이고 싶다고 말한 적이 있나요?"

"아니요." 가이는 똑같은 어조로 대답했다.

제러드는 갈색 종이로 포장한 책을 책상 서랍에서 꺼냈다. "찰스가 당신에게 우편으로 부치려고 했던 책입니다. 지금 당장 드리지 못해 죄송합니다. 앞으로 필요할지도 몰라서요. 찰스가 어떻게 당신 책을 갖게 되었죠?"

"열차에서 찾았다고 했습니다." 가이는 제러드의 졸린 듯한, 수수께끼 같은 미소를 자세히 살폈다. 제러드가 집에 찾아왔을 때 비슷한 미소를 본 것 같았지만, 지금과는 달랐다. 혐오감을 불러일으키려고 의도한 미소였다. 일종의 직업적인 무기인 셈이었다. 가이는 앞으로 매일 그 미소와 상대해야 할 거라는 생각이 들었다. 그는 무심결에 브루노를 쳐다보았다.

"열차에서 서로 만나지는 않았나요?" 제러드가 가이와 브루노를 번갈아 보았다.

"네." 가이가 말했다.

"찰스의 특별 전용실에 저녁식사를 가져다준 웨이터와 얘기를 나눴습니다."

가이는 제러드를 주시했다. 이렇게 드러난 수치심은 죄의식보다 쉽게 사라질 거라는 생각이 들었다. 심지어 상체를 꼿꼿이 세우고 제러드를 빤히 쳐다보는 그 순간에도 수치심이 사라지고 있었다.

"그래서요?" 브루노가 날카롭게 물었다.

"당신들 둘이 왜 굳이 그렇게 일을 번거롭게 만드는지 궁금합니다." 제러드는 재미있다는 듯 고개를 갸우뚱거렸다. "몇 달 뒤에 만난 것처럼 가장하려고 말입니다." 그는 가만히 기다리며 얼마간 그들이 괴로워하도록 내버려두었다. "나한테 대답해주지는 않겠죠. 음, 대답은 명백합니다. 다시 말해서, 대답을 추측하는 거죠."

가이는 세 사람 모두 대답을 생각 중일 거라 여겼다. 그와 브루노, 브루노와 제러드, 제러드와 그를 연결하는 대답이 눈앞에 보이는 것 같았다. 브루노가 절대 생각해낼 수 없다고, 영원히 알아낼 수 없다고 했던 그 대답이.

"찰스, 추리소설을 정말 많이 읽은 자네가 말해주겠나?"

"당신이 무슨 말을 하는지 모르겠어요."

"헤인스 씨, 며칠 지나지 않아 당신의 아내가 살해되었습니다. 그리고 몇 달 후에 찰스의 아버지가 살해되었고요. 내 머릿속에 먼저 떠오르는 생각은 당신들 두 사람 모두 살인이 일어날 것임을 알고 있었다는 겁니다……."

"말도 안 돼." 브루노가 말했다.

"……그리고 당신들은 살인사건에 관해 함께 얘기했습니다. 물론 순전히 추측일 뿐이지만요. 두 사람이 열차에서 만났다는 것도 가정입니다. 두 사람은 어디서 만났죠, 헤인스 씨?" 제러드가 미소 지으며 물었다.

"우린 열차에서 만났습니다." 가이가 말했다.

"그런데 왜 그 사실을 인정하기가 두려웠던 거죠?" 제러드가 반점투성이인 손으로 가이를 툭 찔렀다. 제러드의 평범함에는 상대방을 겁주는 힘이 느껴졌다.

"모르겠습니다." 가이가 말했다.

"그건 찰스가 아버지를 죽이고 싶다고 말했기 때문 아닌가요? 그리고 헤인스 씨, 당신은 그 사실을 알고 있었기 때문에 불안했던 거죠?"

제러드가 으뜸패를 내보인 걸까? 가이는 천천히 말했다. "찰스는 아버지를 죽이는 것에 관해 아무 말도 하지 않았습니다."

제러드는 만족스러운 듯 능글맞게 웃는 브루노의 모습을 놓치지 않았다. "물론 순전히 추측입니다만." 제러드가 말했다.

가이와 브루노는 함께 건물에서 나왔다. 제러드가 둘을 함께 내보냈다. 그들은 긴 블록을 따라 지하철과 택시 정류장이 있는 작은 공원으로 갔다. 브루노는 방금 나온 좁다란 건물을 뒤돌아보았다.

"괜찮아요. 저 사람에게는 아직 아무 단서도 없어요. 당신이 어떻게 보든, 저 사람에겐 아무것도 없다고요." 브루노가 말했다.

브루노는 부루퉁하게 말했지만 침착했다. 가이는 제러드가 공격하는데도 브루노가 정말 침착하게 대처했다는 생각이 문득 들었다. 그는 브루노가 압박을 받을 때면 히스테리를 부릴 거라고 늘 상상했었다. 몸을 웅크린 채 구부정하게 서 있는 브루노의 모습을 슬쩍 쳐다보자, 그날 레스토랑에서 느꼈던 무모한 동료의식이 느껴졌다. 하지만 할 말이 없었다. 브루노 역시 제러드가 자신이 알아낸 걸 모두 말하지 않았음을 아는 게 분명했다.

"우스운 건, 제러드가 우릴 찾고 있는 게 아니라 다른 사람을 찾고 있다는 거예요." 브루노가 말했다.

# 42

제러드가 철창 사이로 손가락을 집어넣고 흔들자, 새장 안에 든 작은 새가 깜짝 놀라 파닥거리며 반대편으로 날아갔다. 그는 단조롭고 나직하게 휘파람을 불었다.

거실 한가운데에서는 앤이 불안한 표정으로 그를 지켜보고 있었다. 방금 그가 가이가 거짓말을 했다고 말한 것도, 새장에 있는 카나리아를 놀라게 한 것도 마음에 들지 않았다. 지난 15분 동안 제러드의 모습이 맘에 들지 않았다. 지난번에 처음 집에 왔을 때는 좋은 사람이라고 생각했는데, 그녀는 자신의 판단이 틀렸다는 생각에 짜증이 났다.

"새 이름이 뭐죠?" 제러드가 물었다.

"스위티예요." 앤이 대답했다. 그녀는 당혹스러워 고개를 약간 돌리고 반쯤 뒤돌아섰다. 새로 산 악어가죽 구두를 신어서 키가 커지고 우아해진 것 같은 기분이 들었다. 오늘 오후에 그 구두를 사면서 가이가 좋아할 거라는 생각이 들었고, 저녁식사 전에 칵테일을 마실 때 그가 흐뭇한 웃음을 지을 거라 생각했었다. 하지만 제러드가 찾아오는 바람에 망쳐버렸다.

"당신 남편이 작년 6월에 찰스를 만났다는 사실을 말하고 싶지 않았던 이유라도 있을까요?"

작년 6월이라면 미리엄이 살해된 달이었다. 앤은 다른 일은 떠오르지 않았다. "남편에게는 힘든 시기였어요. 전 부인이 죽었던 달이니까요. 그 달에 일어났던 일이면 모두 잊어버리려 했을 거예요." 앤은 제러드가 본인이 알아낸 조그마한 사실을 지나치게 확대 해석하고 있는 것 같아 얼굴을 찌푸렸다. 가이는 그 이후로 6개월 동안 찰스를 만난 적이 없으니 별로 문제되지 않을 것 같았다.

"이번 경우엔 그렇지 않습니다." 제러드가 다시 자리에 앉으며 아무렇지 않게 말했다. "찰스가 열차에서 만난 당신 남편에게 아버지 얘기를 한 것 같습니다. 아버지가 죽었으면 좋겠다고요. 또 어떻게 할 작정인지 말했을 수도 있겠죠……."

"가이가 그런 말을 듣고 있었을 리가 없어요." 앤이 그의 말을 자르며 끼어들었다.

"그거야 모르죠." 제러드가 덤덤하게 이야기를 이어나갔다. "찰스는 아버지가 피살될 걸 진즉에 알았고 그날 밤 열차에서 당신 남편에게 그 얘기를 털어놓았을 거라는 생각을 떨칠 수가 없습니다. 찰스는 그런 유형의 청년이거든요. 그리고 당신 남편은 잠자코 있다가 그때부터 찰스를 피할 유형인 것 같습니다. 그렇지 않습니까?"

앤은 그러면 많은 것이 설명될 거라는 생각이 들었다. 하지만 가이를 공범으로 만들 수도 있었다. 제러드는 가이를 공범으로 만들고 싶어 하는 것 같았다. "남편이 찰스를 그 지경까지 참아주지는 않았을 거예요." 그녀는 단호하게 말했다. "찰스가 그런 말을 했다고 가정하면 말이죠."

"아주 좋은 지적입니다. 하지만……." 제러드는 자신만의 생각에 빠진 것처럼 말을 멈췄다.

반점이 보이는 제러드의 대머리를 보고 싶지 않았던 앤은 커피 테이블에 놓인 타일 소재의 담배 상자를 내려다보다가 담배를 한 개비 집었다.

"남편분이 아내를 살해했을 거라고 의심하는 사람이 있나요?"

앤은 못마땅한 듯 담배 연기를 불었다. "전혀 없어요."

"그날 밤 찰스가 열차에서 살인 얘기를 꺼냈고, 그 얘기를 깊이 나누었다고 가정해봅시다. 당신 남편이 찰스에게, 자신의 전처가 목숨이 위험하다는 말을 했다고 가정해봅시다. 그러면 두 사람은 같은 비밀을 공유하고 같은 위험에 처하는 거죠. 순전히 추측이지만 말입니다." 제러드는 서둘러 덧붙여 말했다. "형사들은 늘 추측해야 하는 사람들이니까요."

"남편이 그런 말을 했을 리가 없어요. 남편의 전 부인 소식을 전해 들었을 때 난 남편과 멕시코시티에 있었고, 그 며칠 전에는 함께 뉴욕에 있었으니까요."

"올해 3월은 어땠습니까?" 제러드가 똑같은 어투로 물었다. 그는 빈 하이볼 잔을 집어 앤에게 채워달라고 부탁했다.

제러드에게 등을 돌린 채 바에 서 있던 앤은 3월에 찰스의 아버지가 살해되고 나서 가이가 안절부절못하던 기억이 떠올랐다. 가이가 누군가와 싸웠던 때가 2월이었던가 아니면 3월이었던가? 싸웠던 상대가 찰스 브루노가 아니었을까?

"3월경에 남편분이 당신 몰래 찰스를 만났을 수도 있다고 생각하지 않습니까?"

물론 그러면 상황이 설명될 것 같다는 생각이 들었다. 가이는 찰스가 아버지를 죽이려 한다는 걸 알고 그를 막으려다 술집에서 몸싸움을 했을지도 모른다. "그랬을 수도 있겠죠. 난 잘 모르겠어요." 앤은 애매하게 말했다.

"기억이 난다면, 남편분이 3월경에 어때 보였는지 말해주시죠."

"불안해했어요. 무엇 때문에 불안해했는지도 알고요."

"무엇 때문에요?"

"일 때문이었어요." 그녀는 가이에 관해 더 이상의 말은 해줄 수 없었다. 제러드는 자신이 만들어낸 희미한 그림 속에 그녀가 하는 말을 조합해 가이의 모습을 보려는 것 같았다. 앤도 제러드도 말이 없었는데, 그는 먼저 침묵을 깨뜨리지 않으려고 그녀와 경쟁하는 것 같았다.

마침내 제러드가 시가를 톡톡 두드리며 말했다. "그 시기에 찰스에 관한 기억이 떠오르면 저한테 연락 주시겠습니까? 낮이든 밤이든 전화 주십시오. 메시지를 전해줄 사람은 늘 대기 중이니까요." 그는 명함에 다른 사람의 이름을 적어 앤에게 건네주었다.

앤은 현관문에서 돌아서서 그의 잔을 치우러 곧바로 커피 테이블로 갔다. 거실 창문 너머로 제러드가 마치 조는 사람처럼 고개를 숙이고 앉아 있었는데, 메모를 하는 것 같았다. 바로 그 순간, 가이가 3월에 그녀 몰래 찰스를 만났을지도 모른다고 적고 있을 거라는 생각이 문득 들었다. 그녀는 왜 그런 말을 했던가? 그녀는 가이가 12월부터 결혼식이 있던 6월까지 찰스를 만난 적이 없다는 걸 분명히 알고 있던 터였다.

한 시간 뒤 가이가 집에 돌아왔을 때, 앤은 오븐에서 거의 다 익은 냄비 요리를 확인하고 있었다. 가이가 고개를 들어 냄새를 맡는 모습이 보였다.

"새우 캐서롤이야." 앤이 그에게 말했다. "환기창을 열어야 할 것 같아."

"제러드가 왔었어?"

"응. 그가 올 거라는 거 알고 있었어?"

"시가 냄새가 나." 가이가 짤막하게 말했다. 제러드는 두 사람이 열차에서 만났다는 얘기를 했을 게 분명하다. "이번엔 뭘 알고 싶어 했어?"

"찰스 브루노에 관해 더 많은 걸 알고 싶어 했어." 앤이 거실 창문에서 그를 슬쩍 쳐다보았다. "당신이 그를 의심한 적이 있는지 알고 싶어 했어. 그리고 3월에 있었던 일을 알고 싶어 했고."

"3월에 있었던 일?" 가이는 앤이 서 있는, 바닥을 약간 높인 곳으로 올라섰다.

가이가 멈춰 서자 앤은 그의 눈동자가 갑자기 수축해서 작아지는 걸 볼 수 있었다. 3월인가 2월의 그날 밤부터 그의 광대뼈 위에 머리카락처럼 가는 상처 자국이 몇 군데 보였다.

"찰스가 3월에 자기 아버지를 살해할지도 모른다는 걸 당신이 의심했는지 알고 싶어 했어." 하지만 가이는 평소처럼 입을 꾹 다문 채 앤을 태연하게 쳐다보았다. 놀라지도 않았고 죄의식도 없었다. 앤은 옆으로 비켜서서 거실로 내려갔다. "살인이라니, 끔찍하지?"

가이는 새로 꺼낸 담배를 손목시계에 대고 가볍게 두드렸다. 앤이 '살인'이라고 말하는 걸 듣자 괴로웠다. 그녀의 머릿속에 있는 브루노에 관한 모든 기억을 지울 수 있다면 좋을 거라는 생각이 들었다.

"당신은 몰랐지, 그렇지? 3월에……."

"몰랐어, 앤. 도대체 제러드가 뭐라고 했어?"

"찰스가 자기 아버지를 살해했을 거라 생각해?"

"모르겠어. 그럴 수도 있겠지만 우리가 관심 가질 문제는 아니야." 가이는 그것이 거짓말이라는 걸 한순간도 깨닫지 못했다.

"맞아, 우리가 관심 가질 문제가 아니야." 앤이 다시 그를 쳐다보았다. "제러드는 당신이 작년 6월에 열차에서 찰스를 만났다고 말했어."

"맞아, 그랬어."

"음, 그게 무슨 상관이겠어?"

"모르겠어."

"찰스가 열차에서 했던 말 때문이야? 그 때문에 그를 싫어하는 거야?"

가이는 재킷 주머니에 손을 더 깊이 찔러 넣었다. 갑자기 브랜디를 마시고 싶었다. 자신의 감정을 앤에게 보여주었으니 이제 숨길 수도 없었다. "앤, 내 말 잘 들어." 그가 서둘러 말했다. "브루노는 열차에서 아버지가 죽었으면 좋겠다고 말했어. 구체적인 계획이나 다른 사람의 이름을 말하지는 않았어. 그가 말하는 방식이 맘에 들지 않았고 그러자 그 사람도 맘에 들지 않았어. 제러드에게 모두 털어놓지 않은 건 브루노가 자기 아버지를 죽였는지 그러지 않았는지 모르기 때문이야. 그건 경찰이 알아낼 일이니까. 사람들이 그런 애매한 진술을 해서 무고한 사람들이 사형을 당하기도 했잖아."

가이는 앤이 그의 말을 믿든지 말든지 자신은 이제 끝났다고 생각했다. 자신의 죄를 다른 사람에게 뒤집어 씌웠으니, 지금껏 그가 한 가장 비열한 거짓말이자 가장 비열한 행동인 것 같았다. 브루노조차도 그런 거짓말은 하지 않을 것이고, 그처럼 가이를 몰아세우는 거짓말은 하지 않을 것이다. 가이는 자신이 정말 가증스럽고 새빨간 거짓말쟁이라는 생각이 들었다. 그는 담배를 벽난로에 던져버리고 양손으로 얼굴을 감쌌다.

"가이, 난 당신이 마땅히 해야 하는 일을 하고 있다고 믿어." 앤이 다정하게 말했다.

그의 얼굴 전체가 거짓이었다. 한결같은 눈빛, 꼭 다문 입술, 섬세한 손. 그는 갑자기 양손을 내려 주머니에 집어넣었다.

"브랜디 좀 가져다줘."

"3월에 몸싸움을 했던 상대가 찰스 아니었어?" 앤이 바에 서서 물었다.

그 일에 관해서도 거짓말을 하지 않을 이유가 없었지만, 가이는 그럴 수가 없었다. "아니야, 앤." 곁눈질로 슬쩍 쳐다보자 앤이 그의 말을 믿지 않음을 알 수 있었다. 그녀는 그가 브루노를 막으려고 몸싸움을 했을 거라고 생각할지도 몰랐다. 심지어 그를 자랑스러워할지도 몰랐다. 그가 원치도 않는 그런 보호막이 늘 있어야만 할까? 그에게는 만사가 늘 순조로워야만 할까? 하지만 앤은 그것으로 만족하지 않을 것이다. 그가 말해줄 때까지 그녀는 묻고 또 물을 것이다.

그날 저녁, 가이는 그해 처음으로, 새로 지은 집에 들어온 후 처음으로 벽난로에 불을 피웠다. 앤은 푹신한 베개에 머리를 대고 긴 난로 바닥에 누워 있었다. 향수를 불러일으키는 가을의 서늘함이 감돌자 가이는 감상에 젖어 불안한 기운에 휩싸였다. 그 기운은 젊은 시절처럼 활기차지 않았고, 그의 생명이 사그라들어 마지막 힘을 뿜어내는 것처럼 격앙과 좌절감이 깔려 있었다. 앞으로 다가올 일이 전혀 두렵지 않다는 것만큼 그의 생명이 사그라들고 있다는 더 확실한 증거가 있을까?

제러드는 그와 브루노가 열차에서 만났다는 걸 알고 있으니 지금쯤 모든 걸 추측하지 않았을까? 통통한 손가락으로 시가를 입에 대는 어느 날 혹은 어느 밤 혹은 어느 순간에 문득 떠오르지 않을까? 제러드와 경찰은 뭘 기다리는 걸까? 제러드가 그와 브루노에게 불리한 온갖 사소한 사실과 증거를 모아 어느 순간 갑자기 그들 앞에 들이대며 그들을 파멸시킬 거라는 느낌이 이따금 들었다. 하지만 저들이 그를 파멸시킨다 해도 그가 설계한 건물은 파멸시킬 수 없을 것이다. 그의 정신이 몸에서 심지어 머릿속에서도 떠나가는 이상하고도 외로운 느낌이 다시 드는 것 같았다.

하지만 브루노와의 비밀이 절대 발각되지 않는다면? 가이는 자신이 저지른 일을 두려워하고 비관하면서도 비밀은 신성불가침의 영역일 거라는 느낌이 들 때가 있었다. 그가 제러드나 경찰을 두려워하지 않는 건 바로 그 신성불가침의 영역을 믿기 때문인 것 같았다. 그와 브루노가 부주의했고 브루노가 여러 단서를 흘렸음에도 지금껏 아무도 추측해내지 못한 걸 보면, 그들의 비밀을 난공불락으로 만드는 무언가가 있지 않을까?

앤은 잠들었다. 가이는 벽난로 불빛을 받아 은빛처럼 창백해진 그녀의 이마의 부드러운 곡선을 바라보았다. 그는 몸을 숙여 그녀의 이마와 입술에 입을 맞추었다. 부드럽게 입을 맞추어서 깨지는 않을 것이다. 그의 마음속 고통이 말이 되어 입 밖으로 나왔다. "당신을 용서할게." 가이는 앤에게서 그 말을 듣고 싶었다. 어느 누구도 아닌 앤에게서.

그의 머릿속에서는 죄의식을 가진 저울의 한쪽 추가 무게를 측정할 수 없을 정도로 내려가버렸지만, 반대편 추는 깃털처럼 가볍고 하찮은 자기방어를 하며 계속 균형을 유지하고 있었다. 가이는 범죄를 저질렀던 당시에도 자기방어를 했다는 생각이 들었다. 하지만 완전히 그렇게 믿기에는 아직 생각이 흔들렸다. 자기 속에 악을 보완하는 게 있다고 믿는다면, 그 악을 드러내려는 자연스러운 충동도 있을 거라고 믿어야 했다. 그러므로 그는 어떤 면에서는 자신이 저지른 범죄를 즐기는 건 아닌지, 만족감을 느끼는 건 아닌지 이따금 의구심이 들었다. 사람을 죽이면서 원초적인 쾌락을 느끼지 않는다면, 인류가 끊임없이 전쟁을 견뎌왔고 전쟁이 일어날 때 열광하는 모습은 어떻게 설명할 수 있단 말인가? 그런 의구심이 자주 들자 그는 그 의구심을 사실로 받아들였다.

# 43

지방 검사 필 하우랜드는 빈틈없고 수척한 모습이었고, 둥그스름한 제러드와 달리 얼굴 윤곽선이 날카로웠다. 그는 담배 연기를 내뿜으며 참을성 있게 웃음을 지었다.

"그 애는 그냥 내버려두는 게 어때? 처음부터 음모와 책략이 있었다는 점은 인정하네. 주변 친구들을 샅샅이 뒤졌지만 아무것도 나오지 않았네. 성격을 근거로 사람을 체포할 수는 없지."

제러드는 다리를 다시 꼬고 공손하게 웃었다. 온전히 그에게 주어진 시간이었다. 중대하지 않은 면담을 하는 것처럼 웃음을 지으며 앉아 있다는 사실에 만족감은 더 커졌다.

하우랜드 검사는 책상 모서리를 향해 타자로 친 종이를 손끝으로 밀어냈다. "관심 있으면 여기 열두 명의 이름을 보게. 고인이 된 새뮤얼 브루노 씨의 친구들이 보험회사를 통해 제공해준 이름들이지." 그가 지겹다는 듯 나지막하게 말했고, 제러드는 그가 지겨워하는 척 가장하고 있음을 알았다. 지방 검사인 그는 수많은 사람을 마음대로 부릴 수 있고 그물을 훨씬 더 멀리 던질 수 있었기 때문이다.

"찢어버려도 좋습니다." 제러드가 말했다.

하우랜드는 놀란 표정을 웃음으로 감추었지만, 동그랗게 뜬 검은 눈동자에 떠오른 갑작스러운 호기심마저 감출 수는 없었다. "당신이 이미 점찍어둔 사람이 있는 것 같군. 물론 찰스 브루노겠지."

"물론입니다." 제러드가 키득거리며 웃었다. "다른 살인사건의 범인으로 점찍었죠."

"한 사건만? 그가 네다섯 건의 사건을 저지를 만하다고 늘 말하지 않았던가?"

"그렇게 말한 적 없습니다." 제러드는 침착하게 부인했다. 그는 편지처럼 삼등분으로 접은 종이를 무릎에 놓고 펼치고 있었다.

"그럼 누구 말인가?"

"궁금하십니까? 검사님은 모르시겠습니까?" 제러드가 시가를 입에 물고 씩 웃었다. 그는 의자를 바짝 당겨서 서류를 얹었다. 서류가 아무리 많더라도 그는 하우랜드 검사의 책상에 두는 법이 없었고, 하우랜드 검사도 굳이 그렇게 하라고 시키지 않았다. 제러드는 하우랜드 검사가 개인적으로든 직업적으로든 자신을 싫어한다는 걸 알았다. 하우랜드는 제러드에게 그가 경찰에 비협조적이라며 나무랐다. 경찰은 제러드에게 도움이 되기는커녕 오히려 장애만 되었다. 지난 10년 동안 제러드는 경찰이 손도 대지 못한 꽤 많은 사건들을 해결했다.

자리에서 일어난 하우랜드 검사는 길고 가느다란 다리로 천천히 제러드에게 다가가 책상 앞에 비스듬히 기댔다. "이 모든 서류를 읽어보면 그 사건의 실체를 알 수 있단 말인가?"

"경찰의 문제점은 오로지 한 갈래 길만 간다는 겁니다." 제러드가 단언했다. "이번 사건은 다른 여러 사건들과 마찬가지로 두 갈래 길이 있죠. 두 갈래 길을 생각하지 않고서는 해결할 수 없습니다."

"누구이고 시간은 언제인가?" 하우랜드 검사가 한숨을 내쉬었다.

"가이 헤인스라는 이름을 들어본 적이 있습니까?"

"물론이지. 지난주에 심문했으니까."

"그의 전처가 작년 6월 11일 텍사스 주 메트캐프에서 목이 졸려 살해된 사건을 기억하십니까? 그 사건은 미결로 남았습니다."

"찰스 브루노의 짓이란 말인가?" 하우랜드 검사가 얼굴을 찌푸렸다.

"찰스 브루노와 가이 헤인스가 6월 1일 남쪽으로 가는 열차에 함께 타고 있었다는 사실을 아십니까? 헤인스의 전처가 살해되기 열흘 전이죠. 자, 이제 뭘 추론할 수 있죠?"

"두 사람이 작년 6월 전부터 서로 알던 사이란 말인가?"

"아닙니다. 둘은 열차에서 만났다는 겁니다. 이제 나머지는 추론할 수 있겠습니까? 잃어버린 연결고리를 제가 드렸으니까요."

지방 검사의 입가에 희미한 웃음이 번졌다. "찰스 브루노가 가이 헤인스의 전처를 살해했단 말인가?"

"그렇습니다." 서류를 훑어보던 제러드는 고개를 들었다. "그 다음 문제는 증거죠. 증거는 여기 있습니다. 검사님이 원하시는 모든 증거입니다." 그는 혼자 카드게임을 하듯이 길게 늘어놓은 서류를 가리켰다. "맨 위에서부터 읽어보십시오."

하우랜드 검사가 서류를 읽는 동안, 제러드는 구석에 놓인 물통에서 물을 한 잔 가져왔고 피우던 담배꽁초에 남은 불씨로 새 담배에 불을 붙였다. 메트캐프에서 찰스 브루노가 탔던 택시 운전사의 최종 진술이 오늘 아침에 도착했다. 제러드는 아직 술을 한 잔도 마시지 않았지만, 검사실을 나가서 아이오와행 열차의 특등 객차에 올라타자마자 서너 잔 마실 작정이었다.

그 서류에 진술하고 서명한 사람은 라폰다 호텔의 벨보이, 미리엄 헤인스가 살해된 날 찰스가 샌타페이 역에서 동쪽 방향의 기차를 타고 떠난 걸 봤다는 에드워드 월슨이라는 사람, 찰스를 메트캐프 호수에 있는 놀이공원까지 태워다준 메트캐프에 사는 택시 운전사, 찰스가 독한 술을 마시려 했던 술집의 바텐더 등이었다. 찰스가 메트캐프로 장거리 전화를 건 전화 요금 청구서도 있었다.

"검사님도 이미 알고 있었던 것입니다." 제러드가 분명히 말했다.

"대개는 그렇지." 하우랜드 검사는 여전히 서류를 읽어 내려가며 차분하게 말했다.

"검사님은 그날 찰스가 메트캐프까지 24시간 여행을 했다는 사실도 알고 계셨죠?" 제러드는 묻고 있었지만 빈정거리느라 기분이 좋았다. "그 택시 운전사는 정말 찾기 힘들었어요. 시애틀까지 수소문해서 찾아냈지만, 일단 찾고 나니 그에게 기억해보라고 재촉할 필요도 없더군요. 사람들은 찰스 브루노 같은 청년을 쉽게 잊지 않으니까요."

"그렇다면 찰스 브루노가 살인을 무척 좋아한 나머지 일주일 전에 열차에서 우연히 만난 사람의 아내를 살해했단 말인가?" 하우랜드 검사가 재미있다는 듯 말했다. "한 번도 본 적 없는 여자를 말이야. 혹시 그가 그녀를 본 적이 있나?"

제러드가 다시 키득거리며 웃었다. "물론 본 적 없습니다. 하지만 우리의 찰스에게는 계획이 있었죠." '우리'라는 말이 불쑥 튀어나왔지만 제러드는 개의치 않았다. "이제 아시겠어요? 명명백백한 사실이지만, 이건 사건 전말의 절반일 뿐입니다."

"제러드, 자리에 앉게. 과로하다 보면 심장마비에 걸릴지도 모르잖나."

"검사님은 모르실 겁니다. 찰스가 어떤 사람인지 예전에도 몰랐고 지금도 모르시니까요. 검사님은 찰스가 다양한 종류의 완전범죄를 계획하며 대부분의 시간을 보낸다는 사실에 관심이 없으셨죠."

"알겠네. 그럼 자네가 주장하는 나머지 절반이라는 게 뭔가?"

"가이 헤인스가 새뮤얼 브루노를 살해했다는 겁니다."

하우랜드 검사는 놀라 입을 다물지 못했다.

몇 년 전 제러드가 어떤 사건에서 실수를 범했을 때 하우랜드 검사가 보여줬던 비웃음을 제러드는 그대로 갚아주었다. "가이 헤인스 조사는 아직 마치지 못했습니다." 제러드는 시가 연기를 뿜으면서 짐짓 솔직하게 말했다. "서두르지 않고 천천히 하고 싶습니다. 여기에 찾아온 이유도 오직 검사님과 함께 천천히 사건을 진행하고 싶은 마음 때문입니다. 검사님이 갖고 있는 찰스에게 불리한 모든 정보로 어떻게 가이 헤인스까지 함께 체포할 수 있을지 모르겠더군요."

하우랜드 검사는 검은 콧수염을 만지작거렸다. "자네가 하는 말을 모두 들으니, 자넨 15년 전에 은퇴했어야 했다는 내 믿음이 옳았던 것 같군."

"지난 15년 동안 몇몇 사건을 해결했습니다만."

"가이 헤인스 같은 사람이?" 하우랜드는 다시 웃음을 터뜨렸다.

"찰스 같은 사람과 다르다고요? 가이 헤인스가 자발적인 의지로 그런 짓을 저질렀다는 말은 아닙니다. 그는 부탁도 하지 않았는데 찰스가 아내로부터 그를 자유롭게 해준 대가로 범행을 저지를 수밖에 없었던 거죠. 찰스는 여자들을 싫어하거든요." 제러드가 덧붙이듯 말했다. "그게 바로 찰스가 계획하던 바였죠. 서로 맞교환하는 거죠. 단서도, 동기도 없고요. 찰스가 얘기하는 말소리가 귓가에 들리는 것 같습니다. 하지만 찰스도 사람이죠. 그는 가이 헤인스에게 너무 관심이 많아서 그를 내버려두지 못한 겁니다. 그리고 가이 헤인스는 너무 겁에 질려 아무것도 못했고요. 그렇게 된 겁니다." 제러드가 힘주어 말하면서 고개를 홱 움직이자 턱이 흔들렸다. "헤인스는 강요당한 겁니다. 얼마나 끔찍했을지 아무도 모를 겁니다."

제러드의 진지한 태도에 하우랜드 검사의 웃음기는 금방 가셨다. 제러드가 가정한 이야기는 가능성이 거의 없었지만, 그래도 약간 있기는 했다. 하우랜드 검사는 아무 말 없이 잠자코 있었다.

"그가 우리에게 털어놓지 않는다면 말이죠." 제러드가 덧붙여 말했다.

"그런데 그가 어떻게 우리에게 털어놓도록 만들 작정인가?"

"그가 자백할지도 모르죠. 너무 지쳤을 테니까요. 하지만 그러지 않는다면 내 부하들이 열심히 모으고 있는 사실로 그와 맞설 작정입니다. 검사님, 한 가지만 약속해주십시오." 제러드가 의자에 놓인 서류를 손끝으로 가리켰다. "검사님과 부하 직원들이 이 진술을 확인하는 과정에서 가이 헤인스의 어머니는 찾아가지 마십시오. 헤인스의 가족이 미리 알게 되는 건 원치 않으니까요."

"가이 헤인스를 잡기 위한 쫓고 쫓기는 게임이로군." 하우랜드 검사가 웃으며 말했다. 그는 몸을 돌려 이 일과 상관없는 문제로 통화를 했다. 제러드는 모든 정보를 하우랜드 검사에게 넘겨주고 나서 찰스와 헤인스를 구경만 해야 한다는 사실에 화가 치밀었다. 하우랜드 검사는 한숨을 길게 내쉬었다. "내가 어떻게 하길 바라나? 이 증거를 제시하며 찰스를 거칠게 대하길 바라나? 그러면 그가 견디다 못해 건축가인 가이 헤인스와 꾸민 계략을 모두 털어놓을 거라 생각하나?"

"아닙니다. 찰스가 거칠게 당하는 건 바라지 않습니다. 깨끗하게 진행해주시기 바랍니다. 헤인스에 관한 조사를 며칠 혹은 몇 주 후면 마칠 테니, 그때 제가 두 사람과 상대하겠습니다. 지금 찰스에 관한 이 서류를 넘기는 이유는 지금부터 이 사건에서 개인적으로 손을 떼기 때문입니다. 그들도 그렇게 알게 될 테고요. 전 오하이오 주로 휴가를 떠날 예정이고, 실제로도 그럴 겁니다. 찰스에게도 그렇게 알릴 거고요." 제러드의 얼굴에 환한 미소가 빛났다.

"두 사람을 잡아두기는 힘들 거야." 하우랜드 검사가 유감스러운 듯 말했다. "자네가 가이 헤인스에 관한 증거를 모을 동안은 더욱 그럴 테고."

"덧붙여 말하자면," 제러드는 모자를 집어 하우랜드 검사에게 흔들어 보였다. "검사님은 그 모든 증거로도 찰스를 잡을 수 없겠지만, 저는 지금껏 모은 것만으로도 가이 헤인스를 잡을 수 있습니다."

"자넨 우리가 가이 헤인스를 잡을 수 없다는 말인가?"

제러드는 경멸 어린 눈빛으로 그를 노려보았다. "검사님은 그를 붙잡는 데 관심 없으시잖습니까. 그를 범인으로 여기지 않으시니까요."

"휴가 잘 다녀오게, 제러드."

제러드는 서류를 꼼꼼히 모아 집어넣었다.

"그 서류는 두고 갈 거라고 생각했는데."

"검사님께서 필요하시다면요." 제러드는 서류를 공손히 넘겨주고는 문으로 향했다.

"자네가 알아낸 무엇으로 가이 헤인스를 잡을 건지 말해줄 수 있겠나?"

제러드의 목소리에는 모멸감이 묻어 있었다. "그는 죄의식으로 고통받고 있습니다." 그는 그렇게 말하고 나가버렸다.

# 44

“앤, 오늘 밤 이곳 말고는 오고 싶은 데가 전 세계에서 아무 데도 없었어요.” 눈물이 흘러내려 시선을 내리자 발아래 벽난로의 긴 돌바닥이 내려다보였다. 브루노는 높은 벽난로 선반에 팔꿈치를 기댄 채 서 있었다.

“그렇게 말해주니 고마워요.” 앤이 미소 지으며 말하고는 녹인 치즈와 안초비를 얹은 카나페를 X자형 다리로 된 식탁에 놓았다. “따뜻할 때 먹어봐요.”

브루노는 먹을 수 없을 것임을 알면서도 하나를 집었다. 회색 리넨 냅킨과 커다란 회색 접시로 두 사람을 위해 세팅된 식탁은 근사해 보였다. 제러드는 휴가를 떠났다. 그와 가이가 제러드를 물리친 것이고, 머릿속을 짓누르던 생각도 사라졌다. 브루노는 앤이 가이의 아내가 아니라면 키스했을지도 모른다는 생각이 들었다. 그는 상체를 곧게 펴고 소매를 바로 고쳤다. 앤과 함께 있을 때면 자신이 완벽한 신사로 보이는 것이 자랑스러웠다.

“가이는 일이 마음에 든대요?” 브루노가 물었다. 가이는 캐나다에서 앨버타 댐 일을 맡고 있었다. “멍청한 심문이 모두 끝나서 기뻐요. 가이도 걱정 없이 일하고 있을 거고요. 지금 내 기분이 어떤지 알 겁니다. 자축하고 싶어요.” 브루노는 무엇보다 조심스럽게 말하는 자신에게 웃음이 났다.

불안한 표정으로 벽난로 옆에 기대어 있는 브루노를 쳐다보던 앤은 가이가 그를 미워하면서도 지금 그녀처럼 그의 매력에 매혹되지 않았는지 의구심이 들었다. 하지만 그녀는 찰스 브루노가 자기 아버지를 살해할 계략을 꾸밀 수 있는 사람인지 아닌지 알 수 없었다. 그녀는 결단을 내리려고 하루 종일 그와 함께 시간을 보냈다. 브루노는 어떤 질문에는 농담을 하며 빠져나갔고, 어떤 질문에는 진지하고 조심스럽게 대답했다. 그는 미리엄과 알고 지낸 사이처럼 그녀를 싫어했다. 가이가 브루노에게 미리엄에 관해 그렇게 많은 이야기를 했다는 게 다소 놀라웠다.

"가이와 열차에서 만난 얘기는 왜 아무에게도 말하지 않으려 했나요?" 앤이 물었다.

"일부러 그랬던 건 아니에요. 처음에 실수로 학교에서 만났다고 농담을 하고 다닌 거죠. 그러다가 제러드가 여러 사람을 심문하면서 많은 걸 알아내기 시작했고요. 솔직히, 좋지 않게 보일까 봐 그랬던 것 같아요. 그 직후에 미리엄이 살해되었으니까요. 가이가 미리엄 문제로 조사를 받을 때 우연히 만난 사람들을 끌어들이지 않은 건 현명한 처사였어요." 브루노는 웃음을 터뜨리며 손뼉을 크게 한 번 치고는 의자에 털썩 앉았다. "난 절대 의심스러운 사람이 아니거든요!"

"하지만 그건 당신 아버지의 죽음에 관해 심문하는 것과는 아무 상관 없잖아요."

"물론이죠. 하지만 제러드는 논리적으로 생각하지 않아요. 차라리 발명가가 되었더라면 좋았을 텐데."

앤은 얼굴을 찌푸렸다. 사실을 말하면 이상해 보일까 봐, 혹은 브루노가 열차에서 아버지를 싫어한다고 말했다는 이유로 브루노가 지어낸 이야기에 가이가 동조했다는 걸 믿을 수 없었다. 그녀는 가이에게 다시 물어봐야 할 것 같았다. 그에게 물어볼 게 무척 많았다. 예를 들어, 브루노가 미리엄을 만난 적도 없는데 왜 그렇게 적대감을 갖고 있는지도 물어볼 것이다.

앤은 부엌으로 갔다.

브루노는 술잔을 들고 거실 창가로 다가가 검은 하늘에 빨간색과 초록색 불빛을 번갈아 깜박이며 날아가는 비행기를 올려다보았다. 손끝을 어깨에 올렸다가 다시 쫙 펴면서 운동하는 사람의 모습 같다는 생각이 들었다. 가이가 저 비행기를 타고 돌아오면 좋을 것 같았다. 그는 새로 산 희미한 분홍색 손목시계를 내려다보았다. 기다랗게 금색으로 새겨진 숫자판이 눈에 들어오기도 전에, 가이는 디자인이 모던한 그런 시계를 좋아할 거라는 생각이 먼저 들었다. 이제 세 시간이 지나면 그는 앤과 꼬박 24시간을 함께 보낸 셈이다. 그는 어젯밤 전화도 하지 않고 차를 몰고 그곳으로 왔고, 앤은 시간이 늦었으니 그에게 묵고 가라고 했다. 그는 집들이 때 잤던 손님방에서 잤고, 앤은 그가 잠들기 전 따뜻한 고기 수프를 가져다주었다. 앤은 그에게 무척 다정하게 대해주었고, 그도 그녀가 정말 좋았다. 그가 뒤꿈치를 대고 몸을 돌리자, 그녀가 접시를 들고 부엌에서 나오는 모습이 보였다.

"가이가 당신을 무척 좋아한다는 거 알죠?" 앤이 저녁식사를 하면서 말했다.

브루노는 하던 얘기를 잊어버린 채 그녀를 멍하니 바라보았다. "난 그를 위해 뭐든지 할 수 있어요. 그와는 형제처럼 강한 유대감을 느껴요. 우리가 열차에서 우연히 만난 이후에 그에게 모든 일이 일어났기 때문인 것 같아요." 브루노는 유쾌한 척 심지어 우스꽝스러운 척 가장했지만 가이에 대한 그의 진지한 감정은 충분히 느낄 수 있었다. 브루노는 테이블에 놓인 가이의 파이프에 손끝을 갖다 댔다. 심장이 두근거렸다. 속을 채운 토마토가 먹음직스러웠지만 그는 감히 한 입 더 먹을 수 없었다. 레드 와인도 마실 수 없었다. 하룻밤 더 묵고 싶은 충동이 들었다. 몸이 좋지 않다고 하면 어떻게든 하룻밤 더 묵을 수 있지 않을까? 하지만 그가 이사 온 집은 앤이 생각하는 것보다 가까웠다. 토요일에 성대한 집들이 파티를 열 생각이었다.

"가이가 이번 주말에 꼭 돌아오겠죠?" 브루노가 물었다.

"그런다고 했어요." 앤은 곰곰이 생각에 잠겨 그린 샐러드를 먹었다. "하지만 집들이에 가고 싶어 할지는 모르겠어요. 일을 맡아서 할 때면 배를 타고 나가는 것 말고는 다른 일을 하는 걸 좋아하지 않거든요."

"나도 요트를 타고 나가고 싶어요. 함께 가도 괜찮다면 말이죠."

"네, 함께 가요."

바로 그때, 앤은 브루노가 가이와 함께 인디아호에 승선한 적이 이미 있고 그때 움푹 팬 자국이 생겼다는 사실을 떠올렸다. 그러자 지금껏 무언가 그 기억을 막고 있었던 것처럼 당혹스럽고 기만당한 것 같은 느낌이 들었다. 그녀는 브루노가 무슨 짓이라도, 아무리 흉악한 짓이라도 할 수 있으며, 늘 사람들에게 영합하는 순진하고 수줍은 미소를 지어 보이며 모든 사람들을 속일 수 있을 거라는 생각이 들었다. 제러드만은 예외였다. 그렇다, 브루노는 자기 아버지를 살해할 계략을 꾸몄을지도 모른다. 그럴 가능성이 없었다면 제러드가 그런 추측을 하지 않았을 것이다. 그녀는 지금 살인자와 마주 앉아 있는 것일지도 몰랐다. 돌연 공포가 밀려오자 그녀는 도망이라도 치듯이 다소 서둘러 자리에서 일어나 접시를 치웠다. 브루노는 미리엄을 무척 싫어한다고 말하면서 무자비하고 잔인한 쾌락을 맛보는 것 같았다. 앤은 그가 그녀를 살해하면서 즐거워했을지도 모른다는 생각이 들었다. 브루노가 미리엄을 죽였을지도 모른다는 희미한 의구심이 마치 바람에 날리는 낙엽처럼 머리를 스쳤다.

"그럼 열차에서 가이를 만나고 나서 샌타페이로 간 거로군요." 앤이 부엌에서 약간 더듬듯이 말했다.

"네." 브루노는 커다란 초록색 의자에 다시 몸을 깊이 묻었다.

앤이 티스푼을 떨어뜨리자 타일 바닥에 요란하게 부딪치는 소리가 났다. 이상한 건, 누군가가 브루노에게 무슨 말을 했든 무엇을 물어봤든 상관없다는 생각이 든 것이다. 브루노는 어떤 말을 듣거나 질문을 받아도 놀라지 않을 것이다. 그렇다고 해서 앤은 그에게 말을 거는 게 더 쉽지도 않았다. 오히려 당혹스럽고 그 자리를 모면하고 싶었다.

"메트캐프에 가본 적 있어요?" 앤은 자신의 목소리가 칸막이 벽 주변에 울리는 걸 들었다.

"아니요." 브루노가 대답했다. "늘 가고 싶었지만 못 가봤어요. 당신은요?"

브루노는 벽난로 선반 위에 놓인 커피를 한 모금 마셨다. 앤은 소파에 앉아 있었고, 고개를 약간 뒤로 젖히고 있어서 잔주름 장식이 있는 원피스의 옷깃 위로 목선이 환하게 보였다. 브루노는 가이가 언젠가 '앤은 내게 빛과 같은 존재'라고 말했던 게 떠올랐다. 앤을 목 졸라 죽일 수 있다면, 그는 가이와 함께할 수 있을 것이다. 그는 얼굴을 찡그리고 웃어 보이고는 앉은 자세를 약간 바꾸었다.

"뭐가 우스워요?"

"그냥 어떤 생각이 떠올라서요." 브루노가 웃으며 말했다. "가이가 늘 말하는, 모든 것에는 이중성이 있다는 생각이요. 긍정적인 것과 부정적인 것이 나란히 있다는 생각. 모든 결정에는 그에 반대되는 이유가 있죠." 그는 자신의 숨소리가 거칠어지고 있음을 문득 알아차렸다.

"모든 것에 양면성이 있다는 말인가요?"

"아뇨, 그렇게 말하면 지나치게 간단하죠." 여자들은 때로 있는 그대로의 모습밖에 볼 줄 모른다. "사람들, 감정들, 모든 것이 이중적이라는 거죠. 개개인의 마음속에 두 사람이 있는 거예요. 보이지 않는 당신의 일부처럼 당신과 정반대인 사람이 세상 어딘가에 있고, 숨어서 기다리고 있죠." 브루노는 가이가 했던 말을 그대로 옮기면서 전율을 느꼈다. 그가 가이가 했던 말을 좋아하지 않았던 이유는 가이가 운명적인 적이라고 말했던 두 사람이 가이와 그 자신이었기 때문이다.

앤은 소파에 기대고 있던 고개를 천천히 들었다. 가이가 하는 말처럼 들렸지만, 그가 그녀에게 그런 말을 한 적은 없었다. 앤은 지난봄에 발신인이 누구인지 알 수 없었던 편지가 떠올랐다. 브루노가 썼을 게 분명했다. 누군가 숲속에 숨어 있었다고 했을 때도 브루노였을 것이다. 가이가 그렇게 난폭한 반응을 보였던 상대는 브루노 말고 아무도 없었다. 증오와 애착을 동시에 불러일으키는 대상은 브루노임이 분명했다.

"모두 선하고 악하다는 게 아니라, 그런 식으로 행동 속에서 드러난다는 거죠." 브루노는 유쾌하게 이야기를 계속했다. "그건 그렇고, 거지에게 천 달러를 줬다는 얘기를 가이에게 잊지 말고 꼭 해야 해요. 돈이 생기면 거지에게 천 달러를 주겠다고 늘 말했거든요. 그렇게 했는데 거지가 나한테 감사했을 거라 생각해요? 거지에게 그 돈이 진짜라는 걸 증명하는 데 20분이나 걸렸어요. 은행에 가서 백 달러 지폐로 바꿔서 줘야 했으니까요. 그러고 나서 거지는 날 미친 사람처럼 보더군요." 브루노는 시선을 내리고는 고개를 가로저었다. 그건 잊을 수 없는 경험이었다. 다음에 그 거지 놈을 만났을 때, 같은 곳에서 구걸을 하던 거지는 이번에는 왜 천 달러를 주지 않느냐면서 그에게 화를 냈었다. "아까 무슨 얘기를 했었죠……?"

"선과 악에 관해서요." 앤이 말했다. 그녀는 브루노가 무척 싫었다. 가이가 그에게 어떤 감정을 갖고 있는지 알 것 같았지만, 왜 그를 참아주는지 이해할 수 없었다.

"맞아요. 선과 악은 행동에서 나타나죠. 살인자들을 예로 들어보죠. 가이는 살인자들을 법정에서 벌한다고 해도 그들은 전혀 나아지지 않는다고 해요. 모든 사람은 각자의 법정에서 스스로를 충분히 벌한다고요. 사실, 가이에게 모든 사람이란 결국 세상 모든 것이나 마찬가지죠." 브루노는 소리 내어 웃었다. 너무 긴장한 탓에 앤의 얼굴이 제대로 보이지 않았지만, 자신과 가이가 나눈 모든 얘기를, 그녀에게 말할 수 없었던 사소한 비밀까지도 모두 그녀에게 전해주고 싶었다.

"양심이 없는 사람은 자신을 벌하지 않아요, 안 그래요?" 앤이 물었다.

브루노는 천장을 올려다보았다. "맞아요. 어떤 사람들은 너무 멍청해서 또 어떤 사람들은 너무 사악해서 양심이 없죠. 대개 멍청한 사람들은 경찰에 붙잡히고요. 하지만 가이의 전 부인과 우리 아버지를 죽인 범인들을 생각해봐요." 브루노는 애써 진지한 표정을 지었다. "두 사람 모두 꽤 똑똑한 사람들이라고 생각하지 않아요?"

"그렇다면 그들은 양심이 있으니 경찰에 붙잡히지 않아도 된다고요?"

"물론 그런 뜻은 아니에요. 하지만 그들이 조금도 고통받지 않는다고는 생각하지 말아요. 그들 방식으로 고통받는 거죠." 그는 다시 소리 내어 웃었다. 너무 긴장한 탓에 무슨 말을 하고 있는지도 알 수 없었다. "경찰은 가이의 전 부인을 살해한 범인을 미치광이라고 단정하지만, 실제로 그들은 단순히 미치광이들이 아니에요. 수사 당국이 실제 범죄학에 관해 무지하다는 걸 알 수 있는 대목이죠. 그런 범죄는 미리 계획한 겁니다." 바로 그때, 브루노는 미리엄을 죽일 때 범행을 전혀 계획하지 않았지만 아버지의 살해 계획은 세웠다는 사실이 문득 떠올랐다. 그것만 보더라도 그의 논점은 충분히 옳았다. "왜 그래요?" 브루노가 물었다.

"아무것도 아니에요." 앤이 차가운 손을 이마에 갖다 대며 말했다.

브루노는 가이가 벽난로 한쪽 옆에 설계해서 만든 바에서 하이볼을 만들어 앤에게 가져다주었다. 그는 자기 집에도 그런 바가 있었으면 좋겠다는 생각이 들었다.

"지난 3월에 그이가 얼굴에 긁힌 자국이 생겼는데, 어디에서 그랬죠?"

"긁힌 자국이라니요?" 브루노가 앤을 쳐다보며 물었다. 가이는 앤이 상처 자국에 관해서는 모른다고 말했었다.

"긁힌 자국이라기보다는 베인 자국이었어요. 머리에 멍도 있었고요."

"난 못 봤는걸요."

"그이가 당신과 싸웠던 것 아닌가요?" 브루노는 이상하게도 핏발이 선 눈으로 그녀를 빤히 쳐다보았다. 이제 앤은 자신을 속이며 미소를 짓지도 않았다. 확신이 들었다. 브루노가 갑자기 달려들어 공격할 수도 있었지만, 그녀는 그에게서 시선을 떼지 않고 빤히 쳐다보았다. 제러드에게 말한다면, 가이와 브루노가 싸운 건 찰스가 범인을 알고 있다는 증거가 될 것이다. 바로 그때, 브루노의 입가에 다시 미소가 어렸다.

"못 봤다고요." 브루노가 웃으며 자리에 앉았다. "어디에서 긁혔다고 하던가요? 난 3월에 그를 만난 적도 없어요. 다른 곳에 가 있었거든요." 자리에서 일어서자 갑자기 속이 좋지 않았다. 문제는 앤이 물어보는 질문이 아니라 속이 메슥거리는 것이었다. 지금 혹은 내일 아침에 또다시 발작을 일으킨다면? 그는 기절해서도, 아침에 앤에게 그런 모습을 보여서도 안 되었다. "그만 가봐야겠어요." 그가 중얼거리듯 말했다.

"왜 그래요? 몸이 안 좋아요? 창백해 보여요."

앤은 걱정하는 게 아니었다. 목소리를 들으면 알 수 있었다. 그의 어머니 말고 그를 걱정해준 여자가 있었던가?

"앤, 하루 종일 고마웠어요."

앤이 건네주는 외투를 받아든 브루노는 이를 악물고는 비틀거리며 현관문으로 가서 멀리 보도에 세워둔 차로 걸어갔다.

몇 시간 후, 가이가 집에 돌아왔을 때 집 안이 컴컴했다. 거실을 살피자 담배꽁초가 벽난로 바닥에 떨어져 있었고, 파이프가 작은 탁자에 비스듬히 놓여 있었고, 소파에 놓인 작은 쿠션이 눌려 있었다. 앤이나 테디 혹은 크리스나 헬렌 헤이번이 그렇게 이상하게 어질러놓았을 리가 없었다. 혹시 그가 모르는 사람이 그랬을까?

그는 서둘러 계단을 올라가 손님방으로 갔다. 브루노는 없었지만 침대 옆 테이블에 마구 구겨진 신문과 동전 두어 개가 놓여 있었다. 그날 새벽처럼 창밖에서 여명이 밝아오고 있었다. 몸을 돌려 창문을 등지자, 참았던 숨소리가 흐느낌처럼 새어 나왔다. 앤은 무슨 생각으로 그에게 이렇게 한 걸까? 그의 자아의 절반은 캐나다에 있고 또 다른 절반은 브루노의 손아귀에 잡힌 채 여기에 있는, 어느 때보다 견디기 힘든 상황이었다. 브루노는 경찰의 추적을 따돌렸다. 경찰은 그에게 다소 거리를 유지했지만, 이젠 도를 지나쳤다. 그는 더 이상 참을 수 없었다.

가이는 침실로 가서 앤 옆에 무릎을 꿇고 앉아 입을 맞추었다. 깜짝 놀라 잠에서 깬 그녀는 잠시 투정을 부렸지만 이내 두 팔로 그를 껴안았다. 그는 앤이 덮은 부드러운 시트에 얼굴을 묻었다. 그들 주변에 사나운 폭풍이 몰아치는데 앤만이 태풍의 눈처럼 고요한 것 같았다. 그녀의 고른 숨소리는 세상이 온전하고 정상적으로 돌아가고 있다는 유일한 신호인 것 같았다. 그는 눈을 감은 채 옷을 벗었다.

"보고 싶었어." 앤의 첫 마디였다.

가이는 움켜쥔 두 손을 잠옷 주머니에 넣은 채 침대 발치에 서 있었다. 마음속에는 여전히 긴장감이 감돌았고, 태풍이 그 한가운데로 모인 것 같았다.

"사흘 동안 있을 거야. 나 보고 싶었어?"

앤이 침대에서 몸을 약간 일으키며 물었다. "왜 그렇게 쳐다봐?"

가이는 아무 대답도 하지 않았다.

"그와 꼭 한 번 만났어."

"도대체 뭐하러 그를 만났어?"

"왜냐하면……." 앤의 뺨이 어깨에 생긴 자국만큼이나 벌겋게 달아올랐다. 어깨는 가이의 턱수염이 닿아 생긴 자국이었다. 그는 그녀에게 그렇게 말한 적이 없었다. 앤이 이치에 맞게 대답하려 하자 가이는 점점 더 화가 났다. "왜냐하면 그가 지나가다가 들러서……."

"언제든 지나가다 들르지. 언제든 전화하고."

"왜 그래?"

"그가 여기서 잤어!" 가이가 버럭 소리치자, 앤이 고개를 살짝 들었고 속눈썹이 약간 떨리는 게 보였다.

"맞아, 그저께 밤이었어." 그녀의 차분한 목소리가 그에게 도전적으로 들렸다. "그가 늦은 시각에 들렀고 난 자고 가라고 했어."

캐나다에 있을 당시, 가이는 브루노가 그의 아내라는 이유만으로 앤에게 접근할지 모르고, 앤은 그가 말해주지 않는 걸 알아내려고 브루노를 부추길지도 모른다는 생각이 들었었다. 브루노는 선을 넘지 않았을 것이다. 하지만 브루노의 손이 앤에게 닿았을 것이고, 앤이 그 손길을 허락한 이유를 떠올리자 가이는 괴로웠다.

"어제 저녁에도 여기 있었어?"

"왜 그렇게 안절부절못해?"

"그는 위험한 사람이니까. 그는 반미치광이야."

"그 때문에 그렇게 안절부절못하는 게 아니겠지." 앤은 여전히 안정적인 어투로 느긋하게 말했다. "당신이 왜 그를 보호해주는지 모르겠어. 그 편지를 보낸 사람도, 3월에 당신을 미치게 하다시피 한 사람도 그라는 사실을 왜 인정하지 않는지 모르겠어."

브루노를 보호했다는 죄의식 때문에 가이의 몸이 뻣뻣하게 굳었다. 그는 늘 브루노를 보호해왔던 것이다. 브루노는 자신이 편지를 보냈다는 사실을 앤에게 인정했을 리가 없다. 앤 역시 제러드와 마찬가지로 다양한 사실들로 퍼즐을 맞추는 중이었다. 제러드는 그만두었지만 앤은 절대 그만두지 않을 것이다. 앤은 알 수 없는 조각들을 맞추고 있었는데, 그 조각들은 전체 그림을 맞출 수 있는 것이었다. 하지만 앤은 아직 그 그림을 알지 못했다. 시간이 좀 더 걸릴 것이다. 그를 괴롭게 할 시간이.

가이는 천근만근 무거운 몸을 돌려 창문을 바라보았다. 몸이 너무 무거워서 얼굴을 가릴 수도, 고개를 숙일 수도 없었다. 앤에게 전날 브루노와 무슨 얘기를 했는지 물어보고 싶지도 않았다. 그들이 무슨 얘기를 나눴는지, 앤이 얼마나 더 많은 걸 알아냈는지 느낄 수 있었기 때문이다. 무언가를 미루며 고통스러워하는 시간도 정해져 있다는 생각이 문득 들었다. 아무리 논리적으로 예상해도 결국 비켜나가는 일이 있었다. 아무리 치명적인 질병에 걸리더라도 생명이 맞서 싸우듯이.

"나한테 말해줘." 앤이 나지막이 말했다. 이제는 부탁하는 어조가 아니었다. 그녀의 목소리가 시간을 알리는 종소리처럼 울렸다. "나한테 말해줄래?"

"당신한테 말할 거야." 가이는 여전히 창밖을 내다보며 대답했다. 자신의 목소리가 들렸고 자신을 믿을 수 있었고, 밝은 빛이 가득 차오르는 것 같았다. 앤도 그의 얼굴의 절반에서, 그의 전체 자아에서 그것을 볼 수 있을 거라는 확신이 들었다. 창틀에 비친 햇살에서 잠시도 눈을 뗄 수 없었지만, 그녀와 그 빛을 공유할 거라는 생각이 맨 먼저 떠올랐다. 그 빛은 어둠 속에서도, 무겁게 짓누르는 마음속에서도 그를 구해줄 것이다. 그는 앤에게 말할 것이다.

"이리 와봐." 앤이 양팔을 벌리자 가이는 그녀 옆에 앉아 그녀를 꼭 껴안았다. "아이가 생겼어. 우리에게 기쁜 일이야. 기뻐해줄 거지?"

앤을 바라보던 가이는 금방이라도 웃음이 터질 것 같았다. 기쁘기도 하고, 놀랍기도 하고, 수줍어하는 그녀의 모습 때문이기도 했다. "아이가 생겼다고……." 그는 나지막이 속삭였다.

"당신이 집에 있는 동안 뭘 할까?"

"얼마나 됐어?"

"오래되지는 않았고 5월에 생긴 것 같아. 내일 뭐 할까?"

"요트를 타고 나가자. 파도가 너무 높지 않다면." 가이는 바보스럽게도 음모를 꾸미는 듯한 자기 목소리에 웃음이 터져 나왔다.

"가이." 앤이 그의 이름을 나지막이 불렀다.

"우는 거야?"

"당신 웃음소리를 들으니 정말 좋아서."

# 45

토요일 아침, 브루노가 전화를 걸어 가이가 앨버타 댐 자문위원에 임명된 걸 축하한다면서 앤과 함께 그날 자신의 집들이 파티에 올 수 있는지 물었다. 브루노는 다급하고 의기양양한 목소리로 집들이에 오라며 몇 번씩이나 다그쳤다.

"가이, 지금 집 전화로 전화하는 거예요. 제러드는 아이오와 주로 떠났어요. 새로 이사 온 집에 꼭 놀러 와요. 아 참, 앤 좀 바꿔줘요."

"지금 밖에 나가고 없어요."

가이도 수사가 끝났음을 알았다. 경찰이 그에게 통보해주었고, 제러드는 고맙다는 인사도 함께 했다.

가이는 밥 트리처와 함께 늦은 아침 식사를 마친 뒤 거실로 되돌아갔다. 가이는 자신보다 하루 일찍 뉴욕으로 돌아온 밥에게 주말을 함께 보내자며 집에 초대했다. 그들은 앨버타 댐, 자문위원으로 함께 일하는 사람들, 그곳 지형, 송어 낚시 등 머릿속에 떠오르는 이야기를 이것저것 나누었다. 밥이 프랑스계 캐나다인의 말투로 농담을 하자 가이는 큰 소리로 웃었다. 상쾌하고 맑은 11월 오전이었고, 앤이 장을 보고 오면 차를 타고 롱아일랜드에 가서 요트를 탈 것이다. 밥과 함께 시간을 보내던 가이는 마치 어린 시절 휴가를 보낼 때처럼 들떴다. 밥은 캐나다와 그곳에서 하는 일을 상징하는 존재였고, 가이는 브루노가 뒤따라 들어올 수 없는 넓은 공간으로 들어온 듯한 기분이었다. 그리고 아이가 태어날 거라는 생각을 하면 무한한 자비심과 뭐라 설명할 수 없는 우월감이 느껴졌다.

앤이 현관문을 들어서는데 전화벨이 울렸다. 가이가 일어섰지만 앤이 전화를 받았다. 브루노는 언제 전화를 걸어야 할지 정확한 타이밍을 알고 있다는 생각이 막연하게 들었다. 그런데 믿기지 않게도, 통화는 그날 오후 요트를 타러 나가는 이야기로 이어지고 있었다.

"그럼 같이 가요." 앤이 말했다. "뭔가 꼭 가져오고 싶다면 맥주가 좋겠네요."

가이는 이상하다는 듯이 쳐다보는 밥의 눈길을 알아차렸다.

"무슨 일이야?" 밥이 물었다.

"아무것도 아니에요." 가이가 자리에 앉으며 말했다.

"찰스였어. 함께 가도 괜찮은 거지?" 앤은 장바구니를 들고 서둘러 거실을 가로질러 갔다. "목요일에 우리가 가면 함께 가고 싶다고 했는데, 내가 먼저 그러자고 초대한 셈이야."

"괜찮아." 가이는 여전히 앤을 쳐다보며 말했다. 오늘 아침 그녀는 그 누구의 부탁도 거절하지 않을 만큼 기분이 무척 좋아 보였지만, 브루노를 초대한 데에는 무언가 의도가 있는 게 분명했다. 그녀는 가이와 브루노가 함께 있는 모습을 보고 싶었던 것이다. 그녀는 오늘 하루도 기다릴 수 없었던 것이다. 분노가 치밀어 오르자 가이는 마음속으로 혼잣말을 했다. '앤은 몰라. 아직 몰라. 알아낼 수가 없어. 절망적인 상황으로 몰아간 건 바로 네 잘못이야.' 그는 그렇게 화를 가라앉혔고, 그날 오후 브루노를 보면서 느낀 혐오감도 인정하려 들지 않았다. 가이는 하루 종일 한결같이 자신을 억제하기로 마음먹었다.

"이젠 신경과민을 조심해야 할 거야." 밥이 커피잔을 들어 올려 만족스러운 표정으로 마저 마셨다. "적어도 예전처럼 커피 중독은 아닌 것 같군. 하루에 열 잔은 마셨었지?"

"네, 그 정도 마셨죠." 가이는 잠을 자려고 커피를 완전히 끊었는데, 그러자 이젠 커피가 싫어졌다.

그들은 맨해튼에 차를 세워 헬렌 헤이번을 태우고 트리보로 다리를 건너 롱아일랜드로 갔다. 겨울 햇살이 해변에 밝게 빛났고, 희미한 해안선을 옅게 물들였고, 부서지는 파도 위로 신경질적으로 반짝이기도 했다. 돛을 올린 인디아호가 빙산 같다는 생각이 들자 가이는 여름에 푸른 바다를 배경으로 하얗게 눈부시던 인디아호가 떠올랐다. 주차장 모퉁이를 돌자 브루노가 몰고 온 차체가 긴 밝은 푸른색 컨버터블에 자연스럽게 시선이 갔다. 브루노가 탔던 회전목마가 푸른색이었다는 얘기를 들은 기억이 났고, 그가 푸른색 차를 고른 것도 그 때문이었다. 브루노가 선착장 아래 서 있는 모습이 보였다. 머리 말고 몸 전체가 보였는데, 긴 검정 외투에 작은 신발을 신었고, 양손을 주머니에 넣고 초조하게 기다리는 낯익은 모습이었다.

브루노가 맥주 꾸러미를 들고 수줍은 웃음을 지으며 차로 걸어오는 모습이 멀리서 보이자, 가이는 마음이 울적해져 금방이라도 폭발할 것 같았다. 브루노는 차 색깔과 똑같은 푸른색 머플러를 두르고 있었다.

"가이, 그동안 만나고 싶었어요." 브루노는 도움을 청하듯이 앤을 쳐다보았다.

"반가워요." 앤이 인사하고 나서 두 사람을 소개했다. "여긴 트리처 씨, 여긴 브루노 씨."

브루노는 밥에게 인사를 하고 가이에게 물었다. "오늘 집들이에 올 수 없어요? 꽤 성대한 파티인데 여러분 모두 오면 안 돼요?" 그는 희망 어린 눈빛으로 헬렌과 밥을 쳐다보았다.

헬렌은 바쁘기는 하지만 가보고 싶다고 말했다. 차 문을 잠그던 가이는 헬렌이 브루노의 팔에 기대어 모카신으로 갈아 신는 모습을 지켜보았다. 브루노는 곧 떠날 것 같은 태도로 앤에게 맥주를 건네주었다.

헬렌이 당황한 듯이 금발 눈썹을 올려 보였다. "우리와 함께 가는 거 아니었어요?"

"옷도 제대로 입지 않은 걸요." 브루노가 사양하듯이 말했다.

"방수복이라면 배에 여러 벌 있어요." 앤이 말했다.

인디아호에 승선하려면 먼저 선착장에서 거룻배를 타야 했다. 가이와 브루노가 서로 노를 젓겠다며 우기자, 결국 헬렌이 두 사람이 같이 젓는 게 좋겠다고 했다. 가이가 노를 깊이 젓자 배 한가운데 널빤지에 나란히 앉은 브루노가 조심스럽게 보조를 맞추었다. 가이는 브루노가 인디아호에 가까이 다가감에 따라 이상하게 더 흥분하는 걸 느낄 수 있었다. 브루노가 쓴 모자가 두어 번 바람에 날리자, 마침내 그는 자리에서 일어서서 모자를 바다에 멋지게 던져버렸다.

"난 모자라면 질색이에요." 브루노가 가이를 흘끗 쳐다보며 말했다.

조타실에 물이 이따금 튀는데도 브루노는 방수복을 입으려 하지 않았다. 바람이 너무 거세게 불어서 돛을 올릴 수가 없었다. 인디아호는 밥이 키를 잡은 채 엔진을 작동해 해협으로 들어갔다.

"가이를 위해 건배!" 브루노가 소리쳤다. 가이가 그날 아침부터 느꼈던, 무언가에 억눌린 듯하고 발음이 분명치 않은 목소리였다. "축하해요, 축하해요." 브루노는 갑자기 과일로 장식한 아름다운 은색 술병을 가져와 앤에게 건네주었다. 그는 언제 정확히 시계추를 쳐야 하는지 모르는 이상하면서도 강력한 시계 같았다. "나폴레옹 브랜디예요. 최고급이죠."

앤은 사양했지만, 벌써 추위를 느끼기 시작한 헬렌은 조금 마셨고 밥도 마셨다. 방수복 차림의 가이는 장갑을 낀 앤의 손을 꼭 잡은 채 아무 생각도 하지 않으려 애썼다. 브루노에 관해서도, 앨버타 댐에 관해서도, 바다에 관해서도. 브루노에게 호의를 보여주는 헬렌과 조타기 앞에서 다소 당황한 표정으로 희미하게 미소 짓는 밥을 보자 견딜 수 없을 것 같았다.

"〈Foggy, Foggy Dew〉라는 노래 아는 사람 있어요?" 브루노가 소매에 튄 물기를 털어내며 물었다. 은색 술병을 따고 나서부터 취기가 꽤 오른 것 같았다.

브루노는 당혹스러웠다. 그가 특별히 준비해온 술을 더 마시고 싶어 하는 사람도 없었고, 노래를 부르고 싶어 하는 사람도 없었기 때문이다. 헬렌이 〈Foggy, Foggy Dew〉는 울적한 노래라고 말하는 바람에 기분을 더 잡쳤다. 브루노는 노래를 부르거나 소리치거나 무언가 하고 싶었다. 그와 가이, 앤과 헬렌, 가이의 친구, 이렇게 다섯 명이 언제 다시 함께 모일 수 있을까? 그는 구석 자리에서 몸을 비틀며 일어나 주변을 둘러보았다. 굽이치는 파도 위로 나타났다가 이내 사라지는 가느다란 수평선과 그들 뒤로 점점 더 작아지는 육지를 바라보았다. 돛대 맨 꼭대기에 있는 삼각기를 보려 애썼지만, 돛대가 흔들려 현기증이 났다.

"언젠가 가이와 난 젤라틴 공 같은 세상을 한 바퀴 빙 돌아 리본으로 묶을 거예요!" 브루노가 소리쳤지만 아무도 귀 기울여 듣지 않았다.

헬렌은 양손을 동그랗게 만들어 보이며 앤과 이야기를 나누고 있었고,

가이는 밥에게 모터에 대해 설명하고 있었다. 브루노는 가이가 몸을 구부리자 이마의 주름이 어느 때보다 깊어 보이고 눈빛은 어느 때보다 슬퍼 보인다는 걸 알아차렸다.

"아무것도 알아차리지 못하겠어요?" 브루노가 가이의 팔을 흔들며 말했다. "오늘 그렇게 진지해야 해요?"

헬렌이 가이는 늘 그렇게 진지하다고 말하려 하자 브루노가 가로막았다. 그녀는 가이가 어떻게 진지한지, 왜 그런지 전혀 몰랐기 때문이다. 브루노는 고마워하듯이 앤에게 웃어주고는 술병을 다시 꺼냈다.

하지만 앤은 마시려 하지 않았고 가이도 마찬가지였다.

"가이, 특별히 당신을 위해 가져온 거예요. 당신이 좋아할 줄 알았는데." 브루노가 상처받은 듯이 말했다.

"좀 마셔봐." 앤이 말했다.

가이는 술을 받아 조금 마셨다.

"가이를 위하여! 천재이자 친구이자 파트너인 가이를 위하여!" 브루노는 그렇게 말하고는 뒤따라 마셨다. "가이는 천재예요. 모두들 알고 있죠?" 주변을 둘러보던 브루노는 갑자기 그들을 바보 멍텅구리라고 부르고 싶었다.

"물론이죠." 밥이 유쾌하게 말했다.

"가이의 오랜 친구이니 당신을 위해서도 건배!" 브루노가 술병을 들어 올렸다.

"고마워요. 난 가이와는 아주 오랜 친구예요. 가장 오래된 친구 가운데 한 명일 겁니다."

"얼마나 오래되었죠?" 브루노가 도전적으로 물었다.

밥이 가이를 슬쩍 쳐다보며 웃었다. "10년쯤 됐을 겁니다."

브루노가 얼굴을 찌푸렸다. "난 거의 평생 동안 가이와 아는 사이예요." 그가 위협적으로 나지막이 말했다. "직접 물어보시죠."

가이는 자신이 꼭 쥔 손을 앤이 빼려는 걸 느꼈다. 밥이 키득거리며 웃는 모습을 보자 어떻게 받아들여야 할지 알 수 없었다. 이마에서 식은땀이 났다. 늘 그랬듯이 냉정함을 잃고 말았다. 왜 항상 그는 이번 한 번만 브루노를 참아주자고 생각하는 걸까?

"가이, 내가 가장 친한 친구라고 어서 저분께 말해줘요."

"그래." 가이가 짤막하게 말했다. 앤은 말없이 긴장한 표정으로 미소 짓고 있었다. 이제 그녀는 모든 걸 알아차리지 않았을까? 그와 브루노가 곧 말로 인정하기를 기다리는 게 아닐까? 그러자 지난번 금요일 오후에 커피숍에 있던 순간 같다는 생각이 문득 들었다. 그가 할 일을 앤에게 이미 모두 얘기했다는 느낌이 들었던 순간. 그녀에게 모든 걸 말하려 했던 기억이 떠올랐다. 하지만 그는 아직 그녀에게 모든 걸 털어놓지 않았고, 자기 주변을 맴도는 브루노를 보자 그가 지금껏 미루어온 것을 마지막으로 통렬히 비난하는 것 같았다.

"맞아요, 나 미쳤어요!" 브루노가 버럭 소리치자 헬렌이 약간 떨어져 앉았다. "세상에 올라타 채찍질을 할 정도로 미쳤죠! 내가 채찍질했다는 걸 믿지 않는 사람이 있다면, 그 사람은 내가 조용히 처리해줄 겁니다!" 브루노는 웃음을 터뜨렸다. 그의 웃음소리에 사람들은 멍한 표정을 지으며 당혹스러워했고 따라 웃는 척했다. "멍청이들!" 그는 신이 나서 그들에게 내뱉었다.

"저 사람 누구야?" 밥이 가이에게 나지막이 물었다.

"가이와 난 슈퍼맨이라고요!" 브루노가 말했다.

"당신은 주정뱅이 슈퍼맨이에요." 헬렌이 말했다.

"그렇지 않아요!" 브루노는 한쪽 무릎에 의지해 몸을 일으키려 했다.

"찰스, 진정해요." 앤이 억지웃음을 지으며 말하자 브루노도 씩 웃어 보였다.

"주정뱅이라는 말에는 동의 못한다고요!"

"무슨 얘길 하는 거예요?" 헬렌이 물었다. "두 사람 주식시장에서 크게 한몫 잡아본 적이라도 있어요?"

"주식시장이라고요?" 브루노는 아버지 생각이 나서 잠시 말을 멈췄다. "야호! 난 텍사스 사람이다! 가이, 메트캐프에서 회전목마 타본 적 있어요?"

가이는 발을 홱 움직였지만 자리에서 일어서지도, 브루노를 쳐다보지도 않았다.

"좋아요, 앉을게요." 브루노가 가이에게 말했다. "하지만 당신은 날 실망시켰어요. 무척이나요." 브루노는 텅 빈 술병을 흔들더니 높이 원을 그리며 요트 너머로 던져버렸다.

"저 사람 울고 있어요." 헬렌이 말했다. 브루노는 자리에서 일어나 조타실을 나가 갑판으로 갔다. 그는 모두에게서, 심지어 가이에게서도 멀리 떨어지고 싶었다.

"어디 가는 거지?" 앤이 물었다.

"내버려둬." 가이가 중얼거리며 담뱃불을 붙이려 했다.

물이 첨벙하는 소리가 나자 가이는 브루노가 배에서 뛰어내렸음을 곧바로 알아차렸다. 그는 사람들이 무언가 말을 하기도 전에 조타실을 빠져

나왔다.

가이는 방수복을 벗으며 선미로 달려갔다. 누군가가 뒤에서 팔을 잡고 놓아주지 않자, 그는 뒤돌아서서 주먹으로 밥의 얼굴을 치고 갑판에서 뛰어내렸다. 순간 사람들의 목소리와 배가 흔들리는 소리가 멎더니 잠시 고통스러운 침묵이 흘렀고, 가이의 몸이 바다 위로 떠올랐다가 물속으로 들어갔다. 방수복을 벗는 동작이 슬로모션 같았고, 바닷물이 너무 차가워서 고통으로 몸이 벌써 얼어붙는 것 같았다. 몸을 세워 주변을 둘러보자 저 멀리 보이는 브루노의 머리가 반쯤 가라앉은 이끼 낀 바위처럼 보였다.

"가이!" 브루노는 울부짖으며 죽어가듯이 외쳤다.

가이는 욕지기가 났다. 브루노에게 닿을 수 있을 것 같았다. 열 번째로 팔을 저을 때 다시 몸을 세웠다. "브루노!" 하지만 브루노의 모습은 아직 보이지 않았다.

"저기, 저기야!" 앤이 인디아호 선미에서 외쳤다.

브루노의 모습은 보이지 않았지만, 가이는 아까 봤던 지점을 떠올리며 앞으로 나아가 팔을 넓게 벌리고 손을 힘껏 뻗었다. 물속이라 빨리 나아갈 수 없었다. 마치 악몽을 꾸는 것 같았고, 숲속 빈터에 있는 것 같았다. 가이는 파도가 일렁이는 물 밖으로 다시 나와 숨을 몰아쉬었다. 인디아호는 다른 곳에서 뱃머리를 돌리고 있었다. 왜 그에게 오지 않는 걸까? 왜 다른 이들은 상관도 하지 않는 걸까?

"브루노!"

브루노가 밀려오는 파도 뒤에 있을지도 몰랐다. 계속 앞으로 나아가던 가이는 자신이 방향 감각을 잃어버렸음을 문득 깨달았다. 파도가 그의 옆얼굴을 거세게 때렸다. 그는 거대하고 사나운 바다에 대고 욕을 했다. 그의 친구, 그의 형제는 어디 있을까?

가이는 다시 물속 깊이 들어갔다. 최대한 깊게 들어가 우스꽝스러울 만큼 팔을 넓게 벌렸다. 하지만 고요한 회색 진공 상태가 모든 공간을 채워버린 것 같았고, 그 속에서 그는 작은 점 같은 생명체였다. 견디기 힘든 외로움이 찾아와 그의 목숨마저 집어삼킬 기세였다. 그는 필사적으로 눈을 떴다. 희뿌연 회색빛이 갈색 마루가 되어 흔들거렸다.

"그를 찾았어?" 가이가 몸을 일으키며 불쑥 말했다. "지금 몇 시야?"

"가만히 누워 있어, 가이." 밥의 목소리였다.

"그는 가라앉았어. 우리가 봤어." 앤이 말했다.

가이는 눈을 감고 흐느껴 울었다.

모두들 그를 두고 한 사람씩 선실을 빠져나갔다. 앤마저도.

# 46

가이는 앤을 깨우지 않도록 조심스럽게 침대에서 빠져나와 아래층 거실로 내려갔다. 커튼을 치고 불을 켰지만 베니션 블라인드 아래로, 초록색 커튼 사이로 은빛이 감도는 옅은 자주색 물고기처럼 들어오는 여명을 완전히 막을 수는 없었다. 그는 조금 전 어두운 침실에 누워 새벽이 오기를 기다렸다. 마침내 침대 발치에 여명이 비칠 것임을 알았고 늘 규칙적으로 찾아오는 감정이 어느 때보다 두려웠다. 브루노가 그의 죄의 절반을 짊어지고 있었음을 이젠 알았기 때문이다. 예전처럼 견딜 수 없다면 이제 혼자서 어떻게 감당해야 한단 말인가? 가이는 그럴 수 없다는 걸 알았다.

가이는 그렇게 느닷없이, 그렇게 고요하게, 그렇게 격렬하게, 그렇게 젊은 나이에 죽은 브루노가 부러웠다. 그리고 브루노가 매사에 늘 그랬듯이 쉽게 떠난 것도 부러웠다. 전율이 온몸을 지나갔다. 얇은 잠옷 차림으로 안락의자에 앉은 그의 몸은 첫 번째 새벽처럼 단단하게 굳어 긴장했다. 가이는 경련을 일으키듯 긴장을 떨쳐내고 자리에서 일어나 뭘 할지도 모른 채 위층 작업실로 향했다. 제도 책상에 놓인, 표면이 매끈한 커다란 제도용지를 내려다보았다. 밥에게 주려고 스케치한 서너 장은 그대로 놓여 있었다.

가이는 의자에 앉아 제도지 왼쪽 윗부분부터 써 내려가기 시작했다. 처음에는 천천히, 이윽고 점점 더 빨리 써나갔다. 미리엄, 열차에서 두 사람이 만난 이야기, 전화 통화, 브루노가 메트캐프에 온 이야기, 그가 보낸 편지, 총, 그의 죽음 그리고 그 금요일 밤 얘기를 써 내려갔다. 마치 브루노가 살아 있는 것처럼, 가이는 브루노를 이해하는 데 도움이 될 만한 모든 걸 자세히 적었다. 커다란 종이 석 장이 빼곡해지도록 적었다. 가이는 종이를 접어 커다란 봉투에 넣어 봉했다. 오랫동안 봉투를 바라보던 그는 약간의 안도감을 느꼈고, 이제야 스스로에게 벗어난 듯한 느낌이 들었다. 자신의 죄를 고백하는 글을 예전에 미친 듯이 휘갈겨 쓴 적은 여러 번 있었지만, 아무에게도 보여주지 않을 작정이었고 실제로 그의 손을 떠나지도 않았다. 하지만 이번에는 앤에게 쓴 글이었다. 앤은 이 봉투를 열 것이다. 손으로 종이를 쥘 것이고, 눈으로 한 글자 한 글자 읽을 것이다.

가이는 충혈되어 아픈 눈에 손바닥을 갖다 댔다. 오랜 시간 동안 글을 쓴 탓에 피곤해서 졸음이 밀려왔다. 그의 생각은 어느 것에도 머물지 않고 그가 글로 썼던 사람들 속에서 부유하는 듯했다. 브루노, 미리엄, 오언 마크맨, 새뮤얼 브루노, 아서 제러드, 맥커슬랜드 부인 그리고 앤. 그들의 이름이 머릿속에서 어지럽게 춤을 추었다. 미리엄. 이상하게도 그녀가 예전 어느 때보다 살아 있는 사람처럼 느껴졌다. 가이는 글을 쓰면서 앤에게 미리엄에 관해 자세히 설명하고 평가하려고 애썼다. 그러려면 먼저 자신이 그녀를 평가해야 했다. 미리엄은 앤이나 다른 사람의 기준으로 보아 그렇게 가치 있는 사람이 아닐 거라는 생각이 들었다. 하지만 미리엄 역시 한 사람이었다. 새뮤얼 브루노 역시 그리 가치 있는 사람이 아니었다. 냉혹했고, 탐욕스럽게 돈을 벌었고, 아들에게 미움을 받고 아내에게도 사랑받지 못했다. 그를 진심으로 사랑한 사람이 있었을까? 미리엄이나 새뮤얼 브루노의 죽음에 진심으로 마음 아파한 사람이 있었을까? 그런 사람이 있었다면 아마도 미리엄의 가족이었을 것이다.

가이는 증인석에서 봤던 미리엄의 남동생이 떠올랐다. 조그마한 그의 눈에는 슬픔이 아니라 악의와 미움만이 가득했다. 그리고 어느 때보다 앙심을 품고 악의에 찬 그녀의 어머니는 범인에게 죄를 물을 수 있는 한 누구에게 죗값을 물을지는 상관하지도 않았고, 슬픔으로 상심하거나 마음이 누그러지지도 않았다. 그가 미리엄의 가족에게 가서 증오의 대상을 가르쳐준다 해도 무슨 소용이 있겠는가? 그러면 그들의 기분이 좀 나아질까? 아니면 그의 기분이 나아질까? 그럴 것 같지 않았다. 진정 미리엄을 사랑한 사람이 있었다면 오언 마크맨일 것 같았다.

가이는 눈을 가리고 있던 손을 내렸다. 오언 마크맨의 이름이 기계적으로 떠올랐다. 편지를 쓰기 전까지는 그의 이름을 생각지도 않았다. 오언은 멀리 배경으로 서 있는 희미한 인물 같았다. 가이는 그를 미리엄보다 더 가치를 두지 않았다. 하지만 오언은 미리엄을 사랑한 것이 분명했다. 그는 그녀와 결혼할 작정이었다. 그녀는 그의 아이를 임신했다. 오언이 자신의 모든 행복을 그녀에게 걸고 있었다면? 가이가 시카고에서 미리엄을 이미 죽은 존재처럼 생각하고 느꼈던 슬픔을 오언도 몇 달 동안 느꼈다면? 가이는 법정 심문에서 봤던 오언 마크맨의 세세한 부분을 떠올리려 애썼다. 가이가 질투심에 눈이 멀어 범행을 저질렀을 거라고 생각하느냐는 질문을 받기 전까지, 오언은 수줍은 태도로 침착하고 명료하게 대답했었다. 그가 머릿속으로 무슨 생각을 하는지는 알 수 없었다.

"오언." 가이는 그의 이름을 불러보았다.

가이는 천천히 일어섰다. 까무잡잡하고 길쭉한 얼굴에 키가 크고 구부정한 모습의 오언 마크맨에 관한 기억을 떠올리자 어떤 생각이 문득 떠올랐다. 오언 마크맨을 찾아가서 그에게 모든 걸 털어놓는 것이다. 누군가에게 모든 걸 털어놓아야 한다면, 그 대상은 바로 오언 마크맨이었다. 오언은 원하면 그를 죽일 수도 있었고, 경찰을 부르든 어떻게 하든 오언이 알아서 할 일이었다. 그는 오언의 얼굴을 마주 보고 솔직하게 모든 걸 말할 것이다. 지금 당장 그렇게 해야 할 것 같았다. 그가 곧바로 해야 할 일은 바로 그것이었다. 그러고 나서, 오언에게 인간적인 빚을 갚고 나서 법이 주는 어떤 처벌도 받을 것이다. 그러면 준비가 될 것이다.

브루노의 죽음에 관련해 조사를 받고 나서 오늘 열차를 탈 수 있을 것이다. 경찰은 오늘 오전에 앤과 함께 경찰서로 출두해달라고 했다. 운이 좋다면 오늘 오후에 비행기를 탈 수도 있을 것이다. 오언 마크맨이 사는 곳이 어디였더라? 휴스턴이었다. 그가 지금 그곳에 있다면 말이다. 앤이 공항까지 따라오도록 해서는 안 되었다. 그녀는 가이가 예정대로 캐나다로 가는 것이라고 생각해야 했다. 아직까지는 앤에게 알리고 싶지 않았다. 오언 마크맨과의 약속이 더 급했다. 그러면 가이는 자신이 달라질 것 같았다. 혹은 오래되고 낡은 코트를 벗는 것 같으리라. 가이는 자신이 벌거벗고 있는 것 같았지만 이제 더 이상 두렵지 않았다.

# 47

가이는 휴스턴행 비행기 통로에 있는 보조 좌석에 앉아 있었다. 통로에서 툭 튀어나와 비행기 실내의 좌우 대칭을 망치고 있는 그 조그마한 좌석처럼, 자신도 비참하고 불안하고, 제자리를 못 찾은 엉터리 같다는 생각이 들었다. 잘못되고 불필요한 일일 수도 있었지만, 그는 그 일을 반드시 해야 한다는 확신이 들었다. 여기까지 오면서 지나온 힘든 과정을 떠올려 보니 확고한 결심이 섰다.

제러드가 브루노의 죽음에 관한 심문을 들으러 경찰서에 왔다. 그는 아이오와 주에서 비행기를 타고 왔다고 했다. 브루노가 죽은 건 정말 안타깝지만 매사에 주의를 기울인 적이 없었다고 했다. 가이의 요트에서 그런 일이 일어난 것도 유감이라고 했다. 가이는 별다른 감정 없이 질문에 대답할 수 있었다. 사라진 시신에 관해 자세히 물어보는 게 부질없이 느껴졌다. 가이는 제러드가 나타났다는 사실에 더 신경이 쓰였다. 제러드가 텍사스까지 뒤따라오는 건 원치 않았다. 혹시 몰라서 캐나다행 비행기를 아직 취소하지 않았는데, 그 비행기는 아까 오후에 떠났다. 그러고 나서 텍사스로 가는 비행기를 공항에서 네 시간 동안 기다렸다. 그는 안전했다. 제러드가 오늘 오후에 기차를 타고 아이오와로 되돌아갈 거라고 말했기 때문이다.

그럼에도 가이는 주변에 앉은 승객들을 다시 한번 둘러보았다. 처음보다 더 천천히, 더 조심스럽게 둘러보았다. 그에게 조금이라도 관심을 보이는 사람은 아무도 없었다.

무릎에 놓인 서류를 보느라 상체를 숙이자, 재킷 안주머니에 넣어둔 두꺼운 편지가 바스락거리는 소리가 났다. 서류는 앨버타 댐 공사의 부문별 보고서로, 밥에게 받은 것이었다. 가이는 잡지를 읽을 수도 없었고 창밖을 내다보고 싶지도 않았지만, 보고서의 암기해야 하는 사항들은 기계적이고 효율적으로 외울 수 있었다. 밥이 영국 건축 잡지에서 찢어내어 보고서 사이에 끼워둔 종이가 있었다. 그가 빨간색 펜으로 동그랗게 표시를 해두었다.

> 가이 대니얼 헤인스는 미국 남부에서 떠오르는 가장 촉망받는 건축가이다. 그가 27세 때 처음 단독으로 설계한 건물이 바로 '피츠버그 상점'으로 유명해진, 간결함이 돋보이는 2층짜리 건물이다. 헤인스는 지금껏 꾸준히 보여준 우아함과 기능성이라는 원칙을 고수했고, 그를 통해 그의 건축은 오늘날의 수준으로 발전했다. 헤인스만의 특별한 천재성을 꼽자면 쉽게 파악할 수 없고 모호한 '우아함'을 말하지 않을 수 없다. 지금껏 그는 현대 건축에서 우아함을 따로 떼어놓은 적이 없다. 헤인스의 업적은 우아함에 대한 자신만의 독특한 개념으로 우리 시대의 건축에 고전미를 살린 것이다. 플로리다 주 팜비치에 있는 팔미라 골프장 건물은 '미국의 파르테논 신전'이라 불리기도 한다.

맨 아랫부분에 별표를 달아둔 구절은 다음과 같았다.

> 이 기사를 쓰고 나서 헤인스는 캐나다에서 진행되는 앨버타 댐 건설의 자문위원으로 선임되었다. 그는 교각 건설에 늘 관심을 갖고 있었다고 한다. 앞

으로 3년 동안 그 일에 즐겁게 매진할 예정이라고 한다.

'즐겁게'라고 적혀 있었다. 기자는 어떻게 그런 단어를 썼을까?

가이가 탄 택시가 휴스턴의 중심가를 지날 때 9시를 알리는 종소리가 울렸다. 그는 공항에서 전화번호부를 뒤져 오언 마크맨을 찾았고, 가방 검사를 받고 택시에 올라탔다. 그렇게 간단하지 않을 거라는 생각이 들었다. 밤 9시에 그가 혼자 집에 있을지도, 의자에 앉아 낯선 사람의 말을 귀 기울여 들어줄지도 알 수 없었다. 그는 집에 없을 수도, 그 주소에 살지 않을 수도, 휴스턴을 떠났을 수도 있었다. 며칠이 걸릴 수도 있었다.

"이 호텔 앞에 세워주세요." 가이가 말했다.

가이는 택시에서 내려 방을 잡았다. 호텔 직원의 검소하고 소박한 태도에 그는 기분이 한결 좋아졌다.

오언 마크맨은 클리번 거리 주소에 살고 있지 않았다. 그곳은 조그마한 아파트 건물이었다. 아래층 홀에 있던 사람들이 무척 의심스러운 눈길로 가이를 쳐다보았고, 그 가운데 관리인은 가능한 한 아무것도 가르쳐주지 않으려 했다. 오언 마크맨이 어디에 사는지 아는 사람은 아무도 없었다.

"경찰은 아니죠, 그렇죠?" 한참 뜸을 들이던 관리인이 마침내 물었다.

가이는 자신도 모르게 웃음이 나왔다. "아닙니다."

가이가 나가려는데 한 남자가 계단에서 그를 불러 세우더니 조심스럽고 내키지 않는 투로 말했다. 마을 중심가에 있는 카페에 가면 오언 마크맨이 있을지도 모른다고 했다.

마침내 가이는 드러그스토어drugstore의 카운터에서 여자 두 명과 앉아 있는 그를 찾아냈다. 오언 마크맨은 그 여자들을 소개하지도 않은 채 의자에서 일어나 상체를 똑바로 폈고 갈색 눈을 크게 떴다. 길쭉한 얼굴은 가이가 기억하는 것보다 더 의기소침해 보였고 미남형도 아니었다. 그는 가이를 경계하듯 짧은 가죽 재킷 주머니에 커다란 손을 찔러 넣었다.

"나 기억하죠?" 가이가 말했다.

"그렇습니다만."

"잠깐 얘기 좀 나눌 수 있을까요? 잠깐이면 됩니다." 가이는 주변을 둘러보았다. 그에게 자기 호텔 방으로 가자고 하는 게 최선일 것 같았다. "이곳 라이스 호텔에 객실을 잡았습니다."

오언 마크맨은 가이를 한 번 더 아래위로 훑어보고는 한참만에야 다시 말문을 열었다. "좋습니다."

계산대를 지나던 가이는 술이 진열된 선반을 보았다. 오언에게 술을 한 잔 대접하는 것도 좋을 것 같았다. "위스키 좋아해요?"

가이가 위스키를 사자 오언의 태도가 다소 누그러졌다. "거기다 콜라 같은 뭔가를 넣으면 맛이 더 좋죠."

가이는 코카콜라도 몇 병 샀다.

두 사람은 말없이 차를 타고 호텔로 가서 엘리베이터를 타고 말없이 방으로 들어갔다. 가이는 어떻게 말을 꺼내야 할지 몰랐다. 말을 꺼내는 방법은 수없이 많았지만 그 방법들은 모두 애써 그를 외면했다.

안락의자에 앉은 오언은 무심한 듯 의심스러운 눈길로 가이를 쳐다보면서 긴 유리잔에 위스키와 코카콜라를 섞어 만든 술을 맛보고 있었다.

가이는 말을 더듬으며 얘기를 꺼냈다. "혹시……."

"혹시?" 오언이 되물었다.

"혹시 미리엄을 죽인 범인을 알게 되면 어떻게 할 겁니까?"

오언 마크맨은 두 발을 바닥에 쾅 내리치고는 벌떡 일어났다. 찌푸린 눈썹이 눈 위로 굵고 검은 선을 만들었다. "당신이 죽였어?"

"아닙니다. 하지만 누가 그랬는지는 압니다."

"누굽니까?"

얼굴을 찌푸린 채 앉은 가이는 자신이 어떤 마음인지 궁금했다. 증오? 원한? 분노일까? "난 범인을 알고 있고 경찰도 곧 알게 될 겁니다." 가이는 잠시 머뭇거렸다. "뉴욕 출신의 찰스 브루노라는 사람입니다. 어제 물에 빠져 죽었습니다."

오언은 자리에 앉아 몸을 약간 뒤로 젖히고는 술을 한 모금 마셨다. "어떻게 알았어요? 자백했나요?"

"그동안 그 사실을 알고 있었습니다. 내 잘못이라고 생각하는 것도 그 때문이고요. 그를 배신하지 않으려고 그랬습니다." 가이는 입술을 오므렸다. 한마디 한마디 내뱉기가 힘들었다. 그는 왜 그렇게 조심스럽게 조금씩 자신을 내보이는 걸까? 모두 털어놓으면 얻을 거라 상상했던 기쁨과 위안은 어디에 있는 걸까? "나 자신을 책망하는 것도 그 때문입니다. 난……."

오언이 어깨를 으쓱하자 가이는 말을 멈췄다. 오언이 잔을 비우자 가이는 자동적으로 다가가서 콜라와 스카치를 섞어주었다. "나 자신을 책망하는 것도 그 때문입니다." 그는 아까 했던 말을 재차 반복했다. "당신에게 상황을 설명해주겠습니다. 매우 복잡한 상황입니다. 그러니까, 메트캐프로 오는 열차 안에서 찰스 브루노를 만났습니다. 미리엄이 살해되기 직전인 6월이었습니다. 이혼을 마무리 지으려고 가던 참이었습니다." 가이는 침을 삼켰다. 이제 지금껏 자신의 의지로 누구에게도 한 적 없던 말을 해야 했다. 평소 같은 기분이었고 심지어 수치스러운 마음이었다. 목에서는 계속 쉰 목소리가 나왔다. 가이는 그를 주시하는 오언의 길쭉하고 까무잡잡한 얼굴을 들여다보았다. 이젠 전혀 찡그리지 않은 표정이었다. 오언이 다시 다리를 꼬자, 그가 지난번 심문 때 신고 왔었던 회색 작업화가 문득 떠올랐다. 지금 신고 있는 신발은 측면에 고무를 덧댄 평범한 갈색 구두였다.

"그리고……." 가이가 말을 하다 말았다.

오언이 재촉했다.

"난 그에게 미리엄의 이름을 말해줬고 그녀를 미워한다고 했습니다. 브루노는 살인을 저지를 생각을 떠올렸습니다. 이중 살인을 말이죠."

"맙소사." 오언이 나지막이 내뱉었다.

오언의 나지막한 신음소리에 가이는 브루노를 생각했고, 입에 담기도 끔찍한 생각이 문득 떠올랐다. 브루노가 그에게 놓았던 덫으로 오언 마크맨을 함정에 빠뜨리고, 오언이 다시 낯선 사람을 올가미에 걸려들게 하고, 덫을 놓고 누군가 걸려드는 과정을 무한히 계속한다는 생각이었다. 가이는 몸을 떨면서 주먹을 불끈 쥐었다. "내 실수는 그와 말을 한 것입니다. 낯선 사람에게 내 개인적인 문제를 털어놓은 겁니다."

"그자가 그녀를 죽일 거라고 당신에게 말했나요?"

"물론 아닙니다. 그는 생각만 갖고 있었던 거죠. 그는 제정신이 아닌 사이코패스였어요. 난 그에게 입 다물고 꺼지라고 했어요. 그러고는 그를 떠났어요." 가이는 다시 그 특별 전용실로 되돌아간 것 같았다. 그곳을 나와 플랫폼으로 향했다. 기차의 육중한 문이 쾅 닫히는 소리가 들렸다. 그를 처치해버리자, 당시에 가이는 그렇게 생각했었다.

"그에게 미리엄을 죽이라고 말하지는 않았군요."

"맞아요. 그는 그럴 거라고 말하지도 않았습니다."

"자리에 앉아서 위스키 한잔하는 게 어때요?" 느릿느릿하고 귀에 거슬리는 오언의 목소리가 들리자 방 안이 다시 차분해지는 것 같았다. 그의 목소리는 맨땅에 단단히 박힌 돌덩어리가 흔들거리는 소리 같았다.

가이는 자리에 앉고 싶지도, 술을 마시고 싶지도 않았다. 브루노의 특별 전용실에서도 이렇게 위스키를 마셨었다. 이제 끝이었으므로 처음처럼 하고 싶지 않았다. 그는 오언이 위스키와 물을 섞어 만들어준 술잔에 예의상 손을 갖다 댔을 뿐이다. 가이가 뒤돌아서서 쳐다보자, 오언은 자기 잔에 술을 계속 따르고 있었다. 가이가 보지 않는 데서는 그러고 싶지 않았다는 걸 보여주기라도 하듯이.

"그런데 말입니다……." 오언이 점잔을 빼듯이 천천히 말했다. "당신 말대로 그자가 제정신이 아니라면, 법정에서도 결국 미치광이라고 결론 내리지 않았던가요?"

"그렇습니다."

"그 일이 있고 나서 당신 기분이 어땠을지 이해합니다. 하지만 그냥 얘기를 나눴을 뿐인데 왜 그렇게 끔찍할 정도로 자신을 책망하는지 모르겠군요."

가이는 믿기지 않는 표정으로 오언을 쳐다보았다. 그에게는 상관없는 것일까? 아마도 제대로 이해하지 못한 것 같았다. "하지만……."

"그 사실을 언제 알아냈나요?" 오언의 갈색 눈동자가 흐리멍덩해 보였다.

"사건이 일어나고 석 달쯤 지나서요. 하지만 나만 아니었더라면 미리엄은 살아 있을지도 모릅니다." 가이는 오언이 다시 술잔에 입을 갖다 대는 모습을 지켜보았다. 오언의 커다란 입 속으로 들어가는, 콜라와 위스키를 뒤섞은 술맛을 알 것 같았다. 오언은 어쩌려는 걸까? 갑자기 벌떡 일어나 술잔을 내던지고, 브루노가 미리엄에게 그랬던 것처럼 그의 목을 졸라 죽일까? 가이는 오언이 계속 앉아 있을 것이라고는 상상조차 할 수 없었지만, 오언은 시간이 지나도 꼼짝도 하지 않았다.

"이 말도 해야겠습니다." 가이는 굽히지 않고 말했다. "내가 상처 준 사람, 가장 마음 아파한 사람이 당신이라고 생각했습니다. 미리엄이 가진 아이는 당신 아이였어요. 당신은 그녀와 결혼하려 했고 그녀를 사랑했어요. 당신은……."

"젠장, 난 그녀를 사랑하지 않았어요." 오언이 아무런 표정 변화도 없이 가이를 쳐다보며 말했다.

가이도 그를 쳐다보았다. 사랑하지 않았다고? 그녀를 사랑하지 않았다고? 그의 머릿속이 다시 혼란스러워졌고, 이제 더 이상 옳지 않은 예전 생각을 다시 추스르려 애썼다. "그녀를 사랑하지 않았다고요?" 가이가 말했다.

"네, 당신이 생각하는 것처럼은 아닙니다. 물론 그렇다고 미리엄이 죽길 바랐던 것도 아니고 그 일을 막기 위해서라면 뭐든지 했을 겁니다. 하지만 그녀와 결혼하지 않아도 된다는 생각을 하면 기뻤어요. 결혼하고 싶어 했던 건 미리엄이었거든요. 그래서 아이를 가졌던 거고요. 그게 남자의 잘못은 아니지 않습니까, 안 그래요?" 술에 취해 진지한 표정의 오언은 가이가 무슨 말을 해주기를, 미리엄에 대한 자신의 태도를 판단해주기를 기다렸다. 커다란 입은 증인석에 섰을 때와 마찬가지로 약간 비뚤어진 채 굳게 닫혀 있었다.

가이는 다소 조바심을 내는 듯한 태도로 뒤돌아섰다. 똑바로 서 있을 수도 없었고, 아이러니하다는 생각밖에 들지 않았다. 아이러니하다는 이유 말고는 그가 더 이상 그곳에 있을 필요가 없었다. 아이러니하다는 것 말고는, 아무런 신경도 쓰지 않는 낯선 사람을 위해 호텔 방에서 식은땀을 흘리며 자신을 괴롭힐 이유가 없었다.

"그렇게 생각하지 않아요?" 오언이 바로 옆 테이블에 놓인 술병을 집으며 집요하게 물었다.

가이는 한마디도 할 수 없었다. 마음속에서 알 수 없는 분노가 치밀어 올랐다. 넥타이를 풀고 셔츠 깃을 젖혔고, 열린 창문을 내다보며 에어컨 실외기를 찾았다.

오언은 어깨를 으쓱했다. 그는 셔츠 단추를 풀고 가죽 재킷 지퍼를 내려서 꽤 편안해 보였다. 가이는 도저히 이해할 수 없는 욕망을 느꼈다. 오언의 목을 조르고, 그를 때려눕히고 무엇보다 편안해 보이는 의자에서 끌어 내리고 싶은 욕망.

"내 말 들어봐요. 그러니까 난……." 가이가 나지막이 말했다.

하지만 바로 그때 오언도 말문을 열었다. 그가 가이를 쳐다보지도 않은 채 단조롭게 말을 이어나가자, 가이는 방 한가운데에 서서 입을 벌린 채 멍하니 서 있었다. "……재혼이었어요. 이혼하고 나서 두 달 뒤에 결혼했는데 곧바로 문제가 생겼어요. 미리엄이었다면 달랐을지 모르겠지만, 그녀였다면 아마 더 힘들었을 겁니다. 전처인 루이자는 커다란 아파트 건물인 집에 불을 지를 뻔하고 두 달 전에 나가버렸어요." 오언이 나지막이 말하며 자기 술잔에 위스키를 더 따르는 모습을 보자, 가이는 무시당하고 모욕당하는 느낌이었다. 그는 법정에서 자신이 처신했던 모습이 떠올랐다. 적어도 희생자의 남편으로서 적절한 태도는 아니었다. 그런데 오언이 왜 그를 존중해야 한단 말인가? "끔찍한 건 남자가 늘 최악의 상황에 처한다는 겁니다. 여자들이 말이 더 많기 때문이죠. 루이자도 그 집으로 돌아가

환영받았지만 난……."

"내 말 들어봐요. 난, 난 사람을 죽였어요. 나도 살인자라고요!"

오언이 다시 두 발로 바닥을 구르며 일어서더니 가이와 창문을 번갈아 보았다. 도망쳐야 할지 아니면 자신을 방어해야 할지 곰곰이 따져보는 것 같았지만, 놀란 기색이 거의 없는 걸 보니 가이의 진지한 태도를 흉내 내며 조롱하는 것 같았다. 오언은 술잔을 테이블에 내리려다 말고 물었다. "어떻게요?"

"난, 난 죽은 사람이에요. 죽은 사람이나 마찬가지라고요. 곧 자수할 거니까요. 지금 당장 말입니다. 난 사람을 죽였단 말입니다. 무슨 말인지 알겠어요? 그렇게 무심한 표정도 짓지 말고 그 의자에 기대지도 말아요!"

"왜 의자에 기대면 안 된다는 겁니까?" 오언은 방금 전 콜라와 위스키를 가득 채운 잔을 양손으로 잡고 있었다.

"내가 살인자고 사람의 목숨을 빼앗았다는데, 누구도 그럴 권리가 없는 짓을 저질렀는데도 아무렇지 않단 말입니까?"

오언은 고개를 끄덕였을지도, 그러지 않았을지도 모른다. 아무튼 그는 천천히 다시 술을 마셨다.

가이는 그를 빤히 쳐다보았다. 입 밖으로 꺼낼 수 없었던 수많은 말들이 혈관을 막아서 뜨거운 열기가 움켜쥔 손을 지나 팔로 솟구쳐 올라오는 것 같았다. 그가 하지 못한 말은 오언에 대한 저주와 그날 아침 자신의 죄를 고백하며 썼던 글이었다. 안락의자에 앉아 그 말을 들으려 하지 않는 멍청이 때문에 일이 이렇게 뒤죽박죽이 되었다. 술에 취한 멍청이는 무관심해 보이려고 작정한 것 같았다. 가이는 깨끗한 흰색 셔츠에 실크 넥타이를 매고 감색 바지를 입은 자신의 모습이 살인자처럼 보이지 않을지도 모르겠다는 생각이 들었다. 심지어 긴장한 듯한 얼굴은 누구에게도 살인자처럼 보이지 않을 것 같았다.

"그게 맹점이에요!" 가이가 큰 소리로 말했다. "살인자가 어떻게 생겼는지 아무도 모른다는 사실 말입니다. 살인자도 여느 사람처럼 보인다고요!" 그는 손등을 이마에 갖다 댔다가 다시 내렸다. 마지막 말이 곧 나올 것임을 알았고 그 말을 도저히 막을 수 없었다. 그건 바로 브루노가 했던 말이었다.

가이는 느닷없이 술잔에 위스키를 따르더니 단숨에 마셔버렸다.

"술친구를 만나 기쁘군요." 오언이 중얼거렸다. 가이는 오언 맞은편에 있는, 깔끔한 녹색 커버를 씌운 침대에 걸터앉았다. 갑자기 피곤이 몰려왔다.

"당신에겐 아무 상관없단 말입니까? 정말 그런 겁니까?" 가이가 물었다.

"당신이 내가 만난 첫 번째 살인자는 아닙니다. 여자까지 포함해서 말이죠." 오언은 키득거리며 웃었다. "내가 보기엔 여자들이 자유로워지려는 경향이 남자보다 더 강한 것 같습니다."

"난 자유로워지지 않을 겁니다. 지금도 그렇고요. 난 냉혈한처럼 그 짓을 저질렀고 이유도 없었어요. 그게 더 나쁘다고 생각지 않아요. 난 단지……." 가이는 자기 안에 그런 짓을 저지를 만큼 외고집이 있고, 숲속의 벌레 한 마리 때문에 그런 짓을 저질렀다고 말하고 싶었다. 하지만 오언은 그 말을 이해할 수 없을 것이다. 그는 현실적인 사람이었기 때문이다. 너무나도 현실적이어서 그를 때리지도, 그에게서 도망치지도, 경찰을 부르지도 않을 것이다. 안락의자에 앉아 있는 편이 더 편안했기 때문이다.

오언은 가이의 말을 곰곰이 되씹는 듯이 고개를 갸우뚱거렸다. 눈꺼풀은 반쯤 내려왔다. 그는 몸을 틀어 바지 뒷주머니에서 담배가 든 봉투를 꺼낸 다음 셔츠 주머니에서 담배 마는 종이를 꺼냈다.

가이는 오언의 동작을 지켜보는 시간이 몇 시간인 양 길게 느껴졌다. "여기요." 가이는 자기 담배를 내밀었다.

오언은 미덥지 못한 눈빛으로 담배를 내려다보았다. "무슨 종류죠?"

"캐나다 담배예요. 꽤 괜찮으니 한 대 피워봐요."

"고맙지만 난 국산 담배가 더 좋아요." 그는 담배가 든 봉투를 입으로 봉했다. 담배를 마는 데 적어도 3분은 걸린 것 같았다.

"마치 공원에서 총을 뽑아서 그를 쏴 죽이는 것 같았어요." 가이는 의자에 놓인 구술 녹음기에 대고 말하는 것 같았지만 계속하기로 마음먹었다. 다만 차이점이 있다면, 그의 말이 어떤 식으로든 전달되지 않는 것 같다는 점이었다. 혹시 오언은 호텔 방에서 총을 꺼내 그를 겨눌 생각을 떠올리지 않을까?

"난 어쩔 수 없이 그렇게 내몰렸어요. 경찰에게도 그렇게 말하겠지만, 그렇다고 달라지는 건 없을 겁니다. 중요한 건, 내가 그 짓을 저질렀다는 사실이니까요. 이제 브루노가 생각해낸 아이디어를 말해주겠습니다." 오언은 적어도 가이를 쳐다보고는 있었지만, 진지한 표정과는 거리가 멀었고 술에 취해 기분 좋게 이야기를 듣는 것 같았다. 가이는 그런 이유 때문에 말을 멈추고 싶지는 않았다. "브루노가 떠올린 아이디어는 서로가 상대방을 위해 살인을 저지르는 것으로, 그는 미리엄을, 난 그의 아버지를 죽여야 한다는 것이었어요. 그러고 나서 그는 텍사스로 와서 나도 모르게 미리엄을 죽였어요. 내게 알리지도, 내 동의를 얻지도 않고서 말입니다." 가이는 자신이 선택하는 한마디 한마디가 역겨웠지만, 적어도 오언은 귀를 기울이고 있었고 말은 입 밖으로 튀어나왔다.

"난 전혀 몰랐고, 그런 일이 일어날 거라는 의구심조차 갖지 않았어요. 몇 달 후에야 그 사실을 알게 되었고, 그가 내 앞에 나타나기 시작했어요. 그가 꾸민 계획의 나머지 절반을 행하지 않으면, 미리엄의 죽음을 내게 덮어씌우겠다고 했단 말입니다. 계획의 나머지 절반이란 그의 아버지를 죽이는 거였죠. 그가 생각해낸 아이디어는 살인의 이유가 없다는 사실에 근거하고 있어요. 어떤 개인적인 동기도 없다면 우린 각각 경찰의 추격을 피할 수 있다는 겁니다. 우리가 서로 만나지 않는다면 말입니다. 하지만 그건 또 다른 문제였어요. 문제는 내가 그의 아버지를 죽였다는 겁니다. 난 무너졌어요. 브루노의 편지와 협박을 받고 불면증에 시달리다가 결국 무너졌어요. 그는 나를 미치게 했어요. 난 누구든 무너질 수 있다고 믿어요. 내가 당신을 무너뜨릴 수도 있을 거예요. 똑같은 상황에 처한다면 당신을 무너뜨려 누군가를 죽이도록 만들 수 있을 겁니다. 브루노가 내게 썼던 방법과는 다른 걸 택하겠지만, 충분히 그럴 수 있을 겁니다. 그렇지 않고서 어떻게 전체주의 국가가 지속될 수 있겠어요? 아니면 그런 걸 생각해 본 적이라도 있어요? 아무튼 난 경찰에게 그렇게 말할 거지만 그런 건 중요하지 않을 겁니다. 그들은 내게 무너져서는 안 되었다고 말할 테니까요. 그런 건 중요하지 않겠죠. 그들은 내가 나약했다고 말할 테니까요. 하지만 난 상관없습니다. 왜 그런지 알아요? 난 이제 누구든 맞서 싸울 수 있으니까요."

가이는 상체를 숙여 오언의 얼굴을 들여다봤지만 그는 눈길도 주지 않았다. 오언은 턱을 괸 채 고개를 갸우뚱거리고 있었다. 가이는 상체를 똑바로 세웠다. 가이는 오언을 이해시킬 수 없었고, 그는 요점을 전혀 알아듣지 못한 것 같았다. 하지만 그 역시 상관없었다.

"난 그들이 내게 원하는 거라면 뭐든 받아들일 겁니다. 내일 경찰에게도 똑같은 진술을 할 거예요."

"그걸 증명할 수 있어요?" 오언이 물었다.

"뭘 말입니까? 내가 사람을 죽였다는 것 말인가요?"

술병이 오언의 손에서 미끄러져 바닥에 떨어졌지만, 술이 거의 남지 않아 바닥에 엎질러지지 않았다.

"당신 건축가죠, 그렇죠? 이제 기억나는군." 오언은 서툴게 술병을 세워 그 자리에 놓았다.

"그게 무슨 상관이죠?"

"이상한 게 있어요."

"뭐가요?" 가이가 조바심을 내며 물었다.

"솔직히 말하자면, 당신은 정신이 돈 것처럼 말하고 있어요. 실제로 그렇다는 건 아닙니다만." 오언은 모호한 표정을 지었다. 가이가 다가와 한 대 치기라도 할까 봐 경계하는 듯했다. 하지만 가이는 의자에 앉아 꼼짝도 하지 않았고 아까보다 몸을 더 깊숙이 기대어 앉았다.

가이는 오언에게 들려줄 구체적인 생각을 떠올려보았다. 상대방이 이번에도 무관심하게 빠져나가기를 바라지 않았기 때문이다. "당신이 알고 있는 사람 가운데 살인을 저지른 사람들을 보면 어떤 기분이 들어요? 그들을 어떻게 대하고 그들에게 어떻게 처신하죠? 그들과 함께 있을 때면 다른 사람들과 있을 때와 똑같이 시간을 보내나요?"

가이가 집요하게 물어보자 오언은 곰곰이 생각하려고 애썼다. 이윽고 그는 미소를 짓고 긴장을 푼 듯이 눈을 깜박거렸다. "그냥 살도록 내버려 두지요."

가이는 다시 분노에 사로잡혔다. 분노가 그의 몸과 정신을 힘껏 짓누르는 듯했다. 그가 느끼는 감정을 말로 표현할 수 없었다. 혹은 너무 많은 말을 해야 할 것 같아 아예 꺼낼 수가 없었다. 말이 저절로 만들어져 입 밖으로 튀어나왔다. "멍청이!"

오언은 의자에 앉은 채 몸을 약간 움직였지만 여전히 그 자세로 있었다. 웃어야 할지 찡그려야 할지 모르는 것 같았다. "그게 나와 무슨 상관이란 말입니까?" 그가 단호하게 말했다.

"무슨 상관이냐고요? 당신은…… 당신은 사회의 일원이기 때문이죠!"

"그렇다면 사회가 알아서 할 일이군요." 오언은 손을 느긋하게 내저었다. 그는 거의 빈 술병을 쳐다보고 있었다.

무슨 상관일까? 가이는 생각했다. 오언은 진심일까 아니면 술에 취해서일까? 오언은 진심임이 분명했다. 지금 그가 거짓말을 할 이유가 없었다. 그러자 가이는 브루노가 쫓아오기 전, 살인자를 의심할 때 자신의 진심도 그랬다는 기억이 떠올랐다. 대부분의 사람들의 진심은 무엇일까? 그렇다면 도대체 사회란 무엇일까?

가이는 오언을 등지고 돌아섰다. 그는 사회가 무엇인지 충분히 알고 있었다. 하지만 자신이 생각해온 사회는 법과 냉혹한 규범임을 깨달았다. 사회란 오언 같은 사람들, 가이와 같은 사람들, 팜비치에 있는 브릴하트 같은 사람들이었다. 브릴하트 씨라면 그에게 털어놓을까? 그러지 않을 것이다. 브릴하트 씨가 그에게 털어놓는 모습은 상상조차 할 수 없었다. 모두들 다른 사람에게 미루고, 그 사람은 또다시 다른 사람에게 미루고 결국 아무도 하려 들지 않을 것이다. 그는 규범을 지키려 했던가? 그가 미리엄에게 얽매여 있었던 것도 규범 아니었던가? 살해당한 대상이 사람이기 때문에 사람들이 신경 쓰는 게 아닐까? 오언이나 브릴하트 씨 같은 사람들이 그를 저버리지 않는다면, 그는 굳이 더 나아가야 할까? 오늘 아침 그는 왜 경찰에 자수하고 싶다고 생각했던 걸까? 일종의 자기 학대였을까? 그는 자수하지 않을 것이다. 구체적으로 뭐가 양심에 꺼린단 말인가? 도대체 누가 그를 신고하겠는가?

"끄나풀뿐일 겁니다. 끄나풀이 신고하겠죠." 가이가 혼잣말처럼 중얼거렸다.

"맞아요." 오언도 같은 생각이었다. "더럽고 고약한 끄나풀." 그는 안심한 듯 큰 소리로 웃었다.

가이는 찌푸린 얼굴로 허공을 바라보았다. 그는 방금 섬광처럼 바로 앞에서 빛나던 생각을 구체화시킬 수 있는 확고한 근거를 찾으려 했다. 우선, 법이 곧 사회가 아니라는 생각이었다. 사회는 그와 오언과 브릴하트 씨처럼 사회의 다른 구성원의 목숨을 빼앗아갈 권리가 없는 사람들이었다. 하지만 법은 그럴 수 있었다.

"법은 적어도 사회의 의지여야 하지만 그조차도 아니에요. 혹은 총체적으로 그래야만 하죠." 가이는 덧붙여 말했다. 늘 그렇듯이 요점을 분명히 말하기 전에 이중적인 입장을 취하다 보니 오히려 상황을 더 복잡하게 만들고 말았다.

오언은 나지막이 뭐라고 중얼거렸다. 머리는 뒤로 기댔고 검은 머리칼이 이마로 흘러내렸고 눈은 거의 감겨 있었다.

"아닙니다. 사람들은 총체적으로 살인자를 제재하려 하지만, 법은 오히려 그를 보호해야 하죠." 가이가 다시 말했다.

"사회적 제재엔 절대 동의하지 않아요." 오언이 말했다. "사실이 아닌

데다가, 불필요하게 이곳 남부 지역 전체에 오명을 주니까요."

"내가 말하려는 건, 사회가 다른 사람의 목숨을 빼앗을 권리가 없다면 법도 마찬가지라는 겁니다. 법은 오랫동안 전해져 내려와 아무도 끼어들 수 없고 손댈 수도 없는 규칙을 한데 모은 것이죠. 하지만 결국 법이 다루는 건 사람입니다. 당신과 나 같은 사람들 말입니다. 특히 내 경우가 그렇죠. 난 지금 내 경우만 얘기하는 겁니다. 하지만 이건 논리에 불과하죠. 혹시 그거 알아요? 논리는 사람들에 관한 한 항상 적용되는 건 아니라는 사실 말입니다. 건물을 지을 때는 논리가 적용되죠. 건축 자재들이 그렇게 적용되니까. 하지만……." 그가 펼치는 주장이 연기처럼 사라지는 것 같았다. 그가 한마디도 더 할 수 없도록 가로막는 벽을 느꼈던 이유는 더 이상 생각을 헤쳐 나갈 수 없었기 때문이다. 가이는 큰 소리로 분명하게 말했다. 그러나 오언은 들으려고 애는 썼지만 귀 기울여 듣지는 않았다. 게다가 그가 5분 전에 제기했던, 죄의식에 관한 문제에 대해서는 아예 관심조차 없었다. "배심원들은 어떨지 궁금해요." 가이가 말했다.

"배심원이라니요?"

"열두 명의 일반인으로 구성된 배심원 혹은 법률 조직으로서의 배심원 말입니다. 흥미로운 점이죠. 난 늘 그 점이 흥미롭다고 생각했거든요." 그는 남은 술을 마저 잔에 따라 마셨다. "하지만 당신에겐 흥미롭지 않겠죠? 당신에게 흥미로운 건 뭐죠?"

오언 마크맨은 말없이 꼼짝도 하지 않았다.

"당신에겐 흥미로운 게 아무것도 없어요?" 가이는 카펫 바닥에 후줄근하게 놓인 오언의 낡은 갈색 구두를 쳐다보았다. 뒤꿈치만 바닥에 대고 있어서 들려 올라간 양발의 끝이 서로를 향해 안으로 기울어져 있었다. 더럽고 너덜너덜하고 커다란 그 구두가 느닷없이 인간의 어리석음의 상징처럼 보였다. 그리고 그의 일을 방해하던 사람들의 어리석음에 대한 반감으로 비쳐졌다. 가이는 이유도 없이 악의에 가득 차 오언이 신은 구두 옆쪽을 걷어찼다. 오언은 꼼짝도 하지 않았다. 가이는 문득 자신의 직업을 떠올렸다. 그렇다, 그는 되돌아가서 해야 할 업무가 있었다. 생각은 나중에 하기로 하고 일을 해야 했다.

그는 손목시계를 확인했다. 밤 12시 10분이었다. 그 호텔 방에서 자고 싶지 않았다. 오늘 밤에 떠나는 비행기가 있을지도 몰랐다. 비행기든 기차든 있을 것이다.

가이는 오언을 흔들어 깨웠다. "오언, 일어나요."

오언 마크맨은 뭐라고 중얼거렸다.

"집에 가서 자는 게 좋을 것 같아요."

오언은 상체를 세우며 똑바로 말했다. "글쎄요."

가이는 침대에 놓인 그의 외투를 집었다. 방 안을 둘러보았지만 아무것도 없었다. 가져온 게 아무것도 없었기 때문이다. 지금 당장 공항에 전화하는 게 나을 것 같았다.

"화장실 어디죠?" 오언이 일어서며 물었다. "속이 안 좋아서요."

침대 옆 테이블에 전화선이 있었지만 전화기가 보이지 않았다. 선을 따라 침대 밑을 살피자 수화기 걸이 부분이 떨어져서 바닥에 놓여 있었다. 가이는 전화기가 바닥에 떨어진 적이 없다는 걸 곧바로 알아차렸다. 수화기와 몸체 모두 침대 발치에 끌려와 있었고, 수화기는 오언이 앉았던 안락의자를 향해 이상한 각도로 고정되어 있었기 때문이다. 가이는 전화기를 천천히 당겼다.

"이봐요, 화장실 없는 거예요?" 오언이 옷장 문을 열며 말했다.

"홀 아래쪽에 있을 겁니다." 가이의 목소리가 떨렸다. 그는 수화기를 잡고 귀에 가까이 갖다 댔다. 아무 소리도 들리지 않았지만 전화가 연결되어 있는 게 분명했다. "여보세요?"

"안녕하세요, 헤인스 씨." 여유 있고, 예의 바르고, 전혀 퉁명스럽지 않은 목소리였다.

가이는 쓸데없이 전화기를 부수려다 말고 한마디 말도 없이 굴복했다. 마음속에서 요새가 함락당하고 건물이 무너지는 것 같았다. 가루처럼 소리 없이 무너져 내리는 듯했다.

"구술 녹음기를 설치할 시간은 없었지만 밖에서 대부분 들었습니다. 들어가도 될까요?"

제러드는 뉴욕 공항에서 부하들을 정찰하게 한 후 전세 비행기를 타고 따라온 게 분명했다. 충분히 그럴 수 있었고 실제로 그렇게 했다. 그리고 가이는 어리석게도 호텔 명부에 본명을 썼다.

"들어오세요." 가이가 말했다.

그는 수화기를 본체에 내리고 멍하게 자리에서 일어나 방문을 쳐다보았다. 심장이 어찌나 빠르고 힘껏 박동하던지, 그가 금방 쓰러져 죽기 전에 울리는 서곡 같았다. '도망쳐. 그가 들어오자마자 냅다 뛰어올라 달려드는 거야. 이번이 마지막 기회야.' 마음속으로 생각했지만 꼼짝도 할 수 없었다. 오언 마크맨이 뒤쪽 구석에 있는 세면대에서 토하는 소리가 얼핏 들렸다. 문을 두드리는 소리가 들리자 그곳으로 갔다. 결국 이렇게 끝나야만 했던가? 아무것도 이해하지 못하는 낯선 사람이 구석 세면대에서 토하고 있고, 생각도 정리하지 못한 채, 게다가 이미 절반의 얘기를 횡설수설 늘어놓은 상태에서 이렇게 느닷없이. 가이는 방문을 열었다.

제러드는 모자를 쓰고 들어왔고, 늘 그렇듯이 양팔을 축 늘어뜨리고 있었다.

"누구세요?" 오언이 물었다.

"헤인스 씨의 친구입니다." 제러드는 아무렇지 않게 대답하고는 예전처럼 진지한 표정으로 가이를 쳐다보며 윙크했다. "오늘 밤 뉴욕에 가고 싶을 텐데, 그렇죠?"

가이는 제러드의 익숙한 얼굴과 뺨에 난 커다란 반점 그리고 자신에게 윙크한 생기 넘치는 눈빛을 쳐다보았다. 방금 전 제러드는 분명히 그에게 윙크했었다. 제러드도 법이었다. 제러드는 브루노가 어떤 사람인지 알고 있었으므로 여느 사람과 마찬가지로 가이 편이었다. 가이는 늘 알았던 사실 같았지만, 생각해보니 한 번도 그런 생각을 해 본 적이 없었다. 그는 자신이 제러드를 상대해야 한다는 사실도 알았다. 그건 전체 가운데 일부였고, 늘 그래왔었다. 피할 수 없는 일이었고, 지구가 자전하는 것처럼 정해진 운명이었다. 그리고 그가 그 운명으로부터 자유로워질 수 있는 궤변은 없었다.

"그렇죠?" 제러드가 말했다.

가이는 무언가 말하려 했지만, 그의 의도와는 전혀 다른 말이 나오고 말았다. "날 잡아가요."

## 옮긴이의 말

1950년에 발표한 데뷔작 『열차 안의 낯선 자들』로 시작해 유작이 된 『소문자 g Small g』까지, 퍼트리샤 하이스미스는 스물두 편의 장편소설과 일곱 편의 단편 소설집을 발표할 만큼 왕성하게 활동했다. 서른 즈음에 작가로 데뷔해서 일흔 중반에 세상을 떠났으니, 40년이 훌쩍 넘는 세월 동안 그녀의 삶은 오롯이 글쓰기에 바쳐졌다. 하지만 마음속 에너지를 견디다 못해 화산처럼 폭발시킨 듯한 그녀의 데뷔작 『열차 안의 낯선 자들』을 읽다 보면, 작가로 데뷔하기 전의 삶 역시 글쓰기를 위한 혹독한 준비 과정이었던 듯하다.

어린 시절 부모의 이혼과 어머니의 무관심으로 그녀는 외로운 유년기를 보냈다. 주변의 특별한 관심이나 사랑을 받지는 못했지만, 남다르게 조숙했고 지나칠 만큼 총명했다. 사람들을 극도로 싫어해서 어울리기를 꺼렸지만, 아이러니하게도 인간의 심리와 본질에 대해서는 비상한 감각을 갖게 되었다. 그렇게 어린 시절부터 줄곧 편집증처럼 마음속에 품고 있던 갈등을 세상을 향해 토해내듯이 발표한 것이 바로 이 작품이다.

『열차 안의 낯선 자들』은 문학사상 이렇게 도발적이면서도 담대한 데뷔작이 있을까 싶을 만큼 수작이다. 첫 소설이라고는 믿기지 않을 만큼 완벽한 구성과 인물 묘사가 돋보일 뿐 아니라, 작가의 대표작으로 꼽히는 '리플리 시리즈'의 여러 요소들 역시 작품 전반에 고스란히 녹아 있다. 첫 작품임에도 불구하고, 그녀가 평생 천착했던 주제인 인간의 뒤틀린 욕망과 도덕에 대한 갈등을 전부 쏟아낸 것 같은 절절함이 느껴진다. 특히 사회에 항거하면서도 쉽사리 부서질 것처럼 연약한 젊은 세대의 초상을 그려낸 필력은 패기 넘치는 젊은 작가의 데뷔작이기에 더욱 빛난다.

소설 속에는 여러 매력적인 인물들이 등장한다. 전도유망한 젊은 건축가이지만 이혼을 앞두고 불안해하는 가이, 아버지에 대한 증오와 사회에 대한 치기 어린 불만으로 가득 차 있지만 일상의 무료함을 견디지 못해 방황하는 청년 브루노, 가이와의 이혼을 미루면서도 늘 새로운 남자를 찾아다니는 미리엄, 아들에게는 완벽한 여성으로 보이지만 결국 속물적인 기성세대의 일원인 브루노의 어머니 등. 그 가운데 소설의 중심축을 이루는 관계는 단연 가이와 브루노다. 열차 안에서 우연히 만난 두 사람은 뜻밖의 살인 계획을 떠올리게 된다. 서로를 위해 대신 살인을 저지르는 계획을 실행에 옮기면서 두 사람의 관계는 서서히 얽히게 되고, 결국 상황은 끝이 보이지 않는 미궁 속으로 빠져든다. 그 과정에서 드러나는 여러 인물 사이의 증오와 애착, 갈망과 좌절은 세밀화처럼 명징한데, 이는 인물과 사건에 대한 탁월한 묘사 덕분일 것이다.

가이와 브루노의 관계는 닿을 듯 가까이 다가오면서도 결국은 만날 수 없는 평행선과 같다. 브루노에 대한 가이의 마음은 늘 어느 정도 거리를 유지한다. 반면 가이가 했던 말을 그대로 옮기면서 전율을 느끼는 브루노의 모습에서는 연민을 넘어 거부할 수 없는 숙명마저 느껴진다. 두 사람의 어긋난 만남은 살인을 매개로 계속 이어진다. 이렇듯 소설 속에서 살인은 잔인하고 폭력적인 사건이라기보다는 두 인물의 애증을 보여주는 장치다. 그리고 그 애증을 이끌어내는 힘은 '삶의 의미에 대한 열망'이다. 브루노가 열차에 앉아 멍하니 창밖을 바라보고, 가이에게 말을 걸고, 거짓말처럼 살인을 제안하는 것 모두 삶의 의미에 대한 열망에서 비롯된 것이다. 그러한 열망은 소설에 인용된 바첼 린지의 시에 함축적으로 드러난다. 브루노는 아무런 의미 없이 '양처럼 온순하게 죽어가지 않기 위해' 발버둥 친다. 인생에서 의미를 찾고 인간으로서의 품위를 지키려고 발버둥 치지만, 결국 그 품위가 훼손되었을 때의 회한을 작가는 담담하게 보여준다.

브루노라는 인물은 기성세대와 지나친 물질주의를 부정하고 자유와 새로움을 갈망하던 1950년대 젊은이의 표상이겠지만, 21세기를 살아가는 지금도 여전히 유효하다. 전화교환원이 전화를 바꿔주는 소설 속 장면이 무척이나 낯설게 느껴질 만큼의 세월이 흘렀음에도, 이 소설은 현재형으로 읽힌다. 오랜 세월이 지나도 소설의 의미가 퇴색되기는커녕 오히려 더 폭넓은 평가를 받는 이유는 시대를 뛰어넘는 생명력 때문일 것이다. 하이스미스는 세상을 떠났지만 그녀의 작품은 지금도 살아 숨 쉰다. 서스펜스의 거장 알프레드 히치콕 감독이 1951년에 이 소설을 처음 영화화했는데, 하드보일드 추리소설의 대표 작가 레이먼드 챈들러가 각본을 맡아 더욱 화제가 되었다. 그로부터 수십 년이 지나, 오늘날의 거장 데이빗 핀처 감독이 또 다시 리메이크한다는 소식이 전해지기도 했다. 동시대와 후대 작가 그리고 다른 장르의 예술가들에게도 끝없는 영감을 주는 원작의 힘을 생각해보게 한다.

하이스미스는 축배를 들듯 외쳤다. '내가 싸우는 모든 악마, 욕정과 정열, 탐욕과 시기, 사랑과 욕망에 축배를! 그것들이 결코 내게 평화를 가져다주기 않기를!' 늘 타인을 불편하게 하고 자기 자신마저 코너에 몰아붙이며 괴롭혔던 험난하고 처절한 삶. 그러한 삶을 통해 그녀가 얻을 수 있었던 것은 오로지 글뿐이었다. 시대를 앞서간 독특한 작품성, 남다른 성적 정체성, 사람들의 비평에 대한 무례하고 거침없는 태도 등으로 끊임없이 논란을 불러일으키면서도 그녀는 한순간도 글쓰기를 멈추지 않았다. 문학을 향한 그녀의 열망은 이 소설 속의 표현처럼 '보석의 겉면에는 보이지 않지만 절대 지워낼 수 없는 흠집처럼' 마음속에 도사리고 있었던 것 같다. 그렇게 그녀는 겉으로는 드러나지 않는, 인간 심리의 심연 속에 도사리고 있는 흠집을 찾아내는 고독하고도 처절한 삶을 살다가 갔다. 발표 후 60년의 세월이 지난 현재까지도 작품의 생명력이 살아 숨 쉬는 것은 바로 그녀의 치열했던 삶과 글쓰기 때문일 것이다.

홍성영

열차 안의 낯선 자들

초판 1쇄 발행 2015년 7월 6일
개정판 1쇄 발행 2024년 11월 4일

지은이 | 퍼트리샤 하이스미스
옮긴이 | 홍성영
펴낸이 | 정상우
편집 | 이민정
디자인 | 오하스튜디오
관리 | 남영애 김명희

펴낸곳 | 오픈하우스
출판등록 | 2007년 11월 29일(제13-237호)
주소 | 서울시 은평구 증산로9길 32(03496)
전화 | 02-333-3705 팩스 | 02-333-3745
페이스북 | facebook.com/openhouse.kr
인스타그램 | instagram.com/openhousebooks

ISBN 979-11-92385-30-3 04800
979-11-86009-19-2 (세트)

**VERTIGO** 는 ㈜오픈하우스의 장르문학 시리즈입니다.

*잘못된 책은 구입처에서 교환 가능합니다.
*값은 뒤표지에 있습니다.